FROID MORTEL

Né en 1963 à Göteborg, ancien journaliste, Johan Theorin passe depuis l'enfance tous ses étés sur l'île d'Öland, au sud-est de la Suède, où se situe l'intrigue de ses thrillers. Il est l'auteur chez Albin Michel de *L'Heure trouble* (2009), *L'Écho des morts* (2010) et *Le Sang des pierres* (2011), tous numéro 1 sur la liste des best-sellers en Suède. Prix du meilleur roman policier suédois pour *L'Heure trouble*, il a aussi reçu le prestigieux prix anglais International Dagger Award pour *L'Écho des morts*.

W0460845

Paru dans Le Livre de Poche :

L'ÉCHO DES MORTS

L'HEURE TROUBLE

LE SANG DES PIERRES

JOHAN THEORIN

Froid mortel

ROMAN TRADUIT DU SUÉDOIS PAR RÉMI CASSAIGNE

ALBIN MICHEL

Titre original :
SANKTA PSYKO
Publié chez Wahlström & Widstrand, Stockholm, 2011.

© Johan Theorin, 2011.
Publié avec l'accord de Hedlund Agency.
© Éditions Albin Michel, 2013, pour la traduction française.
ISBN : 978-2-253-09299-5 – 1re publication LGF

À Klara

Cher Ivan,

Peut-on écrire une lettre d'amour à quelqu'un qu'on n'a jamais rencontré ? J'essaie, en tout cas. C'est vrai, je ne t'ai jamais vu qu'en photo dans les journaux, sous d'horribles titres tapageurs. Des clichés de presse en noir et blanc pour montrer « Ivan Rössel, le fou tueur d'enfants » ou je ne sais quel autre nom ils te donnent.

Ces images sont dures et injustes, mais je les ai pourtant beaucoup regardées. Il y a quelque chose dans tes yeux, un regard si calme, intelligent, et en même temps si perçant. Tu as l'air de voir le monde comme il est, de me percer à jour. J'aimerais bien que tu puisses aussi me voir dans la réalité. J'aimerais tant te rencontrer.

La solitude est une chose terrible, et j'en ai hélas eu ma dose ces dernières années. Je suppose que toi aussi, dans ta chambre verrouillée, derrière les murs de l'hôpital, tu dois parfois te sentir seul. Dans le silence, tard la nuit, quand personne d'autre au monde n'est réveillé... Il est si facile de se laisser aspirer par la solitude, et pour finir d'étouffer.

Je joins une photo de moi, prise un jour chaud et ensoleillé, l'été dernier. Comme tu vois, j'ai les cheveux blonds mais j'aime les vêtements sombres.

J'espère que tu voudras me regarder comme j'ai regardé tes photos.

Je vais arrêter pour aujourd'hui, mais j'aimerais bien t'écrire encore. J'espère que cette lettre te parviendra, de l'autre côté du mur. Et j'espère que d'une façon ou d'une autre il te sera possible de m'envoyer une réponse.

Y a-t-il quelque chose que je puisse faire pour toi ?

Je ferais n'importe quoi, Ivan.

N'importe quoi.

PREMIÈRE PARTIE

Routines

« Yet everyone begins in the same place ;
how is it that most go along without difficulty
but a few lose their way ? »

John Barth, *Lost in the Funhouse.*

1

ATTENTION À NOS ENFANTS ! lit Jan par la vitre du taxi sur un panneau en plastique bleu, avec en dessous l'injonction : ROULEZ LENTEMENT.

« Fichus gosses ! » peste le chauffeur.

Jan est projeté vers l'avant. Après un virage, le taxi vient de piler devant un tricycle.

Un enfant l'a abandonné presque au milieu de la rue.

Une zone résidentielle de Valla. Jan voit des clôtures basses en bois devant des maisons en briques blanches, et le grand panneau d'avertissement.

Attention à nos enfants. Mais les rues sont désertes, malgré le tricycle. Aucun enfant à qui faire attention.

Peut-être sont-ils tous chez eux, pense Jan. Enfermés.

Le chauffeur qui l'observe dans le rétroviseur semble près de la retraite, le front ridé, une barbe blanche de père Noël et un regard las.

Jan est habitué aux regards las, on en voit partout.

Le chauffeur n'a presque pas dit un mot avant de jurer en pilant mais, en redémarrant, il demande soudain :

« L'hôpital Sainte-Barbe… vous travaillez là-bas ? »

Jan secoue la tête.

« Non. Pas encore.

— Ah oui ? Vous y allez pour un entretien d'embauche ?

— Eh oui.

— Ah, ben mon vieux… », dit le chauffeur.

Jan ne dit rien de plus, il baisse les yeux. Il ne veut pas trop parler de lui, et il ne sait pas combien il peut en dire au sujet de l'hôpital.

Le chauffeur continue :

« Vous savez sûrement l'autre nom qu'on donne à cet endroit ? »

Jan lève à nouveau les yeux.

« Non. Lequel ? »

Le chauffeur sourit en coin.

« Ils vous le diront sûrement là-bas. »

Jan regarde les maisons défiler en songeant à l'homme qu'il va bientôt rencontrer.

Le Dr Patrick Högsmed, médecin-chef. Son nom était en bas de l'offre d'emploi que Jan a trouvée mi-juin :

Recherchons
PUÉRICULTEUR/PROFESSEUR DE MATERNELLE
pour remplacement à la Clairière

Le texte de l'annonce ressemblait à tant d'autres :

Vous êtes puériculteur et/ou professeur des écoles, plutôt un homme jeune, car nous recherchons pour notre équipe la parité et l'équilibre des générations.

Vous avez une personnalité sereine, ouverte et franche. Vous aimez les jeux, la musique et toutes sortes d'activités créatives. Notre école maternelle étant en bordure d'une zone boisée, vous aimez aussi les excursions en forêt et dans la nature.

Vous travaillerez activement pour instaurer une ambiance positive à la maternelle et serez contre toute forme de brimades.

Beaucoup de tout cela correspond à Jan. C'est un jeune homme avec une formation de professeur de maternelle, il aime les jeux et a fait pas mal de batterie dans son adolescence – surtout seul dans son coin.

Et il n'aime pas les brimades, pour des raisons personnelles.

Mais est-il ouvert et franc ? Cela dépend. Il est doué pour *avoir l'air* ouvert, en tout cas.

C'est l'adresse sous l'annonce qui a poussé Jan à la découper : Patrik Högsmed, Administration, clinique psychiatrique médico-légale régionale de Valla.

Jan a toujours eu du mal à se vendre, mais l'annonce est restée plusieurs jours posée avec insistance sur sa table de cuisine et il a fini par appeler.

« Högsmed, a répondu une voix grave.

— Dr Högsmed ?

— Oui ?

— Je m'appelle Jan Hauger, je suis intéressé par le poste.

— Lequel ?

— Le poste de professeur de maternelle, chez vous. Celui qui commence en septembre. »

Après un silence, Högsmed a répondu :

« Ah oui, celui-là… »

Högsmed parlait bas et semblait distrait. Mais il a continué par une question :

« Et *pourquoi* ce poste vous intéresse-t-il ?

— Eh bien… » Jan ne pouvait pas dire la vérité, aussi a-t-il aussitôt commencé à mentir – ou du moins à cacher des choses le concernant. « Je suis *curieux*, s'est-il contenté de dire.

— Curieux ?

— Oui… curieux du lieu de travail et de la ville. Jusqu'ici, j'ai surtout travaillé dans des maternelles et des crèches situées dans de grandes villes. Alors, ça me dit bien de m'installer dans une localité plus petite et de voir comment une maternelle y fonctionne.

— Très bien, a dit Högsmed. Mais il s'agit d'une maternelle un peu particulière, dans la mesure où les enfants qui la fréquentent ont des parents qui sont des patients… »

Il a alors expliqué pourquoi l'hôpital Sainte-Barbe disposait d'une maternelle : « Nous l'avons ouverte voilà quelques années, comme un établissement expérimental… L'idée vient à la base des recherches qui montrent à quel point les relations entre les petits enfants et leurs parents sont décisives pour la maturation d'individus aptes à la vie en société. Les familles d'accueil permanentes ou temporaires ne sont jamais pleinement satisfaisantes, aussi croyons-nous plutôt, ici, à Sainte-Barbe, à l'importance pour l'enfant d'un contact stable et régulier avec son père ou sa mère biologique… malgré la situation particulière. Et pour le parent isolé, le contact avec l'enfant fait bien sûr partie du traitement. » Après une pause, le docteur a ajouté : « Car c'est bien là ce que nous faisons, ici, à la clinique : nous *traitons*. Nous ne punissons pas, quoi que nos patients aient fait. »

Jan a écouté, en remarquant que le docteur n'employait pas le terme *soigner*.

Pour finir, Högsmed a juste demandé :

« Alors, qu'en pensez-vous ? »

Jan trouvait cela intéressant, et il a envoyé une lettre de motivation avec un CV.

Début août, Högsmed l'a rappelé – sa candidature avait été présélectionnée, le docteur souhaitait le rencontrer. Ils ont convenu d'un rendez-vous à l'hôpital, puis Högsmed a ajouté :

« Je voulais aussi vous demander, Jan…

— Oui ?

— Prenez un document d'identité. Permis de conduire ou passeport, pour que nous sachions avec certitude à qui nous avons affaire.

— Mais très certainement.

— Et une dernière chose, Jan… n'ayez sur vous aucun objet coupant. Nous ne pourrions malheureusement pas vous laisser entrer avec.

— Des objets coupants ?

— Oui, métalliques… Pas de couteaux. »

Jan est arrivé – sans objets coupants – à Valla par le train de une heure, une demi-heure avant son rendez-vous. Il surveillait sa montre, mais restait assez calme. Pas de quoi en faire une montagne, ce n'était qu'un entretien d'embauche.

C'était un mardi ensoleillé de début septembre, les rues autour de la gare étaient lumineuses et sèches, mais désertes. C'était la première fois qu'il venait à Valla et, en descendant du train, il s'est dit qu'ici personne ne savait qui il était. Personne. Le médecin-chef de Sainte-Barbe l'attendait, bien sûr, mais pour lui il n'était qu'un nom sur un CV.

Était-il prêt ? Bien sûr. Il a tiré les manches de sa veste et relevé sa frange blonde avant de se diriger vers la station de taxis. Il n'y avait qu'une seule voiture.

« Hôpital Sainte-Barbe. Vous connaissez ?

— Oh oui. »

Le chauffeur ressemblait au père Noël, mais n'était pas aussi jovial. Il s'est contenté de plier son journal avant de démarrer. Mais quand Jan s'est assis à l'arrière, leurs yeux se sont croisés une demi-seconde dans le rétroviseur, comme si le père Noël voulait contrôler qu'il était en bonne santé.

Jan a failli lui demander s'il savait quel genre d'hôpital était Sainte-Barbe, mais il le savait, c'était évident.

Ils se sont éloignés de la place de la gare en longeant la voie ferrée, avant de la traverser par un petit tunnel. De l'autre côté, plusieurs grands bâtiments en briques brunes, qui ressemblaient à un centre hospitalier, avec leurs façades de verre et d'acier. Deux ambulances étaient garées devant la large entrée.

« C'est Sainte-Barbe ? »

Le père Noël a secoué la tête.

« Non, ici on soigne les bobos, pas le ciboulot… C'est l'hôpital régional. »

Le soleil brillait toujours, pas un nuage à l'horizon. Ils ont tourné à gauche après l'hôpital, puis monté une pente raide jusqu'à la zone résidentielle où un panneau avertissait :

Attention à nos enfants.

Jan songe à tous les enfants qu'il a surveillés ces dernières années. Aucun n'était à lui, il était payé pour s'occuper d'eux. Mais d'une certaine manière ils devenaient ses enfants, et la séparation était toujours difficile à la fin du remplacement. Ils pleuraient souvent au moment des adieux. Et lui aussi, parfois.

Soudain, il aperçoit quelques enfants entre les pavillons : quatre garçons d'une douzaine d'années jouent au hockey près d'un garage.

Mais les ados sont-ils vraiment des enfants ? Quand cesse-t-on d'être un enfant ?

Jan se cale au fond de la banquette du taxi et chasse de son esprit toutes ces questions métaphysiques. Il doit se concentrer, maintenant, avoir des réponses claires. Les entretiens d'embauche sont pénibles quand on a quelque chose à cacher – et qui n'est pas dans ce cas ? Tout le monde a ses petits secrets. Jan aussi. Mais un jour comme celui-là, pas question de lâcher quoi que ce soit.

Högsmed est un psychiatre, ne l'oublie pas.

Le taxi quitte la zone résidentielle et traverse quelques blocs de pavillons mitoyens. Puis les maisons cèdent la place à une vaste prairie. Au-delà, un énorme mur de béton d'au moins cinq mètres de haut, peint en vert. Au sommet du mur sont tendues de fines lignes de fils barbelés.

Il ne manque que des miradors avec des gardes armés.

Un grand bâtiment de pierre grise s'élève derrière le mur, presque comme un château. Jan n'en voit que la partie haute, avec des rangées de petites fenêtres sous un long toit de tuiles.

Beaucoup de fenêtres ont des barreaux.

Là, derrière ces barreaux, ils sont enfermés, songe Jan – les plus dangereux de tous. Ceux qu'on ne peut pas laisser en liberté dans la rue… Et c'est là que tu vas.

Il sent son cœur s'emballer en songeant à Alice Rami et à la possibilité qu'elle soit justement en train de le regarder arriver à travers des barreaux.

Du calme, surtout, du calme.

Jan est quelqu'un de serein, gai et sympathique, et il *aime* vraiment les enfants. Le Dr Högsmed va le comprendre.

Il y a dans le mur de béton un large portail d'acier, mais un panneau interdit d'y stationner, et le taxi s'arrête un peu plus loin après avoir fait demi-tour sur une esplanade. Jan est arrivé. Le compteur indique quatre-vingt-seize couronnes. Il tend un billet de cent.

« Gardez la monnaie.

— Bon, d'accord. »

Le père Noël a l'air déçu du pourboire, avec quatre couronnes on ne peut pas acheter beaucoup de cadeaux pour les enfants. Il ne se donne pas la peine de descendre pour ouvrir la portière. Jan n'a qu'à se débrouiller.

« Bonne chance pour le job, alors », dit le chauffeur en lui remettant le reçu par sa vitre à moitié baissée.

Jan hoche la tête et rajuste sa veste.

« Vous connaissez quelqu'un qui travaille ici ?

— Pas que je sache, dit le père Noël. Mais ceux qui bossent ici ne le crient pas sur les toits… ça leur évite des tas de questions sur les internés. »

Jan voit qu'une petite porte s'est ouverte là-bas, à côté du portail. Quelqu'un l'y attend : un homme d'une quarantaine d'années avec des lunettes finement cerclées de métal. De loin, il rappelle un peu John Lennon.

Lennon a été abattu par Mark Chapman, songe Jan. Pourquoi se souvient-il de ça ? Parce que ce meurtre a rendu Chapman célèbre du jour au lendemain.

Si Rami est bien à Sainte-Barbe, quelles autres célébrités sont internées à l'hôpital ?

Oublie ça, dit une voix intérieure. *Oublie aussi le Lynx. Concentre-toi sur l'entretien.*

L'homme qui l'attend ne porte pas de blouse blanche, juste un pantalon noir et une veste brune – mais aucun doute sur son identité.

Le Dr Högsmed rajuste ses lunettes et regarde dans la direction de Jan. Il le juge déjà.

Jan se tourne une dernière fois vers le chauffeur de taxi.

« Vous pouvez me dire le nom, maintenant ?

— Quel nom ? »

Jan montre de la tête le mur de béton.

« L'hôpital… Comment les gens l'appellent ? »

Le père Noël ne répond pas tout de suite : il se contente de sourire, satisfait de la curiosité de Jan.

« Sainte-Barge.

— Quoi ? »

Le chauffeur de taxi hoche la tête en direction du mur.

« Saluez Ivan Rössel… Il paraît qu'il est là. »

La fenêtre remonte, et le taxi s'en va.

2

Non, ce n'est pas du simple fil barbelé qui couronne le mur d'enceinte de l'hôpital Sainte-Barbe – Jan le découvre après avoir serré la main du Dr Högsmed. C'est une clôture électrique d'un mètre de haut qui court au sommet du mur, avec des diodes rouges qui clignotent à chaque poteau.

« Bienvenue. » Högsmed l'observe à travers d'épaisses lunettes, sans sourire. « Vous n'avez pas eu de mal à trouver ?

— Non, pas du tout. »

Le mur de béton surmonté de sa clôture électrique rappelle la palissade d'un zoo, trouve Jan – un enclos pour tigres. Pourtant, sur le gravier à droite du portail, il aperçoit un petit bout de vie ordinaire : un râtelier à vélos. Des vélos dames et messieurs s'y alignent avec leurs paniers et leurs bandes réfléchissantes. L'un d'eux a même un siège enfant fixé sur le porte-bagages.

Le portail métallique cliquette, des mains invisibles l'ouvrent.

« Après vous, Jan.

— Merci. »

Franchir le mur d'une prison, c'est mettre le pied dans la gueule d'une grotte noire comme le charbon. Un monde isolé et étranger.

La porte se referme derrière eux. La première chose que voit Jan à l'intérieur de l'enceinte est une longue caméra de surveillance blanche, l'objectif pointé sur lui. La caméra est vissée à un poteau près du portail, silencieuse et immobile.

Il repère ensuite une autre caméra sur un autre poteau plus près de l'hôpital, et plusieurs autres encore fixées à même le bâtiment. ATTENTION ! ZONE SOUS VIDÉOSURVEILLANCE ! prévient un panneau jaune près du mur.

Ils passent devant un parking avec plusieurs autres panneaux : RÉSERVÉ POUR LE TRANSPORT DE MALADES sur l'un, RÉSERVÉ POLICE sur un autre.

Là, de l'intérieur, Jan peut embrasser du regard toute la façade gris clair de l'hôpital. Il dénombre cinq étages, avec des alignements de fenêtres étroites. Autour des fenêtres des étages inférieurs grimpe une sorte de lierre, comme de grands vers emmêlés.

Jan se sent oppressé, prisonnier entre la muraille et l'hôpital. Il hésite, mais le docteur le précède d'un pas rapide.

L'allée finit devant une porte métallique. Fermée. Le médecin-chef insère sa carte magnétique en faisant un signe vers la caméra la plus proche et, au bout d'une demi-minute, la serrure cliquette.

Ils pénètrent dans une pièce plus petite, avec une réception vitrée et encore une caméra. Il flotte ici une odeur de savon et de pierre mouillée – le sol vient d'être lavé. Une silhouette large d'épaules est assise derrière la vitre sombre de la réception.

Un surveillant. Jan se demande s'il est armé.

Penser à la violence et aux armes lui fait tendre l'oreille, mais rien, on n'entend pas les patients, ils sont sûrement trop loin. Enfermés derrière des portes métalliques et des murs épais. Et pourquoi devrait-on les *entendre* ? Ils ne passent pas leur temps à hurler, à rire ou à tambouriner sur les barreaux avec leurs quarts en fer-blanc. Non ? Leur monde est plutôt fait de pièces silencieuses et de couloirs vides.

Le docteur demande quelque chose. Jan tourne la tête.

« Pardon ?

— Vos papiers, répète le Dr Högsmed. Vous les avez sur vous, Jan ?

— Bien sûr… Voilà. »

Jan fouille dans la poche de sa veste et lui tend son passeport.

« Gardez-le, dit Högsmed. Présentez-le juste ouvert à cette caméra. »

Jan brandit le passeport. Un déclic dans la caméra. Voilà, il est enregistré.

« Bien. Maintenant, nous allons aussi jeter un coup d'œil à votre sac. »

Jan doit ouvrir son sac et en vider le contenu devant le garde et le docteur : un paquet de mouchoirs, un imperméable, un exemplaire plié du *Göteborgs-Posten*…

« Voilà, c'est fini. »

Le docteur fait un signe au surveillant derrière la vitre et conduit Jan à travers un grand portique – on dirait un détecteur de métaux – puis vers une porte, qu'il déverrouille.

Il semble faire de plus en plus froid à mesure qu'ils pénètrent dans l'hôpital. Après trois autres portes métalliques, ils se retrouvent dans un couloir qui finit devant une simple porte en bois. Högsmed l'ouvre.

« Et voilà mon antre. »

Ce n'est qu'un bureau ordinaire. Partout du blanc chez le docteur, du papier peint aux diplômes encadrés près des armoires. Elles sont blanches elles aussi, tout comme les piles de papiers sur la table. Seule touche personnelle, à côté, la photo d'une jeune femme qui semble heureuse mais fatiguée, un nouveau-né dans les bras.

Mais à droite, sur la table, Jan voit aussi autre chose : une collection de casquettes et de chapeaux. Cinq, qui ont beaucoup servi. Un képi bleu de surveillant, une coiffe blanche d'infirmier, une toque universitaire noire, une casquette verte de chasseur et une perruque rouge de clown.

Högsmed désigne de la tête la collection.

« Choisissez-en un, si vous voulez.

— Pardon ?

— J'ai l'habitude d'en faire choisir un à mes nouveaux patients, dit Högsmed. Ensuite nous discutons de ce qui les a poussés à prendre tel ou tel couvre-chef, et de ce que cela peut signifier… Vous pouvez y aller vous aussi, Jan. »

Jan tend la main vers la table. Il veut choisir la perruque de clown – mais que symbolise-t-elle ? Est-ce qu'il ne vaut pas mieux être un infirmier serviable ? Quelqu'un de bien. Ou un universitaire, sage et savant ?

Sa main se met à trembler un peu. Il finit par la baisser.

« Je crois que je vais m'abstenir.

— Ah oui ?

— Oui… c'est que je ne suis pas un de vos patients. »

Högsmed a un bref hochement de tête.

« Mais j'ai vu que vous alliez choisir le clown, Jan… Et c'est intéressant, car les clowns ont souvent des secrets. Ils cachent des choses derrière leur masque souriant.

— Ah oui ? »

Högsmed hoche la tête.

« Le tueur en série John Wayne Gacy faisait des extras comme clown à Chicago, avant qu'on ne l'arrête, il aimait se produire devant des enfants… d'ailleurs les tueurs en série et les criminels sexuels sont des sortes d'enfants, ils se considèrent comme le centre du monde et n'ont jamais grandi. »

Jan ne répond rien, il essaie de sourire. Högsmed l'observe quelques secondes, puis se tourne en lui indiquant une chaise en sapin devant le bureau.

« Asseyez-vous, Jan.

— Merci, docteur.

— Oui, oui, je sais que je suis docteur… mais vous pouvez m'appeler Patrick.

— D'accord… Patrick. »

Ça sonne faux, pense Jan. Il ne veut pas être à tu et à toi avec un docteur. Il s'assoit, baisse les épaules et essaie de se détendre, en jetant un coup d'œil au médecin-chef.

Le Dr Högsmed est bien jeune pour diriger tout un hôpital, et il n'a pas l'air en parfaite santé : ses yeux sont brillants et injectés de sang.

Et maintenant que Högsmed s'est à son tour installé à son bureau, le voilà qui se penche en arrière dans son fauteuil ergonomique, ôte ses lunettes et écarquille les yeux vers le plafond.

En silence, Jan se demande ce qu'il peut bien fabriquer, jusqu'à ce qu'il voie le docteur attraper un petit flacon de collyre. Il le porte à ses pupilles et laisse tomber trois gouttes dans chaque œil. Puis cligne des yeux pour évacuer les larmes.

« Conjonctivite, explique-t-il. Les médecins aussi peuvent être malades, on l'oublie parfois. »

Jan hoche la tête.

« C'est grave ?

— Pas spécialement… mais depuis une semaine j'ai l'impression d'avoir du papier de verre sous les paupières. » Il se penche en avant et continue à cligner des yeux en essuyant de fines larmes puis rechausse ses lunettes. « Bon, eh bien encore une fois, bienvenue ici, Jan… vous savez certainement comment les gens d'ici ont rebaptisé notre établissement ?

— Rebaptisé ? »

Le médecin-chef se frotte l'œil droit.

« Comment on appelle l'hôpital, en ville… le surnom de Sainte-Barbe ? »

Bien sûr, Jan le connaît depuis un quart d'heure – ce nom le travaillait en entrant ici, avec celui de l'assassin Ivan Rössel – et pourtant il regarde autour de lui, comme si la réponse était écrite sur les murs.

« Non, ment-il. Comment l'appelle-t-on ? »

Högsmed a l'air de s'énerver.

« Mais si, allez, vous le savez bien.

— Peut-être… le chauffeur de taxi a dit un nom en venant.

— Ah oui ?

— Oui… Est-ce que c'est “Sainte-Barge” ? »

Le médecin-chef hoche vite la tête, mais semble pourtant déçu de la réponse.

« C'est vrai, certaines personnes extérieures disent ça, “Sainte-Barge”. Moi-même, il m'est quelquefois arrivé d'entendre ce nom, et je n'ai pas toujours la possibilité de… » Högsmed s'interrompt, se penche de quelques centimètres. « Mais nous qui sommes de la maison nous ne disons *pas* ça. Nous utilisons le nom officiel : Clinique psychiatrique médico-légale régionale Sainte-Barbe – ou juste “la Clinique”, si on veut faire court… Et si vous êtes employé ici, j'attends de vous que vous fassiez de même.

— Bien entendu, dit Jan en regardant Högsmed dans les yeux. Moi non plus, je n'aime pas trop les surnoms.

— Très bien. » Le médecin-chef se cale au fond de son siège. « De toute façon, vous ne travaillerez pas ici, dans l'enceinte de la clinique, si vous obtenez le poste… La maternelle est séparée de l'hôpital.

— Ah oui ? » C'est une nouvelle pour Jan. « Elle n'est donc pas ici, à l'intérieur ?

— Non, la Clairière est un bâtiment distinct.

— Mais comment faites-vous… avec les enfants ?

— Comment nous *faisons* ?

— Oui, quand ils doivent venir ici ? Je veux dire, comment font les enfants pour voir leur… leur père ou leur mère ?

— Nous avons une salle spéciale pour les visites. Les enfants s'y rendent par un sas.

— Un sas ?

— Il y a un passage souterrain, dit Högsmed. Et un ascenseur. »

Il prend alors plusieurs papiers sur son bureau. Jan les reconnaît : c'est son dossier de candidature. En annexe, un extrait de casier judiciaire qui atteste que Jan Hauger n'a jamais été condamné pour délit sexuel. Jan a l'habitude de demander ce genre de documents à la police – on les exige toujours pour travailler avec des enfants.

« Bien, voyons voir… » Högsmed plisse ses yeux rougis et entreprend de lentement feuilleter les papiers. « Votre CV a l'air très bien. Puériculteur à Nordbro deux ans après le lycée… puis formation de professeur de maternelle à Uppsala suivie de plusieurs remplacements dans des crèches et des maternelles à Göteborg, ensuite un petit moment au chômage durant le printemps et l'été.

— Juste un mois, se dépêche de glisser Jan.

— Mais je vois *neuf* remplacements en six ans, dit Högsmed. Est-ce exact ? »

Jan hoche la tête en silence.

« Et pas de poste fixe, jusqu'à présent ?

— Non », dit Jan. Il marque une pause. « Pour plusieurs raisons… Le plus souvent, j'ai remplacé des personnes en congé parental, qui ont toujours fini par reprendre leur poste.

— Je comprends. D'ailleurs ce poste est aussi un remplacement, dit le docteur. Jusqu'à la fin de l'année, dans un premier temps. »

Jan ne peut s'empêcher de se sentir à demi-mot catalogué comme quelqu'un d'instable. Il désigne son CV de la tête.

« Ça s'est toujours bien passé avec les enfants et les parents… Et j'ai toujours eu de bonnes appréciations. »

Le docteur continue de lire le document en hochant la tête.

« Je vois, très bonnes… dans vos trois derniers postes. Ils vous recommandent tous. » Il baisse ses papiers et regarde Jan.

« Et les autres ?

— Les autres ?

— Que pensaient les autres directrices de crèche ? Étaient-elles déçues ?

— Non. Sûrement pas, mais je ne voulais pas citer ici toutes les appréciations positives et…

— Non, je comprends, l'interrompt le docteur. Trop de compliments, ça serait louche… Mais est-ce que je pourrais appeler ? Une de vos anciennes crèches ? »

Le docteur semble soudain ragaillardi et piqué par la curiosité.

Jan reste assis sans rien dire. C'est la faute des chapeaux, devine-t-il – il a refusé le test psychologique de Högsmed. Il voudrait secouer la tête, mais sa nuque reste raide.

Pas le Lynx, songe-t-il. *Appelle les autres si tu veux, mais pas le Lynx.*

Il finit par bouger. Il hoche la tête.

« Mais faites donc, dit-il. Hélas, je n'ai aucun numéro de téléphone.

— Pas de problème… ils se trouvent sur le Net. »

Högsmed jette un dernier coup d'œil aux anciens employeurs de Jan, puis tape quelque chose dans son ordinateur.

Le nom d'une des anciennes crèches. Mais laquelle ? *Laquelle ?* Jan ne peut pas le voir, et ne veut pas se pencher au-dessus de la table pour savoir si ce n'est pas le Lynx.

Pourquoi a-t-il donc mentionné ce nom dans son CV ?

Neuf ans ! Une seule erreur, avec un seul enfant, voilà neuf ans… est-ce que ça va ressortir maintenant ?

Il respire calmement, le bout des doigts légèrement posé sur les cuisses. Il n'y a que les fous qui se mettent à agiter les mains quand ils sont acculés.

« Bon, voici un numéro, murmure Högsmed en clignant les yeux devant l'écran de l'ordinateur. Je vais juste le taper… »

Il prend l'écouteur, compose un numéro d'une demi-douzaine de chiffres sur son téléphone et jette un œil à Jan.

Jan essaie de sourire, mais retient son souffle. À qui le docteur téléphone-t-il ?

Reste-t-il au Lynx des gens de l'époque – quelqu'un qui se souvienne encore de lui ? Quelqu'un qui se souvienne de ce qui s'est passé dans la forêt ?

3

« Allô ? »

Le médecin-chef a quelqu'un au bout du fil, il se penche en avant.

« Patrick Högsmed, oui… Et je cherche quelqu'un chez vous qui aurait travaillé avec Jan Hauger. Oui, c'est ça, H-A-U-G-E-R. Il a effectué un remplacement il y a huit ou neuf ans. »

Il y a huit ou neuf ans. Jan baisse la tête en entendant ces mots. C'est donc une des crèches de Nordbro que le docteur a appelée. Soit le Tournesol, soit le Lynx. Après ça, Jan avait quitté la ville de son enfance.

« C'était avant votre arrivée, Julia ? Bon, mais y a-t-il quelqu'un qui travaillait déjà ici quand… Très bien, passez-moi la directrice, alors. Je reste en ligne. »

Le silence emplit à nouveau la pièce, au point que Jan entend une porte se fermer quelque part dans le couloir.

Nina. Jan se souvient soudain que la directrice du Lynx s'appelait Nina Gundotter. Un drôle de nom. Il n'a plus pensé à Nina depuis longtemps – il a fourré tous les souvenirs du Lynx dans une bouteille qu'il a enterrée.

Au mur, tic-tac de l'horloge blanche. Il est à présent deux heures et quart.

« Allô ? »

On répond à nouveau au médecin-chef, Jan s'enfonce les doigts dans les cuisses. Il retient son souffle en entendant Högsmed se présenter et formuler une nouvelle fois sa question, avant de se taire et d'écouter.

— Ah, donc vous vous souvenez de Jan Hauger ? Parfait… Pouvez-vous m'en dire plus ? »

Silence. Le médecin-chef jette un coup d'œil à Jan et continue d'écouter.

« Merci, dit-il au bout d'une demi-minute, comme ça je suis au courant. Oui, je lui transmets. Merci… merci beaucoup. »

Il raccroche et se penche en arrière.

« Un concert de louanges. » Il fait un signe de tête à Jan. « C'était Lena Zetterberg de la crèche Tournesol de Nordbro, et elle n'avait que du bien à dire à votre sujet. Jan Hauger était positif, responsable, apprécié des parents comme des enfants… Vingt sur vingt. »

Jan se remet à sourire.

« Je me souviens de Lena, dit-il. On s'entendait bien.

— Bon. » Le médecin-chef se lève et prend une pochette plastique sur le bureau. « Eh bien, allons voir notre belle école maternelle… Vous savez qu'*école maternelle* est désormais le terme officiel, Jan ?

— Oui. »

Le docteur lui tient la porte.

« Le terme *crèche* est devenu aussi démodé que *jardin d'enfants* ou *nurserie*, dit-il, avant d'ajouter : Et il en va d'ailleurs de même avec les termes psychiatriques : à la longue, ils se sont ringardisés. Des mots comme hystérique, forcené ou psychopathe... n'ont désormais plus cours. À Sainte-Barbe, on ne parle même plus de *malades* ou de personnes *en bonne santé*, on se contente de parler de personnes *fonctionnelles* ou *dysfonctionnelles*. » Il regarde Jan. « Car qui de nous est toujours en bonne santé ? »

C'est une question difficile, et Jan ne répond rien.

« Et au fond, que peut-on vraiment savoir les uns des autres ? continue le docteur. Si vous rencontriez quelqu'un dans ce couloir, Jan, pourriez-vous savoir s'il est bon ou mauvais ?

— Non... mais je commencerais par me dire qu'il me veut du bien.

— Bien, dit le docteur. Faire confiance aux autres dépend avant tout de la confiance qu'on a en soi. »

Jan hoche la tête et suit Högsmed à travers l'hôpital. Le docteur a sorti à nouveau sa carte magnétique.

« Par ici, c'est le chemin le plus court pour rejoindre la maternelle, dit Högsmed en déverrouillant des portes. On peut aussi passer par les sous-sols de l'hôpital, mais c'est compliqué et désagréable. Alors on va franchir à nouveau le mur d'enceinte. »

Ils ressortent de l'hôpital par là où ils sont entrés. En passant devant la loge du gardien, Jan jette un coup d'œil à l'épaisse vitre de sécurité et demande à voix basse :

« Certains patients doivent être dangereux, n'est-ce pas ?

— Dangereux ?

— Oui, violents ? »

Högsmed soupire, comme s'il pensait à quelque chose de pénible.

« Oui, bien sûr, mais dangereux surtout pour eux-mêmes. Et de temps en temps violents avec les autres. Il y a bien entendu des personnes internées ici avec des pulsions destructrices, des hommes et des femmes antisociaux qui ont *fait du mal*, comme on dit…

— Et vous pouvez les soigner ? demande Jan.

— *Soigner* est un bien grand mot, dit Högsmed en fixant la porte métallique devant lui. Nous, les thérapeutes, nous ne devons pas nous aventurer dans la même forêt obscure où les patients se sont perdus, nous devons rester dehors, à la lumière, et tenter d'attirer les patients vers nous… » Il se tait, puis reprend : « En étudiant les profils des criminels violents, on constate le plus souvent des traumatismes multiples subis pendant l'enfance : une très mauvaise relation avec leurs parents, souvent caractérisée par des abus divers et un manque de communication. » Il ouvre le portail et regarde Jan. « Et c'est justement la raison d'être de la Clairière. L'objectif de notre petite école maternelle est de préserver le lien affectif entre l'enfant et son parent interné.

— Et l'autre parent accepte ces visites ?

— S'il est en bonne santé. Et en vie, dit tout bas le docteur en se frottant le pourtour des yeux. Ce qui n'est pas toujours le cas… Nous avons rarement affaire à des familles socialement stables. »

Jan ne demande rien de plus.

Ils finissent par ressortir au soleil. Le médecin-chef cligne des yeux, désagréablement ébloui par la lumière du jour.

« Après vous, Jan. »

Ils se dirigent vers le mur en béton. Jan n'y avait pas fait attention, mais l'air extérieur semble si pur en ce jour d'automne. Sec et frais.

Le portail coulisse et Jan sort. *Libre.* C'est l'impression qu'il a en se retrouvant dans la rue, alors qu'il aurait bien sûr pu à tout moment quitter l'hôpital. Aucun surveillant ne l'aurait retenu.

Le portail métallique se referme derrière eux.

« Par ici », dit Högsmed.

Jan le suit le long du mur d'enceinte, en regardant vers les faubourgs de la ville au sud. Au-delà d'un champ fraîchement labouré, plusieurs blocs de petits pavillons. Il se demande ce que leurs propriétaires pensent de l'hôpital.

Högsmed jette lui aussi un coup d'œil dans cette direction, comme s'il lisait dans les pensées de Jan.

« Nos voisins, dit-il. Autrefois, la ville n'était pas étendue comme aujourd'hui et l'hôpital se trouvait beaucoup plus isolé. Mais nous n'avons jamais eu de problèmes, protestations ou pétitions, comme ont pu en connaître d'autres établissements psychiatriques. Je pense que ces familles, là-bas, savent que notre activité est sûre… que la sécurité de tous est notre priorité absolue.

— Il y a eu des évasions ? »

Jan se rend compte que la question est provocante. Mais Högsmed forme le chiffre un en levant l'index.

« Un seul patient depuis que je suis ici, dit-il. Un jeune homme, criminel sexuel, qui était parvenu à fabriquer une échelle branlante avec des branches mortes dans un coin du parc. Il a simplement escaladé le mur et s'est enfui. » Högsmed regarde à nouveau en direction des maisons et continue : « La police l'a arrêté le soir même dans un jardin public, mais il avait déjà réussi à entrer en contact avec une petite fille. Ils étaient assis sur un banc en train de manger une glace. » Le docteur lève les yeux vers la clôture électrique et ajoute : « Suite à cela, la sécurité a été encore renforcée, mais je ne suis pas certain qu'il se serait passé quelque chose de grave… Les fugitifs recherchent parfois la compagnie des enfants pour se sentir en sécurité. Au fond d'eux-mêmes, ils sont petits et craintifs. »

Jan suit sans rien dire le chemin le long du mur d'enceinte. Il a bien deviné : ils se dirigent vers le pavillon en bois au nord de l'hôpital. La Clairière.

Le mur de béton s'arrondit devant une pelouse et disparaît derrière l'hôpital. Autour de la maternelle, il n'y a qu'une clôture basse. Dans la cour de l'école, Jan aperçoit plusieurs balançoires, une maison de jeux rouge et un bac à sable, mais pas d'enfants. Ils sont probablement à l'intérieur.

« Combien y a-t-il d'enfants ? demande-t-il.

— Une douzaine, dit Högsmed. En ce moment, trois d'entre eux vivent ici vingt-quatre heures sur vingt-quatre, pour des raisons diverses. Six ou sept viennent pendant la journée. Et nous en avons encore quelques autres de façon plus sporadique. » Il ouvre sa pochette et en sort une feuille. « Au fait, continue-t-il, voici quelques-unes de nos règles concernant les enfants… autant que vous lisiez ça tout de suite. »

Jan prend le papier. Il s'arrête devant l'entrée de l'école et se met à lire :

RÈGLES POUR LE PERSONNEL

1) Les enfants de la Clairière et les patients de la clinique psychiatrique Sainte-Barbe doivent être maintenus séparés. Ceci est valable VINGT-QUATRE HEURES SUR VINGT-QUATRE, à l'exception des horaires individuels de visite.
2) Le personnel de la maternelle n'est autorisé à pénétrer dans AUCUN secteur de l'hôpital. Seuls les locaux administratifs de l'établissement sont accessibles au personnel de la maternelle.
3) Le personnel de la maternelle a la responsabilité d'escorter les enfants par le sas de la Clairière jusqu'au secteur des visites de l'hôpital. Les enfants ne doivent PAS s'y rendre seuls.
4) Le personnel ne doit EN AUCUN CAS évoquer la visite à l'hôpital avec les enfants. Ce genre d'entretien ne peut être conduit que par des médecins et des pédopsychiatres.
5) Le personnel de la maternelle est tenu, comme les employés de l'hôpital, à un strict DEVOIR DE RÉSERVE, au sujet de tout fait concernant la clinique psychiatrique Sainte-Barbe.

Tout en bas une ligne noire et, en levant les yeux, Jan voit que Högsmed lui tend un stylo.

Il le prend et signe sur la ligne.

« Bien, dit Högsmed. Je voulais vous le montrer dès à présent, n'est-ce pas… Vous savez bien que les écoles maternelles ont toutes des *règles* différentes. Vous avez l'habitude, non ?

— Tout à fait. »

Jan n'est pourtant jusqu'ici jamais tombé sur des règles de cette nature. En tout cas l'ordre de la direction de l'hôpital est très clair :

Pas un mot sur Sainte-Barge.

Pas de problème. Jan a toujours été doué pour garder les secrets.

LE LYNX

Jan avait commencé à travailler à la crèche du Lynx à vingt ans, ce même été chaud où Alice Rami avait sorti son premier album – pour lui les deux événements étaient liés. Il avait acheté son disque en le découvrant dans une vitrine et était rentré chez lui l'écouter en boucle. *Rami et August*, tel était son titre – August n'était pas une personne, mais le nom de son groupe, constitué de deux garçons, basse et batterie. On les voyait en photo avec Rami, deux garçons aux cheveux noirs en bataille de part et d'autre de ses mèches d'un blond angélique. Jan observa la photo en se demandant si l'un deux était son petit ami.

Le lendemain, il acheta un baladeur CD bon marché pour pouvoir écouter Rami en allant travailler à la crèche. Le chemin le plus court traversait une épaisse forêt de sapins, il marchait sur les sentiers en écoutant sa voix qui chuchotait :

Tuer c'est se tuer :
Je te tue je me tue.
Appelle la haine l'amour
Comme ça les choses sont claires.

La vie c'est peut-être la mort
La force la faiblesse,
Qui pousse chaque jour les moutons dans le train.

D'autres textes parlaient de pouvoir, de ténèbres, de médicaments et d'ombres au clair de lune. Cet été-là, Jan écouta, écouta encore jusqu'à connaître les chansons par cœur : il avait l'impression que Rami chantait pour lui. Et pourquoi pas ? Elle avait même enregistré dans ce disque une chanson où le prénom *Jan* apparaissait.

À la mi-août, plusieurs nouveaux enfants entrèrent à la crèche. L'un d'eux était particulier, un garçon aux boucles blondes.

Jan était à l'entrée du Lynx quand le garçon arriva. À vrai dire, il vit d'abord sa maman : Jan avait l'impression de la connaître. Une célébrité ou une vieille connaissance ? Peut-être était-ce juste qu'elle semblait plus âgée. Entre trente-cinq et quarante ans, plus que la moyenne des parents de la crèche.

Jan aperçut alors le garçon – petit et maigre comme un clou, avec de grands yeux bleus. Cinq ou six ans. Il avait des cheveux blonds tirant sur le jaune, comme Jan à son âge, et portait un manteau rouge étroit. Il arrivait en tenant la main de sa maman – mais ils dépassèrent Jan et l'entrée du Lynx pour se diriger vers l'Ours Brun.

Un couple mal assorti, songea-t-il : la mère était grande et mince, en manteau de cuir clair au col de fourrure, tandis que son fils était si petit qu'il semblait à peine lui arriver au genou. Il devait trotter tout ce qu'il pouvait pour suivre ses longs pas.

Le manteau du garçon était trop mince pour l'automne : il lui en aurait fallu un neuf.

Jan avait déjà ouvert la porte du Lynx pour rentrer au chaud retrouver sa demi-douzaine d'enfants, mais s'était arrêté en voyant arriver la mère et son fils. Le garçon regardait ses pieds, mais sa mère le regarda et lui adressa en passant un signe de tête impersonnel. Pour elle, il était un étranger, un puériculteur anonyme. Jan lui fit à son tour un signe de tête, et resta à la porte assez longtemps pour la voir monter la pente avec son fils et entrer dans le bâtiment de l'Ours Brun.

Un ours brun sculpté en massonite en gardait la porte, tandis qu'à côté de Jan trônait un lynx jaune. Deux carnassiers de la forêt. Quand il avait commencé à travailler à la crèche au début de l'été, Jan avait tout de suite trouvé ces noms déplacés – les lynx et les ours n'étaient pas de gentils animaux, c'étaient des prédateurs.

Le garçon et sa maman avaient disparu. Jan ne pouvait pas rester planté là, il devait travailler. Il alla retrouver son groupe d'enfants, sans parvenir à oublier cette brève rencontre.

Les différentes sections de la crèche avaient des listes informatiques communes et, avant de rentrer chez lui avec la musique de Rami, il se glissa au bureau pour savoir comment s'appelait le nouveau de l'Ours Brun.

Il trouva aussitôt : William Halevi, fils de Roland et Emma Halevi.

Jan regarda longtemps ces trois noms. Il y avait aussi une adresse, mais il n'en avait pas besoin pour le moment. Il lui suffisait de savoir que le petit William serait dans la section voisine tout l'automne, juste une porte plus loin.

4

« Du café, Jan ? dit Marie-Louise.

— Volontiers, merci.

— Un peu de lait ?

— Non merci. »

Marie-Louise est la directrice de la Clairière. Entre cinquante et soixante ans, cheveux bouclés gris clair et profondes rides de rire autour des yeux – elle sourit beaucoup et semble vouloir que tout le monde se plaise en sa compagnie, petits et grands.

Et en effet Jan s'y plaît. Comment avait-il imaginé cette école ? Il ne sait pas mais, une fois à l'intérieur, il n'y a plus trace du mur de béton qui frôle la Clairière, à seulement quelques dizaines de mètres.

Après les couloirs nus de Sainte-Barbe et le bureau blanc de Högsmed, Jan a atterri dans un monde aux couleurs de l'arc-en-ciel où les murs sont couverts de dessins d'enfants chatoyants, où de petites bottes jaunes et vertes s'alignent dans le hall, tandis que dans la salle principale de grands casiers débordent de peluches et de livres illustrés. L'air est un peu chaud et lourd, comme toujours dans les endroits où des enfants viennent de jouer.

Jan a vu bien des maternelles propres et lumineuses, mais la Clairière lui donne d'emblée une sensation de calme. Il y a de l'harmonie dans ce lieu – comme un petit chez-soi *douillet.*

Il y règne pour le moment un grand silence, car les enfants font la sieste au dortoir. Ce qui permet au personnel de se réunir.

Marie-Louise a rassemblé trois collègues plus jeunes autour de la table, dont deux femmes. Lilian, cheveux rouge foncé attachés, environ trente-cinq ans, a dans le regard quelque chose de triste qu'elle s'efforce de cacher – elle parle beaucoup, a des mouvements nerveux et un rire un peu trop aigu. Sa collègue Hanna, cheveux blonds raides, peut-être dix ans de moins, porte un chemisier blanc et un jean rose. De beaux yeux bleus, mais elle reste assise sans dire grand-chose.

Lilian et Hanna ne se ressemblent pas, mais elles ont un intérêt commun : au milieu de la pause café elles s'éclipsent pour aller fumer dans la rue, de l'autre côté de la clôture de la Clairière. Par la fenêtre, elles semblent très complices. Lilian chuchote quelque chose et Hanna opine du chef.

Quand Marie-Louise regarde en direction des deux fumeuses, une petite ride se forme entre ses sourcils. Puis elles reviennent et elle se remet alors à sourire.

Marie-Louise sourit tout particulièrement au troisième employé de la crèche : Andreas. Il ne fume pas, se contente de chiquer et, avec ses larges épaules, fait davantage penser à un ouvrier du bâtiment qu'à un puériculteur. Andreas inspire la confiance : rien ne semble l'inquiéter.

Le médecin-chef lui aussi a pris place à la table de la cuisine. Il a commencé par présenter Jan comme « le candidat masculin » – révélant par là qu'il y avait au moins une autre personne envisagée pour le poste – puis Högsmed a laissé le personnel parler.

Mais parler de quoi ? Jan vient juste de lire le règlement intérieur et n'a pas l'intention de l'enfreindre un jour pareil. Il ne peut donc poser aucune question sur l'hôpital Sainte-Barbe, ni parler des enfants. Il cherche un sujet de conversation.

« Qui était Sainte-Barbe ? » finit-il par demander.

Le docteur le regarde.

« Une sainte, bien sûr.

— Oui, mais qu'est-ce qu'elle a fait ? Et à quelle époque ? Le savez-vous ? »

Pour toute réponse, Högsmed secoue la tête en silence.

« Des saints, on n'en a pas beaucoup, ici », dit-il avec un sourire amer.

Comme le silence se réinstalle, Jan interroge Marie-Louise sur les horaires de travail.

« La Clairière fonctionne en ce moment vingt-quatre heures sur vingt-quatre, répond-elle. Nous avons trois enfants qui, pour l'instant, ne sont pas placés en famille d'accueil, et passent donc la nuit ici. » Elle marque une pause. « Les gardes nocturnes vous poseraient-elles un problème ?

— Pas du tout. »

Quelque chose se met à tambouriner discrètement à la fenêtre de la cuisine près de Jan et, en tournant la tête, il voit qu'il a commencé à pleuvoir. Bientôt, de grosses gouttes crépitent contre la vitre. Derrière, il aperçoit le mur d'enceinte et l'hôpital. Il regarde la clinique, jusqu'à ce que Lilian demande :

« Tu as de la famille, Jan ? »

Une question d'un nouveau genre. Lilian est-elle très famille ? Par réflexe, il lui adresse un petit sourire.

« Eh bien... Un petit frère qui étudie la médecine à Londres et une mère à Nordbro. Mais pas de femme... ni d'enfants à moi.

— Une petite amie, peut-être ? » dit très vite Lilian.

Jan ouvre la bouche, mais Marie-Louise se penche avec un air un peu gêné et dit à voix basse :

« C'est sa vie privée, Lilian. »

Jan note que ni Lilian ni Hanna ne portent d'alliance. Il fait un bref *non* de la tête. Ce qui peut signifier soit qu'il est célibataire, soit qu'il ne veut pas répondre.

« À quoi occupez-vous votre temps libre, Jan ? »

C'est le Dr Högsmed qui a pris la parole.

« Un peu à tout, dit-il. La musique m'intéresse, je joue de la batterie... et je dessine.

— Que dessinez-vous ? »

Jan hésite à répondre – ça aussi, c'est sa vie privée.

« Je travaille à une bande dessinée... Un vieux projet.

— Ah oui ? Et c'est pour un journal ?

— Non. Ce n'est pas fini, loin de là.

— Vous pourrez le montrer aux enfants, dit Marie-Louise. Nous leur faisons beaucoup la lecture. »

Jan hoche la tête, mais il doute que des enfants de maternelle aient envie de lire l'histoire du Farouche. Elle contient bien trop de haine.

Soudain, on entend un cri étouffé dans le dortoir. Marie-Louise se fige, Andreas tourne la tête.

« On dirait Matilda, dit-il à voix basse.

— Oui, dit Marie-Louise. Matilda rêve beaucoup.

— C'est son imagination, dit Lilian. Matilda a une imagination débordante. »

Voilà tout ce que Jan les entend dire des enfants, après quoi le silence se refait autour de la table. Tous semblent prêter l'oreille à d'autres cris en provenance du dortoir, mais on n'entend plus rien.

Högsmed se frotte les yeux et regarde l'heure.

« Bon, Jan, peut-être voudriez-vous rentrer chez vous ?

— Eh bien… oui, j'imagine qu'il se fait tard. »

Il comprend l'appel du pied – le médecin-chef veut se débarrasser de lui, à présent. Il veut entendre ce que les femmes qui travaillent à la maternelle pensent du candidat masculin.

« Je vous recontacte, Jan… J'ai votre numéro. »

Jan prend congé, avec un sourire aimable et une franche poignée de main à chacun.

Dehors, l'averse d'automne s'est éloignée.

Personne en vue le long de l'enceinte de Sainte-Barbe quand il franchit la grille de la Clairière. Mais le bâtiment lui-même semble presque vivant – sa façade a foncé sous la pluie et l'hôpital ressemble à un colosse de pierre penché au-dessus de la maternelle.

Jan s'arrête et regarde vers l'hôpital. Toutes ces fenêtres. Il attend que quelqu'un se montre là-bas – une tête qui bouge derrière des barreaux ou une main posée sur une vitre. Mais il ne se passe rien, et il finit par craindre qu'un surveillant l'aperçoive et le prenne pour un fou. Il se remet alors en marche après avoir jeté un dernier regard à la petite maternelle.

Le mur d'enceinte de Sainte-Barbe est sinistre, fascinant, mais il faut qu'il cesse d'y penser. Il doit se concentrer sur la Clairière, la petite maison aux enfants endormis.

Les maternelles sont des oasis de paix et de sécurité.

Il a vraiment envie d'avoir ce poste, même si ses nerfs ont été mis à rude épreuve par l'entretien avec Högsmed. Le *test des chapeaux*. Et, pire encore, les questions sur son ancien lieu de travail.

Mais ce qui s'est passé au Lynx ne devrait pas se reproduire à la Clairière.

Il était jeune, alors, un puériculteur de vingt ans. Et complètement déséquilibré.

5

L'averse est passée. L'air d'automne à Valla est froid et vif. La ville, qui s'étend dans une cuvette, s'offre aux yeux de Jan tandis qu'il rentre par le quartier résidentiel, traverse la voie ferrée et descend dans les rues commerçantes. Elles sont remplies d'adolescents et de retraités. Les jeunes devant les boutiques, les vieux sur les bancs. Il voit des chiens en laisse, des oiseaux en petites grappes autour des poubelles, mais très peu d'enfants.

Le prochain train pour Göteborg part dans une heure, Jan a le temps de se promener. Pour la première fois, en flânant dans les rues de Valla, il songe à ce que ce serait d'habiter ici. Pour le moment, il n'est qu'un visiteur de passage, mais s'il obtient ce poste à la maternelle, il faudra qu'il déménage.

Alors qu'il descend la grand-rue, son téléphone sonne. Un vent vif souffle. Il se colle contre un mur de brique et répond.

« Allô ? »

C'est une voix grincheuse et faible, sa vieille mère. Elle demande aussitôt :

« Qu'est-ce que tu fais ? Tu es à Göteborg ?

— Non, j'étais… à un entretien d'embauche. »

Il est toujours réticent à raconter à sa mère ce qu'il fait. Il trouve cela trop personnel.

« Un entretien d'embauche, très bien. C'est en ville ?

— Non, dans les environs.

— Alors je ne vais pas te déranger…

— Ça va, maman. Ça s'est bien passé.

— Et comment va Alice ?

— Euh… Elle va bien. Elle travaille.

— Ça me ferait plaisir de vous voir ici un de ces jours. Tous les deux. »

Jan se tait.

« Un peu plus tard cet automne ? » dit maman.

Jan ne perçoit aucune critique dans sa voix, juste l'espoir d'une veuve solitaire.

« D'accord, je viendrai te voir cet automne, dit-il, et je… j'en parlerai à Alice.

— Très bien. Et bonne chance. N'oublie pas que tu dois toi aussi être satisfait de ton employeur. »

Jan abrège et raccroche.

Alice. Un jour, il a par hasard mentionné ce nom devant sa mère, et peu à peu c'est devenu la petite amie de son fils. Il n'y a bien sûr pas d'Alice dans sa vie, elle n'était que le fruit de son imagination – mais maintenant sa mère voudrait la rencontrer. Il va bien falloir un jour qu'il lui avoue ce qu'il en est vraiment.

Il fait un tour dans le centre de Valla, voit beaucoup de grandes vitrines, mais pas d'église. Pas non plus de cimetière.

Il y a un joli musée régional près de la rivière, avec une petite cafétéria. Jan va y prendre un sandwich. Il s'installe près d'une fenêtre et regarde vers la gare routière.

Il ne connaît personne à Valla – est-ce effrayant ou libérateur ? L'avantage d'être étranger, c'est de pouvoir commencer une nouvelle vie et choisir quels détails raconter si on vous demande d'où on vient. Moins on en dit, mieux c'est. On n'est pas forcé de dire un seul mot sur sa vie passée. Pas un mot sur Alice Rami.

Pourtant, c'est son adoration pour elle qui l'a conduit ici.

Jan avait eu le tuyau sur l'hôpital Sainte-Barbe début juin, alors que son dernier remplacement dans une maternelle de Göteborg prenait fin. C'était une soirée assez agréable, il était presque gai.

Il était seul au milieu d'un groupe de femmes, comme d'habitude. Ses collègues l'avaient invité au restaurant pour une soirée d'adieu et il avait accepté. Ensuite, il avait fait quelque chose d'exceptionnel – il les avait invitées à son tour chez lui dans son petit appartement de Johanneberg. Un étroit studio en sous-location.

Que pouvait-il leur offrir ? Il ne buvait presque jamais d'alcool, il en supportait à peine le goût.

« Je crois qu'il me reste des chips à la maison, si vous voulez. »

Ses cinq collègues voulaient bien, mais Jan commença à le regretter tandis qu'il les précédait dans l'escalier et ouvrait sa porte.

« C'est en désordre, désolé…

— Ça ne fait rien ! » s'exclamèrent-elles en pouffant, un peu éméchées.

Il les fit entrer.

Son journal était rangé dans un tiroir du bureau, avec la bande dessinée sur le Farouche. Et il n'avait rien d'autre à cacher, à part les photos de Rami. S'il avait prévu cette visite, il les aurait enlevées, mais en entrant dans son séjour, ses collègues ne pouvaient pas faire autrement que voir la pochette de disque encadrée dans le vestibule, l'affiche de concert dans la cuisine et le grand poster paru dans un magazine musical presque dix ans plus tôt punaisé au mur à côté de la bibliothèque.

C'était une photo en noir et blanc de Rami campée avec sa guitare électrique sur une petite scène, ses cheveux en bataille éclairés par les projecteurs et le reste du groupe à l'arrière-plan, comme des fantômes flous. Elle avait vingt ans, fermait les yeux dans la lumière, et semblait geindre dans le micro. C'était le seul poster d'elle qu'il avait trouvé, voilà pourquoi il l'avait conservé toutes ces années.

Une des puéricultrices, de quelques années plus âgée que lui, s'arrêta devant.

« Rami ? Tu l'aimes bien ?

— Oh oui, dit Jan. Je veux dire, sa musique… Tu connais ? »

Sa collègue hocha la tête, le regard fixé sur Rami.

« Je l'écoutais quand son premier disque est sorti, mais ça fait un moment. Il n'y en pas eu d'autre, n'est-ce pas ?

— Eh non, dit Jan à voix basse.

— Et maintenant, elle est internée », dit sa collègue.

Jan la regarda. Il n'était pas au courant.

« Internée ? À l'hôpital ?

— Oui… Elle est enfermée dans une sorte d'hôpital psychiatrique. L'hôpital Sainte-Barbara, ici, sur la côte ouest. »

Jan retint son souffle. Alice Rami, internée ? Il essaya d'imaginer ça.

Oui, c'était possible.

« Et comment le sais-tu ? » demanda-t-il.

Sa collègue haussa les épaules.

« Je l'ai entendu dire il y a quelques années, je ne me souviens pas bien où… juste des ragots.

— Et tu sais pourquoi… pourquoi elle a échoué là ?

— Aucune idée. Mais elle a dû perdre les pédales, non ? »

Jan hocha la tête en silence.

L'hôpital Sainte-Barbara. Il aurait voulu continuer à interroger sa collègue au sujet de Rami, mais ne voulait pas sembler obsédé. Depuis quelques années, il allait de temps en temps visiter des forums sur Internet à la recherche de nouvelles de Rami, en vain. C'était la meilleure indication jusqu'à présent.

Puis rien ne s'était passé, à part l'été, que Jan avait traversé – chômeur. Des semaines durant, il avait consulté dans le *Göteborgs-Posten* les offres d'emploi dans les maternelles et avait envoyé quelques candidatures.

Début juillet était parue l'annonce de la Clairière. Elle ressemblait à toutes les autres, mais l'adresse du contact avait attiré l'attention de Jan : Médecin-chef Högsmed, Administration, clinique psychiatrique médico-légale régionale Sainte-Barbe de Valla. À une heure de train à peine de Göteborg.

Jan avait lu et relu l'annonce.

Une maternelle dans une clinique psychiatrique ?

Pourquoi ?

Puis il s'était souvenu de cette rumeur selon laquelle Alice Rami était internée *à l'hôpital Sainte-Barbara, ici, sur la côte ouest.* Sainte-Barbara pouvait être une déformation de Sainte-Barbe.

C'était alors qu'il avait téléphoné au Dr Högsmed.

Jan avait envoyé des candidatures à une douzaine de maternelles de Göteborg et de ses environs, sans résultat. Il pouvait bien tenter sa chance encore une fois.

6

Le téléphone de Jan sonne à huit heures et quart jeudi matin, alors qu'il est au lit. Il se traîne pour aller décrocher et entend une voix masculine :

« Bonjour Jan ! C'est Patrick Högsmed, de la clinique Sainte-Barbe. Je vous réveille ? »

La voix du docteur est pleine d'énergie.

« Non… Ce n'est pas grave. »

Sa propre voix est rauque et traînante, il a dormi d'un sommeil lourd, avec des rêves étranges. Alice Rami y était-elle présente ? Il y avait une femme, sur une scène, en fourrure noire, et elle était descendue dans une grande boîte… »

Le médecin-chef le ramène au présent :

« Je voulais vous dire que nous sommes restés un peu à discuter hier, à la Clairière, après votre départ… le personnel et moi. Une conversation très fructueuse. Après quoi je suis rentré à mon bureau pour réfléchir, puis j'ai parlé avec la direction de la clinique. Et nous avons pris une décision.

— Ah oui ?

— Alors je voulais vous demander : pouvez-vous venir dès que possible parler des conditions d'embauche ? Pour commencer lundi prochain ? »

La vie peut parfois changer si vite. Trois jours plus tard, Jan est de retour à Valla, sa nouvelle ville. Mais il n'a pas encore de domicile et, cet après-midi-là, il se trouve dans un vestibule étroit encombré de meubles et de cartons de déménagement. Il visite un appartement à louer dans un des grands ensembles de la ville, au nord du centre de Valla et à l'ouest de Sainte-Barbe.

Une petite vieille, cheveux argentés et gilet gris, se fraie un chemin entre les piles de cartons – elle est si petite qu'ils ont l'air de pencher dangereusement au-dessus d'elle.

« Ici, les locataires sont surtout des personnes âgées, dit la vieille. Presque aucune famille avec enfants… Alors c'est calme, pas de raffut.

— Bien, dit Jan en s'avançant dans l'appartement.

— Le loyer en sous-location est de quatre mille cent couronnes, dit la vieille en lorgnant vers Jan l'air un peu gêné. Je n'ai presque rien ajouté au loyer d'origine, alors pas question de marchander… en revanche, c'est loué meublé.

— D'accord. »

Meublé ? Jan n'a jamais vu autant de bazar dans un appartement. Chaises, armoires et bureaux s'entassent le long des murs. Plus qu'un logement, on dirait un garde-meubles – et d'ailleurs d'une certaine façon c'en est un. Les meubles et les cartons appartiennent à son fils, qui vit actuellement à Sundsvall.

Jan ouvre le placard de la cuisine et voit des rangées de bouteilles sur les étagères – des bouteilles d'alcool. Rhum, vodka, cognac et diverses liqueurs. Vides.

« Ce n'est pas à moi, se dépêche de dire la vieille. C'est le précédent locataire qui a laissé ça. »

Jan ferme la porte.

« Est-ce qu'il y a un grenier ?

— Là-haut il y a les vélos de mes petits-enfants, dit la vieille. Bon alors, ça vous intéresse ?

— Oui, un peu. »

Il a déjà vérifié avec l'agence d'aide au logement de Valla – aucun appartement libre ce mois-ci et un délai d'au moins six mois pour obtenir une location à son propre nom. Dans le journal local, dans la rubrique À LOUER, tout ce qu'il y avait était ce trois-pièces meublé.

« Je le prends. »

Après déjeuner, le même jour, il regagne en train son studio de Göteborg, va chercher sa vieille Volvo au garage et achète quelques cartons de déménagement. Pendant le week-end, il charge ses meubles sur une remorque pour les mettre à la déchetterie. Jan a presque trente ans, mais il ne possède pas grand-chose et se sent attaché à encore moins. Ne pas trop posséder est une forme de liberté.

Il emménage alors dans le trois-pièces, en poussant au mieux les cartons de la vieille et en cachant le plus possible de bibelots dans les placards et derrière le canapé. À présent, il est un peu chez lui.

Il a gardé sa table à dessin inclinable et sa bande dessinée de près de deux cents pages dont il a baptisé le héros *le Farouche*. Il y travaille depuis maintenant quinze ans, mais se promet de l'achever ici, à Valla. Le finale sera bien entendu un ultime et grandiose combat entre le Farouche et ses ennemis, la Bande des Quatre.

Lundi 19 septembre est une belle journée d'automne : le soleil brille sur les arbres, les rues, le grand mur d'enceinte autour de Sainte-Barbe. À huit heures et quart, Jan le franchit pour la deuxième fois et demande le médecin-chef, qui vient à sa rencontre devant la loge du gardien.

Högsmed lui serre la main. Ses yeux sont guéris. Perçants.

« Félicitations pour le poste, Jan.

— Merci doct… Patrick… Merci de votre confiance.

— Il ne s'agit pas de confiance. Vous étiez le meilleur candidat. »

Ils franchissent alors la série de portes verrouillées, vont trouver le chef du personnel et Jan signe divers contrats. Il fait à présent partie de l'hôpital.

« Et voilà, dit Högsmed. Et si nous allions sur votre nouveau lieu de travail ?

— Volontiers. »

Ils ressortent l'un derrière l'autre, longent le mur, mais Jan ne peut s'empêcher de lorgner de côté. Vers Sainte-Barbe. Högsmed se lance dans un petit exposé :

« L'établissement date de la fin du dix-neuvième siècle. C'était à l'origine un asile d'aliénés, comme on disait, puis un hôpital psychiatrique où la lobotomie et la stérilisation forcée étaient couramment pratiquées… Mais tout a bien sûr été réorganisé aujourd'hui. Modernisé. »

Jan hoche la tête cependant, en s'éloignant du mur, il voit à nouveau les barreaux aux fenêtres. Il songe à Rami, puis à ce nom mentionné par le chauffeur de taxi : Ivan Rössel, le tueur en série.

« Les patients sont-ils tous dans les étages supérieurs ? demande-t-il. Ou dispersés ? »

Högsmed l'arrête d'un geste de la main.

« On ne parle jamais des patients.

— Je comprends, se dépêche de dire Jan. Je ne veux rien savoir sur quelqu'un en particulier… je me demandais juste combien ils étaient ?

— Une centaine. » Le médecin-chef marche quelques secondes en silence, avant de continuer, d'une voix plus douce : « Je sais que vous êtes curieux de ce qui se passe à Sainte-Barbe… c'est humain. Peu de gens ont ne serait-ce qu'approché une clinique psychiatrique. »

Jan ne dit rien.

« Je ne peux dire qu'une chose de notre activité, poursuit le docteur, c'est qu'elle est loin d'être aussi spectaculaire que les gens l'imaginent. Presque tout le temps, c'est la routine. La plupart des patients ont bien sûr eu de sérieux troubles psychiques, avec divers traumas et troubles obsessionnels compulsifs. C'est pour cela qu'ils sont là. *Mais*, continue Högsmed en levant un doigt, cela ne signifie pas pour autant que la clinique soit pleine de fous vociférants. Souvent, les patients sont très calmes et parfaitement accessibles. Ils *savent* pourquoi ils sont ici, et ils sont… comment dire ? Oui, presque *reconnaissants* d'être ici. Ils n'ont aucun projet d'évasion. » Il se tait, puis ajoute : « Pas tous, mais la plupart. »

Il ouvre la petite grille de l'école et reprend :

« Je peux aussi dire une dernière chose à leur sujet : un certain nombre ont souffert de diverses addictions. C'est pourquoi la drogue est strictement interdite dans l'établissement.

— Pas de médicaments ?

— Les médicaments, c'est autre chose, ils sont délivrés sur ordonnance. Mais on ne laisse pas les gens commencer à faire de l'automédication… Et nous limitons aussi le téléphone et la télévision.

— Les divertissements sont-ils tous interdits ?

— Absolument pas, dit le docteur en marchant vers l'entrée de la maternelle. Il y a tout le papier et les crayons qu'on veut pour écrire ou dessiner, la radio, plein de livres… et beaucoup de musique. »

Jan songe aussitôt à Rami et sa guitare. Le docteur poursuit : « Et nous encourageons également les patients qui sont parents à voir régulièrement leurs enfants… Les patients comme les enfants ont besoin de routines rassurantes. Ils en manquaient souvent dans leur vie précédente. »

Le médecin-chef ouvre la porte de la maternelle et lève une dernière fois le doigt :

« De bonnes routines, c'est décisif dans la vie. Votre travail ici est donc très important. »

Jan hoche la tête. *Un travail important avec de bonnes routines*.

Des cris clairs et des rires fusent par l'embrasure de la porte. D'un pas décidé il entre dans la maternelle.

Il se sent bien à présent : il est calme. Jan se sent toujours bien quand il va rencontrer des enfants.

LE LYNX

Jan avait un appartement à quelques kilomètres de la crèche du Lynx, à l'ouest du centre de Nordbro. Il y avait un vaste parc entre la cité qu'il habitait et la crèche – plusieurs kilomètres boisés où les sapins, les rochers et les petites montagnes autour d'un grand lac peuplé d'oiseaux donnaient l'illusion d'une terre sauvage lointaine. Il allait la plupart du temps travailler en vélo mais, quand il avait le temps, il passait à pied par la forêt et allait parfois s'y promener pendant son temps libre. Il avait appris à connaître les sentiers et chemins de la zone et grimpait parfois sur les rochers pour regarder le lac et les oiseaux.

C'est un matin, en se rendant au travail, qu'il découvrit le bunker.

Il était creusé à flanc de rocher, avec vue sur le lac. Aucun chemin forestier ni sentier n'y menait et en automne, il était très difficile de le distinguer – un tas de terre disparaissant sous des branchages, des aiguilles de pin et des feuilles mortes. Mais la porte en acier rouillé entrouverte avait quelque chose d'engageant qui poussa Jan à gravir la pente en quelques grandes enjambées pour aller y regarder de plus près.

Il se pencha en avant : il faisait noir comme dans un four là-dedans. Les murs semblaient avoir plusieurs dizaines de centimètres d'épaisseur.

Le sol en ciment avait l'air sec, aussi se mit-il à quatre pattes comme un spéléologue pour entrer en rampant.

L'intérieur était plus vaste que le volume apparent du bunker : il était en partie creusé dans la paroi rocheuse.

Des gens étaient venus s'y amuser, mais pas récemment. Des journaux jaunis et quelques boîtes de bière vides s'entassaient dans un coin, c'était tout. Il y avait bien quelques fenêtres, mais ce n'étaient que d'étroits soupiraux au ras du plafond, presque entièrement bouchés par la terre et les feuilles. Il supposa que le bunker avait été utilisé par la défense comme poste d'observation – un souvenir de la guerre froide.

Il ressortit en rampant et tendit l'oreille. Les arbres bruissaient doucement. Aucun autre promeneur en vue.

En contrebas du bunker, un talus de gravier au sommet bien plat, en partie recouvert d'herbes et de branchages. Il n'y avait plus de rails, mais c'était peut-être la trace d'une ancienne voie ferrée désaffectée depuis des décennies. Peut-être l'avait-on utilisée lors de la construction de l'abri.

Jan y descendit et se dirigea vers le sud. La chaussée de gravier passait par un étroit ravin entre deux énormes rochers, terminé par une grille rouillée : elle était fermée, mais Jan parvint à l'ouvrir. Il put ainsi sortir du ravin, gravit un talus en pente douce et arriva sur un promontoire.

Il aperçut alors le lac à quelques centaines de mètres – et soudain il se repéra. Les enfants du groupe du Lynx y étaient venus en excursion l'été précédent, au tout début de son remplacement. Ils y reviendraient certainement.

Il s'arrêta pour réfléchir.

La forêt était dense par ici, mais Jan trouva un sentier et parcourut quelques centaines de mètres avant d'apercevoir le chemin gravillonné qui passait devant la crèche et la clôture verte autour de la cour de récréation. Les enfants matinaux du Lynx et de l'Ours Brun étaient déjà sortis jouer. Il vit le petit William Halevi grimpé en haut d'un portique lever les mains pour bien montrer qu'il osait ne pas se tenir.

William était un garçon hardi, Jan l'avait constaté quand les deux sections jouaient ensemble – il avait beau être petit et fluet, il fallait toujours qu'il grimpe le plus haut et coure le plus vite.

Jan regarda William et songea au bunker en forêt.

Et cela avait commencé ainsi : pas un plan prémédité pour attirer un enfant en forêt, mais plutôt un jeu imaginaire. Un passe-temps que Jan gardait pour lui.

7

« Voici le planning, Jan, dit Marie-Louise en montrant la porte du réfrigérateur. Il faut se tenir à ces horaires, tous les jours. Parfois, nous montons un enfant à l'hôpital tout en allant en récupérer un autre. »

Il regarde le papier. Une liste de noms, de dates et d'horaires pour les visites de la semaine à venir.

Tout en haut, *Leo : lundi 11h-12h*. Puis *Matilda : lundi 14h-15h* et *Mira et Tobias 15h-16h*.

Il n'est encore que neuf heures moins le quart.

« Nous les accompagnons, dit Marie-Louise, et allons les chercher. Il y a aussi certaines occasions où l'autre parent vient en visite… et ils montent alors ensemble à l'hôpital. »

Jan opine du chef. *L'autre parent*. Elle parle du père ou de la mère libre. Celui qui n'est pas interné.

Il en a déjà rencontré quelques-uns, passés en coup de vent au vestiaire pour déposer les enfants qui n'habitent pas à la Clairière. Mais s'agit-il de leurs parents biologiques, ou de familles d'accueil ? Jan n'a pas le droit de poser la question. Des dames et des messieurs propres sur eux, la trentaine et plus. Certains semblaient être des retraités.

Il est resté au vestiaire avec Marie-Louise pour souhaiter la bienvenue aux enfants, un par un. Tous ceux prévus pour aujourd'hui sont arrivés à présent : ils sont onze.

Au moment où on dépose les enfants, il peut y avoir du désespoir, de grosses larmes, Jan le sait depuis longtemps. Les parents, de leur côté, peuvent se montrer exagérément gais ou bavards pour cacher leur inquiétude ou leur honte de laisser ainsi leurs enfants. Mais ici, à la Clairière, les adultes sont éteints. Peut-être est-ce la faute du mur de béton – l'ombre de Sainte-Barge pèse sur tout le monde à la maternelle.

Et les enfants ? La plupart sont timides. Ils sourient, chuchotent et dévisagent la nouvelle personne qui se tient à côté de leur maîtresse, ils se demandent qui c'est. Toutes ces années, dans les diverses maternelles où il est passé, Jan n'a presque vu que des enfants curieux aux yeux éveillés. Leur curiosité ne s'émousse que s'ils sont vraiment malades. À la différence des adultes, ils ne peuvent jamais cacher ce qu'ils ressentent.

« Malheureusement, tu as manqué notre séance de motivation ce matin, dit Marie-Louise après avoir fait visiter à Jan toutes les pièces de la Clairière.

— Qu'est-ce que c'est ?

— Nous avons ça tous les lundis matin. Nous nous réunissons tout simplement un quart d'heure autour d'une table pour nous dire comment ça va. » Elle lui sourit. « Mais tu pourras y participer lundi prochain. »

Jan hoche la tête sans un mot. Il n'a pas envie de se demander comment il va.

« Bon, dit Marie-Louise, on se met au travail ?

— Volontiers.

— Très bien. » Elle sourit. « Alors j'avais pensé commencer par un moment de lecture. »

Jan a l'honneur de choisir un livre dans une des caisses de la salle de jeux et en tire un assez mince au milieu du tas : *Émile et la soupière*.

« C'est l'heure de l'histoire ! »

Jan s'assoit sur une chaise contre le mur de la salle de jeux et les enfants cessent de jouer pour venir s'installer sur des petits tabourets autour de lui en demi-cercle irrégulier. Ils sont curieux de lui, mais encore très réservés. Il les comprend.

« Bon, vous vous rappelez comment je m'appelle ? »

Personne ne répond.

« Est-ce que quelqu'un se souvient ? »

Les enfants le fixent en silence.

« Jan », finit par chuchoter une petite fille qui n'a qu'une dent de devant.

Elle est assise un peu plus près de lui que les autres. Matilda – c'est bien son nom ? – a environ cinq ans, la raie au milieu, de longues tresses d'une blondeur de seigle.

« C'est ça, je m'appelle Jan Hauger. » Il leur montre le livre. « Et là, c'est Émile… Émile de Lönneberga. Vous le connaissez ? »

Plusieurs enfants hochent la tête. Le contact est établi.

« Vous avez déjà lu cette histoire, où Émile se coince la tête dans une soupière ?

— Ouiiii…

— Vous l'avez lue plein de fois ?

— Ouiii !

— Alors peut-être que vous ne voulez pas l'entendre encore ?

— Siii ! » crient en chœur les enfants.

Jan leur sourit. Tous les soucis disparaissent quand on croise un regard d'enfant. Leurs yeux captent toute la lumière du monde et la réfléchissent. Il ouvre le livre et commence la lecture.

La matinée passe. Les routines sont importantes à la Clairière. Marie-Louise semble en vouloir le plus possible, et les enfants aussi. Après la séance de lecture à haute voix, c'est la récréation. Les enfants enfilent leurs manteaux et leurs bottes et sortent dans la cour, à l'intérieur de la clôture d'un mètre de haut. Presque la moitié du groupe veut jouer à chat, et c'est Jan qui doit chasser. Ils abandonnent leurs derniers restes de timidité et crient de peur et de joie tandis qu'il les poursuit autour du bac à sable et du préau. La cour de la maternelle n'est pas bien grande, mais très verte : l'automne est doux, l'herbe et les buissons sont encore fournis, le sol n'est pas goudronné, presque entièrement en terre battue.

Jan voit à présent la zone de l'hôpital sous un angle nouveau. Ici, à l'arrière de Sainte-Barbe, pas de mur, juste une clôture de cinq mètres surmontée d'un réseau électrifié.

« Attrape-moi ! Attrape-moi ! »

Jan continue de jouer. Il lève les bras comme un vrai monstre et court après tous les enfants qui veulent être poursuivis. Ils se cachent dans l'arrière-cour, derrière la cabane, et il vient alors rôder autour en faisant semblant de ne pas les trouver – avant de surgir soudain au coin du mur en criant comme un troll : « Bouououh ! »

On s'amuse bien, il se plaît autant ici, dans la cour, que dans la salle de jeux mais, soudain, il tourne la tête vers la clôture de l'hôpital – et voit alors que quelqu'un, là-bas, est en train de les fixer.

Jan s'arrête net et cesse de sourire.

C'est une vieille femme, grande et maigre, debout derrière la clôture de Sainte-Barbe, vêtue d'une cape noire. De fines jambes blanches en dépassent. Elle tient un râteau, à ses pieds un tas de feuilles mortes. Son autre main s'agrippe aux mailles de la clôture.

La femme dévisage Jan. Son visage est blême, mais son regard est presque aussi sombre que ses habits. Des yeux pleins de chagrin, ou peut-être de haine – impossible à dire.

« Jan ? »

Il sursaute et tourne la tête – Marie-Louise l'a appelé par une fenêtre ouverte de la maternelle.

« Oui ?

— Leo doit bientôt aller à sa visite… Je me disais que tu pourrais m'accompagner, pour voir comment on procède. Tu veux bien ?

— Oui… Bien sûr. »

Jan hoche la tête dans sa direction. Marie-Louise ferme la fenêtre et il regarde à nouveau vers l'hôpital. Mais derrière la clôture la femme a disparu. Ne reste que le tas de feuilles.

La routine continue. Les enfants rentrent de récréation, ôtent leurs bottes et vont directement dans la salle d'activités s'occuper à divers jeux. Jan a toujours été fasciné de voir combien les petits enfants sont disciplinés quand ils savent ce qu'ils doivent faire.

Quand tout est calme, Marie-Louise regarde sa montre.

« Bon, c'est l'heure de la visite… »

Elle va chercher une carte magnétique dans un placard de la cuisine et le précède au vestiaire.

« Leo ! appelle-t-elle. Viens ! »

À côté des portemanteaux où pendent les affaires des enfants, une porte blanche que Jan n'a pas remarquée jusqu'alors – il ne s'est en tout cas pas demandé où elle menait.

Marie-Louise s'approche avec la carte magnétique. Un code de quatre chiffres, et la porte blanche s'ouvre : 3107.

« Ma date de naissance, dit Marie-Louise, 31 juillet. »

Derrière, Jan aperçoit un escalier en ciment qui descend, abrupt. Marie-Louise allume la lumière, se retourne et tend la main en souriant.

« Là, viens, Leo… On va voir papa ! »

Leo n'est pas sorti jouer dans la cour à la récréation. Il a à peine cinq ans, petite salopette bleue, fluet, jambes minces. Il prend la main de Marie-Louise et descend avec elle l'escalier, marche à marche. Jan les suit en silence.

« Tu peux refermer la porte, Jan. »

Il s'exécute, et les rires et cris joyeux de la maternelle sont coupés net. S'installe un silence de mort. Les murs de l'escalier semblent coulés dans le même béton que le mur d'enceinte – ici, tous les bruits sont étouffés.

Leo descend l'escalier à petits pas à côté de Marie-Louise. Elle non plus ne parle pas, il y a dans l'air une gravité palpable.

Vingt marches plus bas, ils sont arrivés au sous-sol, un passage souterrain au sol de ciment couvert d'une mince moquette bleue. Mais on s'est donné un peu de mal pour rendre l'endroit chaleureux : les murs sont peints d'un jaune ensoleillé et décorés de tableaux aux couleurs vives.

Des aquarelles. Jan n'aurait pas pu les peindre – elles sont trop gaies. Des souris hilares se baignent dans un bassin, des éléphants fument de grosses pipes, des morses jouent au tennis.

Ces animaux semblent égarés dans ce sous-sol.

« Et voilà, dit soudain Marie-Louise en s'arrêtant, nous sommes arrivés, Leo ! »

Ils ont marché une cinquantaine de mètres en s'enfonçant dans le souterrain et se trouvent sans doute à présent sous l'hôpital. À droite, une porte d'ascenseur peinte en blanc, avec une étroite ouverture vitrée. Mais Jan remarque que le couloir souterrain ne s'arrête pas là, il continue encore tout droit huit ou dix mètres avant de tourner brusquement vers la droite.

Marie-Louise ouvre la porte de l'ascenseur pour Leo, qui y entre à petits pas.

Jan s'avance aussi d'un pas, mais sa chef secoue la tête.

« Leo veut monter seul, dit-elle. Les enfants le peuvent s'ils le souhaitent. »

Jan hoche la tête. Il est tendu, mais espérait pourtant pouvoir monter jusqu'à la salle des visites.

« Mais on accompagne parfois les enfants jusqu'en haut ?

— Bien sûr, dit Marie-Louise. C'est à toi de décider, en accord avec l'enfant. »

Le temps où la porte reste ouverte, Jan se fait une rapide idée de l'intérieur de l'ascenseur. Un petit espace métallique avec deux boutons, MONTER et DESCENDRE, à côté d'un lecteur de carte magnétique et d'un bouton d'alarme rouge. Des caméras de surveillance ? Il n'en voit pas, ni sur les parois ni au plafond.

Marie-Louise entre dans l'ascenseur, passe sa carte dans la fente du lecteur et appuie sur le bouton MONTER.

« Au revoir Leo ! lance-t-elle en refermant la porte. À bientôt ! »

Sa voix semble encore plus joviale qu'à l'ordinaire, comme si elle s'efforçait de chasser une inquiétude soudaine.

Jan aperçoit le petit visage de Leo qui regarde par l'étroite fenêtre. Puis un déclic et l'ascenseur s'élève.

« Et voilà, on rentre », dit Marie-Louise. Sa voix semble plus calme, et elle poursuit : « Il faut revenir chercher Leo dans une heure… Tu voudrais t'en charger, Jan ?

— Volontiers.

— Très bien. » Marie-Louise lui sourit. « Je vais mettre le réveil dans la cuisine, pour que tu entendes quand ce sera le moment d'y aller… Ils renvoient les enfants seuls par l'ascenseur à l'heure exacte, il est donc très important d'y être à temps. »

Ils remontent alors l'escalier, ouvrent la porte et sont de retour dans le vestiaire. Marie-Louise met les mains en porte-voix et crie :

« C’est l’heure des fruits, tout le monde ! »

Quelques enfants grimacent en entendant le mot « fruit », mais la plupart arrivent en courant. Plusieurs jouent des coudes, veulent arriver les premiers. La bagarre, toujours la bagarre.

Tout se passe comme dans une maternelle ordinaire.

Mais Jan regarde à plusieurs reprises l’aiguille de l’horloge murale. Il ne peut s’empêcher de penser au petit Leo, seul avec son père interné.

8

Il n'y a pas de caméras de vidéosurveillance à la Clairière, et heureusement, bien sûr. Mais Jan ne voit pas non plus de téléviseurs.

« La télé ? Non, ici, à la maternelle, nous n'avons que la radio, dit sérieusement Marie-Louise. Avec une télé, nous aurions très vite plein de dessins animés que les enfants voudraient regarder, et les enfants passifs deviennent des enfants malheureux. »

Dans la salle de jeux, les enfants s'en donnent à cœur joie : ils ont éparpillé par terre les tapis en mousse et jouent à être naufragés sur des radeaux. Jan se joint à leur jeu, ça fait du bien après la virée au sous-sol.

Au mur, il aperçoit un panneau, avec l'écriture soigneuse de Marie-Louise. Les enfants ne peuvent bien sûr pas le lire, mais il semble pourtant leur être adressé :

À la Clairière

... on dit toujours à un adulte où on va.

... <u>tout le monde</u> a le droit d'être là quand on parle ou qu'on joue.

... on ne dit jamais du mal des autres.
... on ne se bat jamais.
... on ne joue jamais avec des armes.

Lilian est là aussi avec les enfants, ils sautent d'un tapis à l'autre pour échapper aux requins. Tout comme Jan, elle participe au jeu avec entrain mais, de temps en temps, une ombre de chagrin voile son visage quand elle regarde les petits.

Après, ils reprennent leur souffle sur un des matelas, et il s'apprête alors à lui demander si quelque chose ne va pas, mais Lilian est plus rapide :

« Tu te plais ici, Jan ? »

Elle a l'air de vraiment se soucier de lui.

« Tu veux dire, à Valla ? » Jan doit réfléchir avant de répondre. « Eh bien, je viens tout juste d'emménager. Mais ça a l'air bien... Les environs sont beaux.

— Et le soir, tu fais quoi ?

— Pas grand-chose... J'écoute un peu de musique.

— Tu n'as pas d'amis, ici ?

— Non... Pas encore.

— Descends au Bill's Bar, dit Lilian. C'est sur le port, ils ont un bon groupe...

— Le Bill's Bar ?

— Je traîne tout le temps là-bas, dit Lilian. Il y a toujours des gens de Sainte-Barbe. Tu peux rencontrer tous les gens que tu veux au Bill's Bar. »

Jan va-t-il se mettre à écumer les bars et à être sociable ? Il ne l'a encore jamais fait, mais pourquoi pas ?

« Peut-être », dit-il.

Ils retournent jouer avec les enfants naufragés, jusqu'à ce que Jan entende l'alarme stridente sonner à la cuisine. Très bien, il attendait ce moment.

Il va chercher la carte magnétique, ouvre la porte du sous-sol et descend seul jusqu'au couloir.

Rien ne bouge dans le souterrain. Aux murs, les tableaux sont toujours alignés au cordeau.

Il est midi moins cinq et la fenêtre de l'ascenseur est toujours obscure – l'ascenseur n'a toujours pas été renvoyé avec Leo.

Il s'arrête.

Monte, songe-t-il. *Monte et va visiter Sainte-Barge.*

Mais il reste là, sa carte magnétique à la main, et attend une bonne minute avant de regarder vers l'extrémité du couloir. Vers le brusque coude sur la droite.

Il est curieux de savoir ce qu'il y a là-bas, derrière le coin.

Une autre entrée de l'hôpital ?

L'ascenseur de Leo n'est toujours pas redescendu, aussi Jan quitte-t-il la porte pour avancer tout doucement. Il veut juste jeter un coup d'œil pour voir ce que devient le couloir.

Le couloir tourne et continue encore quelques mètres avant de s'arrêter devant une porte métallique massive. Elle est solidement fermée avec une longue poignée de fer. Jan voit une panneau blanc près de la porte : ABRI. Et en dessous : *cette porte doit être maintenue fermée.*

Un abri – Jan sait ce que c'est. C'est comme un bunker souterrain.

Une image du petit William lui traverse l'esprit, mais il la refoule et tend la main vers la poignée.

Elle bouge. On peut ouvrir la porte.

Mais à ce moment, il entend un déclic derrière lui dans le couloir. C'est la porte de l'ascenseur. Jan lâche vite la poignée et revient sur ses pas.

Leo a été renvoyé dans le sas. Il est en train de pousser la lourde porte, mais n'y arrive pas vraiment. Jan vient à son aide.

« Ça s'est bien passé, Leo ? »

Leo hoche la tête en silence, Jan le prend par la main et ils reviennent vers la Clairière.

« Je crois que c'est bientôt l'heure de la chorale… Tu aimes ça, Leo ?

— Mmh. »

Jan se fait peut-être des idées, mais Leo semble parler un peu plus bas. Sinon, il est comme avant sa visite. Pas de griffures sanglantes sur le visage ni de vêtements déchirés. Naturellement pas – pourquoi serait-ce le cas ?

Ils sont arrivés à l'escalier qui remonte à la maternelle. Jan sort la carte magnétique mais lorgne en direction de Leo et risque une question :

« C'était bien, avec papa, aujourd'hui ?

— Mmh.

— Et vous avez fait quoi ?

— Parlé », dit Leo. Il se tait, puis reprend : « Papa parle toujours beaucoup. Tout le temps.

— Ah oui ? »

Leo hoche la tête et commence à monter les marches.

« Il dit que tout le monde le déteste. »

9

La première semaine, Jan travaille à la Clairière tous les jours de huit à dix-sept heures. Et chaque soir il rentre dans son appartement sombre. Il a l'habitude, il est toujours rentré le soir dans des appartements silencieux, mais celui-ci n'est pas le sien. Il ne s'y sent pas *chez lui*.

Parfois, le soir, il s'installe devant sa planche à dessin et continue le combat du Farouche contre la Bande des Quatre, mais s'il est fatigué, il échoue devant la télé et s'y scotche.

Pendant la journée, il mémorise les prénoms des enfants, un à un. Leo, Matilda, Mira, Fanny, Katinka etc. Il repère les bavards et les plus réservés, ceux qui se fâchent quand ils tombent et ceux qui se mettent à pleurer quand on les bouscule. Ceux qui posent des questions et ceux qui écoutent.

Les enfants ont tellement d'énergie. Quand on ne les force pas à rester assis ensemble, ils sont toujours en mouvement, toujours en train d'aller quelque part. Ils rampent, courent, sautent. Dans la cour, ils creusent dans le bac à sable, grimpent, se balancent, veulent participer à tout.

« Moi aussi ! Moi aussi ! »

Les enfants luttent pour être au premier rang, pour attirer l'attention. Mais Jan veille à ce qu'aucun ne soit exclu du jeu, qu'aucun ne soit poussé hors du groupe et se retire tout seul dans son coin, comme lui-même le faisait si souvent.

Le groupe d'enfants de la Clairière semble harmonieux et on oublie facilement la proximité de Sainte-Barge – jusqu'à ce que le réveil sonne dans la cuisine et qu'il faille conduire ou aller chercher un enfant à l'ascenseur sous l'hôpital. Mais les allées et venues dans le couloir souterrain deviennent aussi une routine – même si Jan garde un œil particulièrement attentif sur Leo, qui semble avoir un père paranoïaque.

Le mercredi après-midi, tous les enfants font une petite excursion dans la forêt qui s'élève au-dessus de la zone de l'hôpital. Ils endossent alors des gilets fluorescents par-dessus leurs manteaux et sortent en rang par la grille de l'école. Dans beaucoup de maternelles, les enfants doivent tenir des anneaux fixés à une corde, mais ici on recourt à la bonne vieille méthode : en rang par deux, en se tenant la main.

Les excursions en forêt rendent toujours Jan un peu tendu, mais il accompagne ses collègues Marie-Louise et Andreas parmi les volutes des fougères derrière la maternelle. Là, sur le petit sentier, ils sont au plus près de Sainte-Barbe – la clôture n'est qu'à une dizaine de mètres.

Marie-Louise se penche vers lui :

« Il faut veiller à ce que les enfants ne s'approchent pas trop de l'enceinte.

— Ah oui ? Pourquoi ? »

Sa chef semble embarrassée.

« Ils pourraient déclencher l'alarme anti-évasion… Sainte-Barbe a enterré beaucoup d'électronique le long de la clôture.

— D'électronique ?

— Oui… Des sortes de détecteurs de mouvements. »

Jan hoche la tête et regarde vers la clôture. L'*enceinte*. Il ne voit pas de détecteurs, juste qu'on a planté des pins très serrés tout le long, peut-être pour abriter des regards. Derrière les arbres, il aperçoit des allées de gravier et deux maisons basses à l'intérieur de la zone – des pavillons jaunes qui ont l'air neufs. Rien ne bouge là-bas.

Il se rappelle soudain la femme vêtue de noir aperçue près de la clôture le lundi précédent. Son regard sombre lui a fait penser à Alice Rami, mais Rami a son âge, et la femme en noir semblait en avoir le double.

Les enfants de la maternelle ne paraissent pas du tout intéressés par la clôture, ils avancent en se dandinant dans leurs épais vêtements d'automne, main dans la main, et ne s'occupent que de ce qu'ils ont sous leurs yeux sur le sentier : fourmis, racines, petits détritus et feuilles mortes.

Un grondement sourd leur parvient. C'est un large torrent, où dévale une eau noire. Comme une douve, il coule à l'arrière de l'hôpital, tourne vers le sud et disparaît le long de la clôture. Jan se demande si le bruit de l'eau calme les internés.

Devant eux un petit pont de bois avec une balustrade. La file des élèves le franchit. Puis ils montent en s'enfonçant dans la forêt.

« Oh ! Regardez ! »

C'est la petite Fanny, trois ans, la dernière de la file, qui a lâché la main de son camarade et fixe le sol à côté du chemin, en arrêt. Elle regarde quelque chose qui pousse là. Jan s'arrête à son tour et s'approche pour voir.

Parmi les feuilles, sous les hauts arbres, on aperçoit quelque chose qui ressemble à des petits doigts gris sortis de terre.

« Oh…, dit Jan. Je crois que c'est une sorte de champignon. La verpe en forme de doigts.

— Des doigts ? dit Fanny.

— Non, pas des vrais doigts. »

Fanny tend doucement sa petite main vers les champignons pâles, mais Jan l'arrête :

« Laisse-les, Fanny. Ils veulent grandir tranquillement… et parfois ils sont empoisonnés. »

La petite fille hoche la tête en silence et oublie vite les champignons, repart en courant pour rattraper les autres.

Jan la regarde jusqu'à ce qu'elle ait rejoint les autres.

Il souffle et songe malgré lui aux enfants de la crèche du Lynx. Égarer un enfant est si vite fait – il suffit que le sentier passe entre deux grands sapins pour que la vue soit entièrement cachée.

Mais aujourd'hui, aucun danger. Les enfants de la Clairière restent groupés, les chênes et les bouleaux sont moins denses qu'une forêt de conifères et les petits ont leurs gilets fluorescents qui brillent, jaune clair parmi les arbres.

Marie-Louise maintient le groupe rassemblé en leur parlant. Elle montre des feuilles, des buissons, dit le nom des plantes, pose des questions à chacun. Mais elle finit par claquer dans ses mains.

« Quartier libre ! Mais on reste en vue ! »

Les enfants s'égaillent rapidement. Felix et Teodor se poursuivent, Mattias les suit, trébuche sur une racine, tombe mais se remet vite sur pied.

Jan fait la ronde parmi les arbres en comptant sans cesse les gilets jaunes, pour n'en perdre aucun de vue. Il est là, il ouvre l'œil.

En poussant plus loin, il entend des rires et entrevoit des reflets jaunes parmi les arbres. Puis il voit Natalie, Josefine, Leo et le petit Hugo qui forment un carré et regardent quelque chose sur le sentier. Josefine et Leo ont des bâtons et piquent le sol avec. En apercevant Jan, ils se figent avec un sourire gêné. Puis Josefine croise le regard de Leo et ils commencent à pouffer ensemble. Ils lâchent soudain leurs bâtons et s'enfuient dans les broussailles en riant et en poussant des cris aigus.

Jan s'approche pour voir avec quoi ils jouaient.

Quelque chose de petit. Comme un petit chiffon de tissu gris sur le sentier. Un mulot.

Bouche ouverte parmi les feuilles, il lutte pour respirer, mourant. Son pelage soyeux est taché de sang. Jan comprend que les quatre enfants l'ont blessé en jouant avec.

Non, ce n'était pas un jeu. Plutôt un rituel sadique pour ressentir un pouvoir de vie et de mort.

Jan est seul, il faut qu'il fasse quelque chose. Il pousse doucement du pied droit le corps mou hors du chemin, cherche une grosse pierre plate. Il en soulève une à deux mains et vise.

Tu ne tueras point, songe-t-il, mais il jette la pierre, fort. Elle tombe comme une météorite sur le corps du mulot.

Fini.

Il laisse la pierre dans les buissons et rejoint le groupe des enfants. Ils sont tous là, et il voit que Leo sourit toujours d'un air satisfait.

Après presque une heure dans la forêt, le groupe rentre, retraverse le torrent et redescend le long de la clôture.

Revenus à la maternelle, débarrassés de leurs manteaux, tous les enfants vont se laver les mains, puis c'est l'heure pour Jan de conduire Katinka à l'ascenseur. Elle monte toute seule voir sa maman.

Après ça, séance de lecture. Il choisit les aventures de Fifi Brindacier, avec leur morale : pour être vraiment grand, il faut être vraiment gentil.

Après, il demande à Natalie, Josefine, Leo et Hugo de rester dans la salle de jeux. Il les fait s'asseoir par terre devant lui.

« Je vous ai vus jouer tout à l'heure dans la forêt », leur dit-il.

Les enfants lui sourient timidement.

« Et vous avez laissé quelque chose sur le sentier… Un petit mulot. »

Ils semblent soudain comprendre de quoi il parle, ce qu'il leur veut. Josefine pointe le doigt :

« C'est Leo qui a marché dessus !

— Il était malade ! dit Leo. Il était couché par terre.

— Nan, parce qu'il bougeait. Il *gigotait* ! »

Jan les laisse se chamailler un moment, avant de dire :

« Mais maintenant le mulot est mort. Il ne gigote plus. »

Les enfants se taisent et le regardent. Il continue doucement :

« Et comment il s'est senti, avant de mourir, à votre avis ? »

Les enfants ne répondent pas. Jan les regarde dans les yeux, l'un après l'autre.

« Est-ce que quelqu'un a eu pitié du mulot ? »

Aucune réponse. Leo le fixe avec un air de défi, les autres baissent les yeux.

« Vous avez piqué le mulot avec vos bâtons jusqu'à ce qu'il saigne, dit Jan à voix basse. Est-ce que quelqu'un a eu pitié du mulot à ce moment-là ?

Le plus petit finit par hocher la tête, tout doucement.

« D'accord, Hugo, c'est bien… quelqu'un d'autre ? »

Natalie et Josefine finissent par hocher aussi la tête, l'une après l'autre. Seul Leo refuse de regarder Jan dans les yeux. Il regarde par terre en marmonnant quelque chose, on distingue « papa » et « maman ».

Jan se penche.

« Qu'est-ce que tu as dit, Leo ? »

Mais Leo ne répond pas. Jan pourrait le presser davantage, peut-être le pousser à pleurer.

Papa a fait la même chose avec maman.

Leo a-t-il vraiment dit ça ? Jan croit avoir mal entendu, et il voudrait reposer la question au garçon. Mais il se contente de dire :

« C'est bien d'en avoir parlé. »

Les enfants sentent qu'ils sont libres, ils se relèvent d'un bond et partent en courant.

Il les regarde s'éloigner – ont-ils compris quelque chose ? Lui, il se souvient encore comment il s'était fait gronder par son maître quand il avait huit ans et qu'il avait joué aux nazis avec Hans et les autres garçons de la classe. Ils s'étaient mis en rang dans la cour, avaient crié des « Heil Hitler ! » et s'étaient sentis affranchis et puissants – *ils marchaient au pas !* – jusqu'à ce que l'instituteur vienne les arrêter. Il avait alors prononcé un nom dont ils n'avaient jamais entendu parler.

« Auschwitz ! avait-il crié. Vous savez ce qui s'est passé, là-bas ? Vous savez ce que les nazis ont fait à des adultes et des enfants à Auschwitz ? »

Aucun des garçons ne savait, et le maître avait pris son élan puis parlé de trains de marchandises, de fours et de montagnes de chaussures et de vêtements. Et ils n'avaient plus jamais rejoué aux nazis.

Jan rejoint les enfants. C'est bientôt l'heure de la chorale. La routine – il suppose que c'est la même chose à Sainte-Barbe. Jour après jour, toujours la même chose. Des horaires fixes, une voie toute tracée.

Ce n'est pas par méchanceté que les enfants ont torturé le mulot. Jan refuse de croire que les enfants soient méchants, même s'il se sentait parfois lui-même comme une petite souris en croisant les grands dans les couloirs de l'école – il n'avait jamais attendu d'eux la moindre pitié, et n'en avait d'ailleurs jamais reçu.

LE LYNX

Une semaine après avoir découvert le bunker dans la forêt, Jan entreprit de le nettoyer et de l'aménager.

Il était très prudent, attendait toujours le coucher du soleil pour quitter son appartement et gagner dans les bois le versant abrupt où il était perché. En deux semaines, il s'y rendit à trois reprises avec une grosse brosse et des sacs-poubelle cachés dans un sac à dos. Il grimpait la pente, se glissait dans l'abri et récurait le béton. Il fallait tout dégager : poussière, toiles d'araignées, feuilles, canettes de bière, journaux.

À la fin, il avait fait place nette. Il aéra alors en laissant la porte blindée grande ouverte, et plaça deux bombes désodorisantes aux deux coins du bunker : elles répandirent dans la pièce souterraine un parfum artificiel de rose.

C'était à présent le mois d'octobre et chaque fois que Jan venait, davantage de feuilles mortes tapissaient le versant forestier. Lentement mais sûrement, elles recouvraient les angles saillants du bunker, confondant le béton avec les rochers environnants. Une fois la porte verrouillée, le bunker était difficile à repérer.

Le plus compliqué fut d'y transporter le nouvel ameublement sans se faire remarquer : comme le ménage, il le fit dans le noir, tard dans la nuit. Il connaissait désormais par cœur le chemin parmi les rochers jusqu'au versant du bunker, il n'avait pas besoin de lumière.

Il avait trouvé le matelas dans une benne à ordures, mais il ne sentait pas mauvais et, une fois en forêt, il veilla à le battre soigneusement. Il avait acheté les couvertures et les coussins dans un magasin d'ameublement en périphérie de la ville. Il avait arraché toutes les étiquettes puis les avait lavés deux fois avant de les mettre sur le matelas dans le bunker.

La demi-douzaine de jouets qu'il y porta provenait aussi de deux autres grands magasins. Des objets anonymes, fabriqués à des dizaines de milliers d'exemplaires dans des usines asiatiques : deux petites voitures, un lion en peluche, quelques livres.

Le dernier objet qu'il se procura était assez gros et lourd : ROBOMAN, clamait l'emballage qui trônait sur le rayon supérieur, entre voitures de pompiers, vaisseaux spatiaux et pistolets laser. *Remote controlled ! Voice activated ! Record your own messages and watch ROBOMAN move and talk !*

C'était un robot en plastique télécommandé, qui pouvait bouger les bras et rester debout sur le béton. Jan le regarda en essayant de s'imaginer quinze ans plus tôt, quand il n'avait lui-même que cinq ans – n'aurait-il pas trouvé alors que Roboman était ce qu'il avait vu de plus chouette ? Mieux qu'une peluche, presque mieux qu'un chat ou un chien vivant ?

Il vola Roboman. Un vol culotté : mais il n'y avait personne dans l'allée, et il déballa vite le robot et sa télécommande, qu'il fourra dans un grand sac plastique d'une autre enseigne. Puis il sortit directement par une des caisses. La caissière ne le regarda même pas et aucun vigile ne l'inquiéta.

Le robot coûtait presque six cents couronnes, mais ce n'était pas le prix qui l'avait poussé à le voler. C'était le risque que la caissière se souvienne de cet achat quelque peu inhabituel si elle venait à être interrogée par la police.

L'homme-robot ? Oui, c'est un jeune homme qui l'a acheté. Il avait l'air sympathique et rassurant, un peu comme un prof. Oui, je pense pouvoir le reconnaître...

10

Parfois, la maternelle est comme un zoo, songe Jan.

Cela commence toujours en fin de journée, quand tout le monde est fatigué, et qu'un des enfants entraîne tous les autres. Souvent, c'est un des garçons qui a son quart d'heure de folie, devient d'un coup hyperactif et commence à courir partout dans la salle de jeux, renverse les cubes de l'un ou piétine la maison en Lego d'un autre.

C'est ce qui se produit ce vendredi après-midi à la Clairière, quand Leo se met soudain en tête de jeter un coussin au visage de Felix. Felix le renvoie aussitôt en hurlant, et les larmes commencent à couler. Leo hurle à son tour, et tout le groupe s'emplit d'une énergie nouvelle : les autres garçons se mettent à se battre ou à s'envoyer des coussins, les filles crient ou pleurent de façon hystérique.

« Du calme ! » crie Jan.

Rien à faire. Tout devient un grouillement informe d'enfants qui sautent dans tous les sens, donnant à la pièce des airs de cage surpeuplée.

Jan est le seul adulte présent, une bouffée de panique le prend au ventre. Mais il la stoppe : il respire profondément et se campe au milieu de la pièce.

« Du calme ! Calmez-vous *tout de suite* ! »

La plupart des enfants s'arrêtent en l'entendant, mais le petit Leo continue de faire du grabuge, distribuant autour de lui de grands coups de coussin : Jan doit aller l'attraper, il se sent comme un dompteur de fauves.

« Du calme, Leo. Du calme ! »

Le petit corps lutte entre ses bras : Jan le tient fermement jusqu'à ce que Leo se calme. L'animal a été bridé, mais il est complètement épuisé.

« Je suis un peu inquiet pour Leo, dit Jan à Marie-Louise tandis qu'ils rangent la vaisselle à la cuisine.

— Comment ça ?

— Il a tant de colère en lui. »

Marie-Louise sourit.

« C'est de l'énergie… Il a de l'énergie à revendre.

— Tu sais quelque chose de ses parents ? demande Jan. Ils sont tous les deux en vie ? Je crois que son père… »

Mais Marie-Louise secoue la tête en s'essuyant les mains à un torchon.

« On ne parle pas de ça, Jan… Tu le sais bien. »

Le soir, après le travail, Jan essaie de se détendre dans le vieux canapé devant la télévision. Il a du mal. De l'autre côté de la cloison, son voisin salue déjà l'arrivée du week-end par une fête bruyante : musique, verres entrechoqués.

Sa première semaine de travail à la Clairière est achevée. Il devrait fêter ça, mais il ne trouve pas grand-chose à fêter. Ç'a passé vite et facilement, presque tout le temps. Il a fait ce qu'il avait à faire, pris ses responsabilités, ses collègues et les enfants ont l'air de l'apprécier.

Jan a fini d'installer sa chaîne, alors il met le disque de Rami et monte le volume pour couvrir le bruit de la fête. Rami est justement en train de chanter un vieux tube, la ballade « Ton amour secret », d'une voix chuchotante :

Pétris tes souvenirs
Jusqu'à les voir
Voler dans le vent
Jusqu'à les entendre

Aimer ou juste jouer
Tu regretteras toujours
Ton amour le plus secret
Comme une âme errante dans le désert

La chanson semble en tout cas parler d'un amour impossible. S'ils se revoient un jour, il demandera à Rami si c'est bien cela.

Se revoir – il faudra pour cela qu'il s'introduise dans Sainte-Barge, peut-être par le sous-sol. Il y a toujours un moyen d'entrer dans une maison, il suffit d'oser.

Il tourne le dos à la pièce étroite et regarde par la fenêtre.

Personne dans le parking derrière l'immeuble, mais plein de voitures. Il dénombre onze Volvo, en comptant la sienne, sept Saab, deux Toyota et une seule Mercedes. Les gens sont rentrés du travail, ont retrouvé leur famille. Peut-être sont-ils en ce moment réunis à la cuisine ou devant la télévision. Peut-être sont-ils en train de tricoter ou de s'occuper de leur collection de timbres.

Mais Jan, lui, est seul.

Et voilà – le mot dangereux est sorti, il a reconnu son infériorité. Il est *seul*, il se sent *seul*.

Il n'a pas d'amis à Valla. C'est un fait. Il n'a rien à faire.

Au fond, tout ce qu'il voudrait, ce serait rester là à écouter Rami. Mais il lui reste des cartons de déménagement à déballer et en le faisant, ce soir-là, il retrouve un vieux carnet avec des notes et des coupures de presse. C'est son journal intime d'adolescent, où il écrivait de temps en temps. Il s'écoulait parfois plusieurs mois entre chaque fois.

Il ouvre le carnet, prend un stylo et note tout ce qui lui vient sur ces dernières semaines : le déménagement à Valla, la solitude, son nouveau travail et le rêve qu'il le conduise jusqu'à Rami.

Sur la page de garde du carnet, il a scotché une vieille photo. C'est un polaroïd : il a un peu pâli, mais on y voit toujours un jeune garçon blond qui ouvre de grands yeux étonnés dans un lit d'hôpital aux draps blancs. C'est lui, à quatorze ans.

11

Samedi après-midi, Jan descend pour la première fois dans la buanderie commune de l'immeuble, où il rencontre un vieil homme. Un voisin, cheveux et barbe blancs, qui sort de la salle des machines à laver.

Après-coup, Jan se dit qu'il aurait dû lui adresser la parole, pas juste se contenter de le saluer au passage d'un signe de tête.

L'homme porte sur l'épaule un vieux sac à linge, sur lequel Jan voit quelque chose d'imprimé : CHISSERIE INTE RBE. Plusieurs lettres sont cachées dans les plis de la toile, et Jan poursuit son chemin et entre dans la buanderie. Soudain, pourtant, son cerveau reconstitue les trois mots :

Blanchisserie Sainte-Barbe

Est-ce possible ? Trop tard pour vérifier – le vieil homme est déjà ressorti de la cave, la porte s'est refermée derrière lui et Jan se retrouve seul avec son linge sale.

Une fois son linge propre et sec, il remonte à l'appartement et essaie d'y faire plus de place : évacuer les cartons, ranger et empiler les meubles du précédent locataire. Puis il dîne à nouveau tout seul tandis que dehors la nuit tombe.

Et après ? Il va dans le séjour allumer le vieux téléviseur. Il voit des dauphins nager sous la surface de l'eau : apparemment un documentaire animalier. Jan s'assoit et apprend que les dauphins ne sont pas aussi gentils et pacifiques qu'on l'imagine.

Les dauphins chassent en meute et tuent parfois des phoques et autres animaux, dit la voix du commentaire.

Jan éteint le poste au bout d'une demi-heure. Le silence se fait – mais pas un silence total. Quelque part dans l'immeuble quelqu'un fait encore la fête. On entend une musique tonitruante, une porte qui claque, des rires bruyants et des voix.

Jan songe à continuer la bande dessinée des aventures du Farouche, pour approcher de la fin. Bientôt, son héros devra triompher de la Bande des Quatre. Les anéantir.

La fête continue chez les voisins, les rires se font de plus en plus forts. Jan finit par mettre sa chaîne à fond pour ne plus les entendre, puis va regarder à la fenêtre.

Je devrais me trouver un hobby, pense-t-il. *Ou suivre un cours du soir.*

Mais quoi ? Apprendre le français ? À jouer de l'ukulélé ?

Non. Il finit par éteindre la chaîne, enfile sa veste noire pour faire adulte et sort.

Il se retrouve dans le froid et voit que les réverbères se sont allumés. Il est huit heures et quart. Ici, on entend davantage de musique, qui se répercute entre les immeubles. La soirée festive a commencé, pour tous ceux qui ont des amis.

Descends au Bill's Bar, a dit Lilian. *Je traîne tout le temps là-bas.*

Il descend sur le trottoir et se met en route vers le centre-ville. Il a envie de découvrir sa nouvelle ville, mais qu'y a-t-il à voir ? Valla est une ville suédoise moyenne sans grandes surprises. Il passe devant une pizzeria, une église pentecôtiste, un magasin de meubles. Dans la pizzeria, il aperçoit quelques jeunes désœuvrés assis autour d'une table, tous les autres commerces sont fermés, éteints. Une passerelle franchit l'autoroute, puis Jan est presque arrivé sur le port. Il descendrait bien sur le quai humer la brise du soir au bord de l'océan tout noir, mais la zone portuaire est fermée par une grille et une clôture presque aussi haute que le mur d'enceinte de Sainte-Barge.

Non, pas Sainte-Barge. *Sainte-Barbe.*

Il faut que Jan cesse d'utiliser le surnom de l'hôpital, sinon il va tôt ou tard lui échapper.

De l'autre côté de la clôture, quelques petites rues qu'on pourrait appeler quartier du port, mais qui n'en ont pas la connotation aventureuse et romantique. Juste de petits entrepôts entourés d'asphalte craquelé.

Mais devant une des maisons en bois les plus proches du centre stationnent plusieurs voitures et une enseigne au néon rouge accueille les visiteurs : BILL'S BAR.

Jan s'arrête devant. Aller au bar n'est pas un hobby. Mais même l'être le plus solitaire est bienvenu dans un bar, tant qu'il se tient bien, et il finit par tirer la lourde porte de bois et entrer.

Il fait sombre et chaud à l'intérieur, avec du rock tonitruant et des voix sourdes. Des ombres se frôlent, on a l'impression que tout peut basculer. Les bars sont comme des salles de jeux, mais seulement pour adultes.

Les gentils petits enfants sont au lit, maintenant.

Jan déboutonne sa veste et regarde autour de lui. Il se souvient d'une chanson de Roxy Music : *Loneliness is a crowded room*. Il ne se rappelle pas la dernière fois qu'il est entré seul dans un bar : le sentiment d'exclusion est toujours total dans une pièce pleine d'inconnus qui parlent et rient ensemble. Au Bill's Bar, c'est pareil. Non que Jan s'imagine qu'il n'y a là que les meilleurs amis du monde, mais *ça en a l'air*.

Il doit se frayer un chemin jusqu'au bar entre des corps lourds qui refusent de se pousser. Beaucoup se sont rassemblés devant une petite scène tout au fond du bar, où se produit un groupe de rock local.

Jan tend un billet.

« Une bière légère, s'il vous plaît ! »

Le truc classique de l'âme esseulée est de bavarder avec le barman, mais il a déjà filé en escamotant l'argent de Jan.

Jan boit quelques gorgées de bière et se sent un peu moins seul. Il a de la compagnie, à présent : son verre. Le meilleur ami du buveur. Il n'a pourtant presque jamais bu d'alcool, ne s'est jamais enivré – va-t-il essayer ce soir, pour voir ce qui se passera ?

Rien. Il ne se passera rien à part qu'il rentrera en titubant et se sentira mal le lendemain matin. D'une certaine façon, on ne peut qu'admirer ceux qui se saoulent en se fichant des conséquences – Jan n'a jamais pu le faire. Il se contrôle toujours et ne finira jamais inconscient dans une piscine, comme une star du rock. Ou chez les barges, comme Rami.

En pensant à elle, il regarde les gens autour de lui. Jan se souvient de ce que Lilian a dit à propos du Bill's Bar : *Il y a aussi toujours des gens de Sainte-Barbe.* Des surveillants et des infirmiers, suppose-t-il.

Jan continue à boire sa petite bière. Il sent des effluves de parfum et se rend soudain compte qu'il est entre deux jeunes femmes d'environ vingt-cinq ans.

Grandes et belles, à ce qu'il voit. C'est maintenant qu'il faudrait se montrer adulte, mais il se sent comme un petit garçon.

Celle de droite sent la rose. Elle a un T-shirt noir, de longs cheveux bruns et boit une sorte de cocktail jaune citron. Leurs regards se croisent mais elle détourne très vite les yeux.

Celle de gauche s'est aspergée d'un parfum à la mandarine et porte un chemisier jaune et une veste dorée qui brille. Une fille en or. Elle a les yeux verts et boit du cidre de poire – Jan la regarde de côté et, de fait, elle lui adresse un petit sourire. Pourquoi ?

Elle ne détourne pas les yeux, aussi se penche-t-il vers elle et crie dans la musique :

« C'est mon premier soir ici !

— Quoi ? » crie-t-elle à son tour.

Jan se penche plus près.

« Mon premier soir !

— Ici chez Bill ? répond-elle. Ou ici en ville ?

— Les deux. Je suis arrivé il y a quelques jours ! Je ne connais personne…

— Ça ne va pas durer ! Tu vas bien t'amuser ici. Plein de surprises !

— Tu crois ?

— Oui, et je m'y connais... Bonne chance ! »

Elle tourne aussitôt les talons et disparaît dans la foule, comme une biche dans les bois.

Et voilà. Une brève conversation. Jan a comme toujours du mal à bavarder avec des inconnus, mais il se sent mieux. Les gens sont gentils au Bill's Bar.

Continue à prendre contact, l'exhorte une voix intérieure. Il commande une autre bière et s'enfonce dans le bar, en s'éloignant de la musique.

La plupart des tables sont occupées. Pas de place pour lui.

Il s'assoit à une table vide et boit sa bière en regardant droit devant lui.

Félicitations, ta nouvelle vie commence aujourd'hui. Mais ce n'est pas la première fois qu'il se le dit. On peut changer de travail, déménager dans une nouvelle ville, mais rien ne change. On est prisonnier du même corps, avec le même poison dans les veines, à ruminer les mêmes souvenirs.

« Salut Jan ! »

Une femme se tient devant lui – il lève les yeux, mais il lui faut quelques secondes pour la reconnaître. C'est Lilian, de la Clairière, une bouteille de bière à la main.

À la maternelle, elle semblait lasse et usée ces derniers jours, et la voilà pleine d'une énergie nouvelle. Elle porte un jumper noir décolleté et ses yeux maquillés sont brillants, ou peut-être scintillants – cette bouteille ne doit pas être la première de la soirée.

« Tu aimes mon tatouage du week-end ? » dit-elle en lui montrant sa joue.

Jan regarde de plus près et voit ce que Lilian s'est dessiné sur la peau : un long serpent noir qui remonte vers l'œil.

« Super.

— Ne crains rien… Il n'est pas venimeux ! »

Lilian rit d'une voix un peu rauque et s'assoit à sa table sans qu'il l'y invite.

« Alors comme ça tu as trouvé le meilleur point de rencontre de la ville ? » Elle boit une grande gorgée de bière. « Tu n'as pas perdu de temps.

— C'est que tu m'avais donné le tuyau, dit Jan. Tu es venue seule ? »

Lilian secoue la tête.

« J'étais avec quelques copains… mais ils sont rentrés quand les Bohemos ont commencé à jouer. » Elle fait un signe de tête en direction du groupe de rock près du bar. « Ils ont les oreilles sensibles.

— Des copains du boulot ? demande Jan.

— Du boulot ?.… Et qui donc ? » Lilian pouffe en buvant sa bière. « Marie-Louise ?

— Elle ne vient jamais ici ?

— Non, Marie-Louise, c'est le genre qui reste à la maison.

— Elle a des enfants ?

— Non, juste un mari et un chien. Mais c'est notre maman à tous, non ? La maman de tous les enfants, notre maman. Merveilleuse… Je ne crois pas qu'elle ait jamais eu la moindre idée méchante de toute sa vie. »

Jan ne veux pas réfléchir à ce que les gens pensent.

« Et Andreas ? dit-il. Il sort ?

— Andreas ? Pas trop souvent. Il a sa maison et son jardin dont il faut qu'il s'occupe, et sa petite femme. Ils sont comme un vieux couple.

— Bon, dit Jan. Mais Hanna, elle, doit bien venir ici ?

— Parfois. » Lilian baisse les yeux vers la table. « Hanna… C'est avec elle que je m'entends le mieux au boulot, c'est ma copine, on peut le dire. »

Le silence se fait. La musique aussi a cessé – les Bohemos ont l'air d'avoir plié bagage pour ce soir.

« Alors Hanna est quelqu'un de bien ? demande Jan.

— Bien sûr, se dépêche de dire Lilian. Elle est gentille. Elle n'a que vingt-six ans… jeune et un peu folle.

— Comment ça, un peu folle ?

— Eh bien, de plusieurs façons, dit Lilian. Hanna peut sembler silencieuse et réservée, mais sa vie privée est agitée.

— Avec plusieurs garçons, tu veux dire ? »

Lilian serre les lèvres.

« Je ne cafte pas.

— Mais elle vient ici, des fois, au Bill's Bar ?

— Des fois elle m'accompagne… mais elle préfère le Medina Palace.

— Le Medina Palace ?

— C'est la grande boîte de nuit de Valla. Presque aussi luxueux que Sainte-Barbe.

— Tu trouves que c'est luxueux ?

— Absolument, c'est un hôtel de luxe. »

Jan la regarde, les yeux vides, sans comprendre. Lilian se hâte d'ajouter : « Écoute… chaque nuit à

Sainte-Barbe coûte quatre mille couronnes. Quatre mille balles ! Pas à ceux qui y habitent, bien sûr, mais à nous autres, les contribuables. Médecins, gardes, caméras, médicaments… tout coûte de l'argent ! Les patients ne savent pas la chance qu'ils ont.

— Et toi et moi nous travaillons là… à côté de l'hôtel de luxe.

— Eh oui, dit Lilian en buvant. Santé ! »

Jan continue à bavarder avec elle un petit quart d'heure, avant de s'étirer en simulant un bâillement.

« Je crois que je vais rentrer.

— Une dernière bière ? » propose Lilian avec un lent clin d'œil.

Jan secoue la tête.

« Pas ce soir. »

Se mettre à trop faire la fête maintenant serait une erreur, il va avoir de plus grandes responsabilités la semaine prochaine. Mercredi, il doit assurer une garde de nuit à la maternelle – pour la première fois, il va se retrouver tout seul avec les enfants.

12

« Comment ça va, Jan ? demande Marie-Louise. Tu veux en parler ?

— D'accord… mais en fait il n'y a pas grand-chose à dire. Ça va bien.

— C'est tout ? Pas de problème pour t'intégrer à l'équipe ?

— Non. » Jan regarde tout autour de la table, Andreas, Hanna et Lilian. « Aucun problème.

— Nous en sommes ravis, Jan. »

La séance de motivation du lundi a lieu avant l'arrivée des premiers enfants.

C'est la première pour Jan. Tout le monde le regarde, le petit nouveau, mais il a du mal à se détendre tout en parlant.

« Mon travail ici est important, dit-il. Je le sens. »

Alors ils cessent de le dévisager et, quelques minutes plus tard, la réunion est terminée. Dieu merci.

Ce jour-là, avant le début de la séance de lecture, Jan découvre un signe de vie d'Alice Rami. Si c'est bien de cela qu'il s'agit.

C'est la petite Josefine qui l'y aide. C'est une de ceux qui ont torturé le mulot dans la forêt, mais Jan essaie d'oublier l'événement, tout comme les phrases inquiétantes de Leo au sujet de son père. Et aujourd'hui, Josefine est une petite fille comme toutes les autres – elle joue à la poupée au dortoir quand Jan vient y chercher un livre.

« Bonjour Josefine, dit-il, est-ce qu'il y a une jolie histoire que tu voudrais entendre aujourd'hui ? »

Elle lève les yeux et hoche la tête, plusieurs fois.

« Lis l'histoire de la faiseuse d'animaux ! »

Jan la regarde.

« Comment elle s'appelle ?

— *La Faiseuse d'animaux* ! »

Il n'a jamais entendu parler de ce livre, mais Josefine va droit aux deux casiers, cherche et en extrait un mince volume blanc, format disque vinyle. C'est exact, Jan voit le titre : *La Faiseuse d'animaux*.

« D'accord. Ce sera sûrement très bien. »

Le livre ressemble à tous les autres dans le casier, mais il n'y a pas de nom d'auteur et l'illustration de couverture est presque invisible – un léger dessin au crayon qui représente une île avec la petite tour d'un phare. Il semble fait à la main : en y regardant de plus près, Jan remarque que quelqu'un a collé ensemble les feuillets du livre avec du simple scotch.

Il le feuillette. Le texte est écrit sur les pages de droite. Sur celles de gauche, les légers dessins au crayon qui, comme sur la couverture, sont si vagues qu'on les aperçoit à peine.

La curiosité de Jan est excitée, il veut lire *La Faiseuse d'animaux*.

« Rassemblement ! crie-t-il ! C'est l'heure de la lecture ! »

Les enfants s'installent tranquillement parmi les oreillers.

« Aujourd'hui, nous allons lire l'histoire de la faiseuse d'animaux.

— Qu'est-ce que c'est ? » demande Matilda.

Jan cherche de l'aide du côté de Josefine, mais elle se tait.

« Bon… On va voir. »

Il ouvre la première page et commence sa lecture :

Il était une fois une faiseuse d'animaux qui s'appelait Maria Blanker. Maria était très seule : elle s'était installée sur une petite île très loin dans la mer, avec un phare qui ne s'allumait jamais. C'était là qu'elle habitait, dans une cabane en bois flotté.

Quelqu'un vivait aussi dans le phare. Sur une boîte aux lettres était écrit Monsieur ZYLIZYLON LE GRAND. Maria entendait chaque soir des pas lourds résonner dans le phare. Quelqu'un montait et descendait l'escalier en tapant ses grands pieds.

Maria voulait être polie. Elle était allée frapper à la porte en arrivant sur l'île, mais elle avait été soulagée que personne n'ouvre.

Jan se tait. Il a l'impression de connaître le nom Maria Blanker. Mais d'où ?

Et le mot Zylizylon a l'air médical. C'est peut-être un médicament ?

Il regarde le dessin au crayon. Une petite cabane avec un phare à l'arrière-plan. La maison est gris clair, comme du bois échoué pâli au soleil. Le phare est mince comme une allumette.

« Continue ! » crie Josefine.

Et Jan reprend :

Si le phare ne s'allumait jamais, c'était parce que aucun bateau n'en avait plus besoin. Partout sur la mer on avait en effet installé des rails, pour que les bateaux ne dévient jamais de leur route. Mais il n'en passait pas près du phare. Maria ne voyait jamais passer aucun bateau, et se sentait encore plus seule.

Il n'y avait pas d'animaux sur l'île. Maria n'aimait plus les créer.

L'image suivante montre l'intérieur de sa maison : une pièce nue avec juste une table et une chaise. Assise, une femme mince avec des cheveux en bataille et une bouche si large que ses commissures pendantes dépassent de son visage comme des branches noires.

À la place, elle cultivait des pommes de terre et des carottes derrière la maison. Elle buvait du thé au taminal et ramassait de jolis galets sur la plage. Elle se sentait un peu seule, mais n'alla pourtant jamais frapper à nouveau à la porte du phare. Elle ne voulait pas rencontrer monsieur Zylizylon, car ses pas se faisaient chaque jour plus lourds dans l'escalier.

Le troisième dessin montre la faiseuse d'animaux comme une mince silhouette devant la porte métallique fermée du phare. Le trait est flou, on n'arrive pas bien à interpréter son expression. Est-elle triste, effrayée peut-être ?

La nuit, Maria rêvait à tous les animaux qu'elle créait, jadis, quand elle était jeune et gaie. Les gens aimaient la regarder faire, ils applaudissaient à chaque animal qui sortait de ses vêtements.

Mais les animaux étaient devenus de plus en plus gros, de plus en plus bizarres. La faiseuse d'animaux n'arrivait plus à les contrôler. Elle avait fini par ne plus oser en créer.

Le quatrième dessin est sombre. La faiseuse d'animaux dort, ombre grise dans un lit étroit. Au-dessus d'elle, d'autres ombres grouillent et se tordent, sortant d'un tunnel qui s'ouvre dans le mur, noir comme un four.

Une atmosphère menaçante se dégage de l'image et Jan tourne la page pour continuer la lecture :

Un jour se produisit un événement inédit. Maria ramassait des galets sur le rivage quand soudain elle vit un bateau à l'horizon. Il semblait s'approcher, poussé vers l'île par les vagues. Maria comprit qu'il y avait eu un déraillement de bateau.

Quand il fut presque arrivé, la faiseuse d'animaux vit que c'était un ferry plein d'enfants. Tous les enfants portaient des casques bleus et de grands oreillers sur le ventre et le dos.

« J'en veux un moi aussi, crie Vidar, un oreiller sur le ventre !

— C'est quoi l'horizon ? demande Matilda.

— C'est là où la Terre finit », dit Jan. Il tourne vers eux le livre – cette page-là est inoffensive – et leur montre le trait fin tiré derrière le ferry. Il montre du doigt : « Voilà à quoi ressemble l'horizon. Mais la Terre ne finit pas vraiment, c'est une illusion d'optique, parce qu'elle est ronde comme un ballon. Vous savez ça, n'est-ce pas ? Et donc la Terre ne finit jamais, elle continue jusqu'à être revenue dans votre dos… »

Les enfants le regardent en silence. Jan sent qu'il s'est emmêlé les pinceaux et reprend sa lecture :

Le ferry finit par s'échouer sur l'île. Il glissa sur les galets en grinçant. Les enfants sautèrent sur le rivage, mais Maria n'osa pas se montrer. Elle rentra s'enfermer dans sa cabane et se fit du thé au taminal très fort. Elle entendait des cris joyeux dehors, mais but son thé sans ouvrir sa porte.

Cette image montre la faiseuse d'animaux Maria Blanker accroupie derrière des rideaux tirés décorés d'un motif à carreaux qui rappelle à Jan les barreaux aux fenêtres de la clinique. Elle verse du thé brûlant qui mousse et fume en coulant dans une grande tasse aux couleurs de l'arc-en-ciel. Mais qu'est-ce que ce thé au taminal ?

« Hé ho ! » appela la voix claire d'une petite fille. Maria glissa un œil dehors, mais ce n'était pas à sa porte qu'appelait la petite fille.

C'était devant le phare.

Et la porte du phare était ouverte.

Pour la première fois depuis que Maria était arrivée sur l'île, monsieur Zylizylon le Grand avait ouvert la porte de sa grande tour !

« Hé ho, là-dedans ! Je m'appelle Amelia... Il y a quelqu'un ? »

L'illustration de ce passage montre ce que Maria voit de sa fenêtre : une petite fille en robe légère devant la porte noire du phare. Mais Jan remarque ce qui la différencie des autres enfants. Elle ne porte pas de casque, et n'a pas d'oreillers autour du corps.

Les enfants se sont tus devant lui. Dans le dortoir, le suspense est palpable.

Jan tourne la page.

Par sa fenêtre, Maria vit la petite Amelia gravir le perron du phare, jusqu'à la porte.

« Hé ho ! » fit-elle encore.

Elle avança d'un pas de plus, sur le point d'entrer dans le phare.

Maria fit alors quelque chose sans prendre le temps d'y réfléchir. Elle leva la main vers la fenêtre, ferma les yeux et créa très vite un animal totem.

Jan s'attendait à des questions de la part des enfants – il ne sait d'ailleurs pas lui non plus ce qu'est un *animal totem* – mais ils restent silencieux. Il tourne alors la page et continue :

Maria pouvait donner à n'importe qui un totem, mais on ne savait malheureusement jamais à quoi il allait ressembler. Ainsi, quand elle ouvrit les yeux, Maria vit qu'une espèce de grenouille géante avait pris Amelia dans ses bras. Une grenouille jaune avec de longues pattes poilues.

« Ma chérie ! s'exclama la grenouille. Ça faisait longtemps ! »

Le totem serra fort Amelia et l'éloigna vite de la porte du phare.

Maria souffla. Elle alla ouvrir la porte de sa cabane, tandis qu'un lourd piétinement se faisait entendre à l'intérieur du phare.

« Entre ! » cria-t-elle en tirant Amelia à l'abri. L'animal totem resta dehors.

Jan tourne la page et s'apprête à continuer sa lecture. Il voit la première phrase :

On entendit alors un grand hurlement, et Zylizylon le Grand sortit enfin du phare…

… mais, avant d'avoir eu le temps de la lire à haute voix, il voit le dessin au crayon sur la page de gauche et referme la bouche.

Ce dessin est plus net que les autres, avec de longs traits appuyés. Il représente Zylizylon le Grand, enfin sorti à la lumière du jour.

Zylizylon est un monstre. Trapu et poilu, il porte un collier autour du cou. Fait de mains coupées. Sur l'image, le monstre a levé les bras et ouvert grand la bouche pour se jeter sur l'animal totem recroquevillé de terreur.

Les enfants attendent la suite.

Jan ouvre la bouche.

« Alors… » Il essaie de réfléchir. « … alors la faiseuse d'animaux Maria et sa nouvelle amie Amelia retournent au ferry, et tous les enfants quittent l'île. Et la faiseuse d'animaux retrouve le calme et la paix. »

Il se tait et referme le livre.

« Fin de l'histoire ! »

Mais Josefine se lève.

« Non, ça finit pas comme ça ! proteste-t-elle. À la fin, le monstre dévore…

— Aujourd'hui si, la coupe Jan. Et maintenant, c'est le moment de manger un fruit. »

Les enfants se lèvent, mais Josefine semble déçue. Jan serre *La Faiseuse d'animaux* sous son bras gauche, distribue des bananes de la main droite et, quand tout le monde s'est assis pour goûter, il file au vestiaire glisser le livre dans son sac.

Il veut lire la suite tranquillement. C'est un emprunt, pas un vol.

Le soir, chez lui, il feuillette *La Faiseuse d'animaux* puis va chercher les mots Zylizylon et taminal sur Internet. Oui, les deux existent, ce sont des médicaments. Des antidépresseurs.

Puis il réfléchit au nom Maria Blanker. Où l'a-t-il déjà rencontré ? Il sort l'unique album de Rami, *Rami et August*, et parcourt tous les textes de la pochette. Oui, il se souvenait bien. Après les noms des musiciens et des producteurs, une dernière ligne :

MERCI À MA GRAND-MÈRE, KARIN BLANKER.

Soudain, *La Faiseuse d'animaux* est un livre à lire et relire, jusqu'à connaître l'histoire par cœur. Il le pose devant lui sur la table de la cuisine et reste là à fixer la couverture. Puis il lorgne vers ses crayons.

Peut-être pas seulement le lire ? Il tend la main et attrape un Faber-Castell. Une mine douce. Il entreprend alors de compléter les lignes fines comme des toiles d'araignées et d'assombrir les ombres. Il se sent si bien qu'il continue à l'encre noire. Peu à peu, les dessins deviennent de plus en plus clairs et détaillés. Il n'y a que les visages que Jan laisse vagues et flous.

Le travail lui prend toute la soirée. Une fois l'encre séchée, il ne peut pas s'arrêter : il va chercher son aquarelle et commence prudemment à mettre en couleur les dessins. Le ciel au-dessus de l'île en bleu clair, la mer bleu sombre, la robe de Maria blanche et sa grenouille jaune pâle. Monsieur Zylizylon reste gris-noir.

Vers minuit, Jan a fini douze illustrations. Il déplie ses doigts et étire son dos. Bon travail. *La Faiseuse d'animaux* commence à ressembler à un vrai livre illustré.

Peu à peu, il s'est convaincu que c'est Rami qui, dans sa chambre derrière le mur de béton, a rêvé l'histoire de Maria et Zylizylon le Grand. Elle ne le sait sans doute pas, mais à présent il l'aide à l'achever.

LE LYNX

Le bunker était maintenant aménagé, mais il restait encore d'autres préparatifs.

À la mi-octobre, Jan travaillait à la crèche depuis presque quatre mois et avait fait la connaissance du personnel du Lynx et de l'Ours Brun. Il n'y avait que des femmes. Parmi elles, Sigrid Jansson, une puéricultrice drôle et spontanée, mais qui avait hélas parfois du mal à surveiller les enfants. Jan la savait gaie, gentille, mais souvent distraite. Quand il parlait avec elle dans la cour de récréation, elle était toujours bavarde, mais ne regardait jamais les enfants.

Lors de la réunion hebdomadaire de coordination, une fois passés en revue les menus et le planning du ménage de la crèche, il leva la main pour proposer une petite excursion en forêt réunissant les enfants du Lynx et de l'Ours Brun. Il évoqua également une date : le mercredi de la semaine suivante, où il savait que Sigrid était en service. Il la regarda, l'air plein d'espoir :

« On s'occuperait de ça, Sigrid… toi et moi ? Préparer les casse-croûtes et sortir quelques heures avec les enfants ? »

Elle lui sourit.

« D'accord, super ! »

Il avait compté sur sa réaction positive. Et la directrice, Nina, approuva en hochant la tête :

« Il faudra veiller à bien les couvrir », dit-elle en notant l'excursion sur le planning de la semaine suivante.

Jan sourit lui aussi. Le bunker était nettoyé et aménagé – presque tout était prêt, manquaient juste les provisions.

Le lendemain, pourtant, il vit la mère de William venir à l'Ours Brun chercher son fils, et quelque chose fut ébranlé en lui. Elle ne lui accorda pas une attention particulière, mais elle semblait stressée et fatiguée. Des problèmes à son travail ?

La fatigue la rendait cependant plus humaine et, pour la première fois, tout ceci ne lui apparut plus comme un simple jeu de l'esprit. Pour la première fois, Jan hésita.

Il risquait son emploi au Lynx – mais d'un autre côté il n'avait pas grand-chose à perdre. C'était un remplacement, il lui restait à peine deux mois.

Jan craignait surtout de blesser un petit garçon, et il rumina beaucoup à ce sujet les derniers jours avant l'excursion. C'est alors qu'il fit les derniers préparatifs dans la forêt : il ouvrit en grand la porte blindée du bunker et la grille du ravin puis disposa des flèches en tissu rouge pour baliser le chemin dans la montagne.

Le bunker devait être comme une chambre d'hôtel – propre et accueillant, avec à manger et à boire en abondance. Et beaucoup de bonbons.

13

« Jan ! Jan ! crient joyeusement les enfants. Viens, Jan ! »

Jan aime beaucoup les enfants de la Clairière et ils l'ont totalement adopté. Tout se passe bien.

Sa première garde du soir commence mercredi à treize heures et s'achève à vingt-deux heures. Il a l'impression d'un galop d'essai avant sa première garde de nuit, où il sera seul avec les trois enfants qui vivent à la Clairière vingt-quatre heures sur vingt-quatre : Leo, Matilda et Mira.

Andreas et les enfants sont dans la cour quand Jan arrive. Il ne fait que six degrés, Andreas porte une épaisse écharpe bleue en laine.

« Salut Jan ! »

Il a les deux mains enfoncées dans son jean, solide comme une montagne dans le vent d'automne.

« Tout va bien ? dit Jan.

— Au poil, dit Andreas. Nous sommes restés la plupart du temps dehors. »

Ils laissent les enfants jouer encore un quart d'heure, puis rentrent au chaud et sortent les plateaux-repas préparés par la cuisine de l'hôpital.

Andreas reste encore une demi-heure à la maternelle, mais Jan ne veut pas lui demander pourquoi. Est-ce sur ordre de Marie-Louise, qui veut garder un œil sur Jan ?

Andreas finit par partir, alors que le soleil s'approche de l'horizon. Dès lors, Jan est seul responsable de la Clairière.

Mais tout va bien se passer, il va bien s'occuper des enfants.

Il commence par les rassembler dans la salle de jeux.

« Qu'est-ce que vous voulez faire ?

— On veut jouer ! dit Mira.

— À quoi ?

— Jouer au zoo ! crie Matilda en pointant le doigt. Comme là-bas. »

Jan ne comprend d'abord pas, avant de voir qu'elle montre la fenêtre. En direction de la clôture qui s'élève là-bas.

« Mais ce n'est pas un zoo, dit-il.

— Mais si ! » affirme Matilda, sûre d'elle.

Elle semble ne pas avoir fait le lien entre ses visites à l'hôpital et la clôture, et Jan se garde bien de lui expliquer.

La garde du soir consiste avant tout à servir le dîner, veiller à ce que les enfants se brossent les dents et les mettre au lit. Jan prépare donc des tartines de fromage pour Matilda, Leo et Mira, sort leurs pyjamas et leur demande de se changer. Il fait nuit noire, il est sept heures et demie. Les trois enfants sont assez fatigués : chacun se glisse dans son petit lit au dortoir, sans protester. Il leur raconte alors une dernière histoire, celle d'un hippopotame qui prend la place d'un papa et doit s'occuper d'une petite fille, puis il se lève.

« Bonne nuit… à demain. »

Jan entend quelques rires étouffés après l'extinction des feux. Il hésite à intervenir, mais le bruit cesse bientôt.

Une autre tâche du soir est d'aérer la maternelle. À huit heures, il ferme donc doucement la porte du dortoir et ouvre grand toutes les fenêtres. Il laisse entrer l'air froid.

Jan entend de la musique dans la nuit, mais ce n'est pas la batterie tonitruante d'une fête disco, plutôt les notes calmes et mélancoliques d'un vieux crooner suédois. Cela vient de la fenêtre de derrière et, en regardant dehors, il voit un point incandescent dans l'ombre au pied de Sainte-Barbe. Le point bouge de haut en bas – c'est quelqu'un qui fume en écoutant la radio dans la cour de l'hôpital.

Les patients ne sont pas des fous vociférants, avait dit le Dr Högsmed. *Souvent, ils sont très calmes et parfaitement accessibles.*

Ce fumeur est-il un patient ou un infirmier ? Dans le noir, impossible de vérifier.

Jan ferme la fenêtre. Que faire, à présent ? Il va dans la salle de jeux inspecter les casiers de livres. Josefine avait pris *La Faiseuse d'animaux* au milieu du casier de gauche. Jan s'agenouille devant.

La Faiseuse d'animaux lui a donné du travail. Aujourd'hui, il a fini d'illustrer trois autres pages du livre. Quand il aura terminé, il le remettra dans le casier – mais il se demande s'il y a d'autres livres faits main.

Lentement, il passe en revue les casiers, les aventures de Fifi Brindacier, les *Contes* des frères Grimm.

Voilà, tout au fond, il y a d'autres minces livres qui semblent faits main et sans nom d'auteur. Jan en sort trois et lit leurs titres : *Les Cent Mains de la princesse*, *La Maladie de la sorcière* et *Viveca dans la maison de pierre*.

Il les feuillette doucement, un à un : ils sont eux aussi écrits à la main et sont ici et là illustrés d'esquisses au crayon. Tous les trois semblent, comme *La Faiseuse d'animaux*, des contes tristes sur des personnages solitaires. Dans *Les Cent Mains de la princesse*, le château de la princesse Blanka s'est enfoncé dans un marécage. Blanka s'est sauvée en se réfugiant en haut d'une tour, mais elle ne gouverne plus que les mains des autres personnes – elle leur fait faire des choses pour elle.

Le personnage principal de *La Maladie de la sorcière* est une sorcière malade dans sa cabane au fond des bois, qui n'arrive plus à jeter de sorts.

Viveca dans la maison de pierre, enfin, est l'histoire d'une vieille femme qui se réveille un jour toute seule dans une grande maison poussiéreuse, sans pouvoir se souvenir comment elle est arrivée là.

Jan referme les livres et les glisse dans son sac.

Une heure plus tard arrive Marie-Louise.

« Salut, Jan ! » Elle porte un bonnet de laine et une écharpe. Ses joues sont rougies par le froid. « J'ai dû sortir mon bonnet d'hiver ce soir ! Ça pince, dehors, une fois le soleil couché. »

Marie-Louise a un petit sac à dos et, une fois dans la salle du personnel, elle en sort un tricot et un livre, *Développez votre créativité*. Elle fait alors un signe de tête à Jan :

« Bon, je prends le relais. Tu peux rentrer te coucher. »

Il la regarde sortir de son sac un masque de sommeil noir et lui demande :

« Tu vas dormir ici ?

— Oh oui, se dépêche-t-elle de dire. Bien entendu, on peut dormir pendant les gardes de nuit, ce n'est pas grave… il faut juste ne pas s'être bouché les oreilles et pouvoir se réveiller s'il se passe quelque chose. »

Jan se tait en songeant à ce qui pourrait bien *se passer*, mais elle continue :

« Les enfants se réveillent parfois et ont besoin qu'on les console, s'ils ont fait un cauchemar. C'est le pire qui puisse arriver – et encore, ça ne se produit pas si souvent.

— D'accord… Et combien de temps dorment-ils, d'habitude ?

— Certains dorment comme des loirs… mais quand je suis de garde, je me lève normalement vers six heures et demie et je les sors du lit une demi-heure plus tard. Puis ils prennent le petit-déjeuner, et la garde de nuit est finie. »

Jan quitte Marie-Louise et les enfants endormis. Il sort dans la rue et jette un coup d'œil vers la droite. Là-bas, de l'autre côté du mur, Sainte-Barbe s'élève comme un sombre hangar d'aviation.

Soudain, il s'arrête : devant lui, dans la rue, quelqu'un l'attend. Une longue silhouette dans l'ombre : un homme en manteau noir, immobile sous un des chênes entre le fossé et le trottoir. La lumière des réverbères l'atteint à peine, Jan ne distingue qu'un visage blême et flou.

Ils se dévisagent. L'homme finit par bouger, il tient à la main une sorte de corde fine.

C'est une laisse.

Juste après, un chien déboule de derrière l'arbre. Un caniche blanc. L'homme se penche pour ramasser dans un petit sac plastique ce que le chien a laissé derrière lui par terre. Puis le maître et le chien continuent leur promenade.

Jan souffle doucement.

Ressaisis-toi, songe-t-il en reprenant sa marche. Il n'y a pas de cinglés dans les rues, ici, juste des propriétaires de chiens.

À cette heure-ci, les bus vers le centre ne circulent plus, mais l'air nocturne est frais, il marche volontiers. Le quartier où il habite n'est qu'à un quart d'heure.

Quand il arrive à son immeuble, la plupart des fenêtres sont éteintes.

Chez moi, songe-t-il, mais ce n'est bien sûr pas tout à fait ce qu'il ressent. Il faut du temps.

Il remarque alors quelqu'un qui fume la pipe sur son balcon, deux étages en dessous de chez lui. C'est l'homme aux cheveux blancs de la buanderie, celui qui trimballait à la cave un vieux sac à linge avec la marque de la blanchisserie de Sainte-Barge.

L'homme tire sur sa pipe et recrache une grande bouffée de fumée blanche dans le noir, l'air perdu dans ses pensées. Jan s'arrête et lève la main.

« Bonsoir. »

L'homme hoche la tête en toussant un nuage de fumée.

« 'soir. »

Jan franchit le porche, s'arrête au deuxième étage et lit V. LEGÉN sur la porte de droite.

Bon. Maintenant il sait au moins le nom du fumeur de pipe, et où il habite.

Jan continue jusqu'à son propre appartement, plongé dans le noir, mais ne s'y attarde pas. Il pose vite dans l'entrée son sac à dos contenant les livres illustrés, enfile sa veste et ressort dans la nuit.

Il va descendre au Bill's Bar, juste un petit moment. Peut-être va-t-il en devenir un habitué – ce n'est encore jamais arrivé à Jan, nulle part.

14

« Santé ! s'exclame Lilian en levant son verre.

— Santé, dit Jan à voix basse.

— Santé », dit encore plus doucement Hanna.

C'est Lilian qui boit le plus, elle vide la moitié de son verre.

« Alors, Jan, le Bill's Bar, ça te plaît ? demande-t-elle.

— Oui, oui.

— Qu'est-ce qui te plaît, ici ?

— Eh bien… la musique. »

Ils parlent fort, comme aux enfants à la maternelle, pour s'entendre malgré le groupe du bar, les Bohemos : quatre hommes plus très jeunes en blouson de cuir élimé sur une minuscule scène surélevée. Le chanteur, cheveux blonds tirés en queue-de-cheval, chante du rock d'une voix de baryton éraillée. La scène est étroite, mais le groupe se risque parfois à quelques pas de danse avec les guitares, sans se heurter. Même si les clients du bar ne se gênent pas pour parler pendant qu'ils jouent, ils se fendent de courts applaudissements à la fin de chaque morceau.

Jan préfère les chansons chuchotées de Rami sur la solitude et le désir, mais il applaudit lui aussi poliment.

Il lève son verre. Ce soir, sa bière est alcoolisée et lui est montée à la tête comme une fusée. Ses pensées vagabondent.

Là, maintenant, ce serait super d'être un habitué, mais Jan n'est pas très doué pour se faire des amis au bar. Il l'a réalisé un peu plus tôt dans la soirée en se frayant un passage jusqu'au comptoir sans regarder personne dans les yeux. Il a du mal à se détendre avec les adultes, c'est beaucoup plus facile avec des enfants.

Le barman lui a en tout cas adressé un signe de tête aimable quand il a commandé sa deuxième bouteille de bière – et ses collègues l'ont à présent rejoint à sa table. Elles sont arrivées, comme ça, et se sont installées avec lui : Hanna et ses yeux bleus, Lilian et ses cheveux rouges.

Lilian vide son troisième verre et se penche au-dessus de la table.

« Tu es venu seul, Jan ? »

Il hoche la tête et songe à citer Rami, *Je suis une âme égarée dans un désert de glace*, mais se contente de sourire. D'un air mystérieux, espère-t-il.

« Zut, à nouveau à sec ! » Lilian montre le comptoir de la tête. « Gardez ma place, je vais me rechercher à boire. »

Les verres de Jan et Hanna sont encore à moitié pleins, mais elle revient avec des bières pour eux aussi.

« La prochaine tournée sera pour vous ! »

Jan ne veut pas boire une goutte de plus, mais prend pourtant le verre qu'elle lui tend.

Et ils restent attablés à causer. D'abord des Bohemos, qui sont d'après Lilian le meilleur groupe de la ville, même si presque personne hors du bar n'en a entendu parler.

« Pour eux, c'est un hobby, explique-t-elle… Ils ont d'autres métiers…

— Ils bossent à Sainte-Barbe, dit Hanna. Certains d'entre eux. »

Lilian lui lance un bref regard, comme si elle en avait trop dit.

« C'est vrai ? » Jan tourne les yeux vers le groupe avec un intérêt nouveau. « À Sainte-Barbe ?

— Nous ne les connaissons pas », dit Lilian.

Jan se sent bien, à présent : il paie la tournée suivante. Puis Hanna achète encore trois bouteilles. La bière coule à flots ! Pour Jan, c'est OK. Il peut dormir longtemps demain matin, avant d'aller prendre sa garde de nuit à la maternelle.

Lilian boit plus que Jan et Hanna réunis, et sa tête pend de plus en plus près de la table. Mais elle se redresse soudain.

« Jan… joli Jan, dit-elle avec un clin d'œil las. Demande-moi si je crois à l'amour.

— Pardon ? »

Lilian secoue doucement la tête.

« Je ne crois pas à l'amour. » Elle lève trois doigts. « Voilà mes mecs… Le premier m'a pris deux années, le deuxième quatre et je me suis mariée avec le troisième. Et ça s'est fini l'an dernier. Maintenant il ne me reste plus que mon frère. Un seul frère. J'en avais deux, mais il ne m'en reste plus qu'un… »

Hanna se penche vers elle :

« Et si on rentrait, Lilian ? »

Lilian ne répond pas, elle vide son verre de bière et le repose en soupirant.

« Bon d'accord… On rentre. »

Jan voit que le bar va fermer. La musique a cessé, les Bohemos ont quitté la scène. Les tables alentour se vident.

« Bien, dit Jan en hochant la tête. Allons-y. »

Il hoche et hoche encore la tête – pour la première fois, il est vraiment ivre, il le sent, ses pieds glissent tout seuls quand il se lève de table.

« *Je suis une âme égarée dans un désert de glace* », dit-il, mais ni Lilian ni Hanna ne semblent l'avoir entendu.

Dehors, on se croirait dans un frigo et la cuite s'abat comme une masse sur la tête de Jan. Il titube et regarde sa montre : presque deux heures du matin. Tard, très tard. Mais il est libre jusqu'à neuf heures demain soir. Il peut dormir tout son saoul.

Lilian regarde autour d'elle et aperçoit un taxi de l'autre côté de la rue.

« Il est à moi ! s'écrie-t-elle d'une voix perçante. À plus ! »

Elle hèle le taxi, monte à bord et disparaît.

Hanna est toujours là.

« Lilian habite assez loin… Et toi, Jan ?

— Assez près. » Il lève le bras gauche vers l'est. « Par là, de l'autre côté de la voie ferrée.

— Alors on y va, dit-elle.

— Chez moi ? »

Elle secoue la tête.

« Seulement jusqu'à la voie ferrée. Je t'accompagne… On va dans la même direction.

— D'accord », dit Jan en essayant de reprendre ses esprits.

Ils partent côte à côte sur le trottoir et, au bout d'un quart d'heure, ils ont atteint la voie ferrée qui longe le centre-ville.

« Voilà… c'est ici que nos chemins se séparent. »

Le ciel au-dessus d'eux est noir, la voie ferrée déserte.

Jan baisse les yeux et regarde Hanna. Ses yeux bleus brillants, ses cheveux blonds, son visage frais. Elle est belle, mais il sait qu'elle ne l'intéresse pas – pas de cette façon. Pourtant il continue à la dévisager en silence.

« Qu'est-ce que tu as fait de pire, dans ta vie ? »

C'est Hanna qui *lui* pose la question.

« De pire ? » Jan la regarde. Il sait bien sûr quoi répondre. « Il faut que je réfléchisse… et *toi*, le pire que tu aies fait ?

— Beaucoup de choses, dit Hanna.

— D'accord. Mais par exemple ? »

Elle hausse les épaules.

« Tromper et trahir des amis… C'est toujours ça, non ?

— Ah oui ?

— Eh oui, dit Hanna. Quand j'avais vingt ans, j'ai couché avec le fiancé de ma meilleure copine, dans un hangar à bateaux. Elle l'a su et a rompu les fiançailles… mais nous sommes encore plus ou moins amies.

— Plus ou moins ?

— On s'envoie des cartes de vœux à Noël. » Elle soupire. « Mais c'est mon problème, ça.

— Quoi ?

— Que je trahis les gens. » Elle cligne des yeux et le regarde. « Je m'attends à être trahie, alors je préfère prendre les devants et trahir la première.

— D'accord… Merci de l'avertissement. »

Il sourit, mais pas elle. Silence à nouveau près de la voie ferrée. Hanna est belle, mais tout ce que veut Jan, maintenant, c'est dormir. Il tourne la tête vers l'immeuble où il habite. Tout le monde dort sûrement, tous les gens bien. Comme les bêtes, les arbres…

« Et toi, alors, Jan ?

— Quoi ? »

Hanna le regarde.

« Tu te rappelles la pire chose que tu aies faite ?

— Oui, peut-être bien… »

Qu'avait-il donc fait, cette fois-là, au Lynx ? Jan essaie d'y réfléchir. Mais les maisons penchent au-dessus de lui, son ivresse semble empirer et, soudain, les mots sortent tout seuls :

« J'ai fait une bêtise une fois… dans une crèche de ma ville natale. À Nordbro.

— Quoi ? Qu'est-ce que tu as fait ?

— Je travaillais comme puériculteur à l'époque, c'était mon premier remplacement, et je me suis planté… J'ai perdu un enfant. »

Jan regarde par terre en aplanissant le gravier.

« Perdu ?

— Oui. Une sortie en forêt avec un groupe d'enfants, une collègue et moi… un groupe bien trop nombreux. Et quand nous sommes rentrés, il nous en manquait un. Un garçon est resté en forêt et c'était… C'était en partie de ma faute.

— C'est arrivé quand ? »

Jan continue à regarder par terre. *Le Lynx*. Bien sûr qu'il se souvient de tout. Il se rappelle l'air dans la forêt de sapins, aussi froid que ce soir.

« Il y a neuf ans… presque exactement neuf ans. C'était en octobre. »

Ne dis rien d'autre, songe-t-il, mais les yeux bleus d'Hanna le fouillent.

« Comment s'appelait le garçon ? »

Jan hésite.

« J'ai oublié, finit-il par dire.

— Et alors, comment ça s'est passé ? demande Hanna. Comment ça a fini ?

— Il a été… Ça s'est bien passé. Finalement. » Jan soupire et ajoute : « Mais les parents ont été ravagés, ils se sont séparés. »

Hanna soupire.

« Les idiots… C'est pourtant leur gosse qui a filé en forêt. Ils nous confient la prunelle de leurs yeux, et après ils exigent qu'on soit responsables de tout. Non ? »

Jan hoche la tête, mais regrette cet aveu. Qu'est-ce qui lui a pris de parler du Lynx ? Il est ivre, un ivrogne.

« Tu n'en parles à personne, hein ? »

Hanna le regarde.

« À un chef, tu veux dire.

— Oui, ou…

— Mais non, Jan. Sois tranquille. »

Elle bâille et regarde sa montre.

« Il faut que je rentre… je dois me lever tôt. » Elle se met sur la pointe des pieds et lui fait la bise. Un peu de chaleur dans la nuit.

« Dors bien, Jan. On se voit à la Clairière.

— OK. »

Il la voit traverser la rue et disparaître en direction du centre, créature blonde de rêve. Alice Rami est aussi comme un rêve pour Jan – elle est aussi vague et floue qu'un poème ou une chanson. Toutes les filles sont des créatures de rêve…

Pourquoi a-t-il donc parlé du Lynx à Hanna ?

Jan commence à y voir un peu plus clair, et cette clarté s'accompagne de regrets.

Il secoue la tête en ouvrant sa porte.

C'est l'heure de dormir, avant d'aller au boulot. Il s'est tenu à carreau pendant deux semaines, comme un bon chien obéissant, et maintenant il va avoir sa récompense : une garde de nuit tout seul à la maternelle.

15

« Voici le téléphone d'alarme, dit Marie-Louise en montrant un combiné gris au mur de la salle du personnel, à côté du casier de Jan. Tu dois juste décrocher et attendre, ça appelle automatiquement.

— Où ?

— Au PC de sécurité à l'entrée de l'hôpital. C'est gardé vingt-quatre heures sur vingt-quatre, il y a toujours quelqu'un à qui parler. » Elle adresse à Jan un sourire gêné et ajoute : « Ça peut être rassurant de savoir qu'il y a quelqu'un dans les environs pendant la nuit… Même si tu vas très bien t'en sortir, n'est-ce pas ?

— Bien sûr. »

Jan hoche la tête et redresse le dos pour avoir l'air d'attaque, tandis que Marie-Louise se frotte le cou un peu nerveusement.

« Bien sûr, tu dois les appeler si quelque chose se passe, mais nous n'en avons jamais eu besoin jusqu'à présent… » Elle se détourne vite du téléphone d'alarme, comme si elle voulait l'oublier. « Bon, tu as des questions ? »

Jan secoue la tête. Sa chef a passé la procédure en revue deux fois, il est bien prêt. Et remis de sa cuite.

Il s'est réveillé un peu tremblotant après sa soirée au Bill's Bar, mais maintenant il se sent bien.

C'est le vendredi soir de sa deuxième semaine à la maternelle, sa première garde de nuit – c'est la première fois de sa vie qu'il travaille de nuit. Sur le papier, sa garde va de neuf heures et demie du soir à huit heures le lendemain matin, mais on lui a dit qu'il n'était pas forcé de veiller tout le temps. Il y a un canapé-lit dans la salle du personnel où il peut dormir toute la nuit, du moment qu'il se réveille si un des trois enfants a besoin qu'on l'aide ou qu'on le console.

« Je crois que tout est clair, dit-il.

— Bien, dit Marie-Louise. Tu as apporté tes draps ?

— Oui. Et ma brosse à dents. »

Marie-Louise sourit, l'air satisfait. Elle a déjà enfilé son manteau et son bonnet de laine, et ouvre la porte sur la nuit.

« Alors je te souhaite une bonne nuit tranquille, Jan. Hanna prendra le relais demain matin… et nous, on se revoit demain soir. »

La porte se referme. Jan la verrouille derrière elle et regarde l'heure.

Dix heures vingt. Tout est silencieux dans la maternelle.

Il regagne la salle du personnel, prépare l'étroit canapé-lit, puis mange un sandwich à la cuisine avant d'aller se brosser les dents.

Des routines du soir. Il fait ce qu'il *doit* faire – le problème, c'est qu'il n'a pas du tout sommeil.

Que peut-il faire de plus ? Que *veut*-il faire de plus ?

Jeter un œil aux enfants.

Il entrouvre en silence la porte du dortoir plongé dans l'obscurité et écoute le ronron de leurs respirations. Matilda, Leo et Mira dorment d'un sommeil profond, chacun dans son lit. Profond et calme, même Leo repose tout à fait immobile. D'après Marie-Louise, en temps normal aucun des enfants ne se réveille avant le lever, vers six heures et demie.

En temps normal. Mais qu'est-ce qui est *normal* ?

Jan laisse la porte entrebâillée et se rend au réfectoire, à l'arrière de la maternelle. Il se poste à la fenêtre et regarde dehors, sans allumer.

Sainte-Barge aussi est plongé dans le noir. Des projecteurs éclairent la clôture, mais l'intérieur de l'enceinte est rempli d'ombres.

Des ombres grises sur la pelouse, noires sous les sapins. Personne n'est sorti fumer ce soir.

L'extrémité est de l'hôpital s'élève à quarante ou cinquante mètres, et là-haut, sur la façade de pierre, seules quatre des nombreuses fenêtres sont éclairées. Sans doute des néons blancs dans un couloir – comme au sous-sol.

Le sous-sol. Le chemin vers l'hôpital – mais pourtant non, là-bas aussi les portes sont closes. Et la porte du sous-sol est close elle aussi.

Jan songe un moment à cette porte. Au couloir souterrain, et au sas.

Puis il retourne à la cuisine et ouvre un des placards. Elles sont là, les cartes magnétiques. Il en prend une.

Et le code ? Il s'en souvient, bien sûr : la date de naissance de Marie-Louise. Il est allé conduire et rechercher une douzaine d'enfants et a dû le composer une vingtaine de fois depuis son arrivée à la maternelle. Il l'entre à nouveau. Puis passe la carte magnétique, et la serrure cliquette.

Ouvert. Ça fonctionne donc aussi la nuit.

L'escalier escarpé ressemble à un précipice ou à l'entrée d'une grotte plongeant droit sous terre. Il fait sombre là-dedans, mais l'obscurité n'est pas complète. On devine une vague lueur au fond du couloir.

La lumière de l'ascenseur qui monte à l'hôpital.

Jan hésite, regarde autour de lui. Bien sûr, le vestiaire est vide – il a verrouillé la porte derrière Marie-Louise.

Il se penche, tend la main et appuie sur l'interrupteur. Les néons s'allument en clignotant dans le couloir souterrain. On voit bien à présent les marches raides et, en bas, le tapis qui se déroule en signe de bienvenue vers l'ascenseur. La porte de l'ascenseur elle-même n'est pas en vue – mais il suffirait à Jan de descendre quatre ou cinq degrés pour l'apercevoir, au bout du couloir.

Rami, es-tu là ?

Il descend deux marches et s'arrête, la main sur la rampe. Il tend l'oreille. Aucun bruit, ni devant ni derrière lui.

Il fait encore un pas, puis trois plus rapides.

Il voit à présent la porte de l'ascenseur. La lumière qui passe par la petite fenêtre signifie que la cabine est en bas. Elle l'attend.

Jan fait encore un pas.

Mais ses jambes ont de plus en plus de mal à bouger. C'est un blocage mental. Il pense trop aux enfants, à Leo, Matilda et Mira – ils dorment dans la maternelle et il en est responsable, comme il était responsable de William neuf ans plus tôt.

Il ne peut pas faire ça. Il jette un dernier coup d'œil vers le sas qui conduit à l'hôpital, puis fait demi-tour et remonte l'escalier.

Revenu au rez-de-chaussée, il referme la porte derrière lui et vérifie qu'elle est bien verrouillée. Ensuite il éteint toutes les lumières, sauf une veilleuse dans le hall, et va se coucher. Il ferme les yeux dans le noir et souffle.

Mais c'est dur de dormir. Impossible. Maintenant qu'il fait noir, Jan a l'impression que la maternelle est remplie de bruits. Des craquements, des pas, des chuchotements… Quelqu'un se languit sur son lit d'hôpital, quelqu'un veut qu'il vienne.

Alice Rami.

Jan ferme les yeux, mais elle le regarde avec des yeux brillants.

Viens, Jan. Je veux te voir.

Il dort comme une masse jusqu'à ce que le réveil sonne à côté de lui. 6 : 15. Il fait toujours nuit dehors, mais c'est le matin. Il voit les murs nus autour de lui et comprend qu'il est dans la petite salle du personnel de la maternelle.

Il est l'heure de réveiller Leo, Matilda et Mira.

Sa première garde de nuit à la Clairière s'achève, mais beaucoup d'autres attendent – et en sortant du lit, Jan a soudain une idée pour pouvoir descendre au sous-sol sans s'inquiéter pour les enfants.

Acheter un babyphone.

LE LYNX

C'était mercredi après-midi, le jour de l'excursion. Quand Jan et Sigrid partirent de la crèche avec dix-sept enfants, il était une heure vingt-cinq. Quatre heures au moins avant le coucher du soleil : ils avaient une bonne marge. Le groupe devait être rentré au plus tard à quatre heures.

Il faisait ce jour-là onze degrés, un temps couvert mais sans vent. Il y avait neuf enfants de l'Ours Brun, compta Jan en les regardant se regrouper devant la grille. Le petit William en faisait partie. Il portait un imperméable bleu foncé avec des bandes réfléchissantes blanches et un bonnet de laine jaune vif.

De son côté, Jan avait huit enfants du Lynx. Il y avait en tout neuf garçons et huit filles, un groupe difficile à compter : comme d'habitude, les enfants ne tenaient pas en place devant la grille et, quand ils quittèrent le sentier pour s'enfoncer parmi les arbres, ils devinrent encore plus turbulents. Le groupe avançait en accordéon, les enfants criaient, sautaient, se rentraient dedans. On avait l'impression qu'ils pouvaient à tout moment s'éparpiller dans tous les sens.

Les enfants étaient censés marcher en rang par deux, main dans la main – mais Sigrid était en train de pianoter sur son téléphone portable et ne semblait pas remarquer combien ils étaient agités. Jan vit qu'elle avait reçu un message avec beaucoup de points d'exclamation, peut-être d'un copain.

Il n'essayait pas non plus de faire régner l'ordre.

« Allez, on se bouge ! » se contenta-t-il de crier en allongeant le pas.

Les enfants tinrent la cadence et, en seulement un quart d'heure, ils gravirent la pente et s'enfoncèrent profondément dans la forêt. Les sapins balançaient leurs branches plus près, le sentier rétrécissait.

« Tu sais où on est, Jan ? »

Sigrid avait refermé son téléphone et semblait débarquer en forêt.

« Oui. » Il lui sourit. « Je me repère assez bien, ici. En continuant comme ça, on va bientôt arriver à une clairière… On pourra y casser la croûte. »

Ils avaient une provision de brioches à la cannelle et de jus de fraise. Les enfants étaient fatigués : il fut facile de les faire asseoir en ligne pour goûter. Mais, le jus bu, ils retrouvèrent une énergie nouvelle. Debout dans les broussailles, ils se bousculaient, s'interpellaient.

Jan regarda sa montre : trois heures vingt. Il croisa le regard de Sigrid et sentit son cœur s'emballer en demandant, tout à fait innocemment :

« On joue encore un petit moment, avant de rentrer ? »

Sigrid était toujours partante.

« D'accord !

— Alors on va se diviser, dit Jan. Tu fais jouer les filles, et je prends les garçons. »

Elle hocha la tête, et Jan haussa la voix pour s'adresser aux garçons :

« Venez jouer ! »

Il les rassembla – William Halevi et huit autres.

« On y va ! »

Comme un sergent du corps des marines, il prit le commandement et emmena les enfants le long du sentier qui montait dans la forêt.

16

De petits appareils en plastique aux airs de talkie-walkie bon marché : les babyphones. Il y a plusieurs marques, Jan tient un Angelot.

« C'est ce modèle qui marche le mieux, dit le vendeur. L'Angelot est incroyablement fiable, la pile neuf volts dure plusieurs semaines et il émet sur une fréquence tout à fait différente de celle des téléphones portables et des radios. Et il a en plus un éclairage intégré, qu'on peut même utiliser comme lampe de poche.

— Très bien », dit Jan.

Il est dans une boutique d'articles pour enfants : vêtements, livres et poussettes. On vend ici toutes sortes de protections, barrières, serrures et alarmes pour les petits – des cuillères ergonomiques, des bavoirs fluorescents et des mouche-bébé – mais une seule chose intéresse Jan : les babyphones.

« Quelle est sa portée ?

— Au moins trois cents mètres, dit le vendeur, dans toutes les situations.

— Y compris à travers de l'acier et du béton ?

— Absolument… Les murs ne sont pas un problème. »

Jan achète l'Angelot. Le vendeur le prend sans doute pour un jeune papa inquiet de plus, car il lui adresse un clin d'œil :

« L'appareil fonctionne à sens unique… Vous entendez l'enfant, mais l'enfant ne peut pas vous entendre.

— Super, dit Jan.

— C'est un garçon, ou une fille ? demande le vendeur.

— Oh, les deux et… de plusieurs âges, se dépêche de répondre Jan. J'en ai trois.

— Et ils ont le sommeil un peu agité ?

— Non, c'est bien calme d'habitude… mais on veut être certains, n'est-ce pas ?

— Bien entendu. » Le vendeur met l'Angelot dans un sac plastique. « Alors ça fera trois cent quarante-neuf couronnes. »

Le soir venu, Jan monte en vélo à la maternelle, l'Angelot dans son sac à dos. Il songe à montrer l'appareil à Marie-Louise – peut-être le brandir avec le même enthousiasme que le vendeur – mais se dit qu'elle l'apprécierait sans doute aussi peu qu'un écran de télévision. Aussi, quand il arrive, à neuf heures et demie précises, il ne dit rien, va juste pendre son sac dans son casier avant de prendre le relais pour la nuit.

Matilda, Leo et Mira dorment paisiblement ce soir aussi, et Marie-Louise ne s'attarde pas aussi longtemps. Peut-être commence-t-elle à faire confiance à Jan.

« Tu as été fatigué, aujourd'hui ? demande-t-elle.

— Un peu vaseux.

— Mais tu as bien dormi, ici, la nuit dernière ?

— Oh oui. Et les enfants aussi. »

Marie-Louise va prendre le bus à dix heures moins le quart et Jan verrouille la porte derrière elle.

Il voit que la porte du sous-sol est fermée elle aussi.

Le voici de nouveau seul, seul avec les enfants.

En haut de la façade de Sainte-Barge, sur le côté, les mêmes fenêtres sans rideaux sont éclairées, comme hier – il doit s'agir de couloirs où une veilleuse reste allumée toute la nuit, comme à la maternelle.

Jan quitte des yeux l'hôpital, il a beaucoup à faire ce soir. Il met les bottes en ordre dans le vestiaire, écoute le sport à la radio (doucement, pour ne pas réveiller les enfants), puis casse la croûte à la cuisine en buvant un thé.

Mais il n'arrête pas de penser à son grand achat de la journée : l'Angelot.

À onze heures passées il va chercher l'appareil dans son casier et entrouvre la porte du dortoir.

Il fait sombre là-dedans. Les enfants sont immobiles sous leurs petites couvertures. Jan entre dans la pièce sur la pointe des pieds. Il reste une minute sans bouger dans le noir à écouter la respiration faible des enfants. Un bruit apaisant.

Il allume alors l'émetteur, qu'il pend à un crochet entre les lits de Leo et Matilda.

Leo remue un peu dans son lit en marmonnant quelque chose, mais continue à dormir.

Jan se glisse en silence hors de la pièce. Dehors, il allume le récepteur. Sur le devant de l'appareil, le haut-parleur tout rond est silencieux. En y collant l'oreille, Jan entend juste un faible bruissement. Plus ou moins fort, comme de petites vagues nocturnes qui viendraient mourir sur une plage de sable. C'est probablement la respiration des enfants qu'il entend – il l'espère.

L'Angelot à la ceinture, il fait un tour dans la maternelle, prépare son lit et se brosse les dents.

Il a beau tenter de se persuader que l'Angelot sert à surveiller les enfants pendant qu'il dort, à minuit moins le quart il va chercher une carte magnétique à la cuisine et ouvre la porte du sous-sol.

Il allume l'escalier, regarde vers le bas et, soudain, se rappelle quelques vers de Rami :

J'attends je languis,
L'heure qui s'évanouit,
Tes yeux, un mot dans le noir,
Tu es là quelque part...

Jan descend une marche. Il va juste jeter un coup d'œil.

Il écoute. Tout est silencieux – le petit haut-parleur de l'Angelot aussi.

Tranquillement, précautionneusement, il descend l'escalier jusqu'au couloir.

Pas de caméras ici. Marie-Louise lui a bien dit que le sous-sol n'était pas surveillé. Il lui fait confiance.

Il est invisible. L'ombre de Jan glisse dans la lueur des néons, mais lui-même reste invisible.

Les tableaux animaliers multicolores sont toujours à leur place le long des murs, mais celui avec les souris est un peu de travers. Rapidement, il le redresse.

L'ascenseur attend en bas, comme si quelqu'un l'avait envoyé là pour lui. Jan s'arrête devant et réfléchit. Et s'il entrait, appuyait sur le bouton et montait droit jusqu'aux couloirs de Sainte-Barge ?

Ont-ils une caméra devant la porte de l'ascenseur, là-haut ? Peut-être, peut-être pas. Dans ce dernier cas, il n'y aurait qu'à monter et voir ce qui se passe. Prétendre s'être trompé. Ou qu'il est un des patients…

Mais Jan n'ouvre pas la porte. Il écoute l'Angelot, monte même le volume, mais il reste silencieux. Il voudrait chuchoter « Allô ? » dans l'appareil.

Vous entendez l'enfant, a dit le vendeur, *mais l'enfant ne vous entend pas. Vous pouvez faire ce que vous voulez.*

Jan dépasse l'ascenseur et avance dans le couloir. Après le coude, il se retrouve devant l'autre porte métallique, plus large. Celle qui conduit à l'abri.

Il tend la main, appuie sur la lourde poignée – et elle bouge. Il s'aide des deux mains, appuie encore plus fort et un déclic se fait entendre. La lourde porte est ouverte, il peut la manœuvrer. C'est laborieux, mais lentement elle s'ouvre en grand.

L'abri est entièrement plongé dans le noir. Pas de fenêtres.

Jan tend prudemment la main et sent le mur en béton froid. Il fait un pas, continue à tâtons et finit par trouver un interrupteur. Au plafond, des néons s'allument en clignotant. Il se trouve à l'extrémité d'une longue pièce basse de plafond, comme un large couloir – elle s'étend sur douze ou quinze mètres. C'est là que les patients doivent s'abriter en cas de guerre.

Jan avance d'un pas.

Mais la seconde suivante, une voix aiguë résonne entre les murs de béton :

« *Ma-man ?* »

Jan sursaute. Le son métallique sort du haut-parleur à sa ceinture – on dirait la voix claire d'une petite fille. Peut-être Matilda.

Il écoute en retenant son souffle. On n'entend pas d'autres cris, juste une sorte de grattement, mais si les enfants sont en train de se réveiller, il ne peut pas rester ici.

Ses nerfs sont à vif, mais Jan jette un dernier regard curieux vers l'intérieur de l'abri. Il est presque entièrement vide, avec une moquette bleue et des murs peints en blanc, mais sur le sol, il y a un matelas et quelques coussins.

Et à gauche, là-bas, à l'autre bout de la pièce, Jan distingue très bien une autre large porte. Elle aussi en métal, fermée.

Cette porte est-elle verrouillée ou non ? Impossible de le voir.

Qui attend derrière ? Alice Rami ? L'assassin Ivan Rössel ?

« *Ma-man ?* »

Matilda appelle à nouveau, Jan tourne les talons.

Il referme vite la porte de l'abri et revient sur ses pas dans le couloir, à grandes enjambées. Pour le moment, il n'est pas fier d'être descendu là.

Deux minutes plus tard, il verrouille sans bruit la porte du sous-sol et file au dortoir.

Il ouvre la porte et écoute. Tout est à nouveau silencieux.

Jan se glisse au milieu de la pièce et attend plusieurs minutes, mais aucun des enfants ne bouge. Ils dorment profondément, à présent. Il écoute leur respiration et essaie de se calmer en respirant aussi lentement qu'eux, mais il a du mal.

Il ferait mieux de faire comme eux, d'aller dormir.

Il est minuit dix.

Il *faut* qu'il dorme. Il risque sinon de veiller de plus en plus tard et de se décaler complètement.

Mais au fond il n'a pas envie d'aller se coucher. Il rumine.

C'est une idée en l'air, comme cela avait commencé pour William dans la forêt. Ce à quoi Jan réfléchit, c'est comment, sans être vu et sans qu'il arrive quoi que ce soit aux enfants, il pourrait s'introduire dans Sainte-Barge.

17

Il est tard et les heures s'écoulent comme un lourd sirop au Bill's Bar – mais les gardes de nuit ont transformé Jan en oiseau de nuit. Ses jours de congé, il a dormi jusqu'à dix heures et a veillé bien après minuit toute cette semaine. Un mode de vie nouveau pour lui, mais il a beau ne pas boire une goutte d'alcool, il est toujours fatigué.

Les Bohemos viennent d'arrêter de jouer, après une bonne heure de gueulantes, et la bière sans alcool de Jan est presque finie. À la table voisine, deux garçons ont une discussion animée sur l'autodéfense.

« Et un couteau, alors ? dit l'un.

— Un couteau, c'est autre chose, répond l'autre. Tu ne peux pas te défendre s'il a un couteau.

— Non, je sais bien, mais…

— Je veux dire, si tu tends les poings, il te les taillade, quoi. »

Le premier rit.

« Il me faut une épée, alors. »

Jan ne se mêle pas à leur conversation, il boit juste sa bière. Il n'a vu aucune tête connue de la soirée : pas

Lilian, pas Hanna, personne. Il n'a pas d'amis et se prépare à rentrer seul. Et à dormir, seul.

Une ombre soudain au-dessus de sa table.

« Salut. »

Jan lève les yeux. Un homme de son âge s'est arrêté au niveau de sa table, en face de lui. Un parfait étranger avec des sourcils noirs et une queue-de-cheval blonde.

Mais Jan le reconnaît – c'est un membre des Bohemos. Le chanteur. Il a ôté la veste de cuir qu'il porte sur scène et n'a plus maintenant qu'un simple T-shirt blanc et une serviette autour du cou. Après une longue soirée sous les projecteurs, elle est aussi trempée de sueur que son T-shirt.

« Ça gaze ? » dit-il.

Jan ne sait pas quoi répondre, mais il ouvre la bouche.

« Ça va. »

Le chanteur s'assoit à sa table. Sa voix est un peu rauque après le concert, mais chaleureuse et aimable. Il s'essuie le front avec sa serviette.

« On ne se connaît pas, dit-il. Je sais mais… t'inquiète.

— Pas de problème, répond Jan avec une pointe d'hésitation.

— Mais je t'ai déjà vu, continue le chanteur. Et moi, tu m'as déjà vu ?

— Non, euh… qu'est-ce que tu veux dire ?

— Je t'ai vu de l'autre côté de la clôture, quand je suis à mon autre boulot. Tu t'es mis à aller à la maternelle en vélo, non ? »

Jan pose sa bière, il commence à comprendre et baisse automatiquement la voix.

« Donc tu travailles à Sainte… à l'hôpital ? »

L'homme hoche la tête.

« Au SSN, dit-il.

— Qu'est-ce que c'est ?

— Service de la sécurité, équipe de nuit. »

Jan a froid dans le dos, il sent son pouls s'emballer. Il songe au couloir souterrain, à l'abri, se doute qu'il a été filmé. Filmé, et observé. Il s'attend à être plaqué au sol par une escouade de surveillants, fouillé, interrogé…

Mais le chanteur des Bohemos reste tranquille et continue à sourire, l'air de rien.

« Je sais que tu t'appelles Jan, dit-il. Jan Hauger. »

Jan hoche la tête.

« Et toi ?

— Rettig… Lars Rettig.

— Ah bon. C'est curieux qu'on se rencontre ici. »

Rettig secoue la tête.

« Je sais qui tu es. Je voulais te rencontrer.

— Et pourquoi ?

— Parce que nous avons besoin d'aide.

— De l'aide pour quoi faire ?

— Pour aider les égarés.

— Les égarés ?

— Les patients de Sainte-Barge… Est-ce que tu voudrais les aider à se sentir mieux ? »

Jan se tait. En fait, il ne devrait pas être là en train de parler ainsi avec un surveillant de l'hôpital – et leur devoir de réserve ? Mais il a commencé à se détendre. Lars Rettig n'a pas l'air de vouloir le coincer.

« Peut-être bien, dit-il. Mais de quoi s'agit-il ? »

Rettig se tait quelques secondes, comme s'il préparait une déclaration. Mais il jette un œil autour de lui, se penche en avant et baisse la voix.

« Les *interdictions*. Nous en avons assez des interdictions.

— Qui ça, *nous* ? » demande Jan.

Mais Rettig ne répond pas, il se contente de se lever.

« On en reparlera une autre fois. Je te fais signe. » Avec un hochement de tête encourageant, il ajoute : « Tu nous aideras, Jan, je le sais. Je le vois dans tes yeux.

— Qu'est-ce que tu vois ? »

Rettig sourit.

« Que tu protèges les faibles. »

18

Tous les enfants de la maternelle ont une peluche dans les bras. C'est la journée des doudous à la Clairière, et ceux qui n'en possèdent pas ont pu en emprunter un dans la corbeille. Le personnel aussi. Il y a donc des nounours, des tigres et des girafes aux jambes ballantes dans toutes les pièces. Mira traîne un serpent python rayé rouge et blanc et Josefine a un élan rose.

Totems, pense Jan.

Il a pour sa part un lynx doré. Il l'a trouvé au fond de la corbeille. C'est un lynx qui a beaucoup servi, mais au moins il ne sent pas mauvais.

« Comment il s'appelle ? demande Matilda.

— C'est… Lofty. C'est un lynx, il vient de la forêt… une forêt très loin d'ici.

— Pourquoi il n'est pas resté là-bas ? demande Matilda.

— Parce que… il vous aime bien, vous, les enfants, dit Jan. Il voulait voir comment vous alliez… Il voulait jouer avec vous. »

Leo tient un chat borgne, qu'il a tant serré que son corps est allongé et tout déformé.

« Comment s'appelle ton doudou, Leo ?

— Freddie.

— Qu'est-ce que c'est comme animal ?

— Je ne sais pas… mais regarde ça. »

Il ouvre son petit poing et lui montre. Jan voit l'autre œil du chat dans la paume de sa main – Leo l'a arraché.

Il regarde le visage de Leo en se demandant s'il exprime l'innocence ou le malheur. Jan ne sait pas. Il sait juste que, dans d'autres parties du monde, ce ne sont pas des peluches que les enfants tiennent dans leurs bras, mais des fusils ou des mitrailleuses.

Comment aider les enfants ? Comment en aider ne serait-ce qu'un seul, comme Leo ?

Tu protèges les faibles, a dit le chanteur des Bohemos. C'est peut-être vrai, mais Jan ne peut pas faire grand-chose.

Ce lundi aussi, il y a plusieurs enfants à conduire et à aller chercher à l'hôpital. Jan commence à apprendre comment les enfants réagissent à ces coupures dans les routines de la maternelle. Certains, comme Mira ou Matilda, sont contents et tout excités de rendre visite à leurs parents, et dévalent l'escalier du sous-sol en sautillant sur leurs petites jambes. D'autres, comme Fanny et Mattias, sont toujours calmes et se rendent à l'ascenseur en silence.

Mais il y a aussi des enfants qui se crispent quand Jan vient les chercher.

La plus inquiète est sans doute Josefine, la fillette de cinq ans qui a trouvé l'histoire de *La Faiseuse d'animaux*. Elle a toujours l'air un peu effrayée quand il vient la chercher.

« Bien », dit-elle tout bas quand on lui demande comment ça va.

Il ne la croit pas. Pas tout à fait.

Ce lundi, Josefine doit être conduite en visite à deux heures. Quand Jan vient comme d'habitude la chercher cinq minutes avant dans la salle de jeux, il la trouve en train de construire une maison en Lego.

« Bonjour Josefine… on va prendre l'ascenseur ! »

Elle ne répond pas, continue à construire sa maison.

« Josefine, répète-t-il, allez, viens ! »

Toujours sans le regarder, elle se lève et le suit sans protester jusqu'à l'escalier.

Elle emporte son élan rose sous le bras – lors de l'assemblée du matin, elle a expliqué à tout le monde qu'il s'appelait Ziggy.

Jan regarde Josefine et son élan et songe à nouveau aux totems. Pendant qu'ils descendent au sous-sol, il ouvre la bouche et demande :

« Ce livre sur la faiseuse d'animaux, Josefine… Tu t'en souviens ? »

Elle hoche la tête.

« Comment savais-tu qu'il était là, dans le casier ?

— C'est moi qui l'ai mis là, dit-elle.

— Ah oui ? Alors… on te l'a donné ? »

Elle hoche à nouveau la tête.

« Plusieurs.

— Qui ?

— Une dame. »

Les voilà arrivés à l'ascenseur, Jan s'arrête.

« Tu veux que je monte avec toi, Josefine ? »

Elle hoche la tête sans rien dire et ils entrent dans l'ascenseur.

« Tu n'es pas contente ? » demande-t-il tandis qu'ils montent.

Josefine secoue la tête.

« À qui vas-tu rendre visite ? demande-t-il.

— À une dame », dit Josefine à voix basse.

Une dame ? Jan se souvient avoir vu plusieurs personnes déposer ou venir chercher Josefine à la maternelle. Parfois une femme, parfois un homme plus âgé. Il n'a bien sûr pas le droit de demander qui est de sa famille, pourtant il se penche vers elle.

« Tu vas voir ta maman, n'est-ce pas ? »

Josefine hoche la tête. Et l'ascenseur s'arrête.

C'est la première fois que Jan accompagne un enfant jusqu'à l'entrée de la salle des visites. Il glisse un œil, et aperçoit une pièce vaste et propre avec un grand canapé en tissu, des palmiers en pots secs et une table avec quelques livres pour enfants. Mais pas de caméra de surveillance ici, pour autant que Jan puisse en juger.

La pièce est vide, mais il y a une porte fermée de l'autre côté, avec un digicode.

« Allez, viens, Josefine. »

Tandis que Jan lui tient la porte, elle risque un pas dans la pièce puis se tourne vers lui pour demander à voix basse :

« Tu peux rester ? »

Il secoue la tête.

« Je n'ai pas le droit, Josefine… désolé. Tu dois rendre visite à ta maman sans moi. »

Josefine secoue la tête et Jan ne sait pas quoi dire. La salle des visites est toujours vide, mais il garde une main sur la porte de l'ascenseur. Il ne veut pas laisser Josefine seule.

On entend un sifflement métallique dans la porte de l'autre côté de la pièce – elle s'ouvre et un homme en blouse d'infirmier rouge clair apparaît. Ce n'est pas Lars Rettig, cet homme-là est plus jeune. Plus petit et plus costaud, aussi, avec des cheveux noirs coupés ras. Son visage lui dit quelque chose.

Un surveillant de la sécurité de jour ? Il fait penser à un chien de combat prêt à bondir pour mordre un vieux pneu – ou un cou.

À une large ceinture pendent ses clés et de petites boucles en plastique blanc. À côté, comme une petite thermos. Des menottes et du gaz lacrymogène ?

Le surveillant s'avance de trois grands pas et Jan se tend comme si on l'attaquait, il reculerait presque. Mais le surveillant s'arrête au milieu de la pièce. Il dévisage Jan.

« C'est bon, merci », se contente-t-il de dire.

Jan hoche la tête, sans bouger. Là-bas, dans l'embrasure de la porte, il devine une ombre. Quelqu'un d'autre attend, quelques mètres derrière le seuil – quelqu'un qui ne veut pas s'avancer et se montrer. Un patient de Sainte-Barge, comprend Jan. La maman de Josefine ?

« Merci, répète le surveillant. On prend le relais, tout va bien. »

Sa voix est mécanique, privée d'émotion.

« D'accord. »

Mais Jan ne trouve pas que tout va bien. Son cœur bat fort, ses doigts tremblent. Les surveillants et les policiers le rendent nerveux.

Il est presque persuadé que Rami est la mère de Josefine. Que Rami est dans le couloir derrière le surveillant, à moins de dix mètres de lui. Si seulement il attendait encore un peu, il la verrait, pourrait lui parler.

Mais le surveillant fait encore un grand pas vers lui, le regard toujours fixé sur l'ascenseur, et Jan ne peut pas rester. Il regarde une dernière fois Josefine, lui sourit pour la calmer et dit en parlant fort :

« À tout à l'heure Josefine ! Je vais revenir te chercher. Tu te rappelles mon nom ? »

Josefine cligne des yeux.

« Jan…

— C'est ça… Jan Hauger. »

Il a prononcé son nom si fort et distinctement que la maman de Josefine l'a forcément entendu. Cela lui semble important. Puis il ferme la porte de l'ascenseur et redescend vers l'école maternelle.

Ses jambes sont en coton après cette rencontre avec le surveillant, mais il ne cesse de penser à Rami.

Jan sent qu'il était si près là-haut – si près de pouvoir enfin entrer en contact avec elle et lui expliquer pourquoi les choses se sont passées ainsi avec le petit William, au fond de la forêt de sapins.

LE LYNX

« Et si on jouait à cache-cache ? » demanda Jan.

Le moment était venu de le proposer : avec les neuf garçons, il était à présent hors de vue du groupe de Sigrid. Sa question ressemblait plus à un ordre, et les enfants ne protestèrent pas.

« C'est toi qui cherches, Jan ! » cria Max.

Jan hocha la tête, bien sûr qu'il allait chercher. Mais il fit un geste dans leur direction et continua sur le même ton :

« Sauvez-vous un par un. C'est moi qui décide dans quelle direction. Après, vous vous cachez. Et vous restez cachés jusqu'à ce que je vous aie trouvés ou que je vous crie de sortir. D'accord ? »

Les garçons hochèrent la tête, et il commença à indiquer des directions. « Max, tu pars par là. » Il indiqua des rochers à une vingtaine de mètres. Max tourna les talons et fila.

« Pas trop loin ! cria Jan dans son dos, avant d'indiquer sa direction au suivant. Paul, tu cours par là… »

Un par un, il les expédia parmi les sapins, mais presque toujours dans la même direction.

À la fin, il ne restait plus que le petit William.

Jan s'approcha de lui. Il n'avait jamais été aussi près du garçon. Il s'accroupit pour le regarder dans les yeux.

« Comment tu t'appelles ? demanda-t-il, comme s'il ne le savait pas.

— William. » Le garçon répondit à voix basse, en regardant timidement de côté – c'était la première fois que Jan lui parlait. Pour William, ce n'était qu'un adulte de plus.

« Bon, William… » Jan fit un geste. « Tu peux aller de ce côté en descendant le sentier. Tu vois ces flèches rouges ? »

William regarda, et sembla apercevoir la flèche en tissu rouge de près d'un mètre de long que Jan était allé accrocher à la paroi rocheuse la veille au soir. Il hocha la tête en silence.

« Suis toutes les flèches que tu vois, William… et cache-toi là où elles finissent. Il y a une très bonne cachette là-bas. Tu comprends ? »

William hocha la tête et Jan posa la main sur sa tête.

« Ça, tu n'en as pas besoin, dit-il en lui ôtant son bonnet jaune. On le met dans la poche de ton manteau. »

Jan ouvrit la poche et fit semblant d'y fourrer le petit bonnet de William – mais c'était un tour de passe-passe. En fait, il l'avait caché dans le creux de sa main.

« Allez, cours ! »

William tourna les talons. Il fila sur ses petites jambes parmi les arbres, comme les autres garçons, mais dans une tout autre direction.

Jan se leva et le regarda s'éloigner. William était arrivé à la première flèche et s'engagea sans hésiter dans le ravin.

Tout était silencieux dans la forêt – et pourtant, Jan avait l'impression d'être dans l'œil du cyclone. Tout pouvait mal tourner – un chaos de risques et d'erreurs tournoyait autour de lui.

Du calme, dit une voix intérieure. Suis le plan.

Il entendit un bruit de tambour. Ça tambourinait dans sa tête, tambourinait encore et encore.

Il se tourna et respira profondément.

« Restez cachés ! cria-t-il en direction des sapins. J'arrive ! »

Ce n'était pas vrai. Jan ne partit pas chercher les huit enfants qui s'étaient cachés : il tourna les talons et se dirigea parmi les broussailles vers le ravin, où avait disparu le neuvième.

William.

Il accéléra.

19

La porte d'entrée de l'immeuble de Jan se ferme automatiquement à huit heures tous les soirs. Après, il faut une clé ou un code pour entrer.

Voilà quelques heures qu'il est rentré de la Clairière. Il a dîné, puis s'est assis à la table de la cuisine devant tous les livres illustrés. Le premier, *La Faiseuse d'animaux*, est maintenant achevé, rempli de dessins aux couleurs vives. Il se demande ce que Rami penserait du résultat.

Il s'est mis au suivant : *Viveca dans la maison de pierre*. Tout en réfléchissant à la façon de compléter les vagues esquisses au crayon, il lit l'histoire :

Il était une fois une vieille femme. Un matin, elle se réveilla : quoi ? quoi ? quoi ? songea-t-elle, car elle était couchée dans un cercueil en bois. Elle était faible, mais parvint à soulever le couvercle pour glisser un œil dehors. C'était une grande chambre avec un sol et des murs de pierre.

Elle appela dans le silence : « Il y a quelqu'un ? », mais personne ne répondit.

Elle ne savait qu'une chose : elle s'appelait Viveca.

Jan relit la page, puis commence à compléter l'esquisse à l'encre. Viveca est une femme fluette avec de grands yeux. Sa tête dépasse d'un cercueil.

Il fallut plusieurs jours avant que Viveca se sentît assez forte pour sortir. Ho hisse et han ! Quand elle eut fait sauter enfin le couvercle du cercueil et se fut levée, elle vit à côté d'elle une corbeille à chien toute usée.

Sur la corbeille, une plaque au nom de BLANKER et, au fond, un tas de poussière grise et une laisse abandonnée. La poussière avait la forme d'un chien allongé.

On retrouve le nom Blanker dans ce livre aussi, remarque Jan, comme dans *La Faiseuse d'animaux*.

Il continue sa lecture, captivé par l'histoire, tout en repassant les vagues traits de crayon :

Viveca finit par parvenir à quitter la chambre. Elle se retrouva dans une vaste pièce. Tous les meubles y étaient beaux, mais vieux et très poussiéreux. Au mur, près de l'escalier, était accrochée une horloge de bois blanc mais, en s'approchant, elle vit que les aiguilles avaient un problème. Tic, tac. Elles tournaient à l'envers.

Viveca atteignit un hall avec une porte d'entrée. Impossible de l'ouvrir.

Dans une autre chambre, au rez-de-chaussée, elle trouva deux autres cercueils. Ils étaient côte à côte, comme si des époux s'y étaient couchés. Un homme et une femme ? Non, non, non – Viveca ne voulait pas ouvrir pour voir.

À côté de la chambre il y avait une porte close. Viveca l'ouvrit : un escalier escarpé descendait à la cave. Là, sur le sol de terre battue, un tas d'os jaunis. Des os de monstre. Beurk. Elle se dépêcha de regagner sa chambre.

Les jours passèrent.

Viveca attendait. Attendait et dormait. Chaque matin, au réveil, elle était plus en forme. Elle se sentait plus forte et semblait plus jeune dans le miroir. Les aiguilles de l'horloge continuaient à tourner à l'envers, et Viveca finit par se douter de ce qui se passait dans la maison de pierre :

Le temps reculait !

Viveca comprit soudain qu'elle allait rajeunir et qu'il lui suffirait d'attendre assez longtemps pour que ses parents eux aussi reviennent à la vie, et aussi le chien Blanker. Elle ne serait plus seule.

Mais la même chose se passerait avec les grands os à la cave. Quoi que ce fût, cela finirait aussi par ressusciter.

Tic, tac, tic, tac. L'horloge reculait.

Un beau jour, Viveca se réveilla et regarda ses mains : elles étaient devenues fines et lisses. Pleine d'entrain, elle bondit hors du lit. Là, là, là ! Elle était redevenue petite fille ! Elle entendit aboyer à son chevet et soudain, un collie au poil doré sauta sur son lit et vint lui lécher le visage. Blanker s'était réveillé.

Son Blanker chéri !

Oui, oui, oui ! Viveca était si heureuse. Elle n'était plus seule dans la maison de pierre. Elle serra Blanker contre elle aussi fort qu'elle put.

Elle finit pourtant par lever la tête et tendre l'oreille. On entendait du bruit au sous-sol. Des os entrechoqués.

Blanker se mit à grogner. Il courut à la porte et se mit à aboyer. Mauvais signe ! Viveca entendit en effet le bruit de quelque chose de grand et lourd qui avait commencé à bouger en bas...

À ce moment de sa lecture, Jan entend sonner à sa porte, un coup de sonnette franc et joyeux.

Il sursaute et regarde vers l'entrée. *Qui est là ?* Jan a passé huit heures avec des enfants de maternelle, il veut qu'on le laisse tranquille.

On continue à sonner. Il se dépêche de cacher les livres illustrés dans un des tiroirs de la cuisine, puis va ouvrir.

« Salut, Jan ! »

Un homme blond avec un petit sourire attend sur le palier. C'est Lars Rettig, du Bill's Bar, avec son blouson en cuir.

« Je dérange ? »

Jan se sent pris sur le fait, mais il secoue la tête.

« Non… pas de problème.

— Je peux entrer ?

— Bien sûr. Un petit moment. »

Le froid du soir qui s'est accroché au blouson de Rettig se répand dans le hall tandis qu'il enlève ses chaussures et entre dans le séjour. Il tient un sac plastique à la main.

« Excuse mon entrée rapide… Je ne voulais pas m'éterniser sur le palier. »

Il embrasse du regard les meubles et les cartons le long des murs.

« Dis donc, tu en as du bazar…

— Ce n'est pas à moi, se dépêche de répondre Jan. Je sous-loue.

— D'accord. » Rettig s'assoit dans le canapé tout en continuant son inspection. « Tiens, tu as aussi une batterie… tu en joues ?

— Un peu.

— Cool. » Rettig cligne des yeux, il a eu une idée : « Alors on n'aura qu'à faire un bœuf un de ces quatre. Notre batteur des Bohemos vient juste d'être papa, il ne peut pas toujours venir aux répétitions.

— D'accord », dit Jan sans réfléchir. Un frisson d'excitation le traverse, mais il n'en montre rien : « Je peux à la rigueur vous aider en battant la mesure si vous voulez… mais je ne suis pas très bon. »

Rettig éclate de rire.

« Et timide avec ça. On pourra toujours essayer, non ? »

Il sort quelque chose du sac. C'est un kebab fumant emballé dans de l'aluminium. Il le regarde avec appétit, avant de se tourner vers Jan.

« Tu en veux ?

— Non merci… mais mange, toi. »

Jan va fermer la porte d'entrée, puis se poste sur le seuil du salon.

« Comment tu as su où j'habitais ?

— J'ai regardé dans l'ordinateur de l'hôpital… Il y a les adresses de tout le personnel. » Rettig prend une bouchée du sandwich. « Comment ça se passe, à la crèche ?

— Ça va… mais c'est une école maternelle.

— D'accord, si tu veux, la maternelle. »

Jan se tait quelques secondes, avant de demander :

« Alors comme ça tu travailles vraiment à Sainte-Barbe ?

— Et comment ! Quatre nuits par semaine, avec beaucoup de temps libre entre. Ça me permet de jouer avec les Bohemos.

— Et tu es surveillant, à l'hôpital ? »

Rettig secoue la tête.

« Nous préférons dire aide-soignant plutôt que surveillant. Nous travaillons *avec* les patients... pas *contre* eux. La plupart sont tout ce qu'il y a de plus paisible.

— Et... tu les vois souvent ?

— Tous les jours, dit Rettig. Ou plutôt toutes les nuits.

— Et tu les connais par leur nom ?

— La plupart, oui, dit Rettig la bouche pleine. Mais c'est vrai qu'il y régulièrement des nouvelles têtes. Certains sont relâchés, d'autres internés.

— Mais tu connais les noms de... de ceux qui sont là depuis longtemps, n'est-ce pas ? »

Rettig lève la main.

« Chaque chose en son temps... On peut bien sûr bavarder au sujet de nos pensionnaires, mais il faut d'abord me dire si tu as décidé.

— Décidé quoi ?

— Si tu veux les aider. »

Jan s'avance de quelques pas :

« J'aimerais bien que tu m'en dises plus... Au Bill's Bar, tu parlais des interdictions qui sont trop nombreuses à l'hôpital. »

Rettig hoche la tête.

« C'est justement de cela qu'il s'agit. Il y a trop de bureaucratie et de règlements à Sainte-Barbe... surtout dans les sections fermées. Le SSJ y fait la loi.

— Le SSJ, ce sont tes collègues de jour ?

— Ouais. » Rettig soupire d'un air sombre et lève les yeux au plafond. « Les patients ne peuvent pas écrire à qui ils veulent, leur courrier est contrôlé. Ils ont à peine le droit de regarder la télé ou d'écouter la radio, on les fouille sans arrêt… »

Jan hoche la tête, il se souvient qu'on lui a fait ouvrir son sac à l'entrée.

« On en a tout simplement assez de toute cette surveillance, dit Rettig. Nous sommes quelques collègues à la clinique à en avoir beaucoup discuté : nous estimons que les patients qui se tiennent bien devraient avoir droit à davantage de contacts avec l'extérieur.

— Ah oui ?

— Par exemple grâce aux lettres, dit Rettig. Les gens écrivent aux patients. Leurs parents, leurs amis, leurs frères et sœurs… Mais le SSJ intercepte le courrier. Ou alors ils ouvrent les enveloppes et fourrent le nez dedans… Voilà pourquoi nous voulons essayer de faire passer du courrier clandestin. »

Jan le regarde.

« Et comment faire ? À la maternelle, personne n'est autorisé à monter à l'hôpital.

— Si, répond aussitôt Rettig. Bien sûr que si, Jan… avec les enfants. »

Comme Jan ne dit rien, il continue :

« Vous pouvez monter jusqu'à la salle des visites sans surveillance… Il n'y a ni caméras ni contrôles. Et pendant la nuit, cette pièce est complètement vide. N'importe qui peut monter y déposer une liasse de lettres… que je viendrais ensuite chercher pour la faire entrer dans l'hôpital. »

Jan se retourne rapidement, comme si le Dr Högsmed était derrière lui, dans l'appartement.

« Et ces lettres, dit-il, d'où viennent-elles ? »

Rettig hausse les épaules.

« D'un peu partout. Les gens envoient toutes sortes de lettres à l'hôpital, mais la plupart sont interceptées. Alors je me suis fait un pote au tri postal, en ville… Il a commencé à mettre de côté toutes les lettres manuscrites adressées à des internés de Sainte-Barbe. Ensuite il me les donne. »

Rettig semble content de lui, mais Jan ne sourit pas.

« Donc il s'agit de lettres inconnues ? Vous ne savez pas ce qu'elles contiennent ?

— Si, bien sûr, dit Rettig. C'est du papier, du papier avec des mots dessus… rien que des lettres normales. »

Jan lui adresse un regard hésitant.

« Je ne fais pas de trafic de drogue.

— Mais il n'y a pas de drogue, dit Rettig. Rien d'illégal.

— Vous violez le règlement.

— C'est vrai. » Rettig hoche la tête. « Mais c'est ce que faisait aussi le Mahatma Gandhi. Pour une bonne cause. »

Le silence se fait. Jan se racle la gorge.

« Tu peux me parler un peu des patients, maintenant ?

— Lesquels ? »

Jan ne veut pas mentionner Rami, pas encore.

« J'ai aperçu une vieille femme, là-haut, dit-il. Cheveux gris, avec une cape noire. Elle traîne le long de la clôture en ratissant les feuilles mortes… je me demandais juste, elle travaille à Sainte-Barbe, ou c'est une patiente ? »

Rettig cesse de sourire.

« Une patiente, dit-il tout bas. Elle est internée, elle s'appelle Margit. Mais elle n'est pas si âgée qu'on pourrait le croire.

— Ah oui ? Je l'ai vue près de la clôture. Elle reste là, à regarder les enfants.

— Elle le fait depuis l'ouverture de la maternelle. Dès qu'on la laisse dehors, elle va se poster là.

— Elle aime les enfants ? »

Rettig se tait à nouveau.

« Margit avait trois enfants, dit-il ensuite. Elle était mariée à un cultivateur de pommes de terre du Blekinge… C'était il y a vingt-cinq ans. Son mari avait l'habitude de quitter la ferme le vendredi pour aller voir des clients en ville. Mais un jour, Margit a appris d'une voisine qu'il avait une chambre à l'hôtel, une chambre pour une petite amie… peut-être plusieurs. Alors elle est allée à l'armurerie chercher son fusil à plombs. »

Jan le regarde.

« Elle est allée à l'hôtel lui tirer dessus ? »

Rettig secoue la tête.

« Elle a fait sortir les enfants dans la grange et les a tués, *eux*. Elle a d'abord tiré sur les deux plus grands, un coup chacun, puis a rechargé et a abattu le cadet… » Rettig soupire. « Depuis, elle est internée ici. »

Le silence se fait dans la pièce. Rettig a cessé de manger. Il s'ébroue, comme pour oublier ce qu'il vient de raconter, puis reprend :

« Mais Margit est tenue à distance de tes gamins de la maternelle, ne t'inquiète pas… On la tient à l'écart de tous les enfants. »

Jan ouvre lentement la bouche :

« Je ne suis pas sûr de vouloir savoir tout ça.

— Maintenant tu le sais, dit Rettig à voix basse. Il y a beaucoup de choses qu'on aimerait ne pas savoir au sujet des gens que l'on côtoie… Moi-même, j'en sais trop.

— Sur les patients ?

— Sur tout le monde. »

Jan hoche lentement la tête. Il songe aux livres pour enfants qu'il cache dans sa cuisine. Lui aussi, il a ses secrets.

« Et ce qu'on doit faire entrer, c'est juste des lettres ? Rien d'autre ?

— Pas de drogue, pas d'armes, que des lettres, dit Rettig, avant d'ajouter : Qu'est-ce que tu crois, Jan ? N'oublie pas que je travaille là-dedans. Est-ce que je voudrais que des gens comme Ivan Rössel aient accès à de la dope et des armes ? »

Jan le regarde.

« Ivan Rössel est interné ici ? »

Il reconnaît ce nom pour l'avoir entendu à la télévision ou à la radio. Le chauffeur de taxi l'avait également mentionné.

« Bien sûr.

— Rössel, l'assassin ?

— Ivan Rössel, oui, dit Rettig d'une voix sourde. Nous avons quelques célébrités dans notre pensionnat… Si tu savais. »

Alice Rami, songe Jan. Mais tout haut, il se contente de demander :

« Quand veux-tu une réponse, au sujet de ces lettres ?

— Si possible maintenant.

— Il faut que je réfléchisse un peu. »

Rettig se penche vers lui.

« Il y a un endroit sur le port. Une salle que nous utilisons pour répéter. On peut se retrouver là pour un bœuf avec les Bohemos… Comme ça on pourra un peu causer, après. Tu veux bien ? »

Jan hésite, mais hoche la tête.

« Viens demain, vers sept heures. Ça va groover. »

Rettig parti, la porte verrouillée, Jan regrette aussitôt. Pourquoi avoir accepté de jouer avec les Bohemos ? Il les a entendus, ils sont trop bons pour lui.

Il lorgne vers sa batterie et voudrait aussitôt se mettre à s'entraîner, mais il est trop tard. Il retourne plutôt aux quatre livres cachés à la cuisine. *La Faiseuse d'animaux, Les Cent Mains de la princesse*, *La Maladie de la sorcière* et *Viveca dans la maison de pierre*. Il connaît les histoires presque par cœur, à présent. Il sait que la princesse crie « Je ne suis pas malheureuse, j'aime juste les *malheurs* ! » la première fois où elle se montre au village, que le premier symptôme de la maladie des sorcières est la fonte des cheveux.

Alors pourquoi continue-t-il à lire et relire ces livres ? Peut-être y cherche-t-il quelque message caché. Si ce sont les livres de Rami, elle devait avoir une arrière-pensée en demandant à Josefine de les cacher à la maternelle.

Et peut-être finit-il par trouver : alors qu'il feuillette sans doute pour la cinquantième fois *La Faiseuse d'animaux*, il remarque soudain une petite tache d'encre tout en bas de la première page, à côté du texte. Rien de bien extraordinaire – s'il n'y avait une tache semblable à la page suivante, de la même taille, placée presque exactement au même endroit. Et encore une tache à la page d'après.

Jan regarde de plus près, il a trop regardé les illustrations, et n'avait pas encore remarqué ces taches dans les marges.

On dirait un animal. Un écureuil ?

Il feuillette le livre, et l'écureuil se met à bouger. C'est une illusion cinétique : l'écureuil sautille d'une page à l'autre, à travers tout le livre.

Il feuillette chacun des livres encore et encore et, finalement, il trouve l'ordre. Les taches d'encre forment à travers la petite centaine de pages des quatre livres comme un petit film d'animation : Jan voit le petit écureuil noir apparaître dans le coin inférieur de la première page de *La Faiseuse d'animaux*, puis il remonte en sautillant en diagonale à travers les pages des *Cent Mains de la princesse*, et de *Viveca dans la maison de pierre,* avant de disparaître dans le vide au sommet de la dernière page de *La Maladie de la sorcière*.

Fasciné, Jan regarde l'écureuil s'enfuir.

C'est un signe. Il a l'impression d'un signe qui lui est destiné.

20

Le local de répétition des Bohemos sent la sueur et les rêves. Il est situé près du port, à quelques rues du Bill's Bar. La pièce est nue comme une salle polyvalente décrépite – à part les boîtes à œufs. Des centaines de boîtes vides en carton collées aux murs pour étouffer l'écho.

Ce soir, Jan est assis derrière la batterie, il dirige la pulsation autant qu'elle l'emporte. Les Bohemos ont commencé par le classique *Sweet Home Alabama*, avec une solide mesure à quatre temps que Jan a suivie sans problème. Après cet échauffement, ils ont joué de vieux standards du rock pendant près d'une heure.

De temps en temps, Rettig a quitté son micro pour faire un signe de tête à Jan : il a l'air satisfait.

« Un peu plus doucement la caisse claire, Jan ! »

Jan hoche la tête et obéit. Après des années passées à jouer seul en accompagnant sa chaîne, c'est une étrange sensation de jouer avec des musiciens en chair et en os. Un peu déroutante d'abord, puis de plus en plus agréable.

La batterie qu'on lui prête est une vieille Tama plutôt en plus mauvais état que la sienne, la peau de la grosse caisse et de la caisse claire est usée, presque percée. Mais du coup il ose jouer plus franchement.

« Bien, dit Rettig. De plus en plus serré. »

Deux autres membres des Bohemos sont là aussi. Le bassiste s'appelle Anders et le guitariste Rasmus. Ils ont tous les deux l'âge de Rettig, et jouent sans parler. Jan n'a pas la moindre idée de ce qu'ils pensent du fait qu'il remplace Carl, leur batteur – ils ne lui ont pas dit un mot de la soirée, ont juste jeté de rapides coups d'œil à la batterie.

Jan se demande si Carl, Anders ou Rasmus sont aussi surveillants à l'hôpital.

À huit heures et quart, ils arrêtent et remballent leurs affaires. Les deux autres membres du groupe s'en vont bientôt avec leurs instruments, tandis que Rettig s'attarde. Jan reste lui aussi : il sait que Rettig attend une réponse.

« Tu joues bien, dit Rettig. Un peu à l'africaine.

— Merci, dit Jan en se levant de sa batterie. C'était sympa.

— Tu as déjà joué dans un groupe, hein ?

— Bien sûr », ment Jan.

Le silence s'installe entre les boîtes à œufs. Rettig va chercher son étui noir près de l'entrée. Il regarde Jan.

« Alors, tu as décidé ? Au sujet de ce dont on a parlé hier ? »

Jan hoche la tête.

« C'est la Journée mondiale des enfants, aujourd'hui, le 4 octobre, dit-il. Tu savais ça, Lars ? »

Rettig secoue la tête et commence à démonter le pied du micro.

« Ce n'est pas aussi le jour des brioches à la cannelle ?

— Aussi », dit Jan.

Ils se taisent à nouveau, jusqu'à ce qu'il demande : « Tu as des enfants, Lars ?

— Comment ça ?

— On apprend beaucoup auprès des enfants.

— C'est vrai, mais malheureusement, je n'en ai pas, dit Rettig. J'ai une petite amie, mais pas d'enfants. Et toi ?

— Non. Je n'en ai pas à moi.

— Bon, alors… Tu as décidé ?

— J'ai une dernière question, dit Jan. Qu'est-ce que vous y gagnez ? »

Rettig marque une petite pause avant de répondre : « Directement, rien. »

Jan le regarde.

« Et indirectement ? »

Rettig hausse les épaules.

« Quasiment rien, dit-il. On prend un petit quelque chose pour le port. Quarante couronnes par lettre. Mais on ne va pas s'enrichir avec ça.

— Et ce ne sont que des lettres ? »

Jan a posé la même question plusieurs fois, mais Rettig est patient.

« Bien sûr, Jan, rien que des lettres ordinaires. »

Jan hoche la tête.

« OK, je le fais. Je peux essayer.

— Parfait », dit Rettig. Il se penche vite vers lui. « Voilà comment on va faire, camarade : je vais te donner un paquet, et la prochaine fois que tu travailles de nuit, tu le fais entrer par le sas. Le plus près possible de minuit. » Il sort un papier de son sac. « Mais seulement certaines nuits… Tiens, ça t'indique quand l'un de nous est de service.

— L'un de vous… Toi et qui d'autre ? »

Rettig baisse la voix :

« Carl, notre batteur. Lui aussi est surveillant. » Il continue : « Bon, vers dix ou onze heures, tu prends l'ascenseur jusqu'à la salle des visites. Vérifie bien qu'il n'y a personne avant d'ouvrir… mais il n'y aura personne. Tu glisses le paquet sous les coussins du canapé. Puis tu vas retrouver les enfants. Ils dorment, à ce moment-là, non ? »

Jan hoche la tête, et songe à l'appareil qu'il a acheté.

« D'autres questions ?

— Pas au sujet des livraisons… Mais tu sais, j'aimerais en savoir un peu plus sur les patients. »

Rettig sourit d'un air las en rangeant sa guitare dans son étui.

« On n'a pas le droit de parler de ceux qu'on soigne. Tu le sais bien pourtant ?

— Qu'est-ce qu'ils font, là-haut ?

— Pas grand-chose… Ils attendent, comme nous autres. Ils ne font qu'attendre. »

Jan se tait quelques secondes, avant de se décider enfin à demander :

« Je voulais savoir… Est-ce qu'il y a quelqu'un là-haut qui s'appelle Alice Rami ? »

Rettig secoue la tête, il n'a même pas l'air d'y réfléchir.

« Non, dit-il. Il y a une Anna, une Alide, mais pas d'Alice.

— Une Blanker, alors ? »

Rettig réfléchit un peu, puis hoche la tête.

« Il y a une Blanker… Maria Blanker. »

Jan se penche vers lui.

« Quel âge ?

— Pas tant que ça.

— Trente ans ? demande Jan.

— Peut-être. Entre trente et trente-cinq… Mais elle est farouche. Elle est dans une des sections féminines, et ne sort pas. »

Une des sections féminines, relève Jan. Il y en a donc plusieurs.

« Est-ce qu'elle a un enfant à la maternelle ? »

Rettig tarde de plus en plus à répondre :

« Peut-être bien. Je crois qu'elle a des visites de temps en temps.

— Un enfant ? »

Rettig hoche la tête.

« Une fillette.

— Tu sais son nom ? »

Rettig secoue la tête et regarde sa montre.

« Il faut que j'y aille, dit-il en prenant son sac. Revenons à nos lettres, Jan… Quand c'est, ta prochaine garde de nuit ?

— Demain.

— Parfait. »

Rettig plonge la main dans le sac et en ressort une grosse enveloppe blanche de plusieurs centimètres d'épaisseur. Elle est marquée de deux lettres à l'encre : **S.B.**

« Tu peux déposer ça, alors ? »

Jan prend l'enveloppe, qui est soigneusement scellée au scotch. Il n'essaie pas de l'ouvrir, mais la soupèse.

C'est mou. Une liasse de lettres – c'est tout ? Ça en a l'air : Jan ne sent aucun objet ni petit sachet de poudre.

« Entendu. »

Il fait un signe de tête à Rettig, en essayant de se convaincre que tout cela est une bonne idée.

21

Le lendemain, c'est Hanna Aronsson qui assure la garde du soir. Quand Jan entre dans le vestiaire, elle sort tout juste du dortoir. Elle a l'air assez fatiguée et met l'index devant sa bouche dès qu'elle le voit.

Chut...

Il comprend que les enfants viennent juste de s'endormir. Il se contente donc de la saluer de la tête puis file dans la salle du personnel ranger son sac à dos dans son casier. Son sac à dos avec l'enveloppe de courrier, sa mission secrète.

Il retrouve ensuite Hanna à la cuisine, penchée au-dessus du lave-vaisselle, et lui demande :

« Ils dorment bien ?

— J'espère. » Elle soupire. « Ils ont été très turbulents ce soir. Ils faisaient la tête et se disputaient.

— Ah ? Combien sont-ils, aujourd'hui ?

— Trois... Leo, Matilda et Mira, comme d'habitude. »

Le silence s'installe, comme toujours quand Jan est seul avec Hanna au travail. Il est plus facile de parler avec les autres, à la Clairière, mais Hanna, elle, ne dit jamais rien d'inutile. Sauf qu'il y a quelque chose dont il voudrait lui parler, et il finit par se lancer :

« Hanna, ce que je t'ai raconté la semaine dernière, quand nous étions ensemble…

— Quoi ?

— Que je travaillais dans une crèche… et que j'avais perdu un enfant dans la forêt. »

Elle hoche la tête, il voit qu'elle se rappelle.

« Tu… tu en as parlé à quelqu'un ? »

Le visage d'Hanna est vide et lisse, comme d'habitude.

« À personne.

— Bien », dit Jan.

Hanna semble vouloir ajouter quelque chose, ou poser une question, mais elle finit par ranger le reste de la vaisselle et ferme les portes des placards.

« Bon, j'ai fini ma journée.

— Vas-y. Tu as des projets pour la soirée ?

— Je ne sais pas… Aller m'entraîner, peut-être. »

Jan aurait presque pu deviner qu'Hanna allait à la gym. Elle est mince, mais semble en forme. Pas maigre comme Rami.

Dix minutes plus tard, elle est partie, et Jan a verrouillé la porte. Le voilà seul à la maternelle. Il n'a bien sûr ni télévision ni chaîne stéréo – juste l'écho de tout ce qu'il a joué la veille avec les Bohemos. Il s'est bien amusé : il se demande si Lars Rettig va encore l'inviter à jouer dans le groupe.

Peut-être, s'il réussit sa mission de courrier ce soir.

Les enfants dorment profondément, Jan est désœuvré. L'attente va être longue jusqu'à onze heures. Il s'assoit avec un livre à la cuisine, mais son regard se perd souvent dans le noir, du côté de l'hôpital.

À onze heures moins le quart, enfin, il va chercher l'enveloppe et l'Angelot dans son casier.

Il se sent un peu ridicule, mais il enfile ses gants de vélo et essuie toute la surface de l'enveloppe avec un chiffon sec pour ne pas laisser dessus d'empreintes digitales ou de cheveux. Si jamais le Dr Högsmed devait la trouver.

À onze heures moins cinq, il pend l'émetteur du babyphone dans le dortoir plongé dans le noir puis va ouvrir la porte du sous-sol avec la carte magnétique. L'enveloppe dans la main gauche, le récepteur du babyphone à la ceinture, il descend l'escalier et passe devant les tableaux animaliers.

L'ascenseur l'attend. Il entre dedans et appuie sur le bouton. La cage métallique s'ébranle et commence à monter.

Jan n'a pas l'habitude de monter à l'hôpital sans enfant, et encore moins en pleine nuit.

L'ascenseur s'arrête avec une secousse. Jan colle ses yeux à la fenêtre et constate que la lumière est éteinte dans la salle des visites. Personne ne bouge dans le noir.

Doucement, avec précaution, il entrouvre la porte de quelques décimètres.

Il attend, tend l'oreille : pas un bruit. Il finit par sortir sur la moquette. Comme chaque fois qu'il se trouve dans Sainte-Barge, il est dévoré par la curiosité et le désir lancinant d'en savoir plus.

Les meubles de la pièce forment des ombres anguleuses, mais un peu de lumière arrive de l'ascenseur dans son dos et de la porte vitrée par où les patients de l'hôpital sont introduits pour les visites. Jan jette un coup d'œil et voit qu'un long couloir commence de l'autre côté. Il est désert. Et la porte est fermée, bien sûr – il n'arrivera pas plus loin de ce côté-là.

Tout ce qu'il peut faire est de s'approcher du canapé, dont il soulève le coussin gauche. Puis il y fourre l'enveloppe aussi profond que possible. Il rabat le coussin et rajuste le canapé. Et voilà.

Jan jette un dernier coup d'œil au canapé avant de remonter dans l'ascenseur pour regagner le sous-sol. Il retourne doucement à la maternelle et va faire son lit dans la salle du personnel. Mais il a du mal à s'endormir, comme d'habitude.

Maintenant, il est dans le coup. Il travaille depuis tout juste trois semaines à Sainte-Barge et fait déjà partie d'une sorte de chaîne de contrebande.

C'est à cause de Rami. Si c'est bien elle qui est la mère de Josefine, sous le nom de Maria Blanker.

Couché tout éveillé, il regrette de ne pas avoir ouvert l'enveloppe de Rettig. Une des lettres qu'elle contenait était-elle pour elle ?

LE LYNX

L'heure tournait. Jan ne pouvait bien sûr pas entendre l'inexorable tic-tac alors qu'il se dépêchait dans la forêt, mais il sentait les secondes lui échapper en sifflant – le temps passait vite. Il lui restait tant à faire, en si peu de temps.

Les parois rocheuses du ravin s'élevaient autour de lui et là pendait la seconde flèche rouge qu'il avait placée le soir précédent. Il n'y avait dans les broussailles aucune trace tangible du passage du petit William – d'un autre côté, il ne pouvait pas être allé ailleurs.

Jan franchit la grille métallique ouverte et ralentit l'allure. Il était à présent sorti du ravin et scrutait le sol devant lui. Il avait placé la dernière flèche rouge par terre sous quelques grosses pierres, à vingt mètres peut-être au-delà du ravin. Elle pointait vers le haut de la pente, vers la porte ouverte du bunker.

Pas de William en vue.

Jan sentait le sang lui tambouriner aux oreilles tandis qu'il gravissait la pente. Les deux derniers mètres sous la porte métallique, il se transforma en chat : il s'efforça de se faufiler sans faire craquer les branches mortes.

Arrivé à l'entrée du bunker, il pencha la tête et écouta.

Oui, il y avait quelqu'un à l'intérieur. Un enfant reniflait entre les murs de béton. Ce n'étaient pas des pleurs, espérait Jan – juste un petit garçon avec le nez qui coule après avoir traversé la forêt glacée.

Sans bruit, il tendit la main et referma doucement la porte blindée. Doucement, doucement… et quand elle fut complètement refermée, il poussa les deux verrous.

La veille, il avait caché la télécommande sous une pierre dans un sac plastique. Il alla la chercher et mit en marche le robot. Il ne pouvait bien sûr rien voir, mais par un soupirail il entendit sa propre voix, déformée, métallique, résonner dans le bunker.

« *Attends ici, William*, dit le haut-parleur du robot. *Tout va bien, attends ici.* »

Jan replaça la télécommande dans sa cachette et tourna les talons. Il regagna le terrain plat, se dépêcha de retourner dans le ravin en ramassant au passage la flèche rouge, qu'il fourra en boule dans la poche de son blouson. Idem pour la deuxième flèche. Puis il referma la grille d'un coup, se retrouva dans le ravin et arracha la dernière flèche.

Il était à présent essoufflé, mais ne ralentit pas l'allure. Vite, remonter la pente. Ses tympans tambourinaient.

Une fois revenu là où le jeu de cache-cache avait commencé, il regarda sa montre. Trois heures trente-cinq. Cela avait semblé plus long, mais la partie n'avait commencé que depuis dix minutes.

Soudain, il aperçut un blouson bleu clair entre les sapins. Un petit garçon essayait de se cacher en s'accroupissant dans les buissons. Puis il vit un autre garçon un peu plus loin, et un autre encore.

Il avait repéré les gamins, il savait exactement où ils se cachaient. William aussi était à sa place. Le plan fonctionnait, il fallait se détendre.

Jan sourit et mit ses mains en porte-voix :

« Attention tout le monde ! Je vous vois ! »

22

Avant de se rendre à sa garde de nuit vendredi soir, Jan va chercher une tasse à café vide et quitte son appartement. Il ne sort pas, descend juste voir son voisin avec la plaque V. LEGÉN, deux étages plus bas.

On n'entend rien derrière la porte de Legén, et Jan a déjà sonné deux fois sans qu'on vienne lui ouvrir. Il recommence.

Cette fois on lui répond, du bruit derrière la porte. Legén l'avait verrouillée, mais il l'entrouvre à présent d'une dizaine de centimètres.

« Bonjour », dit-il en montrant sa tasse.

Le voisin ne dit rien.

« Je m'appelle Jan Hauger… j'habite au-dessus, continue-t-il. Je venais voir si vous aviez un peu de sucre. Pour un gâteau ? »

Legén le dévisage comme un boxeur amoché se retrouvant nez à nez avec son ennemi juré. Il n'est pas de bonne humeur aujourd'hui. Il prend pourtant la tasse et retourne sur ses pas. Jan en profite pour glisser un œil.

Il fait sombre, c'est en désordre, ça sent le tabac. Le sac en toile aperçu à la buanderie la dernière fois est étalé par terre, près de l'étagère à chaussures. Le texte apparaît aujourd'hui clairement : *BLANCHISSERIE SAINTE-BARBE.*

Il avait vu juste.

Jan sourit, content, quand Legén revient avec la tasse à moitié remplie de sucre blanc.

« Parfait. Grand merci. »

Il s'apprête à continuer, à montrer le sac en toile en disant que lui aussi travaille à Sainte-Barbe – mais Legén le salue de la tête et referme vite sa porte. On entend un déclic quand il tourne le verrou.

Jan remonte chez lui et va vider le sucre à la poubelle.

Vers neuf heures, il part en vélo pour la maternelle et, tout le chemin, il songe à l'enveloppe qu'il a laissée dans la salle des visites la veille. Elle a dû être récupérée par Rettig à l'heure qu'il est, et avoir influencé les patients – mais il ne sait pas bien comment.

Pourtant, rien n'a changé. Le mur de béton s'élève toujours solidement autour de l'hôpital, les projecteurs sont allumés et tout est absolument comme d'habitude quand il arrive à l'école. C'est Lilian qui l'attend ce soir-là, elle a déjà couché les enfants.

« Salut Lilian !

— Salut à toi, Jan ! »

Lilian a l'air fatiguée, mais sa voix est aiguë et joviale. Parfois, on a l'impression qu'elle fait un peu peur aux enfants, même s'ils jouent volontiers avec elle. Jan lui trouve quelque chose de tendu et fragile.

« Prête pour le week-end ? demande-t-il.

— Ouais.

— Tu vas sortir t'amuser ?

— Sûrement. »

Aucun enthousiasme pourtant dans sa voix. Lilian se dépêche d'enfiler son manteau, sans demander ce que Jan compte faire ni lui souhaiter bon week-end. Elle lui jette un rapide regard puis rentre chez elle.

Voilà Jan à nouveau tout seul. Il se prépare pour la nuit.

Il va voir les enfants endormis. Après les routines du soir, il se couche dès dix heures et demie mais, comme d'habitude, il peine à s'endormir. Il fait trop chaud, on étouffe à la maternelle, le canapé-lit lui semble étroit et inconfortable – et là-bas, dans la cuisine, il y a une carte magnétique qui n'attend que lui. Et lui a encore plus envie d'aller la prendre.

Jan soupire en silence dans le noir. Il *doit* rester couché. Il ne va pas descendre au sous-sol. De toute façon, il n'y a pas moyen d'entrer dans l'hôpital par là, il le sait maintenant.

La sortie de la salle des visites est verrouillée. Mais Rettig doit en avoir la clé, s'il peut y entrer chercher l'enveloppe que Jan a cachée sous le canapé.

Les patients ont-ils déjà leurs lettres ? Sans doute. Lars Rettig est peut-être en ce moment même en train d'en faire la distribution en cachette.

Jan se tourne sur le côté et continue à jouer avec l'idée de trouver une entrée secrète dans l'hôpital.

Peut-être l'abri, au sous-sol ? Il a deux issues et il ignore où conduit la seconde. Il ne sait même pas si on peut l'ouvrir. Elle peut déboucher en plein cœur de l'hôpital, tout comme sur un cul-de-sac – mais s'il ne descend pas tester la porte, il ne le saura jamais.

Il voit qu'il est minuit moins le quart. Les enfants dorment, et la carte magnétique l'attend à la cuisine.

Sainte-Barge se dresse dehors, telle une haute montagne qui appelle l'escalade par le seul fait d'exister. Comme l'Everest. Mais beaucoup d'alpinistes sont morts sur l'Everest…

Non, mieux vaut imaginer l'hôpital comme une grotte à explorer. Jan n'a jamais entendu parler de gens morts dans une grotte, même si cela a bien sûr pu arriver.

Il se décide. Replie sa couverture et se lève dans le noir.

Rien qu'un coup d'œil dans l'abri, et après il ira dormir.

Dix minutes plus tard, il est descendu au sous-sol, l'Angelot allumé à la ceinture. La fenêtre de l'ascenseur est noire – la cabine stationne en surface, mais il ne l'appelle pas. Il se contente de continuer le long du couloir, tourne au coude et avance jusqu'à la porte métallique.

Elle est fermée, et l'écriteau est toujours là (*Cette porte doit être maintenue fermée !*), mais Jan saisit la grosse poignée et l'ouvre. Il se souvient où est l'interrupteur et allume au plafond.

L'abri a le même aspect qu'à sa dernière visite. De la moquette, quelques coussins et quelques meubles. Personne n'est venu ici. Ou bien ? Le matelas est à terre à présent – n'était-il pas appuyé contre le mur la dernière fois ? Et il y a une bouteille de vin vide à côté – y était-elle déjà ? Il ne se souvient pas.

En tout cas, tout est silencieux. Jan avance avec précaution. Il laisse la porte métallique ouverte et gagne l'autre extrémité de la pièce. C'est là qu'est l'autre issue qui conduit peut-être à l'intérieur de l'hôpital : à nouveau une porte métallique fermée avec une longue poignée.

Jan la saisit et appuie. La poignée s'enfonce de quelques centimètres, puis s'arrête net. Il se met sur la pointe des pieds, bande ses muscles et essaie de toutes ses forces de fléchir la barre d'acier, mais en vain.

L'hôpital ne le laisse pas entrer.

Il reprend son souffle, regarde sur le côté – et tend l'oreille.

Du bruit. Une faible vibration dans le sol.

On commence à entendre un ronronnement. Cela passe par les murs en béton du sous-sol, Jan ne comprend d'abord pas, puis il reconnaît ce que c'est. Un moteur.

Il ronronne de plus belle, toujours plus fort.

C'est le moteur de l'ascenseur, réalise Jan. L'ascenseur est en train de descendre de la salle des visites, il arrive au sous-sol.

Jan lâche la poignée de la porte. Il tend l'oreille.

La cabine s'arrête au sous-sol avec un cliquetis. Tout est silencieux quelques secondes – puis Jan entend distinctement les portes métalliques s'ouvrir. Quelqu'un sort dans le couloir.

23

Jan est toujours entre les murs épais de l'abri. Il ne bouge pas.

Décide-toi, se dit-il.

Tout ce qu'il a fait en entendant la porte s'ouvrir est d'éteindre la lumière pour ne pas trahir sa présence. Mais ensuite, il s'est figé au sol.

Il ne peut qu'écouter, immobile, sans savoir quoi faire. Tous les bruits qu'il perçoit à présent viennent du sous-sol : ils se répercutent dans les coins et entre les murs de béton.

Il entend distinctement la porte de l'ascenseur se refermer et croit deviner des pas sur le sol du couloir. Des pas discrets qui s'éloignent.

Quelqu'un est sorti tranquillement de l'ascenseur et avance dans le couloir.

Quelqu'un se dirige vers l'escalier qui monte à la Clairière.

Vers les enfants endormis : Leo, Mira et Matilda.

Jan *doit* bouger, maintenant. Il se décide. Il fait demi-tour et regagne le couloir. Son ombre bouge sur le mur. Deux pas, un troisième.

Mais soudain la lumière s'éteint devant lui. Son

ombre disparaît, le couloir est plongé dans l'obscurité.

Jan comprend ce qui s'est passé : la personne sortie de l'ascenseur est arrivée à présent en haut de l'escalier et a appuyé sur l'interrupteur.

La porte de la maternelle grince en s'ouvrant, puis se referme. Le visiteur de Sainte-Barge devait avoir une carte magnétique.

Le visiteur est à présent dans la maternelle. Et Jan, qui a la responsabilité des enfants, est enfermé dehors.

Il a toujours sa propre carte, il peut ressortir, mais cela ne suffit pas.

Il a besoin d'une arme. Quelque chose pour se défendre, lui et les enfants, n'importe quoi. Il cherche à tâtons dans l'obscurité de l'abri, sent par terre une bouteille de vin vide, qu'il ramasse.

Une sorte de matraque. Il peut tenir la bouteille par le goulot et la brandir devant lui.

L'obscurité est presque complète dans le couloir – il n'y a qu'un faible filet de lumière jaune qui sort de l'ascenseur –, il se déplace prudemment en longeant le mur, vers l'escalier.

Il a presque oublié l'Angelot à sa ceinture – mais il entend soudain de faibles bruits métalliques sortir du petit boîtier.

Un raclement, puis ce qui ressemble à une respiration. Le bruit de quelqu'un qui s'est glissé dans le dortoir.

Les enfants ont de la visite.

Le cœur de Jan s'emballe, il hâte le pas.

La plupart des patients sont inoffensifs, le Dr Högsmed le lui a promis. Pourtant, il ne pense à présent qu'à ceux qui sont dangereux. Il songe à Ivan Rössel, l'assassin. Et à Margit, la vieille femme au fusil fumant…

Et merde ! Jan avance à petits pas rapides dans le couloir, le long du mur. Le béton est comme un fin papier de verre sous ses doigts.

Un choc – il a fait tomber un des tableaux, mais ne s'arrête pas.

Soudain, son pied cogne quelque chose de dur : l'escalier en béton. Il lève alors le pied et le gravit prudemment, degré par degré, jusqu'à toucher la porte du sous-sol. Mais elle est fermée.

Jan doit l'ouvrir – mais voilà qu'il ne se rappelle plus le code. Un blanc. L'anniversaire de Marie-Louise, mais quelle date, exactement ?

Quand ?

Il monte le volume du babyphone et entend des pas traînants, quelqu'un qui se déplace parmi les enfants endormis. Un visiteur de Sainte-Barge.

Le code, c'est quoi, le code ?

Jan doit se concentrer. Il se détend et essaie de retrouver les chiffres. Et ils refont surface l'un après l'autre. Trois, un, zéro, sept. À tâtons, dans le noir, il saisit les chiffres, passe la carte dans le lecteur et entend un cliquetis de la serrure.

Il ouvre doucement la porte, la bouteille brandie au-dessus de la tête.

Tout est à présent silencieux dans les petites pièces de la maternelle. Il sort en deux pas du vestiaire, se retourne et voit que la porte du dortoir est grande ouverte. Elle était fermée quand il est parti.

La main qui tient la bouteille est moite.

Trois enfants dorment là-dedans – et il les a abandonnés. Il retient son souffle et s'avance aussi silencieusement qu'il peut vers la porte ouverte.

Une pièce obscure.

Il jette un œil, s'attendant à voir une grande ombre penchée au-dessus des lits, mais il ne voit rien.

Rien ne bouge là-dedans. Les trois enfants dorment sous leur couette, leur respiration est calme et régulière. Jan se glisse à l'intérieur et tend l'oreille mais la pièce est petite, il n'y a nulle part où se cacher.

Personne. Mais où est donc passé le visiteur de l'hôpital ?

Jan quitte le dortoir, ferme la porte et allume la lumière dans l'entrée. Puis il inspecte toutes les pièces de la maternelle, sans trouver personne.

Il finit par revenir dans l'entrée. La porte est fermée, mais en appuyant sur la poignée, il constate qu'elle n'est pas verrouillée. Quelqu'un l'a ouverte pour sortir.

Jan regarde dans la cour mais ne voit personne.

« Il y a quelqu'un ? » crie-t-il dans la nuit – surtout pour entendre le son de sa propre voix.

Pas de réponse. La cour est vide, la rue déserte.

Il referme la porte pour ne pas faire entrer le froid, la verrouille et souffle. Il regarde sa montre : minuit et quart.

Jan doit faire une dernière chose avant d'aller se coucher : redescendre au sous-sol, raccrocher le tableau au mur et bien sûr remettre la bouteille dans l'abri – la présence d'une bouteille de vin vide dans la maternelle serait difficile à expliquer si Marie-Louise venait à la trouver.

La dernière chose qu'il fait est de caler une chaise sous la poignée de la porte du sous-sol, pour que personne ne puisse l'ouvrir de l'intérieur – même avec une carte magnétique.

À huit heures du matin, Jan rentre chez lui. Le reste de la nuit a été calme, dès lors qu'il a réussi à s'endormir. Son cœur battait fort dans le lit, mais moins de peur qu'à cause de la solitude.

Notre activité est sûre, avait dit le Dr Högsmed. *La sécurité de tous est notre priorité absolue.*

Jan n'a pas trouvé de chemin pour rejoindre Rami, pas encore. Mais il sait désormais une chose : quelqu'un utilise la maternelle comme un sas. Comme un chemin pour sortir de l'hôpital.

Il espère que ce n'est pas un patient.

24

La seconde enveloppe de Rettig est livrée à Jan le matin, alors qu'il est encore au lit. Son cerveau s'est apaisé, plongé dans un rêve d'amour chaud et calme – mais il se réveille brusquement à sept heures. Il ne sait d'abord pas pourquoi, puis comprend que c'est la boîte aux lettres de la porte qui s'est refermée en claquant.

Il ne se souvient plus de son rêve, il faut qu'il se lève. En regardant par terre dans l'entrée, il trouve une enveloppe qu'il reconnaît. Elle est jaune clair, c'est la seule différence. Mais elle est aussi épaisse que la précédente, avec les initiales **S.B.** manuscrites sur le dessus.

Cette fois, Jan fait ce qu'il n'avait pas osé faire avec la première enveloppe : il l'ouvre.

Il va avec à la cuisine, la pose sur la table et étudie comment elle est cachetée. C'est une bande adhésive transparente ordinaire – le genre qu'on trouve dans toutes les grandes surfaces – et c'est ce qui le pousse à la couper et à la décoller à l'arrière de l'enveloppe.

Il hésite un bref instant. Est-il interdit d'ouvrir une lettre qu'il est par ailleurs interdit de distribuer ? Jan évacue la question.

Une fois l'adhésif ôté, il est assez facile de glisser un couteau de cuisine coupant pour décoller délicatement le rabat de l'enveloppe. Et c'est fait, elle est ouverte.

Il y glisse la main et en extrait le contenu.

Rettig ne l'a pas trompé : ce sont des lettres, rien que des lettres. Il en dénombre trente-quatre, de toutes les couleurs et de toutes les tailles. Dessus, des noms écrits par diverses mains, à l'encre ou au crayon, tous à la même adresse : *Hôpital Sainte-Barbe*.

Jan passe lentement en revue les destinataires. Un nom revient plusieurs fois : Ivan Rössel.

En tout, l'assassin Rössel a reçu neuf lettres.

C'est le seul nom que Jan reconnaît. Il n'y a aucune lettre pour Alice Rami, ni pour Maria Blanker.

Il se frotte les yeux et réfléchit. S'il ne peut pas arriver lui-même jusqu'à Rami, il peut peut-être lui faire parvenir une lettre ? Qu'a-t-il à perdre ?

Dans un des tiroirs de la cuisine, il a un kit de correspondance. Sa mère le lui a offert quand il est parti de chez elle, avec des enveloppes faites main et un épais papier à lettres – mais en dix ans, il en a utilisé à peine une feuille.

Il prend un stylo à encre, reste quelques secondes à fixer la page blanche, qu'il voudrait couvrir de mots. Il y aurait tant à dire.

Mais finalement, il n'écrit qu'une seule question :

CHER ÉCUREUIL – VEUX-TU PASSER PAR-DESSUS LA CLÔTURE ?

Jan signe de son prénom. Il songe à indiquer aussi son adresse, avant de se dire que Rettig ou un autre surveillant risque fort de la voir sur l'enveloppe de la réponse de Rami. Si elle répond. Il indique donc comme expéditeur *Jan Larsson*, avec son ancienne adresse de Göteborg.

Puis il adresse la lettre à l'hôpital, avec comme destinataire Maria Blanker, la cachette et la place parmi les autres.

Jan a la livraison pour les patients de l'hôpital dans son sac à dos quand il retourne à la Clairière le lendemain. C'est une garde du soir qui l'attend ce lundi. Il régnera seul sur les enfants trois bonnes heures, largement assez pour faire un tour rapide à Sainte-Barge quand ils seront endormis. Dans la salle des visites, qui est aussi à présent la salle postale.

Tout semble calme à la maternelle – mais en entrant dans la salle du personnel, il trouve Marie-Louise assise à table avec un homme inconnu.

Jan s'arrête sur le seuil et son sang se glace. Soudain, il se rappelle l'incident survenu l'autre soir : cet étranger sorti de l'ascenseur qui s'est introduit dans la maternelle pour sortir en pleine nuit.

Mais en le regardant, il reconnaît soudain les lunettes et les épais cheveux bruns. Et cette bouche qui sourit rarement.

« Bonjour, Jan. Comment vas-tu ? »

C'est le Dr Högsmed en visite. Jan s'attend presque à trouver une demi-douzaine de couvre-chefs sur la table, prêts à être ramassés – mais il n'y a qu'une tasse de café à moitié bue.

« Très bien, docteur.

— *Patrick*, Jan. »

Jan se dépêche de hocher la tête. Il n'arrivera bien sûr jamais à penser à Högsmed autrement que comme au *docteur*, mais il faudra faire semblant.

« Bon. Et tu commences à te faire aux routines ? »

Le docteur attend une réponse.

« Et comment, dit Jan. Tout est super, ici.

— Tant mieux. »

Le sourire de Jan est de plus en plus crispé. Il songe à l'enveloppe dans son sac à dos. Bien sûr, il est fermé, mais Högsmed se doute-t-il de quelque chose ? Lars Rettig est-il démasqué ?

Le médecin finit par se tourner vers la chef de Jan :

« Il fait l'affaire ? »

Högsmed semble inquiet, mais Marie-Louise le rassure énergiquement :

« Oh oui, nous sommes très contents. Et Jan est devenu le chouchou de nos enfants, un vrai *camarade de jeux*. »

Jan entend le compliment, mais n'arrive pas à respirer. Il aimerait juste s'en aller, quitter la pièce, s'éloigner du Dr Högsmed. Quand Marie-Louise lui demande s'il veut du café, il secoue énergiquement la tête.

« Non merci, je viens d'en boire… juste avant de venir. Ça me donne la tremblote si j'en prends trop… de caféine, je veux dire. »

Il tourne alors les talons et rejoint les enfants dans la salle de jeux. Dans son dos, Högsmed se penche pour glisser quelque chose à Marie-Louise – mais les cris et les rires des enfants empêchent Jan d'entendre quoi.

« Viens, Jan !

— Viens, on construit une maison ! »

Natalie et Matilda l'entraînent dans leur jeu, mais aujourd'hui il a du mal à parler et plaisanter comme d'habitude. Il passe son temps à se retourner vers la porte, s'attendant à tout moment à sentir une main se poser sur son épaule tandis qu'une voix sévère l'inviterait à sortir pour une petite conversation. Un interrogatoire du SSJ, à l'hôpital.

Mais cela n'a pas lieu. Quand il retourne dans la salle du personnel un peu plus tard, tout est désert. Högsmed est parti.

Jan peut donc se détendre, ou du moins essayer. Il ne devrait pas monter cacher ses lettres ce soir – et si le docteur repassait à l'improviste à la maternelle ? Mais il ne veut pas non plus les garder dans son casier.

L'après-midi se traîne, mais le soir finit par arriver. On vient chercher les enfants, les collègues rentrent chez eux. Jan réchauffe un ragoût à l'aneth et des pommes de terre pour les enfants qui restent, leur fait la lecture, et finit par les mettre au lit.

Il est presque neuf heures moins le quart. Rettig lui a conseillé de ne monter à l'hôpital que plus tard, mais Jan est impatient. Il a une bonne heure devant lui avant qu'Andreas le relève, ça suffit largement.

Il attend un moment, jette un dernier coup d'œil aux enfants endormis puis descend au sous-sol avec l'Angelot à la ceinture et l'enveloppe cachée sous son T-shirt.

Vite, un courrier doit travailler vite.

L'ascenseur l'attend dans la cave. Il inspire profondément et monte jusqu'à la salle des visites. Tout est silencieux, c'est vide et éteint.

Jan se glisse rapidement jusqu'au canapé, soulève le coussin et s'arrête net – il y a déjà une enveloppe.

Mais ce n'est pas celle qu'il y a laissée quelques jours plus tôt. Celle-ci est plus grande et plus épaisse, avec deux mots griffonnés sur le dessus :

OUVREZ ! POSTEZ !

Une réponse de Sainte-Barge. Jan fixe l'enveloppe. Puis s'en saisit, la cache sous son T-shirt et glisse à la place la grande enveloppe jaune sous le coussin du canapé.

Quand Jan revient à la maternelle, il n'y a toujours aucun bruit.

Trente minutes plus tard, on ouvre la porte d'entrée. Jan sursaute, mais ce n'est que son collègue Andreas, calme et gai comme d'habitude. Andreas est stable, apparemment sans soucis.

« Salut Jan ! Tout va bien ?

— Ouais, tranquille… Nos petits chéris dorment tous. »

Avec un léger sourire, Jan enfile son blouson et ouvre son casier, où il a caché l'enveloppe. Il trépigne d'impatience, comme un enfant devant le sapin de Noël.

« Bon courage, Andreas… À demain. »

En arrivant chez lui, Jan pense toujours au Dr Högsmed. Il verrouille la porte derrière lui et ferme les stores de la cuisine. Puis sort l'enveloppe de son sac à dos et l'ouvre.

Quarante-sept lettres en provenance de l'hôpital en tombent – presque un jeu de cartes complet de lettres grand et petit format, toutes soigneusement affranchies et adressées à des particuliers en Suède, à part deux : une est expédiée à Hambourg, l'autre à Bahia, au Brésil. Aucune ne mentionne d'expéditeur.

Jan, fasciné, aligne les lettres devant lui comme pour une réussite. Il les déplace sur la table de la cuisine, étudie les graphies des adresses, brouillonnes ou contrôlées, et finit par les empiler.

Elles sont désormais en son pouvoir. Il pourrait les jeter.

Une heure plus tard, quand il s'est couché, il se demande quels patients ont bien pu les écrire.

Ivan Rössel, peut-être. Il a reçu beaucoup de lettres la dernière fois : a-t-il pour habitude de répondre à ceux qui lui écrivent ?

Et Rami, a-t-elle écrit à quelqu'un ? En tout cas, une lettre de lui l'attend dans la salle des visites…

Jan s'endort et se retrouve bientôt à nouveau dans le même rêve chaud que la nuit précédente. Maintenant, il se souvient bien : il est avec Alice Rami. Jan et elle vivent à la campagne dans une ferme sans mur ni clôture. Ils marchent à grands pas sur un sentier de gravier qui serpente, libres, sans peur, toutes les erreurs de leur vie derrière eux. Rami marche avec un gros chien brun en laisse. Un saint-bernard, ou un rottweiler. Un chien de garde, bien sûr, mais il est gentil et Rami le maîtrise parfaitement.

LE LYNX

Sigrid entra au Lynx à quatre heures vingt : Jan la vit arriver du coin de l'œil. Ils étaient alors rentrés de la forêt depuis une demi-heure et la crèche allait fermer.

Le retour s'était bien passé – à part que les enfants n'étaient plus dix-sept, mais seize. Jan ne l'avait pas signalé, et ni Sigrid ni aucun des petits n'avait remarqué l'absence de William.

Lui ne pensait presque qu'à ça.

À quatre heures, Jan avait pris une courte pause, comme il en avait le droit – juste dix minutes, le temps d'aller à la boîte aux lettres la plus proche. Elle était à trois rues du Lynx. En chemin, il s'était arrêté sous un porche obscur et avait sorti le petit bonnet de William.

Il avait une enveloppe timbrée préparée la veille. Il y avait glissé le bonnet, avait cacheté l'enveloppe et l'avait postée. Puis s'était dépêché de rentrer au travail.

Quand Sigrid entra dans la crèche, Jan était dans le vestiaire en train de parler avec une femme dont il ne se rappelait pas le prénom – mais c'était la maman de Max Karlsson, qui venait le chercher.

Sigrid interrompit leur conversation d'une voix basse et inquiète :

« Excuse-moi, Jan... je peux te dire un mot ?

— Bien sûr, qu'est-ce qui se passe ? »

Elle l'entraîna un peu à l'écart.

« Vous n'avez pas un enfant de plus, au Lynx ? »

Il la regarda, feignant l'étonnement.

« Non, il ne nous en reste que quatre, les autres ont été récupérés... Pourquoi ? »

Sigrid regarda autour d'elle dans le vestiaire.

« C'est notre William, le petit William Halevi... Son papa attend là-haut, à l'Ours Brun, il est venu chercher William... mais il n'est pas dans la section.

— Il n'est pas là ? »

Elle secouait la tête.

« Est-ce que je pourrais juste jeter un œil ici, dans les autres pièces ?

— Bien sûr. »

Jan hocha la tête, et Sigrid disparut dans la crèche. Pendant ce temps, il ouvrit la porte à Max et sa maman et les salua de la main. Trois minutes plus tard, Sigrid était revenue au vestiaire. Elle semblait à présent encore plus inquiète, et secouait la tête :

« Je ne sais pas où il est... » Elle passa la main dans ses cheveux ébouriffés. « Je ne sais plus si William était avec nous quand on est rentrés de la forêt... Il était avec nous à l'aller, ça je m'en souviens, mais je ne me rappelle pas... s'il était avec nous au retour. Tu t'en souviens ? »

Jan secoua la tête. Il revit William courir dans le ravin, mais répondit à voix basse :

« Désolé... Je ne m'occupais pas trop de surveiller les enfants de l'Ours Brun. »

Ils se turent. Les deux puériculteurs se regardèrent. Sigrid secoua la tête, comme si elle voulait se réveiller d'un mauvais rêve.

« Je dois aller retrouver son papa. Mais je crois… qu'il faut appeler la police. Non ?

— D'accord », dit Jan.

Il sentit une pointe de glace s'abattre quelque part entre ses poumons. Le froid se répandit jusqu'à son ventre.

Il faut appeler la police.

Cette fois, ça avait commencé. Jan n'avait plus le contrôle.

25

Tel un criminel, un espion ou un courrier secret… Jan ne prend aucun risque avec les lettres de Sainte-Barge. Il fait un long détour à vélo en se rendant au travail le lendemain matin et glisse vite toute la liasse dans une boîte aux lettres d'une rue déserte. *Bonne chance*. Quarante-sept lettres de patients en route pour le vaste monde.

Puis il repart en direction de la maternelle. La chaussée commence à être verglacée, il faut qu'il ralentisse s'il ne veut pas déraper. Il risque sa vie.

Des petites chaussures galopent à sa rencontre quand il arrive à la Clairière. C'est Matilda, elle a les yeux qui brillent.

« La police est là ! »

Elle plaisante, bien sûr.

« Ah oui ? dit calmement Jan en déboutonnant son blouson. Et qu'est-ce qu'ils veulent ? Boire du sirop avec nous ? »

Matilda paraît désarçonnée, jusqu'à ce qu'il lui fasse un clin d'œil. Les enfants de maternelle peuvent dire n'importe quoi : ils ne distinguent pas bien le vrai et le faux, la réalité et l'imaginaire.

Mais la police est bel et bien là. Pas à la maternelle – dans l'enceinte de l'hôpital. Un quart d'heure plus tard, en regardant par la fenêtre de la cuisine, il voit une voiture de police garée près de l'hôpital, et deux agents en uniforme arrivent soudain en longeant l'intérieur de la clôture. Ils parlent bas en gardant les yeux fixés sur le sol humide, comme s'ils cherchaient quelque chose.

C'est seulement alors qu'une légère inquiétude se met à tarabuster Jan. C'est toujours comme ça quand il voit des policiers, depuis le Lynx.

Marie-Louise entre dans la cuisine.

« Que fait la police ? demande-t-il.

— Je ne sais pas… Il a l'air de s'être passé quelque chose à la clinique. »

Elle n'a pas l'air de s'inquiéter, mais Jan la regarde dans les yeux.

« Une évasion ?

— N'allons pas imaginer ça, dit Marie-Louise. Mais nous serons sûrement informés de quoi il s'agit demain, dans le rapport. »

Elle parle du rapport hebdomadaire du Dr Högsmed. Il arrive sur l'ordinateur de la maternelle tous les mercredis et Marie-Louise l'imprime – mais jusqu'à présent sa lecture a été très ennuyeuse.

Jan attend, mais aucun agent ne vient frapper d'une poigne déterminée à la porte de la maternelle. Quand il retourne à la fenêtre, les policiers ont disparu.

Il commence à se détendre et oublie leur visite – jusqu'à ce que, dix heures approchant, il s'apprête à conduire le petit Felix à sa visite. Marie-Louise vient alors le trouver dans la salle de jeux et lui dit tout bas :

« Pas de visites aujourd'hui, Jan... Elles sont suspendues.

— Ah oui ? » Automatiquement, Jan baisse la voix. « Et pourquoi ?

— Il y a eu un décès à l'hôpital.

— Un décès ? »

Marie-Louise hoche la tête, et baisse encore la voix : « Un patient est mort cette nuit.

— Mais comment ?

— Je ne sais pas... mais apparemment, personne ne s'y attendait. »

Jan ne pose pas d'autre question et retourne jouer avec les enfants. À chat, puis à cache-cache. Mais son esprit est ailleurs. Il n'arrête pas de penser aux lettres qu'il a laissées hier soir. Des lettres d'amour, mais peut-être aussi des lettres de menace.

Où habite Lars Rettig ? Quel est son numéro de téléphone ? Jan ne le trouve pas dans l'annuaire et ne connaît qu'une façon de le joindre : le soir, après son travail, il descend en ville. Il commence par passer au Bill's Bar. Les Bohemos n'y jouent pas ce soir.

Jan n'abandonne pas, il continue jusqu'au local de répétition. La porte est fermée, mais il entend des guitares à l'intérieur. Et aussi les roulements de la batterie – il se sent oublié et exclu.

Il frappe, mais rien ne se passe.

Il tambourine ensuite avec la main – mais la musique continue, imperturbable. Il finit par tirer la porte et glisser la tête.

La musique cesse. D'abord les guitares, puis la batterie. Quatre têtes se tournent vers lui.

« Salut Jan ! »

C'est Lars Rettig qui le salue, après un moment de silence.

« Salut Lars. On pourrait causer un peu ?

— Bien sûr, entre.

— Je veux dire… Juste toi et moi ? »

Jan sent qu'on le dévisage. Les musiciens derrière Rettig sont comme figés, disposés à continuer, leur instrument prêt, ils fixent Jan. Le batteur Carl est un visage nouveau, mais Jan a l'impression de l'avoir déjà vu quelque part.

« D'accord, dit Rettig. Attends un peu, j'arrive. »

La Bande des Quatre, pense Jan. Les membres des Bohemos sont peut-être aides-soignants à Sainte-Barbe, tous.

Mais oui, il reconnaît Carl, à présent. Le chien de garde aux larges mâchoires. C'est lui qui a accueilli Josefine à la sortie de l'ascenseur, gaz lacrymogène à la ceinture.

Carl jette un regard noir vers la porte. Jan recule, mais le gardien l'a sûrement remarqué.

Rettig s'approche.

« Je n'ai pas trop le temps, Jan, juste quelques minutes… sortons. »

Ils parcourent une dizaine de mètres sur le trottoir désert avant que Rettig ne s'arrête.

« Bon, là, on peut parler. »

Jan n'aime pas les confrontations directes, il a du mal à mettre les gens au pied du mur, mais il fait un effort :

« Qui est mort cette nuit ? »

Rettig le regarde, interloqué.

« Qui est *mort* ?

— On nous l'a dit ce matin, que quelqu'un était mort à Sainte-Barbe. »

Rettig semble hésiter avant d'opiner du chef.

« C'était un patient.

— Femme, ou homme ?

— Homme.

— Un de ceux qui écrivent des lettres ? »

Rettig regarde alentour. Puis se penche vers Jan.

« Ne parle pas de ça. »

Il sourit à Jan, mais d'un sourire crispé.

Jan se demande si Rettig sait qu'il a glissé en douce une lettre de plus dans l'enveloppe, adressée à la patiente qu'il pense être Alice Rami. Le risque existe.

« Je voudrais juste savoir à quoi servent les lettres, dit-il. Pourquoi elles sont si importantes pour toi. Dis ? »

Rettig ne répond d'abord pas. Puis baisse les yeux.

« Mon frère est enfermé, dit-il. Mon demi-frère, Tomas.

— À l'hôpital ? »

Rettig secoue la tête.

« Non, en taule. Tomas est incarcéré à la centrale de Kumla, il a pris huit ans pour vol à main armée. Et *lui*, il aimerait avoir des lettres, beaucoup de lettres… mais la plupart sont interceptées. Et je ne peux pas rester en contact avec lui, sinon je risque de perdre mon job. » Il soupire. « Alors j'essaie à la place de faire quelque chose pour les pauvres types de Sainte-Barbe. »

Jan hoche la tête. C'est plausible.

« Mais celui qui est mort… était-ce un de ceux qui écrivent des lettres ? insiste Jan. Ou un de ceux qui ont reçu des lettres cette nuit ?

— Non. » La voix de Rettig semble lasse : « C'était un pédophile interné de force, personne ne lui écrivait. Il ne lui restait qu'une amie en vie, c'était une tête qui poussait sur son épaule. Lui, il était taciturne et aimable, mais sa deuxième tête, elle, n'était pas gentille. Bien entendu, il était le seul à pouvoir la voir… Mais ce type nous a déclaré que c'était cette deuxième tête qui le forçait à faire des choses aux petites filles. Il n'avait aucun contact hors de Sainte-Barge… Même son avocat avait renoncé à venir le voir, et il déprimait de plus en plus.

— Qu'a-t-il fait ? »

Rettig hausse les épaules.

« Bah, ce matin, il avait la pêche… Lui et sa deuxième tête ont réussi à s'introduire dans une pièce avec des fenêtres sans barreaux. Il s'est jeté dans le vide, du cinquième étage.

— Ce matin ? »

Rettig hoche la tête et fait un pas vers le local de répétition. Il tourne la tête vers Jan.

« On l'a trouvé vers six heures et demie, mais le docteur pense qu'il s'est défenestré vers quatre heures du matin… C'est l'heure où la solitude pèse le plus, non ? »

Jan ne trouve rien à répondre – entendre parler de

suicide le met mal à l'aise, comme si c'était de sa faute.

« Je ne sais pas, se contente-t-il de dire. À cette heure-là, je dors. »

26

Le mur de béton qui longe la maternelle est désespérant. Désespérant et brutal. Jan le ressent souvent quand il le fixe trop longtemps : lorsqu'il est dans la cour avec les enfants, il préfère regarder de l'autre côté, vers les autres voisins de l'école. Vers les pavillons.

Là, c'est la vie quotidienne – des voitures vont et viennent, des enfants partent à l'école, la lumière s'allume dans les chambres le matin et s'éteint le soir. Là-bas aussi, on suit des routines quotidiennes, comme à la maternelle.

C'est la mi-octobre, des nuages sombres arrivent sur la côte. Les enfants jouent dehors, mais des gouttes de pluie glacée se mettent soudain à crépiter sur le sol de la cour et Jan fait vite rentrer tout le monde dans la salle de jeux. De toute façon, c'est bientôt l'heure du contrôle sanitaire.

Hanna Aronsson, qui est aussi infirmière diplômée, prend les enfants un par un dans la salle du personnel pour les inspecter comme de petits mécanismes d'horlogerie, elle observe leurs pupilles, mesure leur tension et leur pouls.

« Frais comme des lardons », déclare-t-elle ensuite.

Jan hoche la tête – mais ne dit-on pas plutôt frais comme des *gardons* ?

Après, on les rassemble dans le dortoir, où Marie-Louise dirige la foire aux idées hebdomadaire. Les enfants veulent toujours beaucoup de choses.

« Je veux un animal domestique, dit Mira.

— Moi aussi ! crie Josefine.

— Mais pourquoi ? demande Marie-Louise. Vous avez déjà vos peluches.

— On veut des *vrais* animaux.

— Des animaux qui bougent ! »

Mira adresse un regard suppliant à Marie-Louise et Jan.

« S'il vous plaît… Est-ce qu'on peut avoir un animal ?

— Je veux des phasmes ! crie Leo. Des bâtons sur pattes !

— Un hamster, dit Hugo.

— Nan, je veux un chat », dit Matilda.

Les enfants sont enthousiastes, mais leurs propositions ne font pas sourire Marie-Louise.

« Quand on a un animal, il faut s'en occuper, dit-elle.

— Mais *nous*, on s'en occupera !

— Il faut s'en occuper tout le temps. Et comment fera-t-on quand il n'y aura personne à la Clairière ?

— Alors ils n'auront qu'à rester seuls dans une cage, dit Matilda en souriant. On les enfermera dans une cage avec plein d'eau et de nourriture ! »

Marie-Louise ne sourit pas, elle secoue juste la tête.

« Les animaux ne doivent pas être enfermés. »

Le soir, Jan est seul avec deux des enfants, qui s'endorment vite. À partir de cette semaine, seuls Mira et Leo passent la nuit à l'école, car Matilda a désormais une famille d'accueil qui vient la chercher tous les jours à cinq heures. C'est une femme d'un certain âge et un homme à casquette grise, ils ont l'air tranquilles et gentils.

Jan ne peut qu'espérer que ce soit le cas. Mais comment savoir ? Il songe à ce que Rettig a dit du patient qui s'est suicidé : *Lui, il était taciturne et aimable, mais sa deuxième tête, elle, n'était pas gentille.*

Il faut oser faire confiance aux gens, non ? À Jan, on peut faire confiance – sauf les quelques minutes, le soir, où il laisse seuls les enfants endormis pour monter en ascenseur jusqu'à l'hôpital.

Il le fait encore ce soir, le cœur battant. Le souvenir de la fois où il a entendu quelqu'un descendre de l'ascenseur puis sortir par la maternelle est toujours présent, mais tout a été calme depuis et il est presque parvenu à oublier cette nuit-là.

Dans la salle des visites déserte, son cœur s'emballe, car là, sous le coussin du canapé, il trouve une nouvelle grande enveloppe avec en gros : *OUVREZ ! POSTEZ !*

Jan voudrait déjà ouvrir l'enveloppe dans la salle du personnel de la maternelle, mais il ne peut pas prendre ce risque – il est dix heures moins vingt, Hanna peut arriver à tout moment pour le relever.

Et en effet, elle arrive dans la nuit glacée à dix heures moins dix.

« Tout est calme ? »

Ses joues sont rouges sous les boucles blondes qui dépassent de son bonnet en laine et, contrairement à son habitude, elle semble enjouée. Jan se contente de hocher la tête en enfilant son blouson.

« Ils se sont endormis vers sept heures et demie. C'est plus calme, le soir, maintenant qu'ils ne sont plus que deux.

— Oui », dit Hanna.

Jan n'a rien d'autre à lui dire, il soulève son sac, avec l'enveloppe clandestine – mais soudain, il sent qu'il a gardé une des cartes magnétiques du sous-sol dans sa poche arrière. Il a bien fermé la porte derrière lui en revenant de la salle des visites, mais a oublié de remettre la carte dans le placard de la cuisine.

Idiot.

Il fait demi-tour.

« Je crois que j'ai oublié quelque chose…

— Quoi ? » demande Hanna.

Mais il est déjà dans la cuisine.

« Tu as oublié la carte ? »

C'est Hanna qui pose la question dans son dos. Elle porte toujours son manteau de cuir et son bonnet. Ses joues sont à présent un peu moins rouges.

« Euh… oui, c'est ça. » Jan referme le placard et se redresse. « Après la dernière visite, cet après-midi.

— Ça m'est déjà arrivé. »

Jan ne sait pas si elle le croit vraiment, mais que peut-il faire ? Rien, à part hocher la tête et sortir. Au moins, il n'a pas oublié l'enveloppe de l'hôpital, elle est bien cachée dans son sac à dos.

À peine arrivé chez lui, il se précipite à la cuisine et ouvre l'enveloppe avec les doigts : ils tremblent quand il fouille parmi les lettres répandues sur la table. Ce n'est pas de la nervosité, c'est de l'espoir. Il n'ose pas croire qu'il a déjà une réponse de Rami, mais…

Si, il y a une lettre sans nom d'expéditeur, avec la fausse adresse de Jan. Rettig l'a laissée passer, si tant est qu'il l'ait vue.

Jan la met de côté. Il va poser dans l'entrée les vingt-trois autres lettres, il sortira les poster plus tard cette nuit. Mais il commence par ouvrir sa lettre.

Dedans, il trouve une seule feuille blanche, avec trois phrases très appuyées au crayon, sans signature :

L'ÉCUREUIL VEUT GRIMPER PAR-DESSUS LA CLÔTURE.

L'ÉCUREUIL VEUT QUITTER SA CAGE.

QUE VEUX-TU ?

Jan pose doucement la lettre devant lui. Puis sort une feuille blanche pour rédiger une réponse. Mais comment va-t-il l'appeler ? Alice ? Maria ? Ou Rami ? Il finit par n'écrire que quelques phrases courtes, le plus soigneusement et lisiblement possible :

Je veux être libre, je veux être un rayon de soleil où faire sécher un drap propre. Je suis une souris qui se cache dans la forêt, je suis un gardien de phare dans une maison en pierre, je suis un berger qui prend soin des enfants égarés.

Je m'appelle Jan.

J'étais ton voisin il y a quinze ans.

Te souviens-tu de moi ?

C'est tout ce qu'il écrit pour le moment – de toute façon, il ne peut pas envoyer de lettre à Rami avant la prochaine livraison.

Rami doit se souvenir *quand* ils étaient voisins, et *où*. Elle doit se souvenir de l'époque du Paf.

Depuis, Jan porte toujours des T-shirts et des chemises à manches longues. Il retrousse à présent sa manche droite et regarde le fin trait rose qui suit les veines. Sa marque, son souvenir de l'école.

Il aurait aussi bien pu remonter la manche gauche : la lame de rasoir a laissé de longues cicatrices sur ses deux avant-bras.

LE PAF

La première chose que Jan entendit à son réveil fut une musique triste.

De lents accords de guitare, en mineur. Tout près, de l'autre côté de la cloison, ça continuait. Quelqu'un était en train de jouer, toujours les mêmes accords, encore et encore.

Il était quant à lui couché dans un lit, un lit stable aux draps rêches. Il ouvrit les yeux et vit de larges montants en acier inoxydable.

Un lit d'hôpital.

Au-dessus, de hauts murs blancs.

Une chambre d'hôpital.

Il écoutait, écoutait encore la guitare, sans pouvoir bouger : ses bras et ses jambes étaient sans force. Son ventre et sa tête l'élançaient.

Sa gorge se souvenait de tubes – des tubes souples enfoncés pour aspirer la bouillie dans ses intestins. Un goût de bile, une odeur de lait tourné.

Un lavage gastrique, voilà comment ça se passe. C'était horrible. Son estomac vidé lui faisait mal, il avait l'impression d'un ballon de baudruche qui lui remontait dans la gorge. Il aurait voulu vomir, mais n'en avait pas la force.

Il entendit des voix approcher, mais ferma les yeux et disparut à nouveau.

Quand Jan se réveilla, plus de guitare. Il referma alors les yeux, et lorsqu'il les rouvrit, un homme grand avec de longs cheveux se penchait au-dessus de lui.

Il ressemblait à Jésus, en T-shirt décoré d'un smiley jaune sur la poitrine.

« Comment tu te sens, Jan ? » Sa voix tournait en écho. « Je m'appelle Jörgen… Tu m'entends ?

— Jörgen, chuchota Jan.

— C'est ça, Jörgen. Je suis aide-soignant ici… Ça va ? »

Ça n'allait pas, mais il hocha la tête. *Soignant*, pensa-t-il. Pourquoi pas soigneur animalier ?

« Ta maman et ton papa sont repartis, dit l'homme. Mais ils vont revenir… Tu te souviens de leur nom ? »

Jan réfléchit en silence. C'était étrange. Il entendait encore ressasser les voix de ses parents, mais ne se rappelait aucun nom.

« Non ? dit Jörgen. Et toi, tu te souviens qui tu es ? Comment tu t'appelles ?

— Jan… Hauger.

— Bien, Jan. Est-ce que tu veux prendre une douche ? »

Jan se figea dans son lit.

Pas de douche. Il secoua la tête.

« OK… Alors repose-toi, Jan. »

Jörgen sortit à reculons de la chambre qui chavirait.

Le temps passa. Jan entendit un cliquettement. En levant la tête, il vit que la porte de sa chambre était entrebâillée. Quelque chose bougeait là-bas. Une bête ? Non. Un visage clair le regardait – une fille de son âge, grande et mince, avec des cheveux d'une blancheur de craie et des yeux bruns. Elle le dévisageait. Ni gentiment ni méchamment.

Jan déglutit, sa bouche était sèche. Il essaya de relever la tête et dit :

« Où je suis ?

— Au Paf, dit la fille.

— Au parc ? »

La fille secoua la tête.

« Au Paf. »

Jan ne dit rien. Il ne comprenait pas ce dernier mot.

La fille continua à le regarder en silence puis, soudain, passa un bras par l'embrasure de la porte et le visa avec un petit boîtier noir. Ça éclata – un flash en plein visage.

Il cligna les yeux.

« Qu'est-ce que tu fais ?

— Attends un peu », dit-elle.

Elle sortit alors un papier carré de l'appareil photo, s'avança de deux pas et l'envoya sur son lit, à côté de l'oreiller.

« Tiens, c'est toi », dit-elle à voix basse.

Jan regarda le papier, le prit et vit soudain une image apparaître. C'était un polaroïd, et il distinguait à présent un visage blême et un corps maigre de plus en plus distincts. C'était lui, seul et apeuré sur son lit d'hôpital.

« Merci », dit-il tout bas.

Mais quand il releva les yeux, la fille avait disparu.

Après quelques minutes de silence, la guitare recommença.

Jan allait un peu mieux, il s'assit dans le lit. La lampe du plafond était éteinte, les persiennes baissées, mais il pouvait voir que son lit se trouvait dans une petite chambre dépouillée – presque une cellule – avec un bureau et une chaise où son jean et son T-shirt étaient pliés. Ses chaussures étaient par terre, mais quelqu'un en avait ôté les lacets.

Ses bras le grattaient, il les toucha et sentit la bande Velpeau. On lui avait entouré les bras de bandelettes, comme à une momie.

Quelqu'un l'avait sauvé et voilà qu'il s'était réveillé, alors qu'il voulait continuer à dormir. Dormir, dormir, dormir au Paf.

Le *Paf* ?

C'était un surnom, apprit-il quelques jours plus tard. Le nom complet de l'établissement, *Pôle psychiatrique adolescents-familles*, avait été raccourci pour gagner du temps.

Peu importait son nom, le Paf était une maison pour les dérangés et les égarés.

LE LYNX

Jan avait guidé le petit groupe de policiers et de membres du personnel de la crèche à travers bois, mais avait dévié après quelques centaines de mètres, de plus en plus loin de l'endroit où avait eu lieu la partie de cache-cache.

L'officier de police se campa en travers du sentier. Jan trouva qu'il avait un regard dur.

« C'est ici qu'il a disparu ? »

Jan hocha la tête.

« Vous en êtes vraiment sûr ?

— Oui. »

L'officier faisait au moins un mètre quatre-vingt-dix, en uniforme bleu sombre et rangers noirs. Il était accompagné de cinq collègues arrivés sur la route en contrebas de la forêt à bord de trois voitures de patrouille.

Le père de William n'était pas avec eux – il était rentré chez lui pour aller chercher sa femme. Jan avait entrevu son regard devant la crèche : figé et terrifié.

L'officier ne lâchait pas Jan du regard.

« Donc vous aviez *neuf* enfants en commençant le jeu, ici même… et *huit* à la fin ? »

Jan hocha la tête.

« C'est ça. Neuf garçons, au début.

— Et vous n'avez pas vu qu'il en manquait un ? »

Jan tourna la tête pour éviter le regard du policier. Il n'avait pas besoin de jouer la nervosité – il *était* nerveux.

« Non, malheureusement… Malheureusement le groupe était très turbulent, à la fois à l'aller et au retour. Et ce garçon, William, n'était pas un Lynx.

— Un lynx ? Qu'est-ce que vous voulez dire ?

— C'est comme ça que s'appelle ma section à la crèche. Le Lynx.

— Mais vous étiez quand même responsable de lui aujourd'hui, pendant l'excursion ? »

Jan hocha la tête, accablé.

« Oui, nous étions responsables, Sigrid et moi. »

Il regarda dans sa direction. Sigrid Jansson était là elle aussi, une dizaine de mètres à l'écart sous les sapins, effondrée, les yeux rougis de larmes. Quand les policiers avaient débarqué à la crèche et commencé à poser leurs questions, elle avait craqué – l'officier de police s'adressa donc à nouveau à Jan :

« Et quand William est parti se cacher… de quel côté est-il allé ?

— Par là. »

Jan indiqua le sud. Même si on ne le voyait pas d'ici, il savait que le lac de la réserve ornithologique se trouvait dans cette direction – à l'opposé du bunker.

L'officier de police se redressa. Il envoya un homme passer au peigne fin la crèche et ses alentours immédiats, puis se tourna vers les autres :

« Allez, les gars, on bouge ! »

Le groupe se dispersa et commença les recherches, mais Jan et tous les autres savaient que le temps leur était compté. Il était cinq heures dix et le soleil d'automne s'était à présent couché – il faisait gris et sombre parmi les sapins. Dans une demi-heure, la lumière allait disparaître, et dans une heure il ferait nuit noire.

Jan avança aussi droit que possible parmi les arbres, feignant de chercher comme tous les autres. Il appelait William, regardait autour de lui, mais savait bien entendu qu'ils ne cherchaient pas au bon endroit. Il continuait d'appeler, songeant à chaque fois combien les murs du bunker étaient épais.

27

Quatre jours passent avant que Rettig ne livre une nouvelle enveloppe à Jan. Mais entre-temps, Jan fait la connaissance du visiteur nocturne de la maternelle.

Le soleil brille en ces journées d'octobre, la vie semble de plus en plus légère – les ombres du Paf et du Lynx s'estompent lentement. Jan s'estime lui-même quelqu'un de *totalement* fiable, apprécié des enfants comme de ses collègues. Les lettres qu'il fait clandestinement entrer à Sainte-Barge ne changent rien au fait qu'il soit un bon professeur de maternelle.

Il *aime* les enfants. C'est peut-être un sentiment de culpabilité ou la peur d'être découvert qui le poussent à si bien œuvrer pour *le bien-être des enfants, leur confiance en eux et la construction d'un socle stable pour l'éducation tout au long de la vie*, ainsi que *leur développement de futurs citoyens conscients de leurs responsabilités et soucieux d'éthique*, et toutes ces autres belles formules qu'on lui a inculquées pendant sa formation.

Les autres membres du personnel s'échappent parfois de la Clairière pour prendre l'air ou faire une pause cigarette, mais Jan reste toujours auprès des enfants. Il plaisante avec eux, les écoute, les calme, essuie les larmes et règle leurs petites disputes. Il consacre tout particulièrement du temps à Leo, pour gagner sa confiance.

Parfois, en plein jeu, il ne voit aucune différence entre lui et les enfants. Les années disparaissent, il a cinq ou six ans et peut vivre exclusivement dans le présent. Aucune contrainte, aucune inquiétude pour l'avenir ou angoisse de la solitude. Rien que des cris joyeux et une chaude sensation de ravissement. La vie bat son plein, *ici et maintenant*.

Mais parfois il entrevoit quelqu'un passer derrière la clôture de Sainte-Barbe et s'interrompt en plein jeu en songeant à Rami.

Rami la faiseuse d'animaux, Rami l'animal en cage.

Dans ce zoo, les fauves sont enfermés avec les herbivores. Mais la différence entre animaux dangereux et inoffensifs est toujours difficile à voir.

« L'écureuil veut être libre », a écrit Rami. Et lui, il voudrait pénétrer dans Sainte-Barge pour la retrouver. Il voudrait lui parler, comme autrefois.

« Jan ! crient les enfants. Regarde, Jan ! »

Tôt ou tard, un enfant vient le tirer par le bras et il revient à la maternelle.

L'après-midi s'avance, le soleil plonge derrière les arbres nus à l'ouest. Le ciel d'automne s'assombrit vite. Jan a une dernière garde du soir avant quatre jours de congé.

Il couche les enfants et on vient le relever à neuf heures et demie. Juste avant, il jette par hasard un coup d'œil devant l'école et voit un homme et une femme marcher dans la rue côte à côte.

Il voit que la femme est Lilian. Mais l'homme ? Ils marchent si près l'un de l'autre qu'on dirait un couple, mais Lilian est bien divorcée ?

Jan voit l'homme l'embrasser devant la maternelle, tourner les talons et disparaître dans la nuit.

Lilian ne semble pourtant pas sereine en entrant, une ride lui traverse le front. Jan, lui, est très calme – ce soir, il s'est entièrement consacré aux enfants.

« Il fait froid, dehors ? demande-t-il.

— Hein ? dit Lilian. Euh… oui, assez froid. C'est bientôt l'hiver.

— Pas de chance, dit-il. Juste quand j'ai mes jours de récupération. Je vais partir.

— Bien. »

Lilian ne demande pas où, elle a l'air stressée. Elle ôte son manteau au vestiaire, regarde sa montre d'un air las, puis Jan.

« Je suis arrivée un peu tôt, dit-elle, mais tu peux y aller. »

Jan la regarde.

« Je peux rester un peu.

— Non, non, vas-y, dit-elle tout bas. Je me débrouille. »

Lilian passe devant lui et file à la cuisine. Elle a toujours cette ride au front et elle ne lui a pas posé la moindre question au sujet des enfants.

Jan la regarde, longtemps.

« Bon, d'accord, dit-il dans son dos. J'y vais, alors. »

Et il va mettre son blouson, enfiler ses chaussures et prendre son sac dans son casier avec de grands gestes, pour qu'elle l'entende. C'est presque du théâtre.

« Là, j'y vais... Salut !

— Salut », répond sa voix.

Il referme la porte derrière lui. Il fait vraiment froid dehors maintenant que le soleil a disparu. Sortir du halo de lumière de la Clairière, c'est comme plonger dans un étang sombre : la cour est dans le noir complet. Ses yeux s'habituent pourtant doucement à l'obscurité et, une fois sur la rue, il voit une silhouette en doudoune sombre et bonnet de toile noire arriver de l'arrêt de bus.

L'ombre marche vers la maternelle. Vers lui.

Jan s'écarte instinctivement. Il se cache derrière la remise et attend en tendant l'oreille.

Il entend la grille grincer et se refermer.

Jan sort de sa cachette. La cour est déserte.

À gauche de la remise, il voit le portique en bois et ses trois balançoires – elles se balancent doucement dans le vent du soir. Il s'approche et s'assoit sur la plus grande, un vieux pneu.

Jan fourre les mains dans les poches de son blouson et attend. Quoi ? Il ne sait pas bien, mais il est chaudement vêtu, il peut rester là un bon moment.

Assis sans bouger sur la balançoire, il voit l'hôpital et sa clôture éclairée. De temps à autre, il regarde les fenêtres allumées de la maternelle : une fois, il voit Lilian passer vite devant une de celles de la cantine. Elle est seule, pas de visiteur en vue.

Il est dix heures et quart. Rien ne se passe. De l'autre côté du champ, les fenêtres commencent à s'éteindre dans les pavillons où les parents fatigués vont se coucher. Jan frissonne et s'ébroue, mais reste assis sur son pneu.

Dix minutes plus tard, il a trop froid et commence à se lasser. Il va se lever – quand soudain la porte d'entrée de la maternelle s'ouvre.

Jan reste immobile. Il voit une silhouette descendre le perron.

Ce n'est pas Lilian, c'est le visiteur en doudoune et bonnet.

La silhouette ne regarde pas vers les balançoires. Elle descend tout droit l'allée et passe la grille. Jan entend des talons racler l'asphalte.

Il se lève prudemment et fait quelques pas vers la grille.

La silhouette en doudoune est arrivée au premier réverbère. Elle tourne la tête et scrute l'obscurité en direction de l'hôpital, tout en allumant un briquet – et à la lueur de la flamme Jan reconnaît sa collègue Hanna.

Hanna Aronsson. La plus jeune de l'équipe de la Clairière, la plus silencieuse aussi. Jusqu'au soir où ils sont rentrés ensemble du Bill's Bar, elle avait à peine parlé avec Jan. Ensuite, il l'a évitée, après ce qu'il lui avait raconté sur le Lynx et William ce soir-là, sous le coup de l'ivresse.

Jan laisse son vélo appuyé à la grille. Il préfère suivre Hanna à pied, en restant hors du halo des réverbères.

Elle se dirige vers l'abribus. Elle s'arrête là, en continuant de tirer sur sa cigarette.

Jan s'arrête aussi à une cinquantaine de mètres.

Que faire ? Il faut décider avant que le bus arrive – il finit par gagner l'auvent, un sourire crispé aux lèvres.

« Salut Hanna ! »

Ses yeux bleus se figent en le voyant. Pas de sourire.

« Salut. »

Jan s'arrête à quelques pas d'elle et reprend son souffle.

« Et voilà, une journée de travail finie.

— Ah ? lâche Hanna.

— Et toi ? dit Jan. Qu'est-ce que tu as fait ce soir ? »

Comme elle continue de le fixer sans répondre, il réessaye :

« Tu vas où ? »

Hanna jette sa cigarette et l'écrase.

« Chez moi. »

Jan baisse la voix, bien qu'ils soient seuls sous l'abribus :

« Tu es allée en visite à l'hôpital ? »

Pas de réponse là non plus. Un ronronnement surgit dans leur dos – c'est le bus pour le centre-ville qui approche.

Il s'arrête, ils montent. Hanna va tout au fond, en jetant un coup d'œil par-dessus son épaule, comme si elle voulait échapper à Jan. Mais il la suit et s'assoit à côté d'elle.

Le bus est presque vide, pourtant il baisse la voix :

« On pourrait parler un peu, Hanna ? Avant que tu rentres chez toi ?

— Parler de quoi ? »

Il fait un signe de tête en direction de Sainte-Barbe.

« De ce que tu fabriques là-haut. »

28

Jan et Hanna atterrissent au Medina Palace – c'est elle qui propose d'y aller. La boîte de nuit se trouve au sous-sol de l'unique hôtel de luxe de Valla, le Tureborg, un immeuble de verre et d'acier qui semble aspirer à être un vrai gratte-ciel. Professeurs de maternelle sortant du travail, ils n'ont pas vraiment la tenue adéquate, et Jan arbore par-dessus le marché un pull taché par le verre de lait que Matilda lui a renversé dessus au petit-déjeuner. Le videur en costume leur ouvre avec une certaine hésitation.

« Tu viens souvent ici ? demande Jan.

— Des fois. »

Hanna a eu le temps de fumer deux cigarettes depuis leur descente du bus, elle lui répond à voix basse et regarde ses pieds tandis qu'ils entrent dans la boîte.

Une grande salle de jeux.

Jan n'est jamais vraiment sorti en boîte, pas même à Göteborg – et en voyant le haut plafond noir parcouru de longs tuyaux recourbés et les froides surfaces métalliques des murs, il comprend qu'il n'est pas à sa place ici. Mais il y a peu de clients ce jeudi soir. La musique est suffisamment basse pour qu'ils puissent parler, mais assez forte pour les protéger des oreilles indiscrètes.

Jan choisit une table en verre dans un coin – une table hors de vue, pour les secrets.

« Tu veux quelque chose ?

— Un cocktail, dit tout bas Hanna. Avec du jus de fruits. »

Jan va au bar. Il constate que l'offre est plus luxueuse qu'au Bill's Bar – davantage de cocktails, champagne, cognac. Il rapporte deux verres de jus de pomme mais Hanna semble déçue en goûtant le sien. De la tête, elle montre le bar.

« J'avais dit un *cocktail*… Tu pourrais leur demander d'ajouter quelque chose ?

— Quoi ?

— Genre, qui calme. »

Jan la regarde.

« Tu veux dire de l'alcool, c'est ça ?

— Ce serait bien. »

Cinq minutes plus tard, ils sont assis devant leurs verres dans un silence pesant.

« Alors comme ça tu m'as suivie ce soir, finit par dire Hanna.

— Suivie, c'est beaucoup dire… » Jan regarde dans son verre. « J'ai trouvé Lilian un peu tendue quand elle est arrivée. Alors j'ai attendu dans la cour pour essayer de savoir pourquoi. »

Hanna regarde la table.

« Tu savais que j'étais montée à l'hôpital ?

— Non, mais je savais que *quelqu'un* y était allé avant de ressortir par la maternelle, alors je me demandais qui… Tu y es allée souvent ? »

Hanna boit une grande gorgée, comme si sa vodka-pomme n'était qu'une boisson désaltérante au sortir du sauna. Jan y trempe les lèvres.

« Quelquefois, dit-elle à voix basse. Je n'ai pas compté.

— Et depuis combien de temps ?

— Depuis mai. Je travaillais à la Clairière depuis quatre mois à l'époque.

— Et Lilian sait ? »

Hanna cligne des yeux. Elle semble réfléchir à ce qu'elle peut raconter et finit par dire :

« Oui. On est copines, alors elle fait le guet pour moi… Je n'y vais que quand elle est de garde le soir.

— Pas seulement, dit Jan. Tu es montée une fois où j'y étais. Je t'ai entendue redescendre par l'ascenseur. Puis tu es ressortie par la maternelle.

— Oui… je me suis mise en retard ce soir-là.

— Et aujourd'hui, tu es aussi montée à la salle des visites ? »

Hanna hoche la tête en silence.

« Et qu'est-ce que tu *fais* là-haut ? »

Là, elle ne répond pas.

« Tu vois quelqu'un, hein ? Un surveillant ? »

Hanna boit quelques gorgées et regarde le fond de son verre à moitié vide. Elle change de sujet :

« Mon Dieu, des fois les enfants me fatiguent à un point… Des fois le boulot est sympa, mais d'autres fois je me mets à paniquer quand je suis restée trop longtemps avec eux. Ils veulent toujours faire la même chose, encore et encore. Les mêmes jeux… »

En fait, Jan n'a jamais vu Hanna *jouer* avec les enfants : le plus souvent, elle se contente de les regarder jouer. Il hoche pourtant la tête.

« Ça arrive à tout le monde de ressentir ça. »

Hanna soupire.

« Je sens ça si souvent. Je ne supporte plus les troupeaux de gosses, quoi. »

Jan imagine les enfants de la Clairière. Des visages souriants. Josefine, Leo et les autres.

« Il ne faut pas les considérer comme un troupeau, dit-il. Ce sont des individus. De petites personnalités.

— Ah oui ? À les écouter, on dirait des singes. Leurs fichus hurlements à la Clairière, quand je rentre, le soir, ils me cassent les oreilles… »

Hanna finit son verre, le silence s'installe. Jan se lève.

« Je vais en chercher deux autres. »

Elle ne proteste pas et, quelques minutes plus tard, il est de retour avec deux cocktails à la vodka. Rassis, il veut revenir au sujet précédent et regarde autour de lui avant de demander :

« Tu connais quelqu'un là-haut, n'est-ce pas ? »

Hanna hésite, puis hoche la tête.

« Et qui ?

— Je ne le dirai pas… Et toi, tu vas voir qui ?

— Personne, se dépêche de dire Jan. Aucun patient.

— Mais tu voudrais arriver jusqu'à eux, non ? Tu étais au sous-sol, le soir où je suis revenue par le sas… Qu'est-ce que tu fabriques ? »

C'est au tour de Jan de se taire.

« La curiosité, finit-il par dire.

— Bien sûr, bien sûr. » Hanna lui adresse un sourire las. « Ça ne sert à rien de chercher un passage par en bas.

— Comment ça ? Toi, tu passes bien le sas sans problème ? »

Elle hoche rapidement la tête. La vodka paraît l'avoir détendue.

« J'ai un contact, dit-elle. À la clinique, je veux dire… quelqu'un en qui j'ai confiance.

— Un surveillant, donc ? dit Jan en songeant aussitôt à Lars Rettig.

— Genre, oui.

— Qui ?

— Je ne le dirai pas. »

C'est comme jouer aux échecs, songe Jan. Partie d'échecs dans une boîte de nuit.

Le volume sonore de la musique a augmenté, mais le local ne semble plus aussi vaste. Les clients ont commencé à arriver et à remplir les tables et le bar. Le Medina Palace est une boîte de nuit – par définition, c'est la *nuit* que les gens y arrivent, pour y rester. Des oiseaux de nuit.

Jan et Hanna sont pourtant toujours bien tranquilles à leur table, très proches l'un de l'autre, comme des amis d'enfance.

« Toi et moi, on devrait se faire confiance », dit-il.

Ses yeux bleus restent froids.

« Et pourquoi ?

— Parce qu'on pourrait s'entraider.

— Et comment ?

— Eh bien, de différentes façons… »

Jan se tait. Il a compris qu'Hanna pourrait l'aider à rencontrer Rami, même s'il ne sait pas bien comment.

Le silence se prolonge. Le verre d'Hanna est vide, elle regarde sa montre.

« Il faut que j'y aille. »

Elle commence à se lever, un peu titubante.

« Attends, se dépêche de dire Jan. Attends un peu. Je vais chercher autre chose à boire… Tu aimes les liqueurs ? »

Hanna se rassoit.

« Faut voir.

— Bien. »

Le voilà très vite revenu au bar, aussi vite que l'écureuil de Rami, puis de retour avec quatre petits verres sur un plateau. Double tournée de liqueur de café, pour gagner du temps.

« Santé, Hanna.

— Santé. »

Ils boivent, c'est sucré et le monde devient de plus en plus flou. La musique cogne plus fort, il se penche en avant.

« Et qu'est-ce que tu penses de Marie-Louise ? »

Hanna sourit un peu.

« Madame Kontrol, dit-elle en pouffant. Elle aurait une attaque si ce dont tu m'as parlé se passait chez nous.

— Qu'est-ce que tu veux dire ?

— Cette histoire… l'enfant disparu en forêt. »

Jan hoche brièvement la tête, mais baisse les yeux. Comme il ne veut pas parler de William, il change de sujet :

« Lilian est-elle mariée ?

— Non. Elle l'a été, mais ça n'a pas marché… Son mari s'est lassé, tu vois le genre. »

Jan ne la questionne pas davantage. Il se demande juste qui est cet homme qui a laissé Lilian devant la maternelle ce soir. Son nouveau mari ?

Le silence revient, mais tant mieux, Jan en profite pour boire. Il essaie de rassembler ses esprits et regarde Hanna par-dessus son verre.

« On joue ? »

Hanna vide son verre.

« À quoi ?

— Aux devinettes.

— Au sujet de quoi ?

— Je devine qui *tu* vas voir à Sainte-Barge… et tu devines qui *je* voudrais voir.

— Sainte… On n'est pas censés utiliser ce nom.

— Je sais. » Jan sourit avec un air de conspirateur. « Bon, je commence… Est-ce que c'est un homme ? »

Hanna le regarde à travers les brumes de l'alcool, puis hoche brièvement la tête.

« Et toi, dit-elle. C'est une femme ? »

Jan hoche la tête et rebondit :

« Est-ce que c'est quelqu'un qui appartient à ton passé ? Quelqu'un que tu connaissais avant qu'il atterrisse à Sainte-B… Sainte-Barbe ? »

Elle acquiesce.

« Et toi ? Tu connaissais cette femme ? »

Jan hoche la tête, puis boit.

« Je l'ai rencontrée autrefois… il y a des années.

— C'est une célébrité ? demande Hanna en souriant.

— Une célébrité ?

— Oui. Est-ce qu'on a parlé d'elle, avec son nom et des photos dans les journaux ? Au sujet d'un crime ? »

Jan secoue la tête. Rami n'a jamais été une *célébrité*, en tout cas pas comme criminelle. De toute façon, elle n'a jamais été particulièrement célèbre – à sa connaissance, elle n'est jamais passée à la télévision. Il lève son verre en direction d'Hanna.

« Et ton copain, là-bas, dit-il, il est célèbre ? »

Hanna cesse de sourire et détourne la tête.

« Peut-être bien », murmure-t-elle.

Jan ne la quitte pas des yeux. Soudain un nom lui traverse l'esprit, un nom bien connu – mais c'est tellement idiot qu'il en rit presque.

« Est-ce que ce serait Rössel ? Ivan Rössel ? »

Hanna se fige – soudain ce jeu cesse d'être drôle.

Jan pose son verre.

« Ce n'est quand même pas lui que tu vas voir là-haut, Hanna… l'assassin Rössel ? »

Elle ouvre la bouche et hésite quelques secondes, puis se lève.

« Maintenant il faut que j'y aille. »

Et c'est ce qu'elle fait – elle s'en va sans un mot. Jan tourne la tête pour la suivre du regard, une institutrice aux boucles claires qui marche droite comme un I vers la sortie.

Il reste assis, son verre vide à la main. De l'autre côté de la table attend le deuxième verre de liqueur d'Hanna, intact. Il le saisit et le vide. Le goût est horrible, mais il avale malgré tout.

Puis il reste là, le regard perdu dans le vide, et soudain se rappelle ce que Lilian lui a dit d'Hanna Aronsson : *Elle est jeune et un peu folle, et sa vie privée est agitée.*

Un peu folle ? Il faut qu'elle le soit, si elle entre en douce à Sainte-Barge pour fréquenter Ivan Rössel.

Le tueur d'enfants.

Il se souvient qu'un journal l'avait appelé ainsi, tandis qu'un autre l'avait baptisé *Ivan le Terrible.*

Que fait Hanna avec Ivan Rössel ?

29

Ivan Rössel adresse un petit sourire à Jan, comme s'ils étaient de vieux amis. Large d'épaules, avec ses cheveux noirs bouclés qui lui tombent sur le front, il ressemble à une rock star sur le retour. Sous cape, l'air satisfait d'un homme qui aime être photographié. Ou qui se trouve plus malin que le photographe.

C'est la police qui a pris cette photo qui s'affiche sur l'écran d'ordinateur de Jan.

Rössel n'était pas un rocker quand la police l'a arrêté, ni célèbre d'aucune façon – il était professeur de physique-chimie dans un lycée de la côte ouest. Célibataire, sans amis proches. Rössel était apprécié de ses élèves, mais certains de ses collègues le trouvaient parfois arrogant et vantard.

Sa vieille mère, qui s'est exprimée dans divers journaux, le décrivait comme « un gentil garçon qui a bon cœur ».

La plupart des articles sur Rössel que Jan trouve sur Internet parlent bien sûr de la série de meurtres de jeunes filles et jeunes gens que le professeur a commis, ou dont il est soupçonné, en divers lieux au sud de la Suède et en Norvège.

On l'avait baptisé *le tueur d'enfants*, mais c'est de meurtres d'adolescents qu'il était soupçonné. Et il n'a été condamné que pour une série d'incendies criminels.

Rössel était pyromane – le fait est que des maisons et des boutiques brûlaient étrangement souvent autour de lui, des incendies mortels dans deux cas. Quelqu'un entrait par effraction de nuit, volait argent et objets de valeur puis mettait le feu à la maison.

Ce n'est qu'une fois Rössel arrêté et condamné à l'internement psychiatrique pour les incendies et les cambriolages que la police a commencé à enquêter sur de troublantes coïncidences : des adolescents avaient parfois été assassinés ou avaient disparu sans laisser de trace dans des endroits où Rössel était passé.

Les enquêtes criminelles sont en grande partie restées secrètes, mais les journaux ne cessent de répéter les quelques faits rendus publics. Ivan Rössel n'était pas que professeur, c'était aussi un campeur enthousiaste et au long cours. Il possédait une grande caravane avec isolation phonique qu'il installait au début de l'été dans un coin reculé de quelque camping suédois ou norvégien. Et il vivait là jusqu'à la rentrée des classes, à l'écart, faisant de nombreuses excursions dans les environs. On avait retrouvé plusieurs adolescents assassinés dans son sillage et un jeune homme avait disparu sans laisser de trace : John Daniel Nilsson, dix-neuf ans, sorti prendre l'air pendant une boum de l'école un soir de mai à Göteborg, et jamais reparu.

Jan se souvient de cette affaire, six ans plus tôt – il habitait Göteborg quand John Daniel avait disparu.

Rössel interné pour les incendies criminels, la police avait ouvert une enquête sur les liens entre lui et les morts et disparus. Mais la caravane de Rössel avait brûlé, sa voiture était partie à la casse, toutes les preuves avaient disparu. Et Rössel n'avait rien reconnu.

Il y a beaucoup d'articles sur le passé de Rössel et ses vacances au camping – des centaines d'articles – mais après en avoir lu une demi-douzaine, Jan en a assez.

Rössel est interné, l'hôpital Sainte-Barbe semble l'endroit qu'il lui faut. Hanna Aronsson ne peut quand même pas s'intéresser à quelqu'un d'aussi dérangé. Ou bien si ?

Jan lance alors une autre recherche : Sainte-Barbe. Mais il ne trouve aucune image, juste quelques informations et données statistiques sur les cliniques du département de la Justice. Et un lien le fourvoie sur un site consacré aux martyres du christianisme. Il apprend tout sur sainte Barbe, enfermée dans une tour par son père, baptisée clandestinement, livrée aux flammes, échappant à l'incendie de sa prison, capturée, refusant d'abjurer, torturée puis décapitée par son propre père, lui-même aussitôt frappé par la foudre.

Il lit aussi que sainte Barbe est la patronne des pompiers – parfait pour un pyromane comme Rössel !

Jan éteint son ordinateur et prépare ses bagages. Il va aller rendre visite à sa vieille mère à Nordbro, pour la première fois depuis six mois.

Les odeurs de la maison sont toujours les mêmes. L'odeur de sa mère, ses parfums et les boules désodorisantes. Son père est mort depuis trois ans, mais les effluves de son tabac et de son après-rasage flottent encore dans les pièces, ils sont incrustés dans les murs.

Jan fait la tournée des souvenirs.

Sur le téléviseur, une vieille photo de Jan avec son petit frère Magnus. Ils ont huit et cinq ans, ils sourient à l'objectif. À côté, une photo récente de Magnus adulte devant Big Ben, tenant une jeune fille sous son bras. Magnus étudie la médecine au King's College à Londres, habite Russell Square avec une fiancée de Kensington, il a un brillant avenir devant lui.

Jan regarde autour de lui dans le séjour, où la poussière s'accumule sur la table en verre et le parquet.

« Tu devrais faire le ménage plus souvent, maman.

— Je ne sais pas... C'est papa qui s'en occupait. »

La mère de Jan appelait toujours son mari *papa*.

« Tu pourrais prendre une femme de ménage ?

— Impossible... Je n'ai pas les moyens. »

Sa mère passe le plus clair de son temps dans le fauteuil de cuir élimé devant la télévision, recroquevillée dans sa robe de chambre et ses pantoufles roses. Parfois, elle reste immobile devant une fenêtre. Jan voudrait qu'elle se bouge, qu'elle se prenne en main, se fasse des amis. Elle a trop longtemps vécu dans l'ombre de son mari.

Peut-être s'ennuie-t-elle d'avoir tout ce temps libre, après tout juste quelques années à la retraite. Elle ne semble pas spécialement contente que Jan soit à la maison.

« Tu n'as pas de petite amie avec toi ? demande-t-elle brusquement.

— Non, dit Jan à voix basse. Pas cette fois non plus.

Jan n'a bien sûr aucune petite amie à qui faire visiter Nordbro. Il n'a pas non plus de vieux copains à aller voir dans le quartier, aussi part-il dans l'après-midi se promener seul dans la ville de son enfance.

En se rendant au centre-ville, il passe comme d'habitude devant le bâtiment bas de la clinique où Christer Vilhelmsson est soigné avec d'autres traumatisés crâniens, mais il y a du vent et il n'est pas assis dehors aujourd'hui.

Christer Vilhelmsson était en troisième quand Jan était en quatrième, et comme il a vingt-neuf ans, son camarade doit en avoir trente. Le temps passe, même si Christer ne s'en rend sans doute pas compte.

Une seule fois, Christer était assis dehors quand Jan est passé, un jour de printemps ensoleillé, quatre ans plus tôt. Christer était installé dans un fauteuil de jardin, et non un fauteuil roulant, mais Jan s'est demandé cette fois-là s'il était vraiment capable de marcher seul.

Même depuis la rue, à cinquante mètres, Jan voyait bien qu'à vingt-six ans, il n'était adulte que physiquement. L'expression vide de son visage et sa façon de sans cesse hocher sa tête un peu de travers montraient bien que les aiguilles de l'horloge étaient reparties à l'envers pour Christer Vilhelmsson, cette nuit-là, en forêt. La voiture qui l'avait renversé dans le noir l'avait projeté dans le fossé et renvoyé en enfance.

Jan était resté une minute à observer son ancien camarade d'école, dont il avait jadis une peur bleue. Puis il avait poursuivi son chemin, sans ressentir ni joie ni chagrin.

Sur la Grand-Place de Nordbro, il entre dans la quincaillerie Fridman, comme il l'a déjà fait quelquefois. Torgny Fridman, le fils du fondateur, a repris l'affaire. Ce samedi, c'est Torgny lui-même qu'on trouve derrière le comptoir. Un homme mince d'une trentaine d'années, avec des cheveux roux clair coupés court.

Jan va au fond de la boutique regarder des haches. Il n'a pas de bois à fendre, mais il manipule pourtant les différents modèles, les soupèse, les fait prudemment tourner en l'air.

En même temps, il lorgne vers la caisse. Torgny Fridman s'est laissé pousser une barbe blond foncé. Derrière le comptoir, il parle avec des clients, une famille avec des enfants. Il ne regarde pas dans sa direction. Quinze ans ont passé, Torgny semble l'avoir oublié. Pourquoi s'en souviendrait-il ? Jan est le seul à se souvenir.

Il saisit la plus grande des haches, son manche fait presque un mètre.

La porte de la boutique sonne.

« Papa ! »

Un petit garçon en pull blanc et jean trop grand entre et se précipite vers le comptoir. Il est suivi d'une femme d'une trentaine d'années, souriante.

Torgny accueille le petit garçon à bras ouverts, le soulève. Un bref instant, le quincaillier cède entièrement la place au père joyeux.

Jan les fixe quelques secondes. La hache est lourde, lourde et bien équilibrée. *Lève-la au-dessus de ta tête, haut, très haut...*

Il la repose et ressort, sans saluer. Torgny et lui n'ont jamais été amis et ne le deviendront jamais.

La dernière halte pour Jan est le Lynx.

À deux kilomètres du centre se trouve la crèche où il a travaillé quand il avait vingt ans. Jan se demande s'il en a vraiment envie, mais il finit par y aller.

Les locaux sont fermés, on est samedi. Il s'arrête devant l'entrée et regarde la baraque en bois : elle n'a pas beaucoup changé. Elle est toujours badigeonnée de peinture marron, mais donne l'impression d'être beaucoup plus petite que la dernière fois qu'il est venu. La peinture représentant un lynx jadis accrochée à côté de la porte a disparu : peut-être la section a-t-elle été rebaptisée d'un nom plus inoffensif, l'Anémone ou le Lièvre. Ou peut-être la Clairière.

C'est donc là qu'il a travaillé, juste au sortir de l'école. De bien des façons, il était encore lui-même un enfant égaré, au Lynx, même s'il ne l'a pas compris sur le moment. Il se demande s'il reste quelqu'un de cette époque. La directrice, Nina ? Sigrid Jansson en tout cas n'y est plus – elle a arrêté à peu près en même temps que lui.

Brisée. Les derniers temps, ils s'évitaient dans la cour, et il avait une étrange sensation chaque fois que Sigrid le regardait. Ce n'était peut-être que le chagrin persistant après ce qui s'était passé – mais il trouvait son silence froid et hostile, voire soupçonneux.

Il s'est souvent demandé si Sigrid s'était doutée de quelque chose, si elle avait compris les manœuvres de Jan, le jour où William avait disparu.

Enfin, avant de rentrer, Jan descend à l'étang de Nordbro, qui forme une cuvette presque circulaire en contrebas de la maison familiale. Jan connaît bien son eau sombre. La nuit, on dirait du sang noir.

Quinze ans plus tôt, il a coulé vers le fond de l'étang, dans un tourbillon de bulles, en route vers le grand froid – avant qu'un voisin ne plonge et ne le repêche in extremis.

LE PAF

Quand les parents de Jan vinrent le voir sur son lit d'hôpital, l'expression *tentative de suicide* planait entre eux comme un nuage noir, sans jamais être prononcée.

Il était presque impossible de parler. Sous sa couverture, Jan regardait ses parents en silence. Il remarqua soudain que son petit frère n'était pas avec eux.

« Où est Magnus ?

— Chez un copain, dit sa mère, en se dépêchant d'ajouter : Il… Il n'est au courant de rien.

— *Personne* n'est au courant de ça », dit son père.

Jan hocha la tête. Silence. Sa mère finit par reprendre, à voix basse :

« Nous avons parlé avec ton docteur, Jan. »

Son père secoua la tête.

« Pas docteur. *Psychologue.* »

Son père n'aimait pas les psychologues. À table, l'année précédente, il avait parlé d'un collègue de bureau qui suivait une thérapie : il trouvait ça *tragique.*

Sa mère hocha la tête.

« Oui, c'est un psychologue. En tout cas, il a dit que tu devras rester ici quelques semaines. Peut-être quatre… ou un peu plus. Est-ce que ça ira, Jan ?

— Bien sûr. »

Et le silence retomba. Jan vit soudain des larmes couler sur les joues de sa mère. Elle se dépêcha de les sécher, pendant que son père demandait :

« Sont-ils venus te parler, ces psychologues ? »

Jan secoua la tête.

« Tu n'es pas forcé, dit son père. Tu n'es pas forcé de répondre à aucune de leurs questions, ni de raconter quoi que ce soit.

— Je sais », dit Jan.

Quand avait-il vu sa mère pleurer pour la dernière fois ? Ça devait être à l'enterrement de sa grand-mère, un an plus tôt. L'atmosphère aujourd'hui dans la chambre d'hôpital était à peu près la même que dans la chapelle funéraire où ils étaient tous assis à regarder le cercueil.

Sa mère se moucha et essaya de sourire.

« Tu t'es fait des amis, ici ? »

Jan secoua à nouveau la tête. Il ne voulait pas se faire d'amis, il voulait qu'on le laisse tranquille.

Sa mère ne dit pas grand-chose d'autre. Elle ne pleura plus, mais poussa quelques soupirs las.

Son père ne dit pas un mot de plus. Dans son costume gris, il se balançait sur son fauteuil comme s'il voulait se lever. De temps en temps, il regardait sa montre. Jan savait qu'il avait beaucoup de travail et qu'il voulait rentrer. Quand il regardait son fils, c'était avec irritation et impatience.

Son regard rendait Jan nerveux, il lui donnait envie de sortir de son lit et d'oublier tout ce qui s'était passé – juste de rentrer à la maison et d'être *normal*.

Sa mère leva soudain la tête.

« Qui joue ? »

Jan tendit lui aussi l'oreille – à côté, on entendait une musique calme de guitare. Il savait qui jouait.

« C'est dans la chambre voisine… Une fille.

— Il y a aussi des filles, ici ? »

Jan hocha la tête.

« Surtout des filles, je crois. »

Son père regarda à nouveau sa montre et se leva.

« Bon, on y va ? »

Jan hocha la tête et regarda sa mère.

« Oui… Ça va aller. »

Elle se leva elle aussi. Elle tendit la main vers sa joue, sans tout à fait l'atteindre.

« Oui, il faut qu'on parte, dit-elle. Notre temps de parking sera bientôt écoulé. »

Personne ne dit plus rien, jusqu'à ce que sa mère se retourne, à la porte :

« Ah oui, au fait… Quelqu'un t'a appelé hier, Jan. Un ami à toi.

— Un ami ? »

Sa mère hocha la tête.

« Il voulait savoir comment tu allais… Je lui ai donné le numéro d'ici. »

Jan se contenta de hocher la tête. Un ami ? Il ne voyait aucun ami susceptible de l'appeler. Quelqu'un de la classe ? Il le supposa.

Ses parents partis, il lui sembla pouvoir à nouveau respirer. Il se redressa et, doucement, sortit du lit.

Il s'assit à la table et regarda par la fenêtre. Une vaste pelouse, humide après l'hiver – et derrière, une haute clôture surmontée de fils barbelés. Il la fixa, longtemps.

Le Paf n'était pas un hôpital comme les autres, comprit Jan.

Il était enfermé.

30

Jan est rentré à Valla et a fait le ménage dans son appartement. Il attend la visite d'Hanna.

C'est son idée qu'ils se voient ce soir – quand il a recommencé à travailler de jour à la Clairière, après ses jours de récupération, Hanna était là elle aussi, et il a profité d'un moment où la salle du personnel était vide pour glisser un mot dans la poche de son blouson, avec son adresse et une question :

CASSE-CROÛTE CHEZ MOI DEMAIN SOIR 8H ?

JAN H

Il n'a pas encore eu de réponse, mais a pourtant acheté du pain en rentrant. Il faut qu'elle vienne – ils ont des intérêts communs.

Des secrets communs.

Et c'est assez ponctuellement qu'Hanna sonne à sa porte à huit heures cinq. Elle ne dit pas grand-chose en entrant, mais Jan est content.

« C'est bien que tu sois là.

— Bien sûr. »

Jan essaie de se détendre : il la conduit à la cuisine, fait du thé, offre des sandwichs. Ils bavardent un peu du boulot, mais en arrivent vite au vif du sujet : Sainte-Barbe.

« Les femmes, là-bas… Elles sont à part, n'est-ce pas ? »

Hanna le regarde, avec son visage lisse habituel. L'air dans la cuisine de Jan semble aussitôt plus lourd et plus dense, mais il vaut toujours mieux poser des questions sur l'hôpital à Hanna plutôt qu'à Lars Rettig.

« Oui, finit-elle par dire, il y a deux départements féminins… Un fermé et un ouvert.

— Ils sont proches ?

— Pas genre côte à côte, mais au même étage, je crois.

— Lequel ?

— Le troisième, il me semble. Ou le quatrième… Je n'y suis jamais allée. »

Jan réfléchit à d'autres questions, mais Hanna ouvre soudain la bouche :

« Allez, dis-moi qui c'est, Jan.

— Qui ça ?

— Celle dont tu es amoureux à l'hôpital… Comment elle s'appelle ? »

Hanna le fixe avec insistance. Jan détourne les yeux.

« C'est différent, dit-il.

— Différent de quoi ?

— De toi et Ivan Rössel. »

Hanna pose aussitôt sa tasse de thé. Elle le regarde avec ses yeux bleus glacés.

« Qu'est-ce que *tu* en sais ? Tu ignores tout, pourquoi j'ai pris contact avec lui… Comment peux-tu en juger ? »

Jan baisse le regard. L'ambiance autour de la table est soudain glaciale. Mais il avait donc raison – c'est bien Ivan Rössel qu'elle a rencontré dans la salle des visites.

« Juste une supposition, dit-il. Mais tu l'aimes bien, non ? »

Hanna le dévisage toujours.

« Il faut voir l'homme derrière le criminel, finit-elle par dire. La plupart des gens en sont incapables.

— Si tu entres en cachette pour voir Rössel, tu dois quand même bien l'aimer ? dit Jan. Malgré ses… mauvaises actions ? »

Elle tarde à répondre.

« Je ne le vois pas, finit-elle par dire. Nous sommes en contact par l'intermédiaire d'un surveillant. Ivan travaille à un projet, pour faire passer le temps… et je l'aide.

— À quoi ? Qu'est-ce qu'il fait, là-bas ?

— Il écrit, finit-elle par dire. Il rédige un manuscrit.

— Un livre ?

— Genre, dit Hanna.

— Les mémoires d'un assassin ? »

Hanna pince la bouche.

« Il est suspecté de meurtre. Il ne l'a jamais reconnu. » Elle soupire. « Il dit que son livre va tout expliquer… Les gens comprendront qu'il n'a rien fait.

— Il croit ça ?

— Oui. » La voix d'Hanna se fait plus vibrante. « Ivan supporte *très mal* tout ce qui lui arrive, il risque bien plus de *se* tuer que de tuer qui que ce soit. Aujourd'hui, il n'y a que mes lettres qui l'aident à avancer… »

Elle se tait et Jan ne sait pas quoi dire. Le regard intense d'Hanna l'inquiète – il n'a plus envie de parler de Rössel.

Hanna non plus, apparemment.

« Il va bientôt falloir que j'y aille. » Elle regarde sa montre, puis Jan. « Bon tu me dis, maintenant ?

— Quoi ?

— Comment elle s'appelle… celle que tu vois, là-bas ? »

Jan baisse les yeux.

« Je ne l'ai pas encore vue.

— Et alors, comment elle s'appelle ? » dit Hanna.

Jan hésite. Il a le choix entre deux noms – Rami ou Blanker – mais il choisit le moins connu.

« Reste là, dit-il, je vais chercher quelque chose. »

Il va dans le séjour et revient avec les livres illustrés. *Les Cent Mains de la princesse, La Faiseuse d'animaux, La Maladie de la sorcière* et *Viveca dans la maison de pierre.* Il les pose devant Hanna.

« Tu as déjà vu ces livres ? »

Hanna secoue la tête.

« Ils étaient à la maternelle. » Jan les montre. « Ils sont faits à la main… ce sont sûrement des exemplaires uniques. Quelqu'un a bien dû les placer dans le casier.

— Marie-Louise y met des livres régulièrement, dit Hanna.

— Pas ceux-ci… Je crois qu'un enfant les a reçus d'un de ses parents dans la salle des visites. »

Hanna feuillette les livres et lève les yeux sur Jan.

« Qui les a écrits ?

— Elle s'appelle Maria Blanker. C'est la maman de Josefine… J'en suis presque certain.

— Blanker, dit Hanna. Alors comme ça, c'est elle que tu veux rencontrer à l'hôpital ?

— Oui… Tu sais qui c'est ?

— J'ai un peu entendu parler d'elle, dit Hanna à voix basse.

— Par Rössel ? »

Elle secoue la tête.

« Par Carl… mon contact. »

Jan reconnaît bien sûr le nom. C'est le batteur des Bohemos.

Hanna lève les yeux des livres.

« Je peux les emprunter ? »

Jan hésite.

« Bon, d'accord, finit-il par dire. Quelques jours. »

Elle saisit les livres et se lève, c'est l'heure de rentrer. Mais Jan a une dernière question :

« Maria Blanker est-elle internée dans le département fermé ou ouvert ?

— Je n'en sais rien, je ne suis jamais allée dans les départements », dit Hanna, avant d'ajouter : « Mais elle doit être dans le fermé.

— Pourquoi ?

— Parce que Blanker est psychotique. Elle est complètement ailleurs. C'est en tout cas ce qu'on m'a dit.

— Qu'a-t-elle fait ? demande Jan. Tu le sais ?

— Elle a été dangereuse.

— Pour elle ? Ou pour les autres ? »

Hanna secoue la tête.

« Je ne sais pas, dit-elle. Mais tu n'as qu'à t'introduire jusqu'à elle et lui demander.

— C'est comme si c'était fait. »

Jan sourit vaguement à ce qui ressemble à une plaisanterie, mais pas Hanna.

« Je suis sérieuse… Il y a toujours moyen d'entrer, si on veut vraiment.

— Mais à Sainte-Barge toutes les entrées sont verrouillées, dit Jan.

— L'une est ouverte.

— Et tu connais le chemin ? »

Elle hoche la tête.

« Je sais où c'est, mais le passage n'est pas très commode… Tu es claustrophobe, Jan ? »

LE LYNX

Être enfermé ne devait pas être si terrible que ça – si on avait largement à manger et à boire, et assez chaud ? Et la compagnie d'un robot parlant ?

Jan se le répétait pour s'en persuader chaque fois qu'il songeait au petit William dans le bunker.

Au contraire – enfermé derrière d'épais murs de béton, on pouvait se sentir vraiment en sécurité.

Il était neuf heures du soir, la police avait interrompu les recherches depuis une demi-heure. Elles avaient continué à la lampe torche après la tombée de la nuit, mais Jan les avait trouvées mal organisées. Et elles n'avaient rien donné. William restait introuvable, comme s'il avait disparu de la surface de la terre.

Ou du moins de la terre ferme. La dernière heure, la police avait concentré ses recherches le long des rives du lac de la réserve ornithologique : Jan comprit que la police craignait que le garçon de cinq ans soit tombé à l'eau.

Le Lynx avait servi de point de rassemblement pour la battue. Mais tout le monde était fatigué à présent, et beaucoup de ceux qui avaient participé aux recherches étaient rentrés chez eux. Au lever du jour, jeudi matin, la police devait relancer une battue, à plus grande échelle.

Jan était rentré au Lynx en compagnie d'un policier plus âgé, essoufflé par la traversée de la forêt.

« Nom de Dieu… c'est horrible, ça. Il faut espérer qu'il passe la nuit, mais il n'y a pas beaucoup de chances.

— Mais il fait encore assez chaud dehors, dit Jan. Il va sûrement bien. »

Le policier ne semblait pas l'écouter.

« Nom de Dieu, répéta-t-il. J'étais là, une fois, quand on a retrouvé un gosse mort en forêt… Quelqu'un l'avait renversé en voiture puis l'avait caché sous les arbres, comme un sac-poubelle. » Il regarda Jan, les yeux las. « Ça, on l'oublie jamais. »

De retour dans la salle du personnel, Jan entendit soudain un ronronnement sourd au loin, qui se transforma vite en crépitement fracassant au-dessus de la crèche.

Il se tourna vers la directrice du Lynx, Nina Gundotter. Elle était assise à côté du téléphone, comme si elle attendait que tôt ou tard William appelle pour dire où il était.

« C'est un hélicoptère ? » dit-il.

Nina hocha la tête.

« La police l'a appelé, dit-elle tout bas. Ils n'ont pas trouvé de chiens, mais ils vont survoler la forêt avec un détecteur de chaleur. »

Jan hocha la tête. Il alla voir le thermomètre à la fenêtre : neuf degrés. Une température d'automne – il ne faisait pas chaud dehors, mais il ne gelait pas. Le plus gênant était le vent qui venait de se lever, mais Jan savait évidemment William à l'abri.

Il avait tendu l'oreille quand Nina s'était approchée d'un des policiers pour l'interroger tout bas sur leur tactique – mais elle n'avait reçu qu'une réponse vague.

« Nous allons bien sûr chercher dans le lac, mais ce sera demain, quand il fera jour », avait dit le policier, encore plus bas.

Tous les membres du personnel sauf deux étaient revenus ce soir-là. On avait allumé des bougies sur les tables et aux fenêtres, ce qui donnait une ambiance d'église aux locaux de la crèche.

Quinze ou vingt minutes plus tard, le bruit de l'hélicoptère mourut au-dessus de leurs têtes.

Jan se tourna alors vers sa chef.

« Il va falloir que je rentre… pour essayer de dormir un peu. Comme ça je serai là tôt demain matin. Je ne travaille pas, mais je viendrai quand même. »

Nina hocha la tête.

« Je vais y aller moi aussi, dit-elle. Ce soir on ne peut rien faire de plus. »

Depuis son arrivée à la crèche, Nina ne lui avait rien reproché. Pas un mot. Elle avait au contraire soutenu Jan et accablé sa collègue Sigrid, qui dépendait d'un autre chef à l'Ours Brun.

« Elle aurait dû faire *attention.* »

Jan secoua la tête. La dernière fois qu'il avait vu Sigrid, elle était étendue sur un canapé dans la salle de repos de l'Ours Brun – on lui avait administré une sorte de calmant à son retour de la forêt.

« Aucun de nous deux n'avait la situation en main

aujourd'hui, dit-il en enfilant son blouson. C'était trop confus... Les enfants étaient trop nombreux. »

Nina soupira. Elle regarda la fenêtre noire, puis le téléphone.

« Je pense que quelqu'un d'autre l'aura trouvé dans la forêt, dit-elle à voix basse. Quelqu'un qui l'aura emmené chez lui... William dort sûrement dans un lit bien chaud à l'heure qu'il est, et la police recevra un appel demain matin.

— Sûrement, dit Jan en boutonnant son blouson. À bientôt. »

Il jeta un dernier regard à Nina et quitta la crèche.

Il avait l'air de faire moins de neuf degrés dehors, mais c'était sûrement juste une impression. Ce n'était pas encore l'hiver, loin de là. Une personne chaudement vêtue ne *pouvait* pas mourir de froid, même à la belle étoile. À l'abri du vent, par exemple derrière un mur de béton, elle pouvait s'en sortir pendant plusieurs jours.

Jan se mit en route.

En passant devant les fenêtres éclairées de l'Ours Brun, il aperçut les membres du personnel qui veillaient là – et aussi les parents de William. Jan vit sa mère, effondrée, une tasse de café devant elle. Elle semblait torturée.

Jan aurait voulu rester un moment à regarder, mais il passa son chemin.

À l'orée du bois, il s'arrêta et tendit l'oreille : on n'entendait que le sifflement du vent dans les arbres. Le bruit de l'hélicoptère s'était tu à présent. Il pouvait bien sûr revenir un peu plus tard avec sa caméra à infrarouge, mais c'était un risque à prendre.

Jan regarda une dernière fois autour de lui, puis franchit le petit fossé qui longeait la route et s'enfonça entre les sapins.

Il se dépêcha de monter le sentier.

William était seul, enfermé dans le bunker depuis plus de quatre heures. Mais il avait des couvertures chaudes, à boire, à manger, des jouets, il n'y avait rien à craindre. Et Jan serait bientôt là.

31

Chaque soir d'automne qui passe, Jan trouve la façade grise de Sainte-Barbe un peu plus sombre et froide. En passant à vélo le long du mur, ce soir, l'hôpital lui apparaît comme une forteresse noire. La lumière blême aux fenêtres n'a rien d'accueillant. Des ombres semblent s'y mouvoir, épiant à travers les barreaux, mélancoliques.

N'y a-t-il pas là-haut une fenêtre entrebâillée ?

Est-ce de la guitare qu'on entend dans la nuit ?

Non. C'est son imagination.

Jan se hâte de dépasser l'hôpital pour gagner la maternelle, loin du mur. C'est dimanche, plus que deux mois avant Noël. Il est en congé ce week-end, mais il est venu quand même : Hanna et lui se sont quittés quatre jours plus tôt avec une sorte de promesse de s'entraider. Ou du moins de ne pas se trahir l'un l'autre.

« Tu ne pourras pas entrer dans l'hôpital par le sas, lui a dit Hanna dans sa cuisine. Personne n'entre par là… Je n'ai jamais réussi à dépasser la salle des visites.

— Et donc ton ami Carl… Il te laisse rencontrer Rössel là-haut ?

— Non, Ivan reste dans sa chambre. Je lui dépose des lettres. »

D'autres lettres secrètes, a songé Jan. Mais il s'est contenté de demander :

« Et alors, comment entrer ?

— Par le sous-sol. Je te montrerai l'entrée, si tu veux. »

Jan voulait. Il se souvenait que Högsmed avait mentionné un passage de l'hôpital vers la maternelle par le sous-sol, justement.

Mais le chemin est *compliqué et désagréable*, avait dit le docteur.

Qu'est-ce à dire ? Qu'il y a des rats au sous-sol ? Ou des gens ?

Il est arrivé à la maternelle et ouvre doucement la porte d'entrée, conscient qu'il n'a en principe rien à faire à la Clairière ce soir.

« Il y a quelqu'un, dit-il à voix basse. Hanna ? »

Quelques secondes de silence, puis sa voix, de la cuisine :

« Entre… tu peux y aller. »

Jan franchit le seuil et referme la porte.

« Ça va ?

— Oui. Ils se sont endormis… Mais quels petits monstres ce soir ! Ils n'ont pas arrêté de courir partout en criant, comme s'ils voulaient me faire craquer. »

Jan ne dit rien, il sait qu'Hanna n'aime pas trop les enfants.

Il est presque neuf heures et demie, constate-t-il en ôtant son blouson. Il garde ses chaussures et fait deux pas vers la cuisine – vers le placard aux clés – mais Hanna l'arrête d'un geste.

« Tiens. »

Elle est déjà allée chercher une carte magnétique, il la prend.

« Merci.

— Tu n'as pas changé d'avis ? »

Jan secoue la tête et s'avance vers la porte du sous-sol. C'est un peu bizarre d'y entrer le code et de l'ouvrir sous les yeux de quelqu'un, si tard. Il se retourne.

« À tout à l'heure.

— Non, dit-elle. Je descends avec toi. »

Il n'a pas le temps de protester qu'elle est déjà engagée dans l'escalier. Elle allume la lumière et commence à descendre. Jan ne peut que la suivre.

Il passe par ce couloir tous les jours pour conduire ou aller chercher des enfants : il a plus qu'assez des dessins au mur. Les rats ont le sourire et semblent se moquer de lui.

Pas de montée en ascenseur ce soir. Hanna le conduit jusqu'à l'entrée de l'abri. Jan n'y est plus revenu depuis plus de deux semaines. Pas depuis qu'il a entendu quelqu'un – Hanna, comme il l'a appris ensuite – arriver par l'ascenseur en pleine nuit.

« Donc il y a un passage secret par ici ? dit Jan dans son dos.

— Secret, je ne sais pas… Caché en tout cas. »

Elle tourne la poignée et ouvre la porte blindée. Puis elle se retourne pour lancer un coup d'œil à Jan.

« Tu oses ? »

Jan hoche la tête.

« Alors viens. »

Quand Hanna appuie sur l'interrupteur et que Jan pénètre dans l'abri, il revoit soudain un petit garçon de cinq ans apeuré blotti sur un matelas. Son cœur s'emballe – mais les néons éclairent une pièce vide.

Le matelas et les couvertures sont toujours là, le placard en bois comme dans son souvenir. Et la porte métallique à l'autre extrémité du local est toujours fermée.

Hanna se dirige vers elle.

« C'est là.

— Mais cette porte est fermée, dit Jan dans son dos. J'ai déjà essayé.

— Je parle du sol. »

Elle fait un geste vers le bas.

« Le sol ? »

Jan s'approche à son tour – et sent une irrégularité sous ses chaussures. Il baisse les yeux. Sous la moquette bleue, il a marché sur quelque chose.

La moquette couvre toute la surface du sol, mais n'est pas collée. On peut l'ôter : Hanna va en attraper un coin puis ils reviennent en tirant dessus vers le centre de la pièce.

La moquette se soulève docilement, et Jan voit apparaître le béton gris.

« Continue, dit Hanna. Ça y est presque. »

Elle s'active, elle le pousse. Ils continuent à soulever la moquette, et Jan voit soudain une trappe, large d'une cinquantaine de centimètres, en tôle ondulée.

« Voilà, c'est l'entrée », dit-elle.

Jan regarde la trappe, puis Hanna.

« L'entrée de l'hôpital ? »

Hanna hoche la tête.

« Ça passe pile sous le mur.

— Et ça s'arrête où ?

— Aucune idée. »

Jan dégage complètement la trappe : elle est pourvue d'une poignée en fer.

« Comment tu as trouvé ça ?

— J'ai fait comme toi, par ici, dit Hanna. J'ai cherché, exploré… et j'ai eu plus de temps que toi.

— Est-ce que Rössel t'a aidée, aussi ? »

Elle secoue la tête.

Jan se penche, attrape du bout des doigts la poignée de fer et soulève la trappe.

Il la pose à côté et se penche sur ce trou rectangulaire. Ce n'est pas une évacuation d'égout. Plutôt un conduit électrique avec de gros câbles qui courent sous le béton vers la porte métallique fermée. Là-dedans il fait noir comme dans un four.

« Tu vas y descendre ? demande Hanna.

— Peut-être. »

Jan hésite. Il s'agenouille et regarde à l'intérieur du conduit. Il fait si sombre dans ce trou qu'il a du mal à en estimer l'étendue. Au fond, il y a quelques vieilles canalisations d'eau à côté des paquets de câbles où s'enroulent des moutons de poussière. Il sent une faible odeur de moisi ou peut-être de boue, mais le conduit semble sec.

Sec, et assez large pour lui. Il devrait pouvoir y ramper.

Y a-t-il des nids de rats là-dessous ? Peut-être. Il

écoute, tend l'oreille vers le souterrain, mais tout est silencieux.

« Il y a quelqu'un ? » chuchote-t-il.

Aucune réponse, pas même d'écho.

Jan se relève. Il remet soigneusement la trappe en place, mais ne rabat pas la moquette et regarde Hanna.

« Il faut que je remonte à l'école… Il me faut plus de lumière.

— Quelle lumière ? demande Hanna.

— Celle d'un ange. »

32

Hanna regarde avec des yeux ronds les appareils que Jan sort de son casier.

« Qu'est-ce que c'est que ça ? demande-t-elle.

— Un babyphone. Tu n'en as jamais vu ?

— Non. »

Elle secoue la tête devant les deux objets en plastique.

« Et à quoi ça sert ? »

Jan la regarde.

« On voit que tu n'as pas d'enfants… Un babyphone sert à surveiller les enfants pendant qu'ils dorment.

— On ne peut pas le faire directement ?

— Tout le monde n'a pas toujours le temps… ou alors c'est pour se rassurer. Des enfants en sécurité, ça rassure les parents. » Il songe à William Halevi et ajoute : « Les parents qui ne sont pas rassurés sont malheureux. »

Hanna prend l'appareil qu'il lui tend, sans avoir l'air convaincue.

« Et qu'est-ce que tu vas en faire, maintenant ?

— Je pensais me servir de celui-ci comme lampe au

sous-sol, dit-il. Et si je te laisse l'autre, tu pourras m'entendre. »

Elle le regarde.

« Et tu seras un peu plus rassuré, genre ?

— Un peu. »

Hanna soupèse l'Angelot et dit :

« Je peux t'écouter, mais rien d'autre. Je veux dire, si tu avais besoin d'aide, là-dessous, je ne peux pas…

— Ça suffit si tu m'entends », la coupe Jan.

Ce serait comme un fil d'Ariane. Un peu comme descendre dans une grotte avec une corde attachée au pied.

« Tu as peur ? demande-t-elle.

— Non. J'ai oublié la trouille dans la poche de mon autre pantalon. »

Jan a un bref sourire, mais ne se détend pas. Il ne sait pas ce qui va se passer, il ne sait pas s'il y a des rondes de surveillance – mais s'il rencontre quelqu'un là-dessous, il espère que ce sera Lars Rettig ou un de ses amis. Pour autant qu'il puisse leur faire confiance.

Cinq minutes plus tard, il est au bord de la trappe. Il va être onze heures, mais ici on se sent hors du temps. Dans le monde souterrain, c'est toujours la nuit.

Jan saisit l'Angelot et allume la lampe.

« Bon, dit-il dans le micro. Je descends. »

Sa voix se répercute dans l'abri, mais il ne sait pas si Hanna l'entend.

Appuyé sur ses mains, Jan descend ses jambes vers le fond du conduit électrique, à peine un mètre sous le sol. Là, il est plus facile de se pencher pour diriger la lampe dans le conduit : il voit qu'il continue tout droit, dans l'obscurité.

Il s'agenouille et respire un air sec et poussiéreux.

« Je commence à ramper. »

Et en effet. Il se fait aussi mince que possible et avance à quatre pattes sous le béton, sans se cogner la tête.

C'est comme ramper dans une crypte, entouré de parois rocheuses, oppressé sous un plafond épais.

Claustrophobie ? Il faut qu'il repousse cette peur, qu'il ne pense pas à des cercueils ou à des portes de sauna verrouillées. Il peut respirer, il peut bouger. Le conduit est assez large pour qu'il avance sans difficulté – mais impossible de faire demi-tour. En cas de problème, la seule solution, c'est reculer.

Mais que pourrait-il se passer ?

Jan tousse, il a soif. C'est poussiéreux, mais il continue. Son ombre danse par saccades sur la paroi de béton, dans la lueur de la lampe.

En levant le faisceau lumineux, il lui semble que le conduit s'arrête contre un mur de béton une dizaine de mètres devant – ou peut-être n'est-ce qu'un coude.

Il approche le micro.

« Je crois… Je crois que je suis sous la porte blindée, à présent. »

C'est un peu ridicule de parler tout seul. Et comment être tout à fait certain que les surveillants de l'hôpital n'ont pas le moyen technique d'écouter tout ce qu'il dit ? Impossible.

Il baisse l'Angelot, serre les dents et continue d'avancer. Il tend l'oreille, à l'affût de bruits de pattes et de petits cris, mais ne voit pas de rats pour le moment. Les petites boules noires par terre sont peut-être leurs crottes – à moins que ce ne soient des mouches crevées. Il ne veut pas y regarder de plus près.

Une jambe, puis l'autre. Ramper, ramper, c'est tout.

Jan découvre soudain quelque chose au plafond, à peut-être cinq mètres. Il lève sa lampe et voit que c'est une autre trappe. Une trappe en tôle ondulée, comme celle par laquelle il est entré.

Il se hâte, tant bien que mal. Il se cogne sans arrêt les épaules et la tête contre le béton, ses mains et ses genoux lui font mal à force d'appuyer par terre – mais il finit par y arriver.

Il pose l'Angelot devant lui et tend les mains vers le haut, presque certain que la trappe sera scellée ou vissée.

Mais non. Elle est juste posée. Les mains à plat contre la plaque en fer, il pousse vers le haut. Ça craque, puis la lourde trappe se détache. Il parvient à la faire glisser de côté, lentement, prudemment. Le métal fait un bruit assourdissant à ses oreilles en raclant contre le sol de béton, mais il continue.

Une fente sombre s'ouvre au-dessus de lui. Il fait noir comme dans un four et, la trappe poussée, le silence est complet.

Jan se redresse doucement, l'Angelot à la main. Le voilà debout dans un trou rectangulaire ouvert dans un sol en béton, jumeau de celui par lequel il est entré – mais de l'autre côté de la porte blindée de l'abri.

Il se soulève sur ses mains. Il sort péniblement du trou et se met debout.

« Ça va, chuchote-t-il au babyphone. Je suis passé, je suis dans… une sorte de cave. »

Puis il coupe le micro – parler tout seul dans ce silence le met mal à l'aise. Même chuchoter.

Il brandit sa lampe et balaie autour de lui comme avec un sabre. Mais un babyphone n'est pas une arme : Jan n'a rien pour se défendre, il a un peu l'impression d'être un petit garçon de quatre ans abandonné seul dans le noir dans une grande maison. Ici, de l'autre côté de la porte blindée, l'air sent le renfermé.

Ici, pas de moquette moelleuse ni de tableaux gais aux murs. Il devrait pourtant se sentir mieux que ça, sorti du conduit étroit.

Il est dans un couloir vide qui continue devant lui, fait un coude puis disparaît dans l'obscurité. Enfin, après le tournant, il voit l'ouverture noire d'encre d'une porte, à sept ou huit mètres de là, sur la gauche.

Jan hésite, mais s'avance doucement vers cette porte.

Il est en terrain inconnu, et tout seul. Clignant des yeux dans le noir, il parvient à évoquer le visage d'Alice Rami – non pas telle qu'il l'a connue à l'adolescence, mais comme au cours de tant de soirées solitaires il l'a fantasmée adulte. Belle, intelligente, expérimentée. Peut-être un peu lasse et marquée par le passage du temps, mais forte et souriante.

Rami, son premier amour, sa seule petite amie.

Jan cherche à tâtons un interrupteur dans le couloir, en vain. Sans la lumière du babyphone, l'obscurité aurait été complète ici – mais le faisceau a faibli depuis quelques minutes et il n'a pas de piles de rechange.

Au bout du couloir, il lève la lampe devant lui et jette prudemment un œil dans la pièce qui s'ouvre.

C'est un vaste sous-sol, apparemment sans fin. Jan voit du carrelage blanc sur le sol et les murs. Le sol est gris de crasse et de poussière, les surfaces claires sont couvertes de traînées noires de moisissure.

Une salle de douche ? Non, il voit des étagères déglinguées et des tables métalliques vides le long des murs. Plus loin, des rideaux en plastique jauni, à moitié tirés autour de lits rouillés et d'éviers bas.

Une salle d'hôpital, qui semble fermée et abandonnée depuis des décennies.

Jan regarde autour de lui, plaqué contre le carrelage des murs, et sent son cœur s'emballer.

Il est entré dans Sainte-Barge.

DEUXIÈME PARTIE

Rituels

« Madness is a sad, grim business. Loss of control is hardly romantic. Instead of bringing a release from reality, it becomes a more complex trap. »

Julian Palacios, *Lost in the Woods.*

Jan ne voyait pas grand-chose dans la forêt nocturne pleine de bruits sauvages. Ses chaussures raclaient en rythme les pierres et les graviers, une chouette hululait du côté du lac. Et ses tympans tambourinaient, mais ce n'était que dans sa tête.

Il était neuf heures vingt-cinq, il se dirigeait vers l'étroit ravin. La montagne qui s'élevait sur la gauche n'était qu'un amas informe, mais Jan trouva son chemin sans difficulté.

Arrivé quelques minutes plus tard au sentier qui montait au bunker, il s'arrêta et leva les yeux. On n'entendait ni cris ni pleurs.

Jan gravit la pente à pas de loup jusqu'à la porte blindée. Là, il écarta les branches, plaqua l'oreille contre la tôle et écouta. Rien.

Il ôta doucement les barres, ouvrit et glissa la tête à l'intérieur.

Il n'entendait rien, ne sentait rien. Il ne faisait ni chaud ni froid dans le bunker.

Pas non plus d'odeur de peur.

Jan retint son souffle. Rien ne bougeait, mais dans

le silence qui régnait entre les murs de béton, il entendit une faible respiration.

Il se glissa à l'intérieur. Précautionneusement, il sortit son téléphone et l'alluma, de sorte qu'une faible lueur blanche se répandit dans l'abri.

Le robot jouet était allumé au milieu de la pièce, avec ses petites lampes bleues clignotantes. Jan aperçut dans un coin quelques berlingots vides de jus de fruits, à côté de paquets de bonbons ouverts et de papiers de sandwichs en boule.

Bien, William avait mangé et bu aujourd'hui. Et pour faire pipi, il avait le seau que Jan avait placé tout au fond de la pièce.

Un petit corps était couché là-bas, sur le matelas : William. Il bougeait un peu dans son sommeil.

Dans la soirée, William avait dû être fatigué et aller se coucher contre le mur de béton. Il dormait à présent paisiblement sous une épaisse couche de couvertures.

Jan se glissa à l'intérieur, sortit le seau pour le vider dans le noir à une dizaine de mètres du bunker.

Puis il retourna à l'intérieur en rampant et se coucha sur le dos pour écouter la respiration de William.

À cet instant précis, Jan sentit un calme merveilleux se répandre dans son corps : sûr de son succès, presque heureux que tout ait si bien fonctionné ce jour-là. William avait été attiré là, enfermé, sans la moindre blessure.

Il s'en sortirait facilement. Quarante-six heures passeraient vite.

Le pire serait pour les parents de William. Jan savait que pour le moment c'étaient eux qui souffraient le plus : l'inquiétude s'était muée en peur, puis en terreur pure. Ils ne dormiraient pas cette nuit, pas une minute.

Jan soupira et ferma les yeux. Tout allait bien en forêt.

Il resterait là, juste un moment, pour veiller sur William, même si rien ne l'y obligeait – aucun adulte n'avait veillé sur Jan quand il était enfermé.

33

Jan s'aventure à petits pas dans le sous-sol de Sainte-Barbe en s'arrêtant souvent, comme l'explorateur d'une grotte inconnue. Il avance à tâtons, de couloirs coudés en pièces sombres, avec la petite lueur de sa lampe pour seul guide. L'Angelot dans sa main droite ne s'est pas encore éteint, mais il éclaire de plus en plus faiblement.

La salle d'hôpital dans laquelle il est d'abord arrivé semble sans issue : il fait demi-tour et continue dans le couloir. Après quelques mètres, il tourne à droite, encore à droite, puis débouche à gauche sur une autre grande salle au sol et aux murs carrelés. Quelque chose crisse sous ses pieds, du verre cassé.

La maternelle de la Clairière semble bien loin désormais – comme il aimerait revenir sur ses pas et retrouver la sécurité de l'abri… Il continue pourtant d'avancer.

L'obscurité environnante est toujours silencieuse, ça le calme.

Quatre portes noires permettent de sortir de la grande salle. Jan s'approche et les éclaire l'une après l'autre, mais elles donnent toutes sur un couloir poussiéreux fermé par une porte rouillée. Il tourne les talons devant les trois premières – le dernier couloir semble moins poussiéreux, comme si quelqu'un y était récemment passé. La porte semble moins rouillée : il s'avance et l'ouvre.

Derrière, un autre couloir avec une rangée de portes. Jan laisse grand ouvert et s'avance.

Il jette un œil par la première porte : un vieux lit métallique sans matelas. En franchissant le seuil et en éclairant le long des murs de ciment, il découvre des cartes postales jaunies et décolorées agrafées et d'illisibles graffitis. On dirait une ancienne chambre d'hôpital ou une cellule de prison.

Jan se souvient du Trou, au sous-sol du Paf, et se hâte de sortir à reculons.

Il passe de porte en porte, mais ne trouve que d'autres murs nus et de vieux lits en fer. Jan avance à pas toujours plus petits. Il n'a jamais vraiment eu peur du noir, mais il se sent de plus en plus seul. Ces portes béantes comme des bouches sombres prêtes à l'avaler. Sur quoi donnent-elles ?

Il finit par rallumer l'Angelot et approche le micro de sa bouche.

« J'ai continué dans le sous-sol, commence-t-il, je crois qu'il est désaffecté… Les lampes sont toutes cassées, ici. »

L'appareil reste silencieux, mais il espère qu'Hanna écoute.

« Bon, je crois que je vais bientôt faire demi-tour… »

Puis il se tait – parler à haute voix ici ne lui semble pas très prudent. À chaque mot qu'il prononce, l'impression que quelqu'un est là en train d'écouter augmente. Des oreilles indiscrètes tapies quelque part dans le noir.

« À bientôt », chuchote-t-il dans le micro en espérant qu'Hanna l'entend, puis il éteint l'Angelot.

Le couloir fait un coude serré, il le suit doucement. Il débouche sur une nouvelle salle d'hôpital avec des paravents métalliques et des rideaux blancs. Il y entre. Est-ce une nouvelle salle, ou est-il déjà passé par là ?

Continue. Un pas, puis deux, trois et quatre…

Jan a eu un peu peur de rencontrer des rats en rampant dans le conduit – mais il réalise à présent que le rat, c'est lui. C'est lui qui n'ose pas pousser de petits cris et qui rase les murs sur le bout des pattes, l'oreille aux aguets.

Dans la salle, des ombres se rassemblent autour de lui. La peur du noir s'insinue peu à peu. Il oblique sur sa droite et s'efforce de rester près du mur.

À première vue, ces salles semblaient désaffectées depuis des décennies mais ensuite, Jan y trouve les traces de visites plus récentes. À côté de quelques bouteilles en verre marron sur une étagère, il trouve un journal sportif et, en le dépliant, constate qu'il est de la saison précédente.

Et plus loin, des graffitis sur les carreaux blancs d'un mur. Au marqueur. Là, en hauteur, SAUVE-MOI JÉSUS PAR TON SANG en caractères brouillons et, sur un autre mur, plus près du sol JE VEUX UNE FEMME BIEN CHAUDE ! On dirait les deux inscriptions faites avec le même marqueur.

Il fait froid dans ce souterrain, pourtant Jan transpire.

Il écarte un rideau en plastique déchiré et découvre derrière un vieux bureau à tiroirs. Il s'approche pour tirer dessus, mais ils sont fermés à clé.

Il abandonne et regarde le plafond, songeur.

Rami est là, au-dessus de lui. À l'hôpital, d'après Hanna, deux secteurs sont réservés aux femmes. Mais comment monter jusqu'à ceux-ci ?

Et où est Ivan Rössel ? Ici, dans l'ombre, sa présence est tangible, Jan se rappelle son sourire sur l'écran de l'ordinateur. Mais Rössel et les autres patients violents sont sûrement enfermés derrière des portes hermétiquement closes ?

Jan entend soudain un choc sourd. Il est faible, lointain, suivi d'un long cri, comme en écho.

Il ne sait pas bien de quel côté viennent les bruits. Ils sont peut-être les fruits de son imagination, mais il s'arrête pour tendre l'oreille, immobile.

On n'entend plus rien, mais il finit par faire demi-tour. C'est à cause des bruits, du noir, de la solitude de ce sous-sol. Il se fait tard et la lumière du babyphone est de plus en plus faible.

Jan retourne vers l'intérieur de la salle en éclairant autour de lui, vers les ouvertures noires – mais par quelle porte est-il entré ? Il ne se souvient pas.

Il s'approche et en choisit une, celle de droite. Derrière commence un long couloir et, soudain, de la lumière. Jan continue d'avancer, passe un coude et débouche dans un grand hall éclairé par une veilleuse tamisée. De l'autre côté du hall, une large porte vitrée avec un panneau vert SORTIE et, derrière, un escalier de pierre éclairé qui disparaît vers l'étage supérieur.

Jan comprend qu'il a trouvé l'escalier qui mène aux services de l'hôpital, il s'y précipite – mais s'arrête net.

Il y a un boîtier en tôle avec un objectif braqué sur la porte vitrée.

Une caméra.

S'il s'approche de la porte vitrée, la caméra le repérera. Alors il fait demi-tour, regagne la salle souterraine et choisit la porte de gauche.

Ce passage-là n'a que trois mètres de long et finit sur une porte métallique verrouillée.

Jan s'est perdu.

La panique s'empare de sa tête et de ses jambes, mais il la contient et revient lentement sur ses pas. Du calme, il retrouvera son chemin sur le sol carrelé, pourvu qu'il avance et teste toutes les portes. Il balaie le mur de la lueur mourante du babyphone et choisit une ouverture au hasard. Derrière commence un long couloir qui lui semble à la fois ancien et inconnu, il s'y engage pourtant, passe devant deux portes closes et finit devant une troisième. En bois, ordinaire.

Il baisse sa lampe et ouvre la porte. Soudain, une lumière crue. Les néons allumés d'un plafond bas. Un air chaud chargé de chlore. Des tableaux de commande blancs avec des lampes clignotantes. Le ronron et le martèlement de gros ventilateurs et de moteurs électriques. Un peu plus loin, un rail au plafond et des corbeilles pleines de draps et de vêtements.

C'est une buanderie, comprend Jan – la blanchisserie de Sainte-Barbe.

Il n'est plus seul. À seulement cinq ou six mètres, un homme grand et maigre lui tourne le dos, occupé à plier des draps. Il a un baladeur à la ceinture et des oreillettes, il n'a pas encore remarqué Jan. Mais s'il se retournait…

Jan n'attend pas, il referme vite et en silence la porte de la buanderie. Il retourne alors par le couloir dans la salle, vers les autres ouvertures. Il a failli être découvert – et pourtant il se sent plus calme en traversant la salle. Il y a donc des gens dans ce sous-sol, des gens normaux qui travaillent…

C'est alors qu'il entend d'autres bruits, plus proches.

D'une des portes ouvertes parvient une litanie chantée à voix basse.

Plusieurs voix, en chœur. On dirait un ancien psaume, mais l'écho entre les murs carrelés empêche Jan de comprendre le moindre mot.

Le personnel ou les patients ?

Jan ne veut pas savoir qui chante si tard le soir. Il se déplace en rasant les murs. Prêt à courir.

Et finit par retrouver son chemin. Il repasse dans le couloir avec les petites cellules et de là retraverse la première salle d'hôpital vers l'abri.

Cette fois, pas besoin de ramper par le conduit – depuis ce côté, il parvient à ouvrir la porte blindée et à regagner la Clairière par l'abri.

Le voilà revenu à la chaleur et à la lumière. Jan éteint l'Angelot.

Il est bientôt minuit, mais une fois de retour à la maternelle, il trouve Hanna toujours réveillée. Elle le dévisage, presque passionnément, et un instant il en oublie Rami.

« Je t'ai entendu, dit-elle en montrant l'Angelot. Très distinctement.

— Bien, dit Jan.

— Tu as vu quelque chose, là-bas ?

— Pas grand-chose. » Il reprend son souffle et s'essuie le front. « C'est comme un labyrinthe, avec des couloirs et d'anciennes salles d'hôpital en sous-sol, et je crois avoir entendu des voix…

— Tu as vu par où monter dans les secteurs de la clinique ? Un ascenseur ? »

Jan secoue la tête.

« Je ne suis arrivé qu'à la blanchisserie… Il y avait des gens.

— Des gens ? Des hommes et des femmes ?

— Un homme. Sans doute quelqu'un du personnel… il ne m'a pas vu. »

Hanna hoche la tête, mais ne semble pas intéressée.

« Donc c'était un coup d'épée dans l'eau.

— Non, dit Jan. J'ai pris mes repères. »

LE PAF

Chaque fois qu'il s'asseyait à son bureau dans sa chambre d'hôpital, Jan voyait la clôture et ses barbelés. Impossible de la rater, elle faisait au moins deux fois sa taille. Il y avait d'abord une pelouse, puis la clôture et, derrière, une allée qui disparaissait en direction de la ville.

La clôture le retenait à l'intérieur du Paf, il le comprenait – mais elle le protégeait aussi du reste du monde.

Qu'avait-il fait pour échouer là ?

Il regarda ses poignets bandés. Il savait bien ce qu'il avait fait.

Il avait demandé à Jörgen du papier et des stylos plume pour dessiner un peu. Il traça un rectangle sur le papier et commença une nouvelle bande dessinée. Le Farouche, son super-héros personnel, se battait contre la Bande des Quatre au fond d'un ravin obscur. Le Farouche ne craignait rien, sauf la lumière vive : les Quatre essayaient de le viser avec leurs lasers.

Soudain, on frappa à la porte. Une seconde plus tard, avant que Jan ait eu le temps de répondre, elle s'ouvrit.

Un homme en pull gris pointa la tête. Ce n'était pas Jörgen. Celui-ci était complètement chauve, avec une barbe.

« Bonjour Jan, dit-il. Content que tu sois levé. »

Jan ne dit rien.

« Je m'appelle Tony… Je suis psychologue ici. Nous sommes juste là pour un contrôle de routine. »

Un psychologue. Ils allaient commencer à fouiner en lui.

Tony s'écarta pour laisser passer un jeune infirmier qui s'approcha de Jan avec un stéthoscope et des gestes brusques. Il palpa, écouta, écarta le bandage de Jan pour inspecter ses poignets suturés.

« Il a l'air en forme, dit l'infirmier par-dessus son épaule. Presque remis.

— Physiquement, donc, dit Tony.

— Eh oui… Le reste, c'est ton affaire. »

Aucun des deux ne parlait directement à Jan, et l'infirmier ne remarqua pas ses brûlures. Son contrôle achevé, il se leva sans un mot.

« Je vais bientôt rentrer à la maison ? » demanda Jan dans leur dos.

Pas de réponse. Tony avait déjà fermé la porte.

Jan cessa de dessiner après seulement cinq vignettes. Il se recoucha, les yeux fixés au plafond. Il resterait donc au Paf jusqu'à ce qu'on le relâche. D'autres décidaient à sa place, il avait l'habitude.

Il resta couché là, il ne voulait pas sortir.

À travers la cloison, de la guitare. La fille d'à côté continuait à jouer ses accords, toujours les mêmes, mais plus vite à présent. Et elle avait commencé à chanter dessus.

Jan tourna la tête vers le mur et écouta. C'était en anglais, mais il comprenait presque toutes les paroles. Rami chantait d'une voix sourde l'histoire d'une maison à La Nouvelle-Orléans, *The Rising Sun*, qui avait détruit la vie de bien des jeunes filles. Elle répétait sans cesse le même refrain, avant de confesser devant Dieu qu'elle était elle-même une des filles perdues de cette maison.

Plus il écoutait cette musique, plus Jan voulait aller chez cette fille. Il ne voulait pas seulement l'entendre, mais aussi la voir chanter.

Il se leva soudain, alla chercher la chaise en pin devant son bureau et commença à tambouriner dessus au rythme des accords de guitare. Il y arrivait bien et tenait le rythme – il avait été batteur dans l'orchestre de l'école. Bien sûr, aucun mec ne lui avait jamais demandé de venir jouer dans son groupe de rock, mais en tout cas il avait accompagné aux percussions, deux ans durant, des marches suédoises ou allemandes. Il s'était bien amusé.

Jan n'avait pas de raison de vivre, mais il était doué pour garder la mesure.

Il tapait de plus en plus fort sur le socle de la chaise. Il était tellement absorbé qu'il n'avait pas entendu que la guitare s'était tue dans la chambre voisine. Il ne s'arrêta qu'en voyant soudain la porte s'ouvrir. C'était la guitariste.

« Qu'est-ce que tu fais ? »

Elle n'avait pas l'air fâchée, juste curieuse. Les mains de Jan se figèrent.

« De la batterie.

— Tu sais en jouer ?

— Un peu. »

La fille continua à le regarder, pensive. Elle était grande et maigre, mignonne, mais presque sans formes.

« Viens avec moi. »

La fille tourna les talons, comme s'il allait de soi que Jan la suivrait.

Ils prirent le couloir vide vers la gauche. La fille ouvrit la deuxième porte côté gauche, marquée REMISE.

« Là, on peut emprunter des trucs, tu vois », dit-elle.

La pièce était petite mais encombrée d'étagères. On y trouvait des livres, des raquettes de ping-pong, des pièces d'échecs et des piles de jeux de société.

Jan vit qu'il y avait aussi du papier, des feutres et des carnets. Son matériel de dessin devait venir de là.

« Tu écris ? demanda la fille.

— Parfois… Je dessine…

— Moi aussi, dit la fille en attrapant un épais carnet noir. Prends ça… Pour écrire un journal.

— Merci. »

Jan n'avait jamais écrit de journal intime, il le prit pourtant.

La fille continua vers deux étagères chargées d'instruments de musique.

« C'est là que j'ai trouvé la Yamaha.

— La Yamaha ?

— Ma guitare. »

Au pied des étagères il y avait une batterie. Toute petite, juste un tom usé, une grosse caisse et des cymbales. La fille la souleva.

« Tu peux la prendre. »

Elle prit le tom, Jan la grosse caisse, les cymbales et les baguettes. La fille le conduisit jusqu'à sa chambre.

« Entre. »

Jan hésita un peu, mais franchit le seuil. Il regarda autour de lui, intrigué : alors que sa chambre était blanche, celle-ci était toute noire. On aurait dit une sorte de studio : la fille avait couvert les murs de grandes étoffes noires.

Elle s'assit sur le lit avec la guitare.

« Je joue, tu fais la batterie. Ça va ?

— OK.

— Vas-y, commence. »

Jan saisit les baguettes et se lança. D'abord un quatre-temps tranquille au tom, ponctué aux cymbales sur le premier et le troisième temps. Au bout d'un moment, quand il fut bien dedans, cela se mit à sonner assez bien.

Il vit que la fille hochait la tête en rythme. Elle écoutait – elle lui faisait confiance. Il n'avait pas l'habitude. La fille ouvrit la bouche et se mit à chanter de la même voix un peu rauque avec laquelle elle parlait :

Il y a une maison à Nyåker
On l'appelle le Lever de Soleil
Elle a détruit tant de vies,
Et un jour moi aussi j'y suis venue…

C'était apparemment la seule strophe, car après l'avoir chantée deux fois elle se tut. Jan arrêta de jouer en même temps et le silence se fit.

Ils se regardèrent.

« Bien, dit-elle. On recommence.

— Comment tu t'appelles ? demanda Jan.

— Rami.

— Rami ?

— Rami tout court. Ça te gêne ? »

Jan secoua la tête. Puis vint une autre question, sans qu'il ait le temps d'y réfléchir :

« Et pourquoi tu es là ? »

Mais Rami n'attendit pas plus d'une demi-seconde pour répondre, comme si ce n'était pas si important :

« Parce que ma grande sœur et moi on a fait un truc… un truc idiot. Surtout ma grande sœur. Elle s'est barrée à Stockholm et elle se planque, maintenant. Mais elle ne m'a pas laissée venir avec elle, alors j'ai échoué ici.

— Qu'est-ce que vous avez fait ?

— On a essayé d'empoisonner notre beau-père. Il est glauque. »

Le silence se fit. Jan ne savait pas quoi dire, mais soudain on entendit appeler :

« Jan ! Jan Hauger ! »

Il sursauta, mais alla ouvrir, soulagé de cette interruption.

C'était l'aide-soignant qui ressemblait à Jésus, Jörgen.

« Téléphone, Jan.

— Qui c'est ?

— Un copain à toi. »

Un copain ? Jan regarda Rami. Elle hocha la tête.

« On continuera après. »

La salle du personnel était à l'autre bout du Paf. Jörgen l'invita à entrer puis referma la porte derrière lui.

Il y avait un lit, une table, un téléphone. Le combiné était posé à côté. Il le saisit.

« Allô ? C'est Jan.

— Hauger ? Pauvre idiot. Espèce de loser… »

Jan reconnut la voix. Il resta sans rien dire, tout l'air avait disparu de ses poumons. Mais dans l'écouteur, la voix ne manquait pas d'air :

« Alors comme ça t'es encore en vie, continua-t-elle. T'aurais dû mourir… On pensait que t'étais mort. T'en as même pas été capable, hein ? »

Jan écoutait, en sueur – comme dans un sauna. Le pire, c'était les mains – ses paumes étaient si humides que le combiné lui glissait presque entre les doigts.

« Tu sais ce qu'on a raconté à tout le monde au bahut, Hauger ? »

Jan ne dit rien.

« Qu'on t'a trouvé dans la douche en train *de te branler*. Tu te branlais en gémissant…

— Mais c'est pas vrai.

— Bah, personne te croira. »

Jan reprit son souffle.

« Je n'ai rien dit à personne. Rien sur vous.

— On sait… Parce que si tu faisais ça, on te tuerait.

— Vous me tuerez de toute façon », dit Jan.

Pour toute réponse, il y eut un éclat de rire. On aurait dit qu'il y avait plusieurs types autour du téléphone, différents rires.

Puis on raccrocha.

Jan baissa la tête vers son pantalon. C'était chaud et humide sous la braguette. Il s'était pissé dessus.

34

Jan est fatigué en rentrant de la Clairière, à minuit passé – pas fatigué dans son corps, mais dans sa tête. Sa visite du sous-sol de Sainte-Barge lui a pompé toute son énergie.

Il dort pourtant tranquillement le reste de la nuit, se réveille à sept heures et demie puis part en vélo pour la maternelle une heure plus tard. Il a une journée de travail devant lui.

Tout est comme d'habitude dans la cour. Les balançoires sont vides et quelques pelles en plastique attendent les enfants dans le bac à sable.

Mais en entrant dans l'école, il voit que quelque chose ne va pas. Hanna et Andreas sont au vestiaire avec plusieurs enfants – mais Hanna ne devrait pas être là, elle devrait être rentrée chez elle depuis une heure.

« Salut, Jan ! » dit Andreas.

Jan sourit à ses collègues, mais aucun des deux ne lui rend son sourire. Il demande :

« Tout va bien ? »

Andreas hoche la tête.

« Tranquille… mais on va bientôt avoir une réunion.

— Une réunion du personnel, dit Hanna.

— Une séance de motivation, peut-être ? dit Jan.

— Je ne sais pas… Je ne crois pas. »

Andreas ne semble absolument pas curieux. Jan hoche la tête et essaie de montrer la même indifférence mais, en ôtant son blouson, il croise une demi-seconde le regard d'Hanna. Ses yeux bleus sont aussi brillants et impénétrables que d'habitude et elle les détourne très vite.

Un quart d'heure plus tard, tout le monde est assis à la cuisine. Tout le monde sauf Marie-Louise, debout devant ses subordonnés, très raide. Elle rajuste son chemisier, se racle la gorge et unit les paumes de ses mains.

« Il faut que nous parlions de quelque chose, commence-t-elle. Quelque chose de grave. Comme vous le savez tous, les règles de sécurité sont tout particulièrement importantes ici, à la Clairière mais, malheureusement, elles n'ont pas bien fonctionné. » Elle marque une pause, puis poursuit : « Quand je suis arrivée à la maternelle ce matin, c'était vers sept heures… la porte de sécurité vers le sous-sol était ouverte. Presque entièrement. »

Elle regarde son personnel, mais personne ne dit rien. Jan se force à ne pas cligner des yeux.

« Hanna, nous en avons parlé toutes les deux avant l'arrivée des autres, continue Marie-Louise, et tu me dis que tu ne sais pas ce qui a pu se passer. »

Hanna hoche la tête. Son regard est clair et innocent, il ne tremble pas. Jan est impressionné.

« Non, c'est vraiment bizarre, cette histoire de porte, dit-elle. Je sais qu'elle était fermée quand je suis allée me coucher. »

Marie-Louise la regarde.

« Tu en es tout à fait *sûre* ? »

Hanna détourne les yeux, mais juste une demi-seconde.

« Presque. »

Marie-Louise soupire en entendant ce mot. Elle se redresse.

« Cette porte doit toujours être fermée. *Toujours*. »

L'atmosphère est pesante. Jan est assis à côté d'Hanna, mais il se tait. Il regarde Marie-Louise, les yeux vides, en se demandant si c'est lui qui n'a pas refermé la porte en remontant du sous-sol.

Soudain, on entend une voix claire et gaie :

« Salut, citoyens ! »

Tous tournent la tête. C'est Mira, elle est dans l'embrasure de la porte et son sourire découvre la brèche entre ses dents du haut. Jan sait qu'elle a appris ce mot, *citoyen*, quelques jours plus tôt et depuis, elle ne manque pas une occasion de l'employer.

« Bonjour Mira, se dépêche de dire Marie-Louise, on arrive tout de suite ! Mais on doit encore parler un peu entre adultes…

— Mais Ville et Valle doivent aller se coucher ! Il faut les mettre au lit.

— Jan, dit Marie-Louise à voix basse, tu peux aller mettre les poupées de Mira au lit ? »

Il est bien content de pouvoir quitter la pièce. Cette réunion du personnel est tout sauf agréable – il sent le fil ténu de mensonges et de secrets qui le lie à Hanna et craint que d'autres l'aperçoivent.

« Salut, citoyen !

— Re-bonjour, Mira. »

Elle semble contente que ce soit Jan qui vienne l'aider au dortoir. Ils s'asseyent près de son lit, il attrape ses deux poupées qu'il borde sous la couverture.

Ici, Jan est plus détendu. Il s'occupe de tout, vérifie que Ville et Valle sont bien couchées côte à côte, avec leurs têtes de chiffon qui dépassent, puis il lisse le drap de la paume de la main pour chasser tous les plis – ce qui n'empêche pas d'autres pensées de le travailler.

Bien sûr, il rumine sur cette porte du sous-sol ouverte. *Si* c'est lui qui a oublié de la fermer cette nuit, il faut qu'il fasse plus attention. Sinon on finira tôt ou tard par installer une caméra de surveillance dans la maternelle.

« Voilà, dit-il. Ça ira, Mira ? »

Elle hoche la tête et se penche au-dessus des poupées. Chacune reçoit une petite tape sur la tête, puis elle s'écarte du lit. Elle se tripote le nez et regarde Jan.

« Qu'est-ce qu'il voulait, le monsieur ? demande-t-elle. Il voulait prendre Ville et Villa ? »

Jan la regarde.

« Quel monsieur ? »

Mira sort le doigt de son nez.

« Le monsieur… celui qui est venu ici.

— Aucun monsieur n'est venu.

— Mais si, dit Mira, d'un ton décidé. Je l'ai vu dans le noir.

— Cette nuit, tu veux dire ? »

Elle hoche la tête.

« Il était *là*. »

Mira montre le sol, au pied de son lit. Jan regarde en silence, il ne sait pas quoi dire.

« Tu as rêvé, finit-il par dire. Tu as juste rêvé qu'il y avait un monsieur.

— Nan !

— Si, Mira. Tu sais bien que tu rêves, des fois. Tu rêves des choses qui n'existent pas, que tu es dehors en train de jouer alors que tu es couchée dans ton lit. Non ? »

Mira réfléchit, puis hoche la tête. Jan l'a convaincue, sans s'être convaincu lui-même. Un homme, dans le dortoir des enfants ?

« Bon, dit-il. Maintenant, on va laisser Ville et Valle dormir. »

Ils quittent la pièce. Mira galope devant, elle a l'air d'avoir déjà oublié ce qu'elle lui a raconté.

Jan, non. Il retourne dans la salle du personnel mais trouve la table vide. Il n'y a plus qu'Andreas, occupé à laver sa tasse. Jan va se resservir du café et demande en passant :

« La réunion est terminée ?

— Oui.

— Résultat des courses ?

— Pas grand-chose, dit Andreas. La porte doit être fermée. Alors tout le monde doit bien penser à le faire, et à vérifier que les autres le font.

— Très bien », dit Jan.

Soudain, il entend claquer la porte de l'école derrière lui.

Il se retourne : c'est Hanna qui vient de partir – elle a mis son manteau et rentre chez elle après sa garde de nuit.

Jan enfile ses bottes et lui court après. Il la rattrape à la grille et l'appelle à voix basse :

« Hanna ? »

Elle s'arrête et se retourne, mais le regarde comme s'ils ne se connaissaient pas.

« Je rentre, dit-elle. Qu'est-ce qu'il y a ? »

Jan regarde autour de lui – le petit jardin est désert, ni enfants, ni membres du personnel. Pourtant il n'ose pas trop parler.

« Mira a fait des cauchemars.

— Ah oui ? »

La voix d'Hanna est froide et neutre. Jan baisse d'un ton :

« Elle a rêvé d'un monsieur.

— Ah oui ? Ce n'est pas la première fois qu'elle rêve, c'est…

— Il était dans le dortoir cette nuit, près de son lit. »

Hanna le regarde, les yeux vides, et Jan baisse encore la voix. Ce n'est plus qu'un chuchotement sourd :

« Hanna… est-ce que tu laisses sortir quelqu'un par le sas, la nuit ? Un patient qui peut aller voir les enfants ? »

Elle baisse les yeux.

« Il n'y a rien à craindre. C'est un ami.

— Un ami ? Ton ami ? »

Hanna ne répond pas, se contente de regarder sa montre avant de se remettre en marche.

« Mon bus va bientôt passer. »

Jan soupire et la suit.

« Hanna, nous devons… »

Elle le coupe sans le regarder :

« Je ne peux pas en dire plus. Il faut que tu me fasses confiance… tout va bien. On sait ce qu'on fait.

— On ? Qui ça, *on*, Hanna ? »

Elle ne répond pas, ouvre la grille et la claque derrière elle.

Jan reste là à la regarder s'éloigner en traversant la rue. Il songe à la vieille histoire drôle pas spécialement drôle :

— *Qui c'était la dame avec qui je t'ai vu hier ?*

— *Ce n'était pas une dame, c'était ma femme.*

Mais en retournant vers la maternelle, il imagine Mira :

— *Jan, qui c'était, le monsieur que j'ai vu près de mon lit cette nuit ?*

Et lui de répondre :

— *Ce n'était pas un monsieur, c'était Ivan Rössel.*

35

Sur le chemin du retour, après sa journée à l'école, Jan prend en silence une décision : plus de virées secrètes à Sainte-Barge. Fini le sous-sol, finie la salle des visites. Après cette réunion avec Marie-Louise, il faut arrêter.

Il ne pense pas avoir oublié de refermer la porte du sous-sol. Il est plus vraisemblable que ce soit Hanna – mais au fond peu importe. Hanna devrait elle aussi cesser ses visites nocturnes à la clinique.

Pas *devrait*, *doit*.

Mais arrivé chez lui, il trouve du courrier.

Une grosse enveloppe l'attend sur la moquette du vestibule – qui ne lui est bien sûr pas adressée. Il n'est qu'un messager : sur l'enveloppe on lit : **S.B.**

Jan soupire en silence et enjambe l'enveloppe d'un grand pas. Il entre chez lui sans y toucher. Mais il ne peut pas la laisser traîner là. Alors il finit malgré tout par la ramasser, et maintenant qu'il l'a dans les mains, autant l'ouvrir.

Trente-six lettres petites et grandes, c'est ce qu'elle contient. Jan les passe lentement en revue sur la table de la cuisine. Aucune n'est adressée à Maria Blanker, mais onze sont destinées à la même personne : Ivan Rössel.

Il semble avoir beaucoup de correspondants.

Mais que lui veulent-ils donc ?

Jan réfléchit quelques secondes en songeant à Hanna, à la porte du sous-sol restée ouverte. Puis saisit vite une des lettres de Rössel. Une enveloppe blanche ordinaire, sans expéditeur, mais assez mal cachetée.

Avec un couteau, il teste le rabat de l'enveloppe, et la bande adhésive cède. La lettre est ouverte.

Lire en douce. Jan n'aime pas l'expression – il glisse pourtant les doigts dans l'enveloppe et en sort doucement le contenu. Plusieurs fines feuilles de papier couvertes d'une écriture soignée.

Mon très cher Ivan. Ivan, c'est encore Carin. Carin de Hedemora, si tu te souviens. Je me suis rendu compte que je ne t'avais pas parlé de mes deux chiens dans ma dernière lettre. J'en ai deux, un teckel & un terrier. Ils s'appellent Sammy et Willy & s'entendent très bien & je m'entends très bien avec eux. C'est formidable de sortir se promener tous ensemble.

J'aurais tellement envie de me laisser aller à mes rêves, car la vie est parfois si stressante. Tant de responsabilités ! Il y a toujours plein de factures et puis mon travail dont je dois m'occuper et que je ne peux pas quitter un seul jour. Et Sammy et Willy qu'il faut bien sûr promener, nourrir et soigner, tous les jours.

Mais je pense tellement à toi, Ivan. Je t'envoie tout mon amour. La chaleur de mon âme traverse le ciel tel un feu étincelant pour redescendre dans ta chambre, dans ton cœur. Je ressens tant d'Amour et de Tendresse pour toi et j'ai lu tout ce qu'on a écrit sur toi.

Je sais très bien que nous qui vivons à l'extérieur des murs de prison pouvons être aussi prisonniers de la vie que vous qui êtes enfermés derrière, et j'ai beaucoup réfléchi à la manière d'escalader tous les murs dont nous nous entourons. Mais tu me rends libre et je désire tant te rencontrer...

La lettre continue encore sur trois pages, avec de longues déclarations d'amour et des rêves de vie commune. Il y a aussi une photographie jointe, une femme souriante entre deux chiens qui aboient.

Jan replie les feuilles et les glisse dans leur enveloppe. Puis la recachette avec un bâton de colle.

Une lettre d'amour à Ivan Rössel. En tout cas ça en avait le ton. Jan a lu qu'en prison, les criminels reçoivent souvent des lettres d'admirateurs – des tas de lettres d'inconnus. Des lettres de femmes qui veulent les aider à devenir meilleurs. Tous ces correspondants veulent-ils aider Rössel ?

Puis il songe à Rami et à la lettre qu'il a commencé à lui écrire. Mais son amour est différent. Complètement différent.

L'écureuil veut grimper par-dessus la clôture.

L'écureuil veut quitter sa cage.

C'était il y a presque deux semaines, et il n'a pas continué. Et il s'est promis aujourd'hui de ne plus faire passer de lettres.

Et pourtant il sort une feuille. *Si* Rami se trouve à la clinique sous le nom de Blanker, et *s'il* lui écrivait – comment s'y prendrait-il ? Il ne veut pas avoir l'air d'un inconnu malade d'amour comme cette Carin de Hedemora.

Jan veut lui dire qui il est. Il prend alors un stylo et écrit :

Bonjour, je m'appelle Jan et je crois que nous nous sommes déjà rencontrés toi et moi il y a longtemps dans une autre ville, dans un endroit appelé le Paf. Tu t'appelais Alice à l'époque, si je me souviens bien, mais tu en avais assez de ce nom. Tu jouais de la guitare, moi de la batterie, et on a beaucoup parlé. J'aimais parler avec toi.

Et te voilà donc internée à la clinique Sainte-Barbe. Je ne sais pas pourquoi, mais pour moi ça n'a pas d'importance. L'important, c'est que je veux t'aider.

J'ai déjà fait quelque chose : illustrer les livres que tu as laissés à la maternelle, je pense, mais je veux faire plus. Beaucoup plus.

Je veux trouver pour nous deux un chemin dans la vie et t'aider à...

Jan arrête sa plume et regarde le papier. *À t'évader*, c'est bien ce qu'il allait écrire ? Mais il ne le fait pas. Il ne peut pas écrire ce genre de chose si Rami elle-même ne le veut pas.

Au Paf, elle parlait presque tous les jours de se sauver. Elle voulait quitter la clinique psychiatrique, retrouver sa grande sœur, partir pour Stockholm – elle n'avait que quatorze ans, mais de grands projets.

Jan n'avait aucun projet. Il voulait juste être avec Rami.

Le vrai amour ne meurt pas de mort naturelle. Il est assassiné par ceux qui nous gouvernent.

Voilà plutôt ce qu'il aurait dû écrire, cette lettre ne vaut rien. Il la froisse et en commence une nouvelle :

Maria, je m'appelle Jan Hauger et je travaille à Sainte-Barge, mais pas à l'hôpital à proprement parler. Je suis professeur de maternelle, mais parfois je pense être un lynx. Toi aussi tu as un nouveau nom et tu te vois en écureuil aujourd'hui, mais quand nous nous sommes rencontrés tu t'appelais Alice Rami. N'est-ce pas ?

J'en suis presque certain, et certain aussi que c'est toi que j'ai rencontrée dans une autre ville dans un endroit appelé le Paf, où j'étais dans la chambre voisine de la tienne. Nous avons fait de la musique ensemble en nous disant des secrets – et nous nous sommes juré de faire chacun quelque chose pour l'autre une fois sortis de là. Nous avions conclu une sorte de pacte.

J'aimerais bien te revoir pour reparler de ce pacte, car je pense l'avoir rempli, et toi aussi, je crois...

LE PAF

« Regarde ! »

Le cri de Rami fit sursauter Jan. Il était tranquillement assis en train de tambouriner tout bas sur ses accords de guitare, presque engourdi par le rythme, quand soudain elle avait cessé de jouer. Rami avait quitté le lit pour se mettre à la fenêtre. Elle fit un geste.

« Tu as vu mon totem ? »

Jan s'interrompit.

« Quoi ?

— Là, dehors, sur la pelouse. »

Jan ne comprenait pas de quoi elle parlait mais il se leva pour regarder par la fenêtre – et vit une petite forme brune sautiller dans l'herbe, dans tous les sens.

« Un écureuil, dit Jan.

— L'écureuil est signe de chance, d'après ma grand-mère Karin, dit Rami, collée à la fenêtre. C'est moi qui l'ai fait surgir, par la pensée… Je peux l'envoyer loin d'ici, en liberté. »

Et presque au même moment, l'écureuil se dirigea vers la clôture. Il sauta, s'agrippa au grillage et traversa les barbelés. Puis fit un saut insensé vers une branche d'arbre à l'extérieur de l'enceinte. Atterrit de justesse au bout de la branche et disparut en se balançant vers l'intérieur de l'arbre.

« Et voilà, libre… » Elle regarda Jan. « Ça, ce sont mes pensées qui se sont évadées. Elles sont libres, maintenant ! »

Jan regarda Rami pour voir si elle était sérieuse, et c'était le cas. En tout cas elle ne souriait pas.

Il s'aperçut soudain qu'il s'était penché pour regarder et se trouvait à présent très près d'elle. Il sentait son parfum, un mélange d'herbe et de résine. Il commençait à être un peu gêné. Il fallait qu'il dise quelque chose :

« Alors comme ça… tu t'appelles Rami tout court ? »

Elle hocha la tête.

« Autrefois, je m'appelais Alice, mais Rami suffit. » Elle retourna sur son lit, reprit sa guitare, plaqua quelques accords et regarda Jan. « Tu sais ce qu'on devrait faire ?

— Non ?

— Un concert, dit Rami. On répète un peu, puis on joue pour les zombies.

— Quels zombies ?

— Tous ceux qui sont prisonniers au Paf. »

Jan hocha la tête, mais il ne se considérait pas comme un prisonnier. Pour lui, la clôture était une protection contre le reste du monde.

La porte de Rami s'ouvrit soudain. Une femme aux cheveux noirs avec de grosses lunettes brillantes passa la tête.

« Alice ? »

À la vue de cette femme, Rami se figea.

« Quoi ?

— N'oublie pas notre séance de thérapie aujourd'hui. À trois heures. »

Rami ne dit rien.

« On va juste parler, dit la femme. Je sais que ça va te faire du bien. »

La porte se referma.

« La Psychoblablateuse, siffla Rami à Jan. Je la déteste. »

Le cinquième matin au Paf, Jan dessinait dans sa chambre un épisode de sa bande dessinée sur le Farouche et la Bande des Quatre. Ses draps étaient en boule sur le lit. Ils avaient séché, mais il les avait trouvés mouillés à son réveil.

Son journal était sur le bureau, le carnet que lui avait donné Rami. Il avait scotché le polaroïd en première page, puis avait commencé à y écrire. Il avait noté les événements des dernières semaines, des choses que Rami avait dites ou qu'il avait pensées – et à la fin, cela avait fait plusieurs pages noircies de mots. Bizarre.

Soudain, on frappa à sa porte. Il fit comme Rami, ne répondit pas, mais on ouvrit quand même.

Un visage barbu se pointa – c'était le psychologue. Le dénommé Tony.

« Bonjour, Jan. On va parler un peu, toi et moi. »

Jan se figea.

« De quoi ?

— D'un garçon qui s'appelle Jan Hauger, j'avais pensé. » Tony sourit sous sa barbe. « Suis-moi, on va monter dans mon bureau. »

Jan resta assis à son bureau avec son stylo et son papier – il se souvenait de l'avertissement téléphonique. Il n'avait pas l'intention de raconter quoi que ce soit.

Mais le psychologue attendit calmement qu'il se décide et finit par l'emporter. Jan se leva et le suivit.

Ils traversèrent le réfectoire et montèrent à l'étage du dessus. Il y avait un couloir avec une rangée de bureaux.

Le psychologue fit entrer Jan dans l'un d'entre eux.

« Assieds-toi. »

Puis il s'assit lui-même derrière le bureau et consulta un dossier pendant une minute. Jan se taisait en regardant par la fenêtre. Le ciel était bleu, le soleil faisait scintiller les flaques sur le parking de l'hôpital.

Le psychologue leva soudain les yeux vers lui.

« Où t'es-tu procuré les somnifères ? »

Désarçonné, Jan répondit automatiquement :

« Chez maman.

— Et les lames de rasoir… c'était celles de ton père ? »

Jan hocha la tête.

« Faut-il en faire une interprétation symbolique ?

— Quoi, une interprétation ? »

Jan ne comprenait pas et le psychologue se pencha vers lui.

« Eh bien… Le fait que tu aies avalé les cachets de ta mère et que tu te sois tailladé les bras avec le rasoir de ton père, c'était peut-être une forme de protestation ? Une protestation contre tes parents ? »

Jan n'y avait pas réfléchi. Il n'y réfléchit pas cette fois non plus – il se contenta de secouer la tête et de dire à voix basse :

« Je savais où ils étaient… Où ils les rangeaient.

— Bon… Mais si on voulait résumer ce qui s'est passé il y a quatre jours, tu as avalé quinze cachets et tu t'es ouvert les poignets avant de te jeter dans un lac en bas de votre maison ? »

Jan se tut. Oui, c'était bien ça. Mais les choses que le psychologue affirmait qu'il avait faites lui semblaient déjà très vagues, comme un rêve. Comme une bande dessinée. *Le Farouche et l'Étang*.

« C'est un étang, finit-il par dire.

— Bon, d'accord, le lac était un étang, dit Tony. Mais on peut tout aussi bien se noyer dans un étang, non ?

— Oui. »

Jan ne voulait pas imaginer ce que ça aurait été de suffoquer, tout au fond. Il regarda la moquette sous la table. Elle était verte.

« Tu as été repêché par deux sympathiques promeneurs, et évacué en ambulance vers l'hôpital régional… Puis tu as été transféré au Pôle psychiatrique adolescents-familles, et nous voilà.

— Oui. »

Silence dans la pièce.

« Tu voulais mourir dans cet étang, dit Tony. Est-ce que tu le veux toujours ? »

Jan regarda à nouveau par la fenêtre. Au-delà du parking s'élevaient des grands bâtiments de l'hôpital en verre et acier, hauts d'une dizaine d'étages. Le soleil brillait sur les larges baies vitrées – c'était l'hiver quand il avait sauté dans l'eau glacée, mais le printemps semblait être arrivé.

C'était un monde rassurant. Il était enfermé, mais en sécurité.

« Non », dit-il.

Il le savait : ici, au Paf, il ne voulait pas mourir.

« Bien, dit Tony. C'est très bien, Jan. » Il écrivit quelques notes dans son carnet. « Mais il y a quatre jours, c'était différent. Comment allais-tu, alors ?

— Mal, dit Jan.

— Et pourquoi ? »

Jan soupira. Ça, il avait l'intention d'en parler le moins possible. Il aurait pu parler de la Bande des Quatre et de tout le reste en long et en large – peut-être même pendant des heures – mais tout ce blabla n'aurait rien arrangé.

« Pas de copains, lâcha-t-il.

— Parce que tu n'as pas de copains ? dit Tony. Pas d'amis ? Et pourquoi ?

— J'sais pas… Ils me trouvent taré.

— Mais pourquoi ?

— Parce que je passe mon temps à dessiner des BD.

— Tu dessines ? dit Tony. Et quoi d'autre, pendant ton temps libre ?

— Je lis… et je joue un peu de batterie.

— Dans un groupe ?

— L'orchestre de l'école.

— Et tu n'as pas d'amis, dans l'orchestre ? »

Jan secoua la tête.

« Alors tu te sens tout seul, Jan… Seul au monde ? »

Jan hocha la tête.

« Tu penses que cette solitude est de ta faute ? »

Jan haussa les épaules.

« Sans doute.

— Et pourquoi ? »

Jan réfléchit.

« Parce que tous les autres ont des copains.

— Vraiment ? »

Jan hocha la tête.

« Et s'ils y arrivent, je devrais aussi y arriver.

— Tu n'as *jamais* eu de copains ? »

Jan regarda par la fenêtre.

« J'en avais un, autrefois, dans ma classe. Mais il a déménagé.

— Comment il s'appelait ?

— Hans.

— Combien de temps êtes-vous restés amis ?

— D'aussi loin que je m'en souvienne… depuis la crèche, je crois.

— Donc tu es *capable* d'avoir des amis, dit Tony. Ce n'est pas toi le problème. »

Jan baissa les yeux, songeant à dire : *Je fais pipi au lit, c'est le seul problème.* Mais il se tut.

« Ce n'est pas *toi* le problème, Jan », répéta Tony. Il se pencha en arrière. « Et nous allons continuer à parler pour savoir comment tu pourrais aller mieux. D'accord ?

— OK. »

Et on le laissa partir.

En retournant vers l'escalier, il passa devant les autres portes et lut noms et titres sur les plaques : Gunnar Toll, psychologue dipl. ; Ludmila Nilsson, médecin dipl. ; Emma Halevi, psychologue dipl. ; Peter Brink, thérapeute. Aucun de ces noms ne lui disait quoi que ce soit.

LE LYNX

Jan se réveilla sur le dos, sur un sol dur, et commença par se demander où il était. Pas chez lui. Il s'était couché quelque part tout habillé, avec son blouson d'automne, son bonnet et son écharpe. Et il s'était endormi. Où ?

Un plafond bas au-dessus de sa tête – en béton armé.

Alors il se souvint : il était dans le bunker, au milieu de la forêt. Il s'y était glissé, il voulait juste se reposer un peu mais il était resté.

Stupide. Dangereux.

Il regarda ses pieds et vit la porte métallique entrouverte – ses chaussures dépassaient presque. Dehors, il apercevait la grisaille de la forêt de sapins, sous un ciel tout aussi gris. Il ne faisait pas encore jour, mais le soleil allait se lever.

Soudain, Jan eut peur que William se soit sauvé dans le noir – mais en tournant la tête, il vit, tout près, un gros tas de couvertures de laine. Dessous, une respiration régulière. C'était le petit William qui dormait toujours.

Il faisait froid dans le bunker, Jan était gelé jusqu'aux os. Il massa ses jambes engourdies.

Jan se releva doucement. Il ne se sentait pas reposé, juste raide et sale.

La veille au soir, il avait eu un sentiment de victoire enivrant en voyant son plan fonctionner et son fantasme devenir réalité. Mais ce matin, tout cela lui semblait une erreur. Il était couché dans un bunker à côté d'un enfant qu'il avait enfermé là la veille – à quoi jouait-il ?

William bougea sous les couvertures et Jan se figea. Était-il en train de se réveiller ? Non, pas encore.

Jan sortit le robot du bunker pour y enregistrer trois autres messages rassurants. Il le mit en veille, pour que la voix de William puisse l'activer. Puis il se glissa à nouveau à l'intérieur et le plaça sur le sol.

Il entendit une toux claire. C'était William : il toussa encore et sortit une petite main des couvertures. Elle tâtonna sur le béton.

Jan battit vite en retraite, rampa dehors et verrouilla la porte.

Quarante-six heures, songea-t-il en regardant sa montre.

Il n'était encore que sept heures moins dix – il restait donc trente heures avant qu'il relâche William. C'était long.

Jan arriva au Lynx un quart d'heure plus tard. Il n'y avait encore personne, mais il avait sa propre clé.

Tout était silencieux, pas un rire d'enfant.

Il alluma la cafetière, se laissa tomber dans un fauteuil et ferma les yeux. Il revoyait la petite main de William cherchant à tâtons quelque chose à quoi se raccrocher.

Juste avant sept heures et demie, la porte s'ouvrit. C'était Nina, sa chef. Ils échangèrent un regard las – les yeux de Nina étaient gris d'inquiétude.

« Pas d'enfants aujourd'hui, dit-elle à voix basse. Nous les avons tous placés dans d'autres unités.

— D'accord.

— Tu sais quelque chose ? demanda Nina. Du neuf ? »

Il la regarda et ouvrit la bouche. Soudain, il eut envie de tout raconter. Il allait lui dire que William était enfermé dans un bunker camouflé au fond de la forêt, qu'il avait sûrement un peu peur, mais n'était pas blessé, puisque Jan avait tout planifié avec soin.

Et surtout : il expliquerait *pourquoi* tout cela avait eu lieu. Au fond, il ne s'agissait pas de William.

Il s'agissait d'Alice Rami.

« Il faut que je te dise quelque chose… », commença-t-il – au moment où on entendit un raclement dans le hall. C'était la porte d'entrée qui s'ouvrait.

Un policier entra, un agent en uniforme. C'était celui qui la veille avait parlé à Jan d'une découverte macabre sur un chemin forestier.

Jan se figea et referma la bouche. Il se redressa. Voilà, il était redevenu un puériculteur digne de confiance. C'était un rôle difficile, mais il s'en sortait encore.

Le portable du policier sonna. Il le porta à l'oreille et s'isola dans une pièce.

Jan se leva et regarda sa chef.

« Je pensais me rendre… Me rendre à la battue, je veux dire. »

Nina hocha la tête en silence – sans lui demander ce qu'il voulait lui raconter.

Le soleil se levait lentement au-dessus du Lynx. Une voiture de police bleue et blanche arriva à la crèche et se gara dans l'allée pour servir de centre de liaison. De plus en plus d'agents, de militaires et de civils commençaient à affluer pour prendre un petit café avant d'aller en forêt. Jan se joignit à eux.

La battue commença à neuf heures et quart. Des policiers, des réservistes et des volontaires formant une longue ligne. Deux chiens devaient les rejoindre à l'heure du déjeuner.

Jan, qui se trouvait à peu près au milieu, écouta attentivement un policier expliquer la marche à suivre.

« On y va avec calme et méthode. »

Anfractuosités, broussailles épaisses, points d'eau – tout devait être inspecté en détail.

La battue commencerait sur un large front le long du lac. Quand passeraient-ils de l'autre côté de la crête, là où se trouvait le bunker ?

Ils s'enfoncèrent en silence dans la forêt.

À onze heures trente, un sifflet retentit. Apparemment, les recherches étaient suspendues et la forêt entra aussitôt en effervescence. Le garçon avait-il été retrouvé ? Mort, ou vif ?

Personne ne savait, mais la ligne se brisa et on se rassembla par petits groupes. Jan resta tout seul parmi les sapins, jusqu'à ce qu'on entende une voix de femme appeler :

« Hauger ! Y a-t-il un Jan Hauger par ici ?

— Oui ? » cria-t-il à son tour.

C'était une policière, qui vint vers lui à grandes enjambées à travers les taillis.

« Il y a une réunion à la crèche, dit-elle. Vous devez y aller. »

C'était un ordre. Le sang de Jan se glaça. *Ils l'ont trouvé*, pensa-t-il.

« Et pourquoi ?

— Je ne sais pas… Je vous accompagne ?

— Non, se dépêcha de dire Jan. Je connais le chemin. »

Nina, Sigrid et trois autres puéricultrices attendaient dans la salle du personnel quand il arriva au Lynx. Il y avait encore deux agents, et un homme en civil – mais Jan comprit aussitôt qu'il était lui aussi de la police.

Jan déboutonna son blouson et s'assit à côté de Nina.

« La battue a été interrompue », dit-il.

Nina hocha la tête, elle était au courant.

« Il s'est passé quelque chose… Ils vont nous interroger, tout le personnel, séparément.

— Et pourquoi ? »

Nina baissa encore la voix :

« Apparemment, les parents ont reçu une lettre ce matin au courrier, avec le petit bonnet de William… La police pense qu'il a été enlevé. »

36

Il y a une chose que Jan aime à la maternelle et qu'il voit chaque jour : le visage pur des enfants. Leurs yeux francs. Les enfants ne cachent rien, ils ne savent pas comment on fait. Ils n'ont pas encore appris à mentir de façon convaincante, comme les adultes.

Mais quand il arrive pour sa garde de nuit, Lilian a elle aussi du mal à cacher son état. Ses cheveux roux ne sont pas coiffés, son chemisier est fripé et ses yeux sont sombres et las. Elle ne va pas bien.

« Tout va bien, Lilian ? demande Jan.

— Nickel, dit-elle à voix basse.

— Quelque chose qui cloche ? »

Elle secoue la tête.

« Non… Je veux juste rentrer chez moi. »

Elle va plus probablement sortir, peut-être aller au Bill's Bar. Jan la trouve chaque jour plus fatiguée. C'est peut-être l'automne. C'est peut-être l'alcool. Elle boit trop, il le sait bien. Mais on ne parle pas de ces choses-là.

Merci, mais j'ai moi aussi mes problèmes, pense-t-il.

Lilian partie, il rejoint les enfants dans la salle de jeux. Mira et Leo, les seuls enfants à passer la nuit à l'école, sont assis au milieu d'une mer de Lego. Jan sourit et s'assied près d'eux.

« Comme c'est joli.

— On sait ! » crie Mira.

Comme d'habitude, Leo a l'air moins content, mais il semble calme aujourd'hui. Jan ramasse quelques Lego.

« Je vais construire un hôpital. »

Trois heures et bien des jeux plus tard, c'est à nouveau la nuit.

Mira et Leo sont au lit, après le dîner et l'histoire, et tout est à présent silencieux. Les enfants dorment et Jan est à la cuisine, occupé à faire les commandes de nourriture.

Il travaille, laisse l'heure filer. Cachées dans son sac attendent les trente-sept lettres qu'il va bientôt aller déposer à l'hôpital.

L'une d'elles est de lui, adressée à Rami. Finalement, une fois lancé, chez lui, dans sa cuisine, il lui a écrit une lettre de cinq pages. Il a évoqué l'époque du Paf, les sujets dont il se souvenait avoir parlé avec elle. Et il lui a raconté ce qui lui est arrivé ensuite, comment il est devenu professeur de maternelle et a atterri à la Clairière.

Il s'était promis d'arrêter de jouer au facteur, mais cette promesse est partie en fumée.

À la fin, il lui a écrit qu'il n'avait pas pu l'oublier. *Je ne t'oublierai jamais*. Ce n'est pas une déclaration d'amour, c'est la vérité.

Il lève la tête et se voit. Il est devant l'unique fenêtre, son reflet flotte dans le noir. Mais soudain il voit autre chose derrière, il découvre de fines ombres qui se meuvent dans la nuit.

Des animaux – ou des hommes ?

Il s'approche de la vitre. Si ce sont des gens, ils se déplacent près de la clôture, entre deux projecteurs, là où l'éclairage est le plus faible.

Jan songe à sortir. Mais y renonce. Il continue de remplir ses bons de commande.

On entend soudain la sonnette de l'entrée, insistante.

Jan se tourne vers la porte, mais reste dans la cuisine.

La sonnette cesse. Tout redevient silencieux – mais trois minutes plus tard on tambourine tout près de lui, à la fenêtre de la cuisine. Il sursaute.

Un visage blême le fixe à travers la vitre. Un homme grand et osseux, crâne rasé, le dévisage, immobile. Il porte un épais anorak noir sur une blouse blanche d'hôpital. Jan ne le reconnaît pas.

« Alors, tu ouvres ? » crie-t-il.

Jan hésite, et l'homme continue :

« Tu es seul ? »

Jan secoue la tête.

« Qui d'autre est là ?

— Qui es-tu ? réplique Jan.

— Surveillant du SSN… alors, tu m'ouvres ? »

Derrière la vitre, Jan ne bouge pas. Il se demande si l'homme connaît Lars Rettig mais se contente de dire :

« Tu as un badge ? »

Le surveillant sort une carte plastifiée, la brandit quelques secondes, le temps pour Jan de constater que la photo est vaguement ressemblante, puis la fourre dans sa poche. Il s'exclame alors d'une voix dure et impatiente :

« Ouvre, maintenant. »

Jan est bien forcé de lui faire confiance. Il ouvre la fenêtre, laisse entrer le froid et demande :

« Qu'est-ce qui se passe ?

— Il nous manque un quarante-quatre. »

Jan n'a pas la moindre idée de ce que ce code signifie, mais il secoue la tête :

« Je n'ai rien vu.

— Tu donneras l'alarme si tu le vois ? »

Sans attendre de réponse, il s'écarte de la fenêtre et disparaît dans la nuit.

Jan referme et la cuisine redevient silencieuse.

Presque silencieuse – reste le tic-tac de l'horloge qui approche de minuit, l'heure de sa livraison à l'hôpital. Il devrait annuler, mais impossible.

Il jette un coup d'œil aux deux enfants, ressort du dortoir et s'assoit dans la salle du personnel. Il attend qu'il se passe quelque chose.

Une évasion. S'agit-il vraiment d'une évasion ?

Que doit-il faire ?

Rester ici. Sa place est ici, bien sûr, à veiller sur les enfants endormis – mais il lui faut encore s'acquitter d'une dernière visite à Sainte-Barge. Avec cette agitation autour de l'hôpital il faut qu'il soit prudent, mais il *doit* y aller. Ce qu'il a écrit à Rami est trop important pour qu'elle ne lise pas sa lettre.

Il attend encore vingt minutes. Rien ne se passe, sinon qu'il se sent de plus en plus fatigué, physiquement et nerveusement. Il est fatigué de veiller toute la nuit auprès d'un grand mur.

Pourquoi ce noir, cette solitude ? Mais c'est comme ça, et à minuit moins dix il va regarder une dernière fois au dortoir. Puis il va prendre la carte magnétique.

Une dernière livraison. Il accroche l'émetteur du babyphone dans le dortoir puis se dirige vers la porte du sous-sol. Elle a été tenue bien fermée après le rappel à l'ordre de Marie-Louise, mais à présent il l'ouvre.

Tout est sombre et silencieux, Jan file dans le couloir. Il est devenu un courrier efficace : cette fois, monter à la salle des visites et redescendre ne lui prend que cinq minutes. Son cœur bat très fort, mais personne ne le dérange et l'Angelot à sa ceinture reste muet. À minuit cinq il est de retour à la maternelle, comme s'il ne s'était rien passé.

C'est l'heure de dormir. Il installe le canapé-lit, se couche, songe un moment à sa lettre à Rami, puis ferme les yeux.

Un bruit métallique réveille Jan.

Il ouvre les yeux, mais tout est noir. A-t-il dormi ? Oui, forcément, car à son chevet le réveil indique à présent 00 : 56.

Le bruit continue, plus faible, de l'autre côté de la fenêtre. Ça grince et ça claque, dehors.

La clôture. Quelqu'un escalade la clôture.

Jan s'assoit dans son lit et cligne des yeux dans le noir. Il enfile son pull et son pantalon. Puis va entrouvrir la persienne.

Il ne voit rien.

Quelque chose n'est pas normal, et il ne comprend d'abord pas quoi. Puis il réalise qu'il a l'habitude de voir de la lumière par la fenêtre. Mais le projecteur le plus proche est éteint.

Jan plisse les yeux et distingue à présent un mouvement dehors.

Le bruit métallique continue. Il s'approche encore de la vitre et scrute l'obscurité.

Ça vient de la clôture. Il aperçoit une ombre de taille humaine de l'autre côté. Quelqu'un tente de l'escalader.

La porte de la maternelle est fermée, il le sait.

Ne pas sortir, pense-t-il. *Ne pas laisser les enfants*.

Et pourtant il finit de s'habiller. Chaussures, blouson.

Dans la cour, le vent a forci, le froid aussi. Jan baisse la tête et se dirige vers la zone de l'hôpital d'où vient le bruit.

Arrivé à la grille de la Clairière, il lève les yeux vers la clôture, mais le bruit a cessé.

Pourtant l'ombre est toujours là-haut, Jan la voit s'allonger pour tenter d'atteindre la partie supérieure de la clôture – puis lâcher prise. Elle tombe à la renverse, un bref arc de cercle, puis heurte le sol avec un bruit sec.

Jan enjambe la grille et se dirige vers l'hôpital. Il a presque atteint la clôture quand une lumière blanche s'allume soudain, droit sur son visage.

Une lampe torche.

« Qui est là ? demande une voix.

— Jan Hauger… je travaille à la maternelle.

— OK, dit la voix, je te reconnais… Tu es mon remplaçant chez les Bohemos. »

La silhouette avance d'un pas, et Jan reconnaît alors ses larges épaules. C'est Carl, le batteur, gaz lacrymogène et menottes à la ceinture. Le copain de Rettig, le contact d'Hanna à l'hôpital.

Jan a envie de lui poser des questions à ce sujet, mais Carl le devance :

« Tu as livré ?

— Livré quoi ?

— Le paquet. »

Carl fait un geste de la tête vers l'hôpital, la salle des visites, et Jan comprend. Carl sait que Jan fait partie de la chaîne clandestine. À quoi bon nier ?

« Oui, dit-il à voix basse. J'y suis allé.

— OK, alors j'irai chercher ça, dit Carl. Quand tout ça se sera calmé.

— Qu'est-ce qui s'est passé ? demande Jan.

— Un quarante-quatre.

— Est-ce que c'est… une évasion ?

— Ben oui, dit Carl. Mais la clôture l'a arrêté… et on a fini par le faire descendre.

— Qu'est-ce que vous allez faire ?

— On s'en occupe. Rentre, maintenant. Rentre et va dormir. »

Jan hoche la tête et s'apprête à tourner les talons quand le surveillant ajoute :

« Il va bientôt falloir laisser tomber. »

Il a l'air de parler tout seul, mais Jan s'arrête et demande :

« Tu veux dire, les lettres ? »

Carl hoche la tête.

« Tout… Tout se met à dérailler.

— Comment ça ? »

Mais Carl ne répond pas. Il se dirige vers la clôture et disparaît dans le noir.

37

Jan se réveille vers cinq heures, bien avant les enfants. Il n'a réussi à dormir que quelques heures, avec des rêves désagréables où il nageait dans un lac, les jambes prises dans la vase. Il luttait, luttait, sans parvenir à s'en extirper.

Marie-Louise arrive vers sept heures et demie, il lui raconte aussitôt ce qui s'est passé. Le peu qu'il en sait.

« Une évasion ? »

La nouvelle semble effrayer sa chef. Jan précise :

« Une tentative, en tout cas. »

Dans son souvenir, cette nuit s'embrume déjà.

« Je vais me renseigner », dit Marie-Louise.

Puis la Clairière ouvre et commence la routine des jeux et des visites – mais, pendant la sieste des enfants, Marie-Louise convoque le personnel pour une réunion d'information.

Jan s'assied. Il est prêt à tout.

« Une directive est arrivée de l'hôpital, dit Marie-Louise. Ils ont décidé que la Clairière serait désormais fermée la nuit. »

Tous accueillent la nouvelle en silence, Jan aussi.

Mais il est étonné – il est en pleine période de gardes de nuit, il lui en reste deux.

« On ne va donc plus fonctionner que de jour ? demande Lilian.

— C'est ça. » Marie-Louise ne semble pas contrariée par cette décision : « L'activité nocture à la Clairière n'a jamais été une solution durable, nous le savions depuis le début. Les enfants doivent habiter dans une *vraie* maison, et les services sociaux pensent à présent avoir trouvé les bonnes familles d'accueil pour Mira et Leo. Tout va s'arranger. »

Jan se penche pour demander :

« Quand aura lieu la fermeture ?

— Bientôt. On passe à l'activité exclusivement diurne à la mi-novembre. » Marie-Louise semble déceler une inquiétude dans son regard, car elle poursuit : « Mais ne t'en fais pas, Jan, cela n'a aucune conséquence sur *ton* poste de remplacement… Aucun poste n'en pâtira, il faudra juste revoir les plannings et rajouter des services de jour. » Elle adresse un sourire rassurant à son personnel. « Il y aura plus de travail d'équipe à la Clairière, moins de gardes solitaires. »

Jan fait mine de se réjouir, mais ce n'est qu'une façade. C'est qu'il attend une réponse de Rami – comment fera-t-il désormais ? Et puis il est certain qu'on ferme la maternelle de nuit pour raisons de sécurité. Peut-être suite à la tentative d'évasion, ou parce que Marie-Louise a trouvé la porte du sous-sol ouverte. Peut-être ne fait-elle plus confiance à son personnel.

Quand les autres quittent la pièce, Jan s'attarde auprès d'elle.

« Ils ont dit quelque chose au sujet de cette nuit ? »

Marie-Louise hoche rapidement la tête, comme si elle préférait penser à autre chose.

« Oui. C'est un interné de force qui s'est échappé de son secteur et a réussi à atteindre la clôture. Ça arrive parfois. Mais ça s'est arrêté là, et les mesures de sécurité ont été renforcées… Encore davantage, je veux dire.

— Tant mieux », dit Jan – même si des mesures de sécurité renforcées à l'hôpital sont pour lui la deuxième mauvaise nouvelle de la journée.

Ce soir-là, le téléphone sonne au milieu de tous les meubles stockés dans son appartement. Jan attend deux sonneries avant de fouiller dans le bric-à-brac pour décrocher.

Il s'attend à entendre sa mère qui l'appelle de Nordbro, mais c'est la voix d'une jeune femme. Il lui faut quelques secondes avant de reconnaître Hanna Aronsson.

« Tu as entendu, pour les gardes de nuit ? »

Elle était en congé aujourd'hui.

« Oui, dit Jan. Tu es au courant ?

— Lilian m'a appelée.

— Et voilà, fini pour nous le travail de nuit », dit Jan.

Il sait qu'Hanna comprend ce qu'il veut dire. Le silence se fait dans l'écouteur, puis elle demande :

« Tu pourrais passer chez moi, ce soir, un petit moment ? Au 5, rue Bellman ?

— D'accord, mais pour quoi faire ?

— Je voudrais te rendre tes livres, dit-elle. Et parler un peu. »

Jan raccroche. Il se souvient des yeux bleus d'Hanna et se demande s'il a trouvé une nouvelle amie, comme Rami quinze ans plus tôt.

Hanna habite dans un immeuble neuf en brique près de la Grand-Place. La porte s'ouvre très vite et elle le fait entrer dans un appartement clair, sans trace de poussière, avec des papiers peints rose et blanc.

« Salut… Entre. »

Elle ne lui sourit pas, le salue d'un hochement de tête crispé et se dirige aussitôt vers la cuisine.

Jan la suit, mais s'arrête dans le séjour. Il est jaloux de la lumière et de l'espace.

Hanna a une bibliothèque : en s'approchant, il voit qu'elle lit des ouvrages sur le crime. Des titres comme *Les Pires Meurtres de l'Histoire*, *Les Monstres sont parmi nous, Charles Manson par lui-même*, *Les Confessions de Ted Bundy*, et *Serial Killers – Étude sur la psychologie de la violence.*

Des livres sur les assassins – toute une rangée.

« Tu viens ? appelle Hanna.

— J'arrive. »

Elle est en train de préparer du thé. Sa cuisine est petite et aussi propre que le séjour, avec des torchons soigneusement pliés sur la poignée du four. Sur la table, quatre livres que Jan reconnaît : *Les Cent Mains de la princesse*, *La Faiseuse d'animaux, La Maladie de la sorcière* et *Viveca dans la maison de pierre*. Elle les tend à Jan.

« Merci pour le prêt.

— Tu les as lus ?

— Oui, mais ce sont des histoires assez violentes.

Comme quand la princesse ordonne aux mains du vagabond d'étrangler ces brigands… Ce n'est pas pour les enfants, non ? »

Jan est d'accord, mais dit :

« Ce n'est pas pire que tes livres.

— Quels livres ?

— Dans ta bibliothèque… les livres sur les assassins. »

Hanna baisse les yeux.

« Je ne les ai pas tous lus. Mais je voulais en savoir plus… après être entrée en contact avec Ivan. Des livres sur les assassins, il y en a autant qu'on veut.

— Les gens sont attirés par le mal », dit Jan. Il se tait, puis continue : « Rössel a d'autres correspondantes que toi. Tu le savais ?

— Non. » Hanna le regarde avec un regain d'intérêt. « Comment le sais-tu ?

— J'ai vu plusieurs lettres qui lui étaient adressées.

— Par des femmes ?

— Certaines, oui.

— Des lettres d'amour ?

— Peut-être… Je ne les ai pas lues. »

Jan n'a pas l'intention d'avouer à qui que ce soit qu'il lit des lettres en douce.

Un tas de feuilles est posé sur la table, un texte imprimé. Hanna l'effleure des doigts.

« Je voulais aussi te montrer ça… Ivan a rendu le manuscrit de son livre.

— Quand il est venu à la maternelle ? »

Hanna secoue la tête.

« Ce n'était pas lui… Ce n'était pas quelqu'un de l'hôpital.

— Et qui c'était, alors ?

— Je ne peux pas le dire. »

Jan abandonne. Il regarde le manuscrit et voit le titre : MA VÉRITÉ. Pas de nom d'auteur, mais il sait qui l'a écrit.

« Les mémoires de Rössel, dit-il.

— Ce ne sont pas des mémoires, dit Hanna en jetant un coup d'œil à Jan. Je suis en train de le lire, et c'est, genre, une hypothèse.

— Une hypothèse ? dit Jan. Sur les meurtres ? »

Hanna hoche la tête en silence. Le thé est prêt, elle le sert dans deux tasses. Ils s'assoient, mais Hanna ne quitte pas le manuscrit des yeux, jusqu'à ce qu'il demande :

« Tu es amoureuse d'Ivan Rössel ? »

Elle lève les yeux et se dépêche de secouer la tête.

« Mais alors, quoi ? »

Hanna ne répond pas. Mais elle se penche vers lui en le regardant de ses yeux bleus – longtemps, comme si elle détaillait son visage.

Elle veut qu'on l'embrasse, pense Jan.

C'est peut-être dans une situation de ce genre que les gens s'embrassent. Mais en pensant à un baiser, il se rappelle la bouche de Rami pressée contre la sienne au Paf, et il se ravise.

Il faut qu'il pense à autre chose. À la maternelle. Aux enfants de la maternelle.

« Je suis inquiet pour Leo, dit-il.

— Qui ça ?

— Leo Lundberg… Leo, à la Clairière.

— Oui, oui, dit Hanna. Je sais qui c'est.

— Eh bien… J'ai essayé de lui parler, dit Jan. Essayé de m'occuper de lui, mais c'est difficile. Il ne va pas bien… Je ne sais pas comment l'aider.

— L'aider à quoi ?

— À oublier tout ce qu'il a vu.

— Et qu'est-ce qu'il a vu ? »

Jan secoue la tête. Le seul fait de penser au petit Leo l'oppresse, mais il finit par répondre :

« Je crois que Leo a vu son père tuer sa mère. »

Hanna le regarde de ses yeux insondables.

« Tu en as parlé à Marie-Louise ?

— Un peu, mais ça ne l'intéresse pas trop.

— Tu n'y peux rien, de toute façon, dit Hanna. On ne peut pas ôter à quelqu'un ses blessures, elles sont là pour toujours. »

Jan soupire.

« Je voudrais juste qu'il aille bien, comme tous les autres enfants… Qu'il sente tout l'amour qu'il y a dans le monde. »

Il se tait en entendant combien cette dernière phrase semble ridicule. *Tout l'amour qu'il y a dans le monde.* Des grands mots.

« Tu ne compenserais pas un peu pour l'autre gamin, là ? dit Hanna.

— Quel autre gamin ?

— Celui que tu as perdu en forêt. »

Jan baisse les yeux, puis la regarde. Une confession lui emplit la bouche, malgré lui :

« Ce n'est pas exactement ça, finit-il par dire, à voix basse. Je ne l'ai pas perdu.

— Non ?

— Non… Je l'ai abandonné en forêt. »

Hanna le regarde, et Jan se hâte d'ajouter :

« Pas pendant très longtemps… et il n'a jamais été en danger.

— Pourquoi as-tu fait ça ? »

Jan soupire.

« C'était une sorte de vengeance… contre ses parents. Contre sa mère. Je voulais qu'elle souffre. Et je pensais savoir ce que je faisais, mais… »

Il se tait.

« Et après, tu t'es senti mieux ? demande Hanna.

— Je ne sais pas, je ne crois pas… Je n'y pense pas trop.

— Tu le referais ? »

Jan la regarde et secoue la tête, avec autant de franchise qu'il peut.

« Je ne ferais jamais de mal à un enfant.

— Bien, dit Hanna. Je te crois. »

Ses yeux bleus lui répondent. Il ne sait pas bien à quoi s'en tenir avec Hanna. Peut-être devrait-il rester, continuer à parler avec elle pour savoir ce qu'elle pense vraiment de lui, et de Rössel.

Non. Il se lève.

« Merci pour le thé, Hanna. À demain, au boulot. »

Il ressort dans la nuit glacée et rentre droit chez lui, son sac à dos rempli des livres illustrés de Rami.

LE PAF

Le concert qui allait se finir par un baiser et une bagarre devait avoir lieu dans la salle télé du Paf.

Il était prévu à sept heures mais, à l'heure dite, seules trois personnes s'étaient pointées. La première était la femme en noir qui avait glissé la tête chez Rami pour lui rappeler un entretien – celle que Rami avait surnommée la Psychoblablateuse. Puis l'aide-soignant Jörgen était arrivé, accompagné d'une fille avec des yeux bleus farouches que Jan n'avait jamais vue parler à personne. Elle était aussi timide que lui.

Jan avait installé la batterie un peu en retrait derrière le micro de Rami, pour être entendu mais éviter d'être vu. Il regrettait déjà cette idée.

À sept heures cinq, d'autres auditeurs commencèrent à arriver – les zombies, comme Rami les appelait. Ils entraient au compte-gouttes et s'asseyaient en tailleur à même le sol. Jan ne savait pas beaucoup de noms, mais commençait à connaître de vue la plupart des internés du Paf. Il étaient quatorze ou quinze jeunes adolescents – surtout des filles, mais aussi quelques garçons – certains aux cheveux noirs en pétard, d'autres soigneusement peignés. Certains ne bougeaient pas, d'autres n'arrêtaient pas de se tortiller en regardant autour d'eux. Des toxicomanes ? Auteurs ou victimes de brimades ?

Jan n'avait pas la moindre idée de ce qui les avait conduits au Paf. Il ne connaissait personne à part Rami. Et quand il vit un ado de quatorze ans la regarder puis se pencher vers un copain en chuchotant bien distinctement : « Mais qui c'est, celle-là ? », il comprit que Rami était elle aussi restée dans son coin, peut-être plus que lui encore.

Elle avait attendu tout ce temps devant le micro, droite comme un I, agrippée à sa guitare, le visage couleur de craie. Jörgen vint près d'elle, les mains dans les poches de son jean, et embrassa du regard l'assistance.

« Bon, on va écouter un peu de musique… Nos amis Alice et Jan vont nous jouer quelques chansons. »

Des ricanements hésitants accueillirent cette présentation, et une voix déçue demanda :

« Et la télé, alors ? » C'était un type filiforme en veste de jean. Jan ne se rappelait pas son nom. « Il y a du hockey ce soir… On peut pas regarder la télé ?

— Tant que vous voudrez, après la musique, dit Jörgen. Silence, maintenant. »

Mais les zombies ne firent pas silence. Ils se donnaient des coups de coude, ricanaient, chuchotaient.

Rami avait le trac – pas autant que Jan. Il la vit fermer les yeux, comme pour oublier les autres. Il y avait pourtant un lien tangible entre elle et le public : dès qu'elle ouvrit la bouche, tout le parterre se tut et ne la quitta plus des yeux.

« OK, dit Rami dans le micro, d'une voix traînante, voici une chanson américaine que j'ai traduite… »

Elle commença par *Lever de soleil*. Tant mieux, c'était le rythme que Jan connaissait le mieux. Puis elle chanta Neil Young, sa traduction de *Helpless*, et Joy Division, *Ceremony*, devenu *Rituel*. Des titres qu'ils avaient aussi répétés.

En chantant, Rami s'était détendue, elle avait meilleure mine. À la fin de *Rituel*, elle se tourna soudain, s'approcha de Jan – et l'embrassa sur la bouche.

Il cessa de jouer. Le baiser dura trois secondes, mais la Terre s'arrêta de tourner.

Après, Rami lui sourit puis reprit le micro.

« Pour finir, une dernière chanson, *Jan et moi* », dit-elle en indiquant de la tête un quatre-temps à Jan.

Il n'avait jamais entendu ce titre, était tout chamboulé par ce baiser – mais finit pourtant par prendre la pulsation en suivant la tête de Rami. Rami plaqua un accord mineur et commença :

Je suis dans mon lit
Jan est contre moi
On sait où on est
On sait où on va
On part dans l'espace
Et là il fait froid
Mais la nuit est si belle
Qu'on peut tout oublier

Elle ferma les yeux et enchaîna avec le refrain :

Jan et moi, moi et Jan
Jour et nuit, nuit et jour...

Jan était si surpris du texte qu'il faillit perdre la mesure. Il donnait l'impression que Rami et lui étaient *ensemble*, pourtant ce n'était pas le cas. Il avait senti son parfum, mais elle ne l'avait jamais touché.

La chanson finie, Rami enchaîna aussitôt avec d'autres accords sur le même rythme. Elle se pencha vers le micro et pour la première fois regarda droit vers le public. Jan la vit sourire en disant :

« Cette chanson est pour ma psy. »

Elle arracha alors un riff violent à sa guitare et fit signe à Jan de lancer la batterie.

Rami se coula dans le rythme, ferma les yeux et éructa un texte lancinant :

Ta bouche accouche d'un fouet
Ton dos accouche d'une scie,
Ton cerveau puits profond
Accouche de sangsues
Et tu me jettes au Trou quand je fais la vilaine.

Elle reprit son souffle et se lança dans le refrain, éructant de plus belle :

Psycho, psycho, psychoblabla !
Arrête, écrase, la ferme, casse-toi !
Fous-moi la paiiiix !

Le refrain tournait en boucle. Droite comme un I, Rami ne chantait plus de notes, elle ne faisait que ressasser la litanie *Arrête, écrase, la ferme, casse-toi !* La guitare ne jouait plus, mais Jan continuait à tambouriner en rythme sur les paroles.

Tous les habitants du Paf, internés comme soignants, paraissaient ensorcelés : les ados avaient cessé de chuchoter et ne faisaient plus qu'écouter.

Mais, près de la porte, la Psychoblablateuse s'était levée. Elle n'avait pas l'air contente. À chaque mot que Rami psalmodiait, elle faisait un pas vers le micro. Elle finit par arriver à un mètre de Jan, cinquante centimètres de Rami. Rami ne la voyait pas, elle fermait les yeux en continuant sa litanie : « Arrête, écrase, la ferme, casse-toi ! »

La Psychoblablateuse toucha l'épaule de Rami, qui ouvrit alors les yeux. Elle l'ignora et continua à chanter. Mais cela ressemblait à présent à un cri de guerre :

« Arrête ! Arrête ! Arrête ! »

La Psychoblablateuse saisit le pied du micro, le débrancha.

Le silence ne se fit pas pour autant, car Rami criait sans le micro. Elle ouvrit la bouche et poussa un hurlement de rage qui fit sursauter et reculer le public assis par terre.

« Crève ! Crève ! » cria Rami en se jetant comme un fauve sur la Psychoblablateuse.

Elles s'effondrèrent au milieu des enfants, roulèrent comme soudées l'une à l'autre. Deux lutteuses. Jan les fixait, mais continuait de jouer. Il entendit Rami crier, la vit lacérer à coups d'ongles – non pas la Psychoblablateuse, mais ses propres bras. Elle s'écorcha jusqu'au sang, badigeonnant de traînées rouge vif sa propre peau, le sol, les vêtements noirs et le visage de la Psychoblablateuse.

« Du calme, Alice ! »

On entendit des pas précipités. Jörgen et un collègue surgirent et écartèrent Rami. Mais elle continuait de crier et de se débattre sauvagement.

« Arrête la batterie ! » hurla Jörgen.

Jan s'arrêta net, mais le silence ne revint pas pour autant. Rami braillait de plus belle. Les surveillants la maîtrisèrent et la traînèrent hors de la pièce. Jan entendit ses cris disparaître dans le couloir, et le silence se fit.

Tout était soudain calme, mais quelqu'un haletait. La Psychoblablateuse. Elle se leva doucement, rajusta son T-shirt ensanglanté. Un collègue lui tendit un mouchoir.

« Tu as vu ? dit la Psychoblablateuse. Tu te rappelles mon diagnostic ? »

Le concert était fini, mais Jan resta un moment avant de remballer sa batterie. Ses bras tremblaient.

Le type en veste de jean regarda autour de lui avec un sourire incertain. Puis il alla allumer la télévision.

Jan s'en alla seul ranger la batterie dans la remise.

Il pensait rentrer dessiner dans sa chambre mais, en voyant la porte fermée chez Rami, il s'arrêta et alla frapper.

Aucune réponse. Il frappa encore.

Rien.

« Elle n'est pas là », dit une voix claire dans son dos.

Jan se retourna et vit une fille dans le couloir. Une des zombies.

« Quoi ?

— Ils l'ont mise au Trou.

— Le Trou… C'est quoi ?

— On nous enferme là quand on fait du grabuge, genre.

— Et c'est où ?

— Au sous-sol, dit la zombie. Une porte avec plein de verrous. »

Le Trou ?

Jan descendit en cachette sous terre, jusqu'aux longs couloirs silencieux. Il trouva la bonne porte et frappa. Pas de réponse là non plus : la porte devait être blindée et étouffer tous les bruits. Mais il vit qu'il y avait en bas une fente étroite.

Jan retourna dans sa chambre chercher papier et stylo. Il ne savait pas quoi écrire à Rami. Mais il fallait lui remonter le moral, alors il écrivit :

BIEN JOUÉ !

/JAN

Il glissa le papier sous la porte, et parvint à y glisser un stylo. Une minute s'écoula. Aucun bruit. Puis le papier ressortit.

Une seule phrase :

JE SUIS UN ÉCUREUIL SANS ARBRE NI AIR.

Il regarda le papier. Puis il s'assit par terre et commença à dessiner une fille avec une guitare sur une grande scène, devant un immense public qui l'acclamait en levant les mains. Il fit de son mieux le visage de Rami, puis glissa le dessin sous la porte et fila.

Le lendemain matin, il entendit du bruit dans le couloir. Des pas bruyants, des éclats de voix, puis la porte de Rami qui se refermait.

Le silence revenu, il sortit frapper chez elle.

« C'est qui ? demanda-t-elle à travers la porte, sans aucune curiosité.

— Jan. »

Elle se tut quelques secondes, puis répondit :

« Entre. »

Il poussa la porte précautionneusement, comme si elle risquait de se casser. Il faisait sombre à l'intérieur, mais il avait l'habitude.

« Merci pour le dessin, se contenta-t-elle de dire.

— De rien. »

Sur le lit, Rami regardait le plafond, sa guitare couchée près d'elle comme un animal de compagnie. Jan vit qu'elle était sanglée. Il n'avait pas peur, mais resta près de la porte.

« Ça s'est bien passé, hier, dit-il. Assez bien. »

Rami secoua la tête.

« Il faut que je quitte le Paf, ils m'assomment ici… Toi aussi, tu veux partir ? »

Elle avait levé la tête pour le regarder. Jan acquiesça doucement, même si ce n'était pas vrai. Il voulait rester au Paf le reste de sa scolarité : manger, dormir, jouer au ping-pong avec Jörgen et de la batterie avec Rami.

Elle fixa à nouveau le plafond.

« Mais il faut d'abord que je me venge d'elle.

— Qui ça ?

— La Psychoblablateuse. Celle qui m'a enfermée.

— Je sais, dit Jan.

— Mais ce n'est pas le pire…, dit Rami en montrant son bureau de la tête,… parce que pendant que j'étais au Trou elle est venue fouiner ici et lire mon journal. Maintenant j'en suis sûre. Elle a tout lu. »

Jan regarda vers le bureau. C'était peut-être vrai : le carnet qui était posé là avait disparu.

« Elle va le regretter, dit Rami. Elle et sa famille. »

38

Jan ne se souvient pas avoir jamais parlé à un voisin – pas depuis toutes ces années où il vit en appartement. Salué ceux qu'ils croisait dans l'escalier, au mieux, mais sans s'arrêter. Pour lui, une cage d'escalier n'est pas un endroit pour se rencontrer, rien qu'un espace vide qui résonne toute la journée des claquements de portes.

Mais ici, à Valla, il a parlé à un voisin. Et il voudrait le revoir.

Rentré chez lui après sa soirée chez Hanna, il pose les livres illustrés sur sa table, puis s'endort profondément.

À son réveil, il est encore fatigué. Mais il a à faire et, après le petit-déjeuner, il choisit une tasse vide à la cuisine. Il descend deux étages plus bas pour sonner à la porte portant la plaque V. LEGÉN.

La porte met au moins une minute à s'ouvrir. Une odeur de pipe et d'alcool lui fouette les narines tandis que son voisin grisonnant le regarde, les yeux vides. Jan lui adresse un grand sourire.

« Encore bonjour, dit-il. C'est moi qui fais des gâteaux deux étages au-dessus… Est-ce que par hasard vous auriez encore un peu de sucre ? »

Le voisin semble le reconnaître, mais ne le salue pas.

« Toujours du sucre en poudre ?

— Ce que vous avez. »

Legén se contente de prendre la tasse et tourne les talons. Il ne l'invite pas à entrer dans le vestibule obscur. Jan entre quand même.

Le sac en toile de Sainte-Barbe jeté à terre la dernière fois a disparu : Jan continue et jette un coup d'œil dans la cuisine.

Des assiettes s'empilent partout, des bouteilles et des bidons sont regroupés par terre en îlots, les fenêtres sont couvertes d'un film gris de poussière grasse.

« Ah oui, au fait : je travaille à Sainte-Barbe », dit-il dans le dos de Legén.

Le voisin ne réagit pas, il continue de verser du sucre face à l'évier.

« Vous avez travaillé là-bas, vous aussi, n'est-ce pas ? » dit Jan.

Pas de réponse là non plus, mais il lui semble deviner un bref hochement de tête. Aussi continue-t-il :

« C'était à la blanchisserie ? »

Là, Legén hoche clairement la tête.

« Eh oui.

— Combien de temps ?

— Vingt-huit ans. Et sept mois.

— Oh là là ! Mais vous êtes à la retraite, maintenant ?

— Eh oui… Maintenant, je ne fais plus que du vin. »

Jan regarde autour de lui. En effet, il y a partout des bouteilles et des bidons. L'odeur d'alcool fruité vient de là, pas de Legén.

« Mais, dit lentement Jan, vous vous souvenez peut-être encore comment c'est là-haut… à la clinique ?

— Oh oui. Un peu.

— Des passages secrets ? » dit Jan en souriant pour faire semblant de blaguer.

Legén arrête de verser le sucre et lève les yeux vers Jan. Qui continue :

« Ce serait drôle d'entendre quelques anecdotes, si vous vouliez.

— Et pourquoi ? demande Legén en levant la tasse de sucre.

— C'est que je travaille là… Je suis juste curieux de mon lieu de travail… Je ne suis jamais entré dans les services psychiatriques.

— Ah oui ? dit Legén. Mais vous travaillez où, alors ? »

Comme il ne trouve pas de bon mensonge, il répond :

« À la maternelle.

— La maternelle ? Mais il n'y a pas de maternelle.

— Maintenant, si, dit Jan. Pour les enfants qui ont des parents internés. »

Legén se contente de secouer la tête, l'air étonné, il réfléchit un peu puis lui tend la tasse de sucre.

« OK… Cent, alors.

— Cent quoi ?

— Cent balles, et je raconte. Et une bouteille de pinard pour vous en prime. »

Jan réfléchit, puis hoche la tête.

« Racontez, et j'irai chercher l'argent. »

Legén s'assoit lentement à la table de la cuisine. Il se tait.

« Il n'y a pas de porte dérobée, commence-t-il au bout d'un moment. Je n'en ai jamais vu… Mais il y a autre chose. »

Il fouille parmi les journaux et les factures qui couvrent la table et trouve un crayon et une demi-feuille de papier. Il se met à dessiner des carrés et d'étroits rectangles.

« Qu'est-ce que c'est ? demande Jan.

— La blanchisserie. » Il dessine une flèche. « Là, on va à l'étuve… la pièce où on sèche le linge. Une grande porte. Mais on n'y passe pas, on la laisse sur sa droite. On arrive alors dans une remise… » Il fait un gros cercle autour d'un des carrés : « … Et là, derrière tout le bazar, il y a un passage pour monter.

— Un escalier ?

— Non, dit Legén. Un vieil ascenseur. Il monte droit aux services… Tous les services. Mais pas grand-monde le sait. »

Jan regarde le croquis.

« Il y a toujours des gens dans la blanchisserie. Et beaucoup de surveillants.

— Pas les dimanches, dit Legén. Les week-ends, c'est désert à la blanchisserie. Désert et silencieux. On peut alors monter et descendre comme on veut. »

Pour la première fois, il croise le regard de Jan, qui le fixe dans les yeux et a l'impression que Legén parle de lui-même. Comme s'ils s'étaient compris. *Vingt-huit ans à Sainte-Barge*, pense Jan. Ça laisse le temps d'explorer chaque mètre carré du bâtiment, chaque porte et chaque couloir.

Et il a dû rencontrer beaucoup de pensionnaires. Les observer et réfléchir sur leur sort.

« Est-ce que vous utilisiez l'ascenseur, *vous* ? demande Jan.

— Oh oui, dit Legén. De temps en temps.

— Les dimanches ?

— De temps en temps.

— Vous alliez voir quelqu'un, là-haut ? »

Legén hoche la tête. Il semble se souvenir de ces rencontres.

« Une femme ? »

Legén hoche tristement la tête.

« Elle était belle, splendide… mais avec l'enfer dans sa tête. »

Jan ne pose pas d'autres questions.

LE LYNX

L'inspectrice de police avait des yeux vert clair et vous fixait, vous fixait sans jamais détourner le regard. Elle était assise derrière le bureau de Nina, détendue, comme si le Lynx avait désormais une policière comme directrice. Jan essayait de paraître aussi calme – il n'était jamais qu'un des employés de la crèche parmi tous ceux que la police auditionnait.

« Vous avez vu quelqu'un d'autre, en forêt ?

— Vous voulez dire… un adulte ?

— Enfant ou adulte, dit la policière. Quelqu'un qui ne faisait pas partie du groupe de la crèche. »

Jan regarda la policière en faisant mine de réfléchir. Il aurait pu inventer une ombre sous les sapins, la silhouette d'un homme accroupi en train d'espionner les enfants, le regard lubrique, mais il savait que la police cherchait à présent un kidnappeur, et ne voulait pas qu'on l'associe, lui, à ce genre de personnage. Il secoua la tête.

« Je n'ai vu personne… mais j'ai entendu des bruits.

— Des bruits ? »

Jan n'avait bien sûr rien entendu, mais il était à présent forcé de continuer :

« Oui… Des branches cassées, comme quelqu'un qui se déplaçait sous les sapins. Mais j'ai pensé que c'était un animal.

— Quel genre d'animal ?

— Je ne sais pas. Un chevreuil. Ou un élan.

— Quelque chose de gros, en d'autres termes.

— C'est ça, un gros animal… Mais pas un carnassier. »

La policière le regarda.

« Qu'est-ce que vous voulez dire par "carnassier" ?

— Eh bien… c'est qu'il y en a en forêt, dit Jan. On ne les voit pas très souvent parce qu'ils sont très farouches, mais il y a des ours, des lynx et des loups… enfin, peut-être pas des loups si au sud. »

Jan sentit qu'il commençait à baratiner. Il ferma la bouche avec un sourire un peu crispé. La policière ne posa pas d'autres questions.

« Merci », se contenta-t-elle de dire en écrivant quelque chose dans son carnet.

Jan se leva.

« Y aura-t-il d'autres battues ?

— Pas pour l'instant, dit la policière. Une surveillance par hélicoptère et quelques interventions ponctuelles.

— Si vous avez besoin d'aide, pour quoi que ce soit… Je suis à votre disposition.

— Très bien. »

En sortant de la pièce, Jan regarda sa montre. Deux heures vingt. Bientôt vingt-quatre heures que William s'était glissé dans le bunker et que Jan l'y avait enfermé.

Cela lui semblait une année.

Nina et ses autres collègues du Lynx et de l'Ours

Brun étaient dans la salle du personnel. Ils se parlaient à peine, ne faisaient qu'attendre. On aurait dit le café après un enterrement. Sigrid Jansson n'était pas restée – elle était rentrée chez elle et s'était mise en arrêt maladie après son interrogatoire par la police.

Car il s'agissait bien d'interrogatoires. C'était l'impression que Jan en avait gardé, et ces questions l'avaient épuisé. Il savait que la police avait lu la lettre qu'il avait envoyée aux parents de William, qu'ils recherchaient son ravisseur, mais ils ne pouvaient quand même pas le soupçonner ?

Il se versa une tasse de café, s'assit avec les autres et tenta de se détendre. Dehors, plus un rayon de soleil. Il était un peu tôt pour le crépuscule, mais on en prenait le chemin.

Le deuxième crépuscule en forêt pour William, puis une soirée, puis une nuit.

« Ça va, Jan ? » demanda tout bas une collègue.

Il leva les yeux.

« Ça va.

— Ce n'est pas ta faute.

— Merci. »

Pas sa faute. Parfois, c'était ce que Jan se disait lui-même, que William avait juste disparu, comme ça. Mais il se rappelait alors ce qui s'était réellement passé et se sentait mal. Il était las, avait l'impression d'avoir perdu la partie. Il n'avait pas la carrure.

Le silence de la crèche sans les enfants était insoutenable. Silence et calme. Il ne se passait pas grand-chose, à part les allées et venues de quelques policiers en uniforme. Visages fermés : Jan comprit qu'on n'avait pas encore retrouvé William.

Il vida sa tasse et regarda à nouveau par la fenêtre. La forêt au-dessus de la crèche s'était obscurcie.

Arrête, disait une voix intérieure. *Fais quelque chose de bien, arrête ce rituel. Relâche-le.*

Il se leva.

« Il faut que j'y aille

— Tu veux rentrer ? dit Nina.

— Je ne sais pas… je vais peut-être monter en forêt. »

Il regarda Nina, désemparé, mais elle détourna les yeux vers la forêt et, d'un air triste, dit tout bas :

« Ils ne pensent pas qu'il y soit encore.

— D'accord… Mais je vais peut-être quand même aller y faire un tour, dit Jan. Il faut que je fasse quelque chose. »

Quelques collègues du Lynx lui adressèrent un sourire consolateur, mais il n'y répondit pas.

39

De loin, la clairière semble si fragile, estime Jan. Ce n'est en fait qu'une baraque en bois, construite pour fonctionner quelques années à l'essai avant de disparaître sans laisser de traces. L'hiver arrive et une seule grosse tempête venue de la mer suffirait à arracher le toit de la maternelle, abattre les murs et tout balayer.

Sainte-Barge, c'est autre chose. Le bâtiment gris en pierre dure depuis plus d'un siècle et durera certainement un siècle encore.

C'est samedi, Jan a une garde de nuit. Il s'attend à entendre de joyeux cris d'enfants en arrivant, mais c'est le silence. Tout ce qu'on entend est un vague remue-ménage à la cuisine. Tandis que Jan enlève son blouson, Hanna sort la tête. Elle tient un couteau à la main – un simple couteau à bout rond. Elle est en train de vider le lave-vaisselle.

« Salut, dit-elle.

— Salut, dit Jan. Ce n'était pas Lilian, aujourd'hui ?

— Elle est malade. »

Jan regarde autour de lui.

« Et les enfants ?

— Ils sont chez la nouvelle famille d'accueil de Mira.

— Ah bon… Et ils rentrent quand ?

— D'un moment à l'autre. »

Hanna regarde autour d'elle – bien qu'ils soient seuls – et fait un pas vers lui.

« Tout ce dont nous avons parlé, Hanna, dit-il à voix basse. Tous ces secrets… On les garde pour nous, hein ? »

Il se sent très bête. Mais Hanna hoche la tête, le regard luisant.

« Ces secrets nous unissent.

— C'est vrai. » Jan hoche la tête. « Nous avons un pacte. »

Il n'a pas le temps d'en dire davantage : la porte extérieure s'ouvre d'un coup et deux petits corps déboulent, en combinaison imperméable. Mira et Leo.

Mira pousse un cri de joie en apercevant ses maîtres, tandis que Jan et Hanna s'écartent automatiquement d'un pas. *Sauver les apparences devant les enfants*.

Les enfants sont accompagnés d'un homme dans la force de l'âge, casquette bleue, blouson marron clair et énormes chaussures. Il a l'air calme et rassurant, sourit un peu et serre la main de Jan d'abord puis d'Hanna en se présentant comme « le deuxième papa de Mira ». Ils lui sourient tous les deux.

« Tout s'est bien passé aujourd'hui, dit-il. Des enfants merveilleux… Ce sera parfait.

— Certainement », dit Jan.

Maintenant que les enfants sont là, il ne peut plus parler à Hanna. Elle finit à six heures et demie et rentre chez elle à l'heure exacte après de longues embrassades avec Mira et Leo et un bref signe de tête à Jan.

Une fois seul avec les enfants, il prépare le dîner et s'assoit à table avec eux.

« Alors, vous vous êtes amusés, aujourd'hui ? »

Mira hoche la tête.

« Je vais habiter dans une ferme. Il y avait des chevaux !

— Oh là, là, dit Jan. Tu as pu leur faire une caresse ? »

Mira hoche la tête, enthousiaste à l'idée d'aller vivre à la ferme. Jan voit son regard et se réjouit pour elle.

Il regarde ensuite Leo. Jan sait qu'il va lui aussi aller habiter à la campagne, mais il ne voit aucun enthousiasme dans son regard.

« Vous n'avez plus faim ? demande-t-il.

— Euh… est-ce qu'il y a des bonbons ? » demande Mira.

Elle sait que c'est samedi.

Les enfants mangent donc quelques bonbons, se font raconter deux histoires et vont se coucher avec les protestations habituelles à huit heures et quart.

Jan s'assied à la cuisine et attend. Le passage souterrain vers Sainte-Barge est tentant, mais il n'a pas l'intention d'y aller ce soir. Ce sera pour demain, dimanche soir, quand la blanchisserie sera déserte et la surveillance plus légère. Ce soir, il se contentera d'un rapide passage dans la salle des visites. Il faut qu'il prenne ce risque.

À dix heures et demie, il monte en ascenseur. Entrouvre la porte, mais tout est désert et sombre.

Rien de changé ici. Il va vite soulever le coussin du canapé et trouve une nouvelle enveloppe. Elle est bleu clair cette fois, et pas très épaisse.

Elle contient dix-huit lettres, constate Jan une fois revenu dans la cuisine, mais une seule l'intéresse. Elle lui est adressée à lui, à *Jan*, et il l'ouvre aussitôt, comme on arrache l'emballage d'un cadeau de Noël.

Dedans, une petite feuille de papier avec un bref message d'une écriture menue. Jan la lit et la relit, encore et encore :

Jan, l'écureuil se souvient de toi comme d'un rêve,
un poème ou un nuage brillant dans le ciel.
Je me souviens de toi, de toi, de toi.
J'attends toujours de pouvoir m'enfuir du zoo.
Mais tu peux me voir, ici,
mon nid est marqué.
Sors de la forêt et viens voir.

Une réponse. Une réponse de Rami. Ça ne peut être que ça. Jan repose la feuille, les doigts tremblants. Il regarde par la fenêtre les lumières de l'hôpital, mais réfrène son désir de se précipiter dans la nuit pour chercher la chambre de Rami.

40

« Keith Moon plus Topper Headon ! s'exclame Rettig. C'est exactement ton style, Jan ! »

Jan hoche la tête et termine avec un dernier roulement de baguettes. Il est derrière sa batterie depuis presque une heure, et la musique lui a fait oublier les lettres de l'hôpital.

Et voilà que Rettig lui envoie des fleurs. C'est gentil, et Jan hésite à le mettre au courant des mauvaises nouvelles en provenance de la Clairière.

Mais il finit par se décider. Quand il se retrouve seul avec Rettig dans le local de répétition, il dit, comme en passant :

« La maternelle va fermer la nuit. »

Rettig continue à ranger les instruments.

« Quand ? se contente-t-il de demander.

— Bientôt… la semaine prochaine. Tous les enfants ont une famille d'accueil, à présent.

— OK, comme ça je suis au courant.

— Mais tu comprends bien ce que cela signifie ? dit Jan.

— Quoi ?

— Qu'il n'y aura plus personne la nuit… Alors j'ai

l'impression qu'il va falloir cesser les livraisons de lettres. »

Mais Rettig secoue la tête.

« Refléchis un peu, Jan.

— Comment ça ?

— La fermeture nocturne… Qu'est-ce que ça veut dire, qu'un endroit est fermé ? »

Jan se lève de son siège et range ses baguettes. Il a frappé fort toute la soirée, à se faire des ampoules aux doigts.

« Que personne ne peut y entrer, dit-il. Quand un endroit est fermé, les portes sont verrouillées.

— Bien sûr, dit Rettig, mais tu vas garder des clés de la Clairière, non ?

— Oui.

— Et l'essentiel, c'est que la maternelle soit déserte… La nuit, il n'y aura personne. C'est bien ça ?

— Sans doute, dit Jan.

— Et si on a les clés d'un endroit fermé, rien de plus simple que d'y entrer et d'y faire ce qu'on veut. Non ?

— Oui, dit Jan, tant qu'ils n'installent pas une forme de surveillance.

— Il n'y a aucune surveillance. La nuit, le surveillant principal, c'est moi. » Rettig referme l'étui de sa guitare et continue : « Mais si tu le crois, on peut faire une pause dans les livraisons. Il va y avoir un grand exercice de sécurité à Sainte-Barge dans deux semaines, et d'ici là tout le monde va être un peu à cran là-haut, le temps que tout soit prêt. »

Jan hoche la tête en silence. Il songe à ses découvertes des dernières semaines. Aux curieux bruits dans les passages souterrains.

« Les sous-sols de l'hôpital, dit-il. Ils sont vraiment vides, le soir ?

— Comment ça ? »

Jan hésite. Il ne veut rien avouer.

« Le Dr Högsmed a parlé des passages souterrains, quand nous avons fait un tour dans l'hôpital, se contente-t-il de dire. Il a dit que ce n'était pas des endroits très agréables.

— Högsmed est chef, il sait que dalle, dit Rettig. Il n'a pas dû faire plus de cinq mètres au sous-sol.

— Mais il y a d'autres gens qui y vont ? » demande Jan.

Rettig hoche la tête.

« Ça dépend, dit-il. Le sous-sol, c'est la salle de jeux de l'hôpital… Les patients des secteurs ouverts ont le droit d'y aller tout seuls. Il y a une piscine, une petite chapelle et une piste de bowling, un peu de tout. »

Jan le regarde.

« Les secteurs ouverts… Ces patients ne sont donc pas dangereux ?

— Normalement non, dit Rettig. Mais ils ont parfois leurs lubies… Alors il faut faire attention. »

Jan hoche la tête. Il sait qu'il doit faire attention, tout le temps. Mais il sent Rami si proche, à présent, et il veut demander une dernière chose à Rettig :

« Et si tu tombais sur moi, là-bas, tu donnerais l'alarme ? »

La question semble contrarier Rettig.

« Tu n'y entreras jamais, Jan… Et qu'est-ce que tu irais faire à Sainte-Barbe ? Tu veux voir à quoi ressemble un HP de l'intérieur ?

— Non, se dépêche de répondre Jan. Je me demandais juste, si je m'introduisais dans l'hôpital… est-ce que tu me dénoncerais ?

— On est potes. » Rettig secoue la tête. « On ne dénonce pas ses potes. Alors, je ne ferais rien du tout… Je te ficherais la paix. Mais je ne pourrais pas non plus t'aider, si quelqu'un d'autre te trouvait. Dans ce cas, je nierais toute la mission, comme dans les séries américaines. »

Jan ne peut pas espérer davantage.

« OK. J'improviserai.

— Tout le monde improvise, là-bas, la nuit, dit Rettig.

— Comment ça ? »

Le surveillant hausse les épaules.

« Le jour, tout est bien ordonné à Sainte-Barbe, les routines sont solides. Mais les nuits ne sont pas aussi paisibles. Là, tout peut arriver. » Il sourit à Jan et ajoute : « Surtout les nuits de pleine lune. »

Jan ne pose pas d'autres questions. Il quitte le local de répétition et rentre chez lui. Il n'a pas particulièrement bien joué ce soir, quoi qu'en dise Rettig. Les groupes, ce n'est pas son truc.

Cette nuit-là, Jan rêve à nouveau de Rami, un rêve horrible. Il marche à côté d'elle sur la grand-route, il devrait se sentir bien – mais quand il baisse les yeux, ce n'est pas un chien ordinaire qui court en haletant entre eux. Pas un chien du tout.

C'est une bête sauvage qui grogne, un hybride jaunâtre entre lynx et dragon.

« Allez, viens, Rössel ! » crie Rami en hâtant le pas.

La bête sauvage se tourne vers Jan en ricanant, puis se précipite derrière elle.

Jan est laissé seul dans le noir.

LE LYNX

Cette folie devait cesser.

En quittant la crèche, Jan avait pris une décision définitive – il allait libérer William. Le libérer maintenant. Les quarante-six heures prévues dans le bunker se limiteraient à vingt-quatre.

Il quitta le chemin et s'enfonça dans la forêt à grandes enjambées.

Le sentier qui montait à travers bois avait été foulé par des centaines de bottes ces deux derniers jours, il s'était élargi, était devenu plus praticable. Jan put hâter le pas et, une fois en haut, il constata combien les fourrés avaient été piétinés. Il ne faisait pas encore sombre, il n'était que trois heures et quart.

Mais il ne voyait personne et n'entendait pas d'hélicoptère.

Il s'engagea dans le ravin, franchit rapidement la vieille grille et ne ralentit l'allure qu'une fois arrivé au pied du bunker. Ici, il fallait faire attention.

Là-haut, la petite porte métallique était camouflée, comme d'habitude et, en écartant les branches, Jan constata qu'elle était toujours bien fermée.

Il souffla. Le jeu de rôles recommençait. Il allait

jouer le puériculteur innocent sorti en forêt et réussissant ce que personne n'espérait plus : retrouver l'enfant disparu. Tout à fait par hasard.

« Hé ho ! cria-t-il à travers la porte, d'une voix forte et intelligible. Il y a quelqu'un ? »

Il attendit, mais pas de réponse.

Jan aurait pu continuer à appeler mais, après avoir attendu encore quelques secondes, il ouvrit la porte.

« Il y a quelqu'un ? » répéta-t-il.

Toujours pas de réponse.

Jan n'était pas encore inquiet, juste perplexe. Il se pencha devant le bunker pour glisser la tête dans le noir.

« Hé ho ! »

Il y avait davantage de désordre. Les couvertures étaient en tas contre le mur, avec à côté des emballages de sandwichs, des berlingots de jus de fruits et des paquets de bonbons ouverts. Le robot-jouet était aussi par terre, mais cassé. La tête était fendue et le bras droit manquait.

Mais pas de William en vue.

Jan se glissa à l'intérieur.

« William ? »

Il n'aurait pas dû l'appeler par son nom, mais il était inquiet à présent. Le garçon n'était plus là, et en même temps il n'avait pu aller nulle part.

Il finit par apercevoir le seau en plastique rouge. Les toilettes. Il était tout au fond, contre le mur en béton, mais à l'envers. Pourquoi ?

Jan leva les yeux. Il y avait là un des longs et étroits soupiraux d'aération – mais il avait été un peu élargi. Quelqu'un avait gratté la terre, les branches et les feuilles mortes et avait réussi à nettoyer l'ouverture, qui faisait entre vingt et trente centimètres de haut. Pas assez pour un adulte, mais largement suffisant pour un garçon de cinq ans.

William avait réussi à sortir. Il avait dû essayer d'emporter le robot avec lui, mais l'avait laissé tomber sur le sol.

Jan essaya de garder son calme. Il comprit ce qu'il avait à faire et se mit en route. Il étala les couvertures les unes sur les autres, puis rassembla tout ce qu'il avait apporté dans le bunker : la nourriture, les boissons, les jouets et le seau en plastique. Il noua les couvertures en un gros balluchon qu'il traîna derrière lui hors du bunker. À présent, il n'y avait plus aucune trace de lui. Restait le vieux matelas, mais il ne donnait aucune piste.

Il se dépêcha de descendre tous les objets, s'éloigna d'exactement cent vingt pas et les cacha sous un épais sapin. Il reviendrait chercher tout cela plus tard, quand il aurait retrouvé William.

Jan scruta les environs. La nuit tombait, mais rien ne bougeait dans la forêt.

Où chercher ?

41

Jan part travailler plus tôt ce dimanche, pour arriver à l'hôpital avant le coucher du soleil. Il brille cet après-midi, jaune et rond dans un ciel bleu sombre. Les journées d'automne sont parfois si limpides.

La lumière est parfaite : après la lettre de Rami, il veut voir la façade de l'hôpital en plein jour.

Mon nid est marqué, lui disait sa lettre. *Sors de la forêt et viens voir.*

La forêt est située à l'arrière de Sainte-Barbe : Jan doit faire un détour – et c'est risqué : il faut rester hors de portée des caméras et des alarmes. Mais la pente vers le torrent qui coule le long de la clôture est tapissée de broussailles et de sapins serrés, il peut rester à couvert.

Il s'arrête entre deux sapins et scrute par-dessus la clôture, vers la rangée de fenêtres. De la lisière du bois, il aperçoit quelque chose de nouveau sur la façade de pierre : là-haut, quelque chose qui flotte dans le vent.

Un drapeau blanc. Il semble fait d'un drap déchiré ou d'un mouchoir accroché sous une fenêtre.

Il comprend à présent ce que l'écureuil voulait dire en écrivant *mon nid est marqué*.

Jan compte en silence pour repérer la fenêtre au drapeau blanc, comme si la façade était une carte : *quatrième ligne en partant du bas, septième fenêtre en partant de la droite*. Il faut mémoriser cette position.

On ne voit personne derrière la vitre, c'est tout noir, mais voilà, Rami lui a indiqué exactement où elle vivait.

Ne reste plus qu'à s'y rendre – mais le seul chemin passe par le sous-sol.

Leo et Mira jouent au docteur avant le dîner. Leurs peluches sont malades, ils doivent les soigner. Jan les aide à installer leurs petits lits au dortoir, puis il doit à son tour s'étendre et faire le patient, lui aussi.

Après manger, ils sortent un moment au frais dans la cour. Leo et Mira s'installent chacun sur une balançoire, mais Jan n'est pas très attentif au jeu. Après avoir poussé les enfants, il lorgne vers la clôture. La nuit tombe, les projecteurs sont allumés. Ils font luire les feuilles humides et les barbelés tranchants.

Quinze années ont passé, mais Jan espère que Rami existe toujours. *Sa* Rami. Celle qui pendant une brève période a occupé la chambre voisine de la sienne au Paf, celle qui l'a laissé entrer et, la première, semblait trouver de l'intérêt à lui parler. Non, pas *semblait*, elle se plaisait en sa compagnie. Et si elle l'a quitté en s'enfuyant comme un écureuil – ç'a été pour d'autres raisons.

Les enfants s'endorment tard, juste avant neuf heures.

Jan devrait réussir à se détendre, à présent, mais c'est impossible. Leo a eu du mal à s'endormir, il l'a appelé plusieurs fois. Il est déjà sur les nerfs et cette nuit, le chemin est encore long. Long et incertain – même s'il en connaît le but.

Quatrième étage, septième fenêtre à partir de la gauche.

À onze heures et quart, il va jeter un dernier coup d'œil à Mira et Leo avant de descendre au sous-sol, l'Angelot à la ceinture. Il demeure silencieux : les enfants dorment calmement depuis plus de deux heures.

Il franchit la première porte de l'abri. La seconde est restée ouverte. Il la pousse sur les ténèbres.

Le voici à l'intérieur de l'hôpital, mieux préparé que la dernière fois. L'Angelot a de nouvelles piles, le faisceau de sa lampe balaie les vieux murs carrelés. Il reconnaît les lieux, mais ne parvient pas pour autant à se détendre. La dernière fois qu'il s'est aventuré ici, il avait Hanna pour veiller sur lui – ce soir il est seul.

Jan se met en route. Il a à la main le plan sommaire de Legén : les flèches qu'il a tracées doivent le guider.

S'il devait se perdre, il a quelque chose dans sa poche : du papier blanc. Avant de descendre, il est allé à la cuisine en déchirer plusieurs feuilles en petits bouts. Comme le Petit Poucet, il en sème un tous les deux mètres.

Il balise sa retraite.

Il finit par déboucher dans les salles d'hôpital crasseuses et fourre sa lampe sous son pull, pour en dissimuler un peu la lumière – au cas où un patient traînerait dans les parages. Il approche de la blanchisserie à présent et Légen a beau avoir assuré qu'elle était fermée le dimanche, il ne veut pas claironner son arrivée.

Il lève les yeux vers le plafond. De gros câbles électriques s'y lovent.

Et au-dessus, il y a les chambres des patients. Une centaine, d'après Högsmed. Et parmi eux, au quatrième étage, il espère trouver Alice Rami.

Le voilà devant la blanchisserie. La porte est fermée. À clé ? Il appuie sur la poignée. La porte est grippée, mais elle s'ouvre.

La dernière fois, les lampes du plafond étaient allumées : aujourd'hui non. La pièce devant lui est une grotte obscure où les voyants rouges des machines à laver luisent comme des yeux de bêtes dans le noir. Des ventilateurs font un ronron sourd en bruit de fond, l'air est chaud et lourd.

Jan entre, la carte de Legén à la main.

Il cherche une large porte, mais ne veut pas allumer sa lampe. Ou plutôt il *voudrait* l'allumer, mais n'ose pas. Il avance à tâtons, dépasse une rangée d'armoires métalliques cadenassées et une table couverte de tasses à café sales. Il entre ensuite dans une petite pièce aveugle, où il finit par devoir utiliser sa lampe.

Elle éclaire une énorme machine à laver au visage d'acier, bouche béante. À côté, le long du mur, des râteliers où s'alignent les balluchons de linge et au plafond, accrochées à une sorte de rail métallique, des chemises de nuit sur des cintres flottent comme de petits anges.

Jan continue à chercher avec le faisceau de sa lampe et finit par tomber sur une large porte noire.

La porte de l'étuve, d'après le plan. Quelques mètres à gauche, une porte en bois plus étroite avec une poignée en forme de bouton. C'est elle que Jan va ouvrir.

Les pièces de la blanchisserie sont de plus en plus petites, et celle-ci est la plus exiguë. Une remise aux murs de pierre, plongée dans le noir. Il y a un vieil interrupteur près de la porte, il l'allume pour économiser les piles du babyphone.

Une ampoule poussiéreuse éclaire une pièce sans fenêtre encombrée de bric-à-brac : vieilles caisses en bois, emballages de lessive vides, une penderie cassée. Mais à côté d'une étagère, il trouve ce que Legén avait promis : une porte d'ascenseur avec une poignée en fer. Une petite porte – ou plutôt une trappe. Elle fait à peine un mètre de large et n'est pas beaucoup plus haute. En s'approchant, Jan découvre que ce n'est pas un ascenseur : c'est un vieux monte-charge en bois construit pour envoyer le linge aux différents étages de Sainte-Barge.

C'est étroit là-dedans – impossible de se tenir debout. Jan fixe l'ouverture, hésitant. Puis il se penche et y passe la tête et les épaules.

C'est comme pénétrer dans la soute d'un autocar. Ou dans un grand coffre.

Il est claustrophobe, mais entre pourtant.

Des moutons de poussière s'envolent sous ses mains et ses genoux quand il s'assoit dans le monte-charge. Avec un peu de mal il parvient à croiser les jambes et à se retourner sur place.

Avant de refermer la porte, Jan jette un coup d'œil au babyphone. Que faire si un des enfants se réveille et l'appelle ? Mais il ne peut pas y penser, il est trop près de Rami.

Quatrième étage, septième fenêtre.

Il rallume sa lampe. Les parois de bois se pressent autour de lui, sa propre ombre danse au plafond. Dans la lumière du faisceau, il voit quelques points noirs devant lui. Sept boutons d'ascenseur. Ils sont vieux et fendus, peut-être en bakélite, l'un d'eux marqué ARRÊT D'URGENCE. Les six autres ne portent pas de numéro, mais il tente sa chance et presse le quatrième en partant de la droite.

Un choc résonne au-dessus de lui et le monte-charge s'ébranle lentement. Vers le haut. Le mur devant lui glisse lentement vers le bas, le monte-charge racle et secoue.

Jan est en train de traverser l'hôpital. Sa destination est incertaine, mais il espère que ce sera le quatrième étage.

Il ferme les yeux. Il ne veut pas y songer, mais le monte-charge ressemble à un cercueil.

LE PAF

Après plus d'une semaine au Paf, Jan commença à raconter pourquoi il avait sauté dans l'étang. Pas à un psychologue, à Rami. Une longue confession, à l'abri de sa porte fermée.

Rami ne tenait pas en place ce soir-là. Elle sauta dans son lit défait et se coucha, l'oreiller sur la tête. Puis se releva avec sa guitare, s'assit au bord du matelas et se tourna vers les draperies noires de la pièce, comme face à un public.

« J'aime le *chaos*, dit-elle. Le chaos, c'est la *liberté*. Je veux célébrer le risque quand je chante… comme être au bord de la scène, et parfois en tomber. »

Jan était assis devant elle par terre, silencieux. Rami continua sans le regarder :

« Si j'enregistre jamais un disque, ce sera comme une lettre de suicide. Mais sans le suicide. »

Jan resta un moment silencieux avant de regarder par terre en disant :

« Je l'ai fait. »

Rami plaqua un accord dur et sombre.

« Fait quoi ?

— J'ai essayé de me tuer. La semaine dernière. »

Rami joua un autre accord.

« Les gens devraient mourir pour la musique, dit-elle. Une bonne chanson, les gens devraient vouloir *mourir* en l'entendant. »

Jan dit :

« Je voulais mourir avant de venir ici… J'ai presque réussi. »

Rami se tut, elle semblait enfin l'écouter. Elle recula de quelques pas et s'adossa au mur.

« Alors comme ça tu voulais mourir ? Pour de vrai ? »

Jan hocha doucement la tête.

« Je le voulais… De toute façon je serais mort.

— Et pourquoi ?

— Ils voulaient me tuer.

— Qui ça ? »

Jan retint son souffle, sans regarder Rami. Le seul fait de raconter ce qui s'était passé était pénible, même si la porte était fermée, même si la clôture le protégeait. Il avait l'impression que Torgny Fridman était en train de l'écouter derrière la cloison.

« Une bande, finit-il par dire. Des types de mon bahut… Ils sont en troisième et s'appellent la Bande des Quatre, ou c'est peut-être comme ça que les autres les appellent. À l'école, c'est eux les rois, enfin au moins dans les couloirs. Les profs ne pigent que dalle. Ils ne bougent pas le petit doigt… Les gens s'écrasent devant eux.

— Mais pas toi ?

— J'étais bête, je n'ai pas réfléchi. » Jan soupira. « Un jour, Torgny Fridman a voulu prendre ma place dans la queue pour entrer en cours. Il voulait me doubler, mais je ne l'ai pas laissé passer… Je lui ai tenu tête, et un prof a fini par venir lui dire d'aller se mettre derrière, au bout de la queue. Ça, il ne me l'a pas pardonné. »

Jan soupira à nouveau.

« Alors après, ç'a été la *terreur*, la guerre entre Torgny et moi. Chaque fois qu'il me voyait, il fallait qu'il me casse, soit en me traitant de petit merdeux, soit en me bousculant pour me faire tomber. »

Jan se tut.

« Alors j'ai cherché à éviter la bande. Je comptais les jours, je pensais que j'allais m'en tirer. »

Vendredi après-midi, un jour glacial de mars. Le cours de gym est fini, c'est le dernier de la journée. La semaine se termine pour Jan, et elle a été assez calme. Pas de bagarre.

Il est le dernier dans le vestiaire des garçons. Peut-être seul dans le gymnase, qui est à quelques centaines de mètres du bâtiment principal de l'école, et tous les autres sont déjà partis. Les autres garçons de la classe ont attendu leurs copains, personne n'a attendu Jan.

Pas grave, c'est toujours comme ça.

Il se drape dans sa serviette froissée et gagne la salle des douches, où résonne un bruit d'eau qui goutte. Il pend sa serviette et entre dans la cabine la plus proche de la porte en sapin du sauna.

Il fait couler l'eau chaude, s'asperge et se savonne.

« J'étais là, sous la douche, les jambes fatiguées après la gym, la tête vide, raconta Jan à Rami. Je ne pensais à rien… Parfois, prendre une douche chaude, c'est comme rêver, non ? Je pensais peut-être au week-end, parce que j'allais être seul à la maison. Papa et maman partaient quelque part… Une fois douché, je me suis retourné pour attraper ma serviette – alors j'ai senti une odeur de cigarette. Et là, j'ai vu qu'il y avait quelqu'un devant la douche. Torgny Fridman. »

Torgny est habillé, jean, veste de jean et grosses chaussures.

Il est devant la cabine de douche, il bloque le passage. Il regarde Jan en souriant.

Torgny n'est pas le chef de la bande, mais celui qui cherche à impressionner Peter Malm. Peter est le chef, il ne s'en est jamais pris à Jan. Mais Torgny, lui, est dangereux.

Il a l'air ravi d'avoir un élève de quatrième nu devant lui.

Jan le regarde. Il ne fait rien d'autre. Il pourrait peut-être se redresser et forcer le passage en bousculant Torgny, mais alors il serait un autre, pas Jan Hauger.

Jan reste donc là et se met à sourire.

Il sourit toujours dans les situations menaçantes, malgré lui. Plus il a peur, plus il sourit.

Torgny sourit lui aussi, sûr de lui. Il montre toutes ses dents à Jan. Il se tourne alors vers la droite et appelle quelqu'un. Il sourit et appelle plusieurs noms.

Après quelques secondes de silence, la porte du sauna s'ouvre et ses trois amis en sortent.

La meute. La Bande des Quatre. Des cigarettes rougeoyantes à la main.

Peut-on se frayer un passage et leur échapper ?

Non, il est trop tard.

« Ils étaient dans le sauna ? demanda Rami. Mais pourquoi ?

— Ils se cachaient là pour que les profs ne les voient pas, dit Jan. Ils fumaient en cachette. Le sauna était éteint, alors ils s'étaient installés là pour fumer en attendant le début du week-end… Il y avait Torgny, Niklas, Christer et le chef Peter Malm. Ils sont tous sortis du sauna, et j'ai reculé en les voyant. »

Mais où fuir ? Il est dans une douche, nu au milieu d'une flaque d'eau glacée. Dos au carrelage du mur, impossible de reculer.

Torgny dit un seul mot :

« Hauger. »

Son nom est comme un reproche.

« Qu'est-ce que tu fous ici, Hauger ? Tu nous espionnes ? »

Jan ne dit rien. Il continue de sourire à Torgny pour montrer qu'il est tout à fait inoffensif. Ce qu'il est en effet. Quatre garçons de quinze ans contre un de quatorze. C'est le genre d'adversaire parfait pour la bande.

C'est Torgny qui a levé la proie, à lui de l'abattre. Il cale sa cigarette à la commissure des lèvres, attrape Jan par le bras et lui donne un coup de pied dans le tibia. Jan s'effondre sur le carrelage. Dans l'eau de la douche.

Il tente de se relever, mais sent des mains sur son corps. Elles le tiennent. Pas Peter Malm – il ne se donne pas cette peine – mais les autres. Trois paires de mains le plaquent à terre.

À travers sa peur, au ras du sol, Jan sait que Peter est le chef. C'est lui le maître, les trois autres sont ses chiens sauvages. Jan tente de croiser son regard.

Ne lâche pas les chiens, pense-t-il.

« Qu'est-ce qu'on fait de lui ? demande Torgny.

— On va s'amuser un peu », dit Peter.

Torgny hoche la tête, il a une idée :

« On lui écrase nos cigarettes dessus ! »

Peter continue à fumer un peu en retrait tandis que ses subordonnés éteignent leurs mégots. L'un après l'autre, sur la peau de Jan. C'est à qui trouvera l'endroit le plus douloureux.

Christer écrase sa cigarette sur la poitrine de Jan, entre les tétons.

Niklas éteint la sienne sur son aine.

« Vous avez entendu ? s'exclame Niklas. La clope a grésillé ! Vous avez entendu ça ? »

Peter Malm hoche la tête en continuant de fumer.

Torgny sourit et prend son temps.

Il finit par choisir la peau la plus fine, au cou.

Alors Jan ferme les yeux.

« Le pire, ce n'est pas la douleur, avec les brûlures de cigarettes, dit Jan à Rami. Bien sûr, ça fait mal, c'est un peu comme un clou qui traverse la peau… mais ça passe.

— Et c'est quoi le pire ?

— C'est l'odeur. Ça reste. Tu sens une odeur de chair brûlée… et c'est la tienne. »

En parlant, il la sentait à nouveau, comme si elle était encore au fond de ses narines après une semaine.

Il le savait, il allait mourir, là, dans cette douche. Seul avec la Bande des Quatre – il n'y avait aucun espoir pour lui.

Les cigarettes sont écrasées. Jan a des points brun-rouge sur la peau, comme de nouveaux grains de beauté. Les mains qui le plaquent se relâchent, les doigts commencent à fatiguer.

Bientôt. C'est bientôt fini, pense Jan. Ils vont bientôt se tirer.

Mais tombe alors un nouvel ordre de Peter Malm :

« Jetez-le dans le sauna.

— Ouais, putain, dit Torgny. Et puis on l'enferme !

— Quoi, on l'enferme ? dit Niklas. Le sauna n'a pas de serrure ! »

Silence déçu dans la salle des douches. Jan se tait lui aussi.

« Balancez-le quand même ! dit Peter – et on entend qu'il commence à se lasser. On le balance, et on se barre. »

On le serre à nouveau plus fort. Ils s'attendent à le voir se débattre, et c'est ce qu'il fait. C'est le combat final, mais il le perd assez vite. Six bras le traînent vers le sauna, Peter tient la porte.

Un instant, pendant la bagarre, une cuisse de Jan appuie contre l'entrejambe de Torgny – qui a une érection dure comme la pierre.

Puis Jan est jeté dans le sauna. Il atterrit lourdement à la renverse sur le caillebotis, et la porte se referme.

Silence.

Il fait clair dans le sauna, l'ampoule du plafond est allumée. Il flotte dans l'air une vague odeur de cigarette – les fumeurs clandestins.

Leurs rires s'entendent à travers la porte.

« Ça va chauffer, Hauger ! »

Juste après, la lumière s'éteint. Les Quatre l'ont débranchée.

Torgny continue de crier :

« On prend tes vêtements ! »

La voix de Niklas complète :

« On va les jeter dans l'étang, Hauger, comme ça les gens te croiront noyé ! »

Jan ne répond pas. Il reste blotti comme une souris dans le noir. Il se tait, il attend.

Il sait que les Quatre tiennent la porte, mais il va bientôt falloir qu'ils y aillent. Tôt ou tard, tourmenter un petit quatrième les lassera, ils trouveront ça trop fatigant et alors ils abandonneront. Il attend ce moment.

L'acier noir du radiateur commence à cliqueter. Ils l'ont vraiment fait, comprend-il – ils ont allumé le sauna depuis l'extérieur. Mais à combien ont-ils réglé la température ? Cinquante degrés ? Soixante ? Ou beaucoup plus ?

Peu importe. La bande va bientôt s'en aller.

Il finit par ne plus rien entendre de l'autre côté de la porte et il ose alors bouger.

Il se lève. Le sauna est déjà plus chaud. Pas brûlant, mais chaud.

Il tend à nouveau l'oreille, puis plaque ses mains contre la porte.

« Impossible de l'ouvrir, dit-il à Rami. Elle aurait dû s'ouvrir, mais elle était coincée. Ils l'avaient bloquée d'une façon ou d'une autre. J'étais donc enfermé dans le sauna, et le radiateur cliquetait… La température n'arrêtait pas de monter. »

LE LYNX

Jan vit devant lui une lueur de réverbères et comprit qu'il était en train de quitter la forêt.

Il cherchait parmi les sapins depuis maintenant trois quarts d'heure, gagné peu à peu par la panique – il était même descendu jusqu'au lac –, sans trouver la moindre trace de William.

Jan avait perdu le contrôle. Il était fatigué, de plus en plus désespéré, et en même temps furieux. Plusieurs fois, il avait eu l'impression que le garçon se cachait et l'observait en pouffant de derrière un sapin.

Pourquoi William s'était-il sauvé du bunker ? Ne comprenait-il pas qu'il était plus en sécurité là-dedans qu'en forêt ? Il avait à manger et à boire en quantité et serait resté enfermé à peine deux jours. Après quoi Jan l'aurait délivré quoi qu'il arrive.

Son plan. Son plan minutieusement mis au point.

Jan s'arrêta dans les fourrés. Ses chaussures étaient trempées, il était las et vide.

Enfermé dans un bunker – avec un robot-jouet comme seule compagnie. Jan regarda autour de lui et réalisa soudain son erreur. Il fallait que cela finisse. Et finisse bien.

Il hésita longtemps à l'orée du bois. Invisible, il se sentait en sécurité, mais il finit par quitter la protection des arbres et descendre vers la lueur des réverbères. C'était une zone d'immeubles alignés avec des cours intérieures goudronnées prêtes pour l'hiver. Beaucoup de fenêtres étaient éclairées, mais les rues étaient désertes.

Jan monta sur le trottoir le plus proche et regarda alentour. Il faillit appeler le nom de William, mais serra les lèvres.

Si j'avais cinq ans, songea-t-il, *et que l'éclairage public m'avait attiré hors de la forêt, où irais-je ?*

À la maison, bien sûr. Quand un prisonnier s'évade, il veut rentrer chez lui.

Mais Jan savait où habitait William, c'était dans une tout autre partie de Nordbro. Il avait peu de chances de retrouver le chemin.

À quelques centaines de mètres passait une route à quatre voies, vers laquelle Jan se dirigea. Au fond, lui aussi voulait rentrer, à présent, rentrer chez lui et se coucher, mais alors il laisserait William. Ou plutôt il l'*abandonnerait.*

Un peu plus loin, il y avait un arrêt d'autobus où traînaient quelques jeunes et sur le même trottoir marchait une famille, un homme d'un certain âge se dirigeait vers le centre de Nordbro avec ses deux enfants.

Non, ce n'était pas une famille. En s'approchant, Jan vit que le plus petit des enfants était en fait un chien, un caniche haut sur pattes au bout d'une courte laisse. Et l'autre… l'autre était un garçon aux cheveux blonds.

L'homme qui lui tenait la main avait l'air d'être son grand-père – un retraité à casquette qui marchait d'un pas chaloupé entre le garçon et le caniche. Le garçon n'avait pas de bonnet, mais portait un imperméable bleu foncé avec des bandes réfléchissantes blanches.

Jan le reconnut et se précipita.

« William ! »

Son cri fit s'arrêter et se retourner l'enfant. L'homme le tira par la main, mais le garçon résista pour voir qui l'appelait.

Jan arriva, à bout de souffle, et se pencha vers lui.

« Tu te souviens de moi, William ? »

Le garçon le regarda, sans bouger. Toute la scène s'était figée d'un coup. L'homme qui lui tenait la main, immobile, regardait Jan avec étonnement et même le caniche s'était retourné, les yeux fixes.

William hocha la tête.

« Le Lynx, dit-il d'une voix rauque.

— C'est ça, William… je travaille au Lynx. » Jan leva les yeux vers le retraité et s'efforça de paraître crédible, maîtrisant la situation. « Je m'appelle Jan Hauger, je travaille à la crèche de William. Il était porté disparu… Nous étions à sa recherche.

« Ah bon ? Moi, c'est Olsson. » L'homme sembla se détendre. Il lâcha la main de William et fit un geste derrière lui. « Il a débarqué comme ça tout à l'heure, alors que je promenais Charlie… Il avait l'air perdu, alors je lui ai dit qu'on pouvait partir à la recherche de ses parents. »

Jan regarda William, qui baissait les yeux. Il avait l'air un peu faible, mais en bonne santé. Pas sous-alimenté. Dans sa main gauche, il tenait le bras du robot en plastique.

« Bien, dit-il. Mais ils habitent assez loin… alors je pense que nous devons appeler de l'aide.

— De l'aide ? dit Olsson.

— Je crois qu'il faut appeler la police. Ils recherchent William.

— La police ? » L'homme semblait inquiet, mais Jan hocha la tête d'un air décidé en sortant son téléphone. Il composa le numéro des secours et attendit.

L'homme commença à s'éloigner avec le caniche, mais Jan l'arrêta d'un geste de la main.

« Vous devez rester, vous et Charlie, dit-il aussi fermement qu'il put. Je crois qu'ils voudront vous parler, à vous aussi. »

Évidemment, ils le voudraient. Jan n'avait aucun soupçon quant aux bonnes intentions de ce vieil homme, mais il savait que la police en aurait. En remerciement pour avoir voulu aider William, soupçonné d'enlèvement d'enfant, Olsson subirait probablement un interrogatoire.

Son appel aboutit.

« Centre de secours, dit une voix de femme. Que se passe-t-il ?

— Il s'agit d'un garçon disparu, dit Jan. Il vient d'être retrouvé. »

On le mit en relation avec la police, tandis qu'il regardait à nouveau William. Jan lui sourit, en essayant de prendre un air calme, inspirant confiance. Il songea à tendre la main pour lui tapoter la tête, mais s'abstint.

« Tout est bien qui finit bien, dit-il. On ne retourne plus dans les bois. »

42

La montée dans le vieil ascenseur grinçant prend une heure – c'est en tout cas l'impression qu'il a. Jan tient sa claustrophobie à distance en gardant les yeux fermés pour imaginer Rami devant lui, évoquer son visage et se souvenir de ses yeux sous sa frange blonde. C'est la seule à qui il ait pu raconter ses déboires avec la Bande des Quatre.

Mais le sol et les parois du monte-charge ne cessent de bringuebaler, lui rappelant où il se trouve. Et si un engrenage venait à casser et que l'ascenseur restait bloqué entre deux étages… Il ne veut pas y penser. Sa tête résonne comme un tambour.

Soudain l'ascension s'arrête, très brutalement.

Le silence se fait.

Jan éteint la lampe du babyphone et tend la main vers la trappe. D'abord, elle ne bouge pas d'un poil. La terreur est immédiate, mais la trappe cède doucement.

La porte s'entrouvre de quatre ou cinq centimètres, puis bute. Quelque chose de lourd la bloque. Jan glisse un œil. Une vague lueur, mais il ne voit que de la tôle grise.

Lentement, il finit par forcer l'ouverture et s'extraire du monte-charge. Il a l'impression de se réveiller enfermé dans un cercueil, exactement comme Viveca dans le livre pour enfants de Rami.

À présent, il a dégagé le haut de son corps. Il comprend qu'une armoire métallique bloque le passage. La pièce où il débouche semble être une réserve de pharmacie, avec des bandages et des boîtes de médicaments sur les étagères. La lumière entre par une petite fenêtre dans la porte de la réserve.

Le silence règne.

Jan pose précautionneusement un pied à côté de l'armoire. Puis il se relève et regarde vers la sortie. Il fait trois pas dans cette direction et tâte la poignée de la porte.

Elle est fermée, mais s'ouvre facilement de l'intérieur au moyen d'un verrou ordinaire. Il l'entrouvre de trois ou quatre centimètres, sent s'engouffrer une bouffée d'air frais et tend l'oreille. Pas un bruit.

Sainte-Barge dort.

Jan ouvre davantage. Il voit un long et large couloir d'hôpital aux murs jaune clair. Il y a des lampes au plafond, mais elles ne produisent qu'une lueur jaune tamisée – peut-être parce que c'est la nuit. Il flotte une odeur fraîche de détergent : il y a donc ici quelqu'un pour faire le ménage.

Et des patients.

Et des surveillants, bien sûr. Rettig, Carl et leurs amis.

Jan prend son courage à deux mains et sort de la réserve à pharmacie.

Le couloir part dans les deux directions, avec de part et d'autre des rangées de portes closes. Un peu au-dessus de lui, les aiguilles noires d'une grosse horloge ronde indiquent minuit.

Jan extirpe de sa poche quelques-uns des bouts de papier qui lui restent et les glisse dans l'embrasure de la porte pour maintenir le verrou ouvert.

Il fait quelques pas sur le sol carrelé, aussi silencieusement que possible.

Soudain, il est revenu dans les couloirs du Paf, il a quatorze ans. C'est le même silence, les mêmes murs froids, les mêmes portes fermées.

Il est étonnamment calme. Ici, dans le Couloir des Portes Closes, il se sent presque de retour chez lui.

Il regarde vers la droite et commence à compter les portes anonymes. La septième ressemble à toutes les autres – mais aux yeux de Jan elle semble plus blanche et elle l'attend, à sept ou huit mètres de là.

Il s'en approche, en passant devant les autres portes. Elles ont toutes une poignée métallique, avec à côté une petite boîte en tôle.

Il est presque arrivé à la septième porte, fermée comme les autres.

Va-t-il frapper à la porte de Rami, ou tenter de l'ouvrir ?

Jan se décide – il va frapper.

« Hé ho ! Qui êtes-vous ? »

La voix le fait sursauter.

Il est découvert. C'est un membre du personnel qui a ouvert la porte tout au bout du couloir et qui le regarde fixement. Mais ce n'est ni Rettig ni Carl – c'est une femme d'un certain âge.

Elle avance de quelques pas.

« D'où venez-vous ? »

Jan cligne des yeux nerveusement en cherchant quoi répondre.

« De la blanchisserie.

— Vous n'avez rien à faire ici, dit la surveillante. Qu'est-ce que vous fabriquez ?

— Je me suis trompé », dit Jan.

La surveillante le dévisage, mais se tait. Puis soudain rebrousse chemin et s'en va, pressant le pas. Chercher de l'aide ?

Jan doit fuir.

Il regarde une dernière fois la porte de Rami. Si près du but – mais rien à faire. Impossible de rien lui donner.

Si, peut-être quelque chose.

Au mur, près de la porte, il y a la même petite boîte métallique qu'ailleurs, mais cette fois Jan l'ouvre. Il jette un coup d'œil – juste quelques papiers à l'intérieur. Il trouve un menu, une circulaire au sujet du prochain exercice d'incendie.

En hâte, il détache l'Angelot de sa ceinture et le glisse dans la boîte aux lettres, caché sous les papiers. Puis il la referme.

Le couloir est toujours désert, Jan se dépêche de regagner la réserve. Il coince un bout de papier dans la serrure pour maintenir le pêne enfoncé.

Tandis qu'il referme la porte sans bruit, il entend un piétinement précipité dans le couloir. Les surveillants arrivent.

Le monte-charge derrière l'armoire est toujours aussi étroit, mais il s'y glisse cette fois sans hésiter. Il enfonce le bouton tout en bas à droite.

L'ascenseur obéit, il s'ébranle en grinçant.

Jan ferme les yeux jusqu'en bas.

Le monte-charge arrêté, il se dépêche d'ouvrir la porte. Il est impatient et moins prudent, il est minuit largement passé et il veut sortir de l'hôpital.

Il avance à tâtons, trouve la sortie de la blanchisserie, traverse les salles du sous-sol. Il n'a plus de babyphone pour s'éclairer, mais il devine devant lui une lueur vacillante.

Et des chants. À nouveau ces psaumes qui résonnent dans les salles vides.

Il continue en scrutant le sol carrelé.

Où sont les bouts de papier ? Il n'en voit aucun dans le noir.

Il s'engouffre dans les couloirs sombres. La lumière est plus forte de ce côté-là. Il finit par déboucher après un coude devant une ouverture de porte éclairée : il voit alors que ce sont des bougies. Deux chandeliers en bois fixés au mur.

Jan se trouve dans une pièce étroite avec quelques rangées de bancs. Plus loin, devant, on a jeté par terre quelques sacs en toile grise. C'est une petite chapelle, avec un tableau au-dessus de l'autel : la vieille image craquelée d'une femme au doux sourire.

Il s'approche de quelques pas, regarde le tableau et voit le nom BARBE peint en lettres maladroites sur le cadre.

Sainte-Barbe, la patronne de l'hôpital.

Il se retourne – les sacs se sont mis en mouvement.

Ce sont des patients. Trois hommes en survêtement gris, avec des visages gris. Un homme âgé aux joues tombantes et deux plus jeunes au crâne rasé. Ils regardent Jan fixement, leurs yeux sont vides et brillants. Peut-être à cause des médicaments.

Le plus âgé montre le tableau d'autel. Sa voix est mécanique :

« Sainte-Barbe veut du calme.

— Nous aussi, dit l'un des deux autres.

— Moi aussi, dit Jan à voix basse.

— Tu es d'ici ? demande un des patients.

— Oui, dit Jan, c'est chez moi, ici. »

Le vieux hoche la tête, et Jan avance d'un pas devant eux. Doucement, Rettig l'a mis en garde. Mais les patients restent tranquilles, à nouveau immobiles, et Jan ressort dans le couloir.

Il finit par retrouver par terre un de ses petits papiers. Puis un autre. Ils lui montrent le chemin, il se dépêche de suivre cette piste blanche. Des voix s'élèvent dans la chapelle, derrière lui – les hommes ont recommencé leurs psaumes. Jan accélère vers le bout du couloir.

S'engouffre dans un autre couloir, suit plusieurs coudes dans le labyrinthe – et il est enfin revenu dans l'abri.

Il referme la porte blindée derrière lui. Puis reprend le couloir familier, passe devant les images d'animaux, monte les escaliers. L'expédition est terminée.

Avant de refermer la porte du sous-sol, il tend l'oreille. Des bruits de pas dans les profondeurs ? Non, personne n'est à ses trousses.

Il ferme la porte, souffle, sans pourtant parvenir à se détendre. Il va jeter un coup d'œil aux enfants et sursaute, ébahi.

Une seule tête dépasse. C'est Leo. Le petit lit de Mira est vide.

La panique s'empare de Jan, qui reste figé. *Traître ! Encore un enfant disparu. Disparu, disparu...*

Il entend alors la chasse d'eau.

Mira a presque six ans, elle sait s'essuyer toute seule, sans appeler un adulte.

Elle sort des toilettes et passe devant lui, à moitié endormie. Elle n'a même pas remarqué qu'il était parti.

« Bonne nuit, Mira, dit-il dans son dos.

— Mmh », répond-elle avant de se recoucher.

Quelques minutes plus tard, elle s'est rendormie, et Jan peut doucement se détendre. Il se glisse chez les enfants pour récupérer l'émetteur du babyphone. Il l'enferme dans son casier – si tout fonctionne, ce sera son lien avec l'hôpital. Le moyen d'envoyer des messages secrets.

43

« Tout le monde va bien ? demande Marie-Louise.

— Mmh. »

Le groupe répond mollement. C'est la fin de l'automne, un lundi matin gris et terne à la maternelle.

Jan se tait, mais personne ne semble remarquer son silence. Sa garde de nuit est terminée depuis une heure mais, malgré la fatigue, il s'est attardé pour participer à la réunion du matin. Il veut savoir si son excursion dans l'hôpital a été découverte – si le Dr Högsmed a rapporté une *intrusion*. La surveillante était loin, elle n'a pas pu voir clairement son visage, mais…

Marie-Louise ne dit pas un mot à ce sujet. Elle se comporte comme d'habitude, juste un peu plus éteinte. C'est sans doute la nuit d'automne derrière la fenêtre.

La plus abattue autour de la table est Lilian. Elle somnole, le nez dans sa tasse de café, au point que ses cheveux rouges cachent son visage. Elle ne regarde pas dans les yeux sa chef qui se tourne vers elle :

« Lilian, hasarde Marie-Louise. Qu'est-ce que tu as, là ?

— Quoi ? Où ça ? »

Lilian lève la tête et Jan voit qu'elle a toujours son serpent sur la joue. Son tatouage du week-end.

« Sur la joue… Tu as peint quelque chose, là ?

— Ça ? » Lilian se touche le visage, le bout de ses doigts noircit légèrement. « Oups, mon maquillage de soirée… J'ai oublié de l'enlever. Je suis *vraiment* désolée. »

Elle tousse fort en ravalant un rot, et une odeur d'alcool se répand autour de la table. Marie-Louise fronce les sourcils.

« Lilian… je peux te parler en particulier ? »

Lilian ferme la bouche.

« Et pourquoi ?

— Parce que tu as bu. »

La voix de Marie-Louise a perdu sa douceur. Lilian la regarde quelques secondes, puis se lève et quitte la table les lèvres serrées. Elle sort de la pièce. Elle se tourne vers les autres.

« Je ne suis pas saoule, grommelle-t-elle. J'ai la *gueule de bois*. »

Marie-Louise se dépêche de lui emboîter le pas.

« Je reviens tout de suite. »

Les deux femmes semblent être allées dans le vestiaire, car c'est de là qu'arrivent leurs voix. La discussion commence, feutrée, mais s'anime très vite. Marie-Louise parle à voix basse, mais Lilian vocifère :

« On n'a pas le droit de sortir pour se *détendre* après le boulot ? Pour un peu *se changer les idées* ? Ou bien est-ce qu'on doit *consacrer* toute sa vie aux enfants, comme toi ?

— Calme-toi, Lilian, les enfants peuvent t'entendre…

— Mais je suis calme, merde ! »

Autour de la table, on entendrait une mouche voler. Hanna et Andreas baissent les yeux et Jan ne trouve pas quoi dire.

Les cris continuent de l'autre côté de la porte.

« Tu es malade ! Tu devrais aller en thérapie ! »

Qui hurle ? Lilian ou Marie-Louise ? Jan distingue mal, la voix est trop criarde :

« Toi, tu es si parfaite ! J'en ai ma claque… Les barjots n'ont qu'à s'occuper eux-mêmes de leurs foutus gosses ! »

Là, c'était Lilian, comprend Jan. Réponse courte et glaciale de Marie-Louise :

« Lilian, tu es hystérique. »

Le mot hystérie n'a plus cours. Jan croit entendre le Dr Högsmed.

La dispute de l'autre côté de la porte met Andreas mal à l'aise. Il s'ébroue et se lève.

« Je vais voir les enfants. »

Il va dans la salle de jeux et Jan entend qu'il se dépêche de mettre un disque de chansons gaies pour couvrir les éclats de voix.

Mais comme la plupart des disputes, celle-ci est bientôt terminée. Après quelques minutes, la porte d'entrée claque à la volée. Puis le silence – et Marie-Louise revient du vestiaire, à nouveau souriante.

« Lilian est rentrée chez elle pour aujourd'hui, dit-elle. Elle va un peu se reposer. »

Jan se tait, mais Hanna regarde sa chef et demande d'une voix douce :

« Est-ce qu'on va l'aider ? »

Marie-Louise cesse de sourire.

« L'aider ?

— Oui, à moins boire », dit calmement Hanna.

Jan sent la tension dans l'air et voit Marie-Louise croiser les bras.

« Lilian n'est plus une enfant… Elle est responsable.

— Mais son employeur aussi est responsable », dit Hanna. Elle poursuit, comme si elle citait un article de loi : « Si quelqu'un boit trop sur son lieu de travail, un programme adéquat doit être mis à sa disposition, pour une cure de désintoxication.

— Une *cure de désintoxication*, voyez-vous ça. Excellente idée. »

Hanna ne plaisante pas.

« Y a-t-il un programme de désintoxication pour Lilian ? »

Marie-Louise la regarde.

« Beaucoup de gens nous observent, ici, dit-elle. N'oublie pas ça, Hanna. »

Puis elle tourne les talons et quitte la salle du personnel.

Ils se retrouvent à deux autour de la table. Hanna lève les yeux au ciel, mais Jan secoue la tête.

« Et voilà, dit-il tout bas. Maintenant elle te considère comme une fauteuse de troubles. »

Hanna soupire.

« Je me fais du souci pour Lilian, dit-elle. Pas toi ?

— Si… Bien sûr.

— Pourquoi elle boit tant ? Tu y as réfléchi ? »

Jan n'y a pas réfléchi.

« Pour se saouler, finit-il par dire.

— Mais pourquoi ? »

Jan hausse les épaules.

« Elle est sûrement malheureuse. Mais il y a du malheur partout, non ?

— Tu ne sais rien… Tu ne comprends rien », dit Hanna en se levant.

Jan se lève lui aussi. Content de quitter cette table et de partir bientôt de la maternelle. Ce lundi matin n'était pas bien brillant – la séance de motivation du jour était plutôt une séance de démotivation.

Maintenant, il n'aspire plus qu'à rentrer se coucher. Il veut être normal. Il veut regarder devant lui, construire sa vie.

Plus jamais enfermé, pense-t-il.

Il n'a personne avec qui construire sa vie. C'est peut-être ça le pire. Pas de vivre des choses terribles, mais de n'avoir personne à qui parler.

LE PAF

Rami était descendue de son lit pour s'asseoir par terre à côté de Jan. Son histoire de Bande des Quatre avait fini par la captiver.

« Ils t'avaient enfermé à clé dans le sauna ?

— Pas à clé… Il n'y avait pas de serrure, dit-il. Mais ils avaient bloqué la porte avec quelque chose… Je ne savais pas quoi, mais c'était coincé. À mort.

— Tu étais donc enfermé dans la chaleur », dit Rami.

Jan hocha la tête.

« Et tu en es sorti comment, alors ?

— Je n'en suis pas sorti, dit Jan. C'était vendredi… Tout le monde était parti. »

Le sauna est toujours aussi silencieux autour de Jan. Aucun gardien ne vient faire sa ronde dans les douches.

La porte est coincée.

Et le sauna est chaud à présent. L'air pourrait être encore plus brûlant, mais il fait déjà très chaud, chaud comme dans le désert. Quarante degrés, peut-être cinquante.

Tout ce qu'il peut faire est de tourner en rond à tâtons sur les planches de sapin. Sa main heurte un seau posé par terre, de l'eau éclabousse.

Dans un sauna, tout est en bois. Parois et sol en bois brut et longues banquettes en gradins sur deux niveaux. C'est là qu'on s'assoit pour prendre un bain de vapeur ou fumer en cachette.

Jan s'y assoit un moment. Il sue, à présent.

Il faut que quelqu'un vienne.

Puis il ne pense plus à grand-chose, il se sent la tête vide. La peau de ses fesses le brûle un peu, mais il est plus calme, à présent. La Bande des Quatre est partie.

Personne d'autre ne vient. Tout est silencieux de l'autre côté de la porte.

Et la température monte.

Jan était à présent assis par terre, la tête penchée, dans la chambre de Rami. Elle tenait sa main et il la sentait près de lui, mais au fond il était seul. Toujours enfermé dans le sauna.

« Je n'avais pas de chance, dit-il. C'était un vendredi, le gymnase ne devait pas rouvrir avant le lundi.

— Mais comment tu as fait, alors ? » demanda Rami.

Jan la regarda.

« Je ne sais pas. »

Il ne se souvenait pas de grand-chose, mais se mit à y réfléchir. Comment avait-il donc fait ? Comment fait-on pour survivre plusieurs jours dans un sauna bouillant ?

Cogne contre la porte. Cogne, et cogne encore jusqu'à être bien sûr que personne ne t'entend. Peter Malm et sa bande ne reviendront pas. Ils ont bloqué la porte avant de se tirer et, à l'heure qu'il est, ils t'ont déjà oublié.

Alors tu peux cogner et cogner encore un peu, avant d'abandonner. Tes mains meurtries te brûlent, le bois brut de la porte y a laissé des échardes.

À tâtons, tu découvres que tu y vois un peu – un vague rai de lumière passe sous la porte et il y a un jour minuscule dans une bouche d'aération au plafond. Donc tu n'es pas complètement aveugle. Tu vois tes mains grisâtres s'agiter devant toi.

Tu les tends pour grimper. Il fait plus chaud sous le plafond. Soudain, tu sens quelque chose sous tes doigts, un cylindre, une surface lisse d'aluminium.

Une boîte de bière. Dans la pénombre, impossible de voir la marque, mais tu sens en la soulevant qu'il y a du liquide dedans. Elle est à moitié pleine mais quand tu l'approches de ton nez, une bouffée aigre et répugnante te monte au visage. Quelqu'un l'a oubliée sur la banquette du sauna, elle est peut-être restée là des jours, voire des semaines.

Repose vite la boîte. Assieds-toi sur le plus haut gradin et essaie de penser. Comment sortir de là ?

Ne compte pas sur un membre de la Bande des Quatre pour revenir t'ouvrir, ça n'arrivera pas.

Ne compte pas non plus sur tes parents. Ils devaient aller voir une tante avec ton petit frère. Ils te téléphoneront peut-être, mais en voyant que tu ne réponds pas ils te croiront chez un camarade – même si tu n'en as aucun chez qui aller. Ils rêvent que leur fils est heureux à l'école, et tu ne veux pas les réveiller.

Non. Compte que tu es bloqué ici, probablement jusqu'à lundi matin. Heureusement qu'il y avait des boulettes et de la purée à la cantine et que tu en as mangé dix, assis tout seul à ta table.

Il n'y aura plus rien à manger pendant plusieurs jours.

Heureusement aussi que tu n'as pas de vêtements. C'était horrible de se retrouver tout nu dans la salle des douches, petit cochon pâle et gelé cerné par la Bande des Quatre avec leurs pulls neufs et leurs jeans très chers. Ici, au moins, tes vêtements ne te manquent pas.

Mais comme il fait chaud sur le gradin du haut, on cuit vraiment. L'air chaud monte, et tu sues de plus en plus.

Descends sur la première banquette, les pieds par terre. Là, il fait un peu plus frais.

Assieds-toi là, baisse la tête.

Ne pense pas, attends juste.

Ferme les yeux.

Continue d'attendre.

Lève la tête et réfléchis : l'air va-t-il finir par manquer ? Tu as du mal à respirer... seulement à cause de la chaleur ? Tu as lu l'histoire de quelqu'un enfermé vivant dans un cercueil en bois et qui a failli mourir asphyxié. Un sauna est une sorte de cercueil en bois.

Tu respires profondément en essayant de sentir l'air – est-ce que ça sent mauvais ? Pas encore. De l'air frais doit entrer sous la porte et par la ventilation du plafond. Pas beaucoup, mais suffisamment, espères-tu.

Couche-toi sur la banquette.

Ferme les yeux.

Ne pense pas.

Attends juste.

Attends...

Tu te réveilles en sursaut !

As-tu dormi ?

Il fait toujours noir. Combien de temps s'est écoulé depuis qu'ils t'ont enfermé ? Tu n'en as aucune idée. Tu as une montre fluorescente que ta grand-mère t'a offerte pour tes dix ans, mais elle est dans la poche de ton jean, au vestiaire.

Sauf si la Bande des Quatre a emporté tes vêtements et tes chaussures pour tout balancer dans l'étang – dans ce cas, la montre est partie avec.

Le sauna est toujours allumé.

Sens combien tu es en sueur dans cette chaleur, sens ton incroyable soif.

Rampe par terre. Retrouve le seau qu'on utilise pour verser de l'eau sur le radiateur et remplir le sauna de vapeur brûlante.

Il y a un peu d'eau au fond – tu remues le seau, tu l'entends éclabousser.

Tu hésites longtemps. Comme pour la bière, tu ignores depuis quand cette eau est là. Tous les explorateurs savent que l'eau stagnante peut être empoisonnée, tu finis pourtant par en boire une gorgée. Ce n'est pas bon. C'est tiède et ça a un goût de moisi, mais tu bois encore une gorgée. Et encore une autre.

Puis tu reposes le seau, car il faut rationner tes réserves.

« Rationner tes réserves ». On dirait les aventures d'un héros, mais tu n'en es pas un. Tu es complètement impuissant, tu n'arrives plus à respirer. Tu te

recroquevilles sur le sol et tu attends, attends, attends. Le gymnase est un peu à l'écart de l'école, dans les faubourgs – personne ne vient là sans une bonne raison.

Tu n'entends aucun bruit, sinon un sifflement dans tes oreilles et, de temps en temps, un faible craquement dans le radiateur. Tu te lèves pourtant pour cogner à la porte, tu appelles, tu cognes, tu appelles. La porte du sauna est épaisse, elle ne bouge pas d'un pouce.

Puis tu te blottis à nouveau sur le sol. Mais les planches y sont de plus en plus brûlantes. Sous les banquettes, il y a juste le sol en ciment qui devrait être plus frais, mais tu ne veux pas te glisser là. Tu sais combien c'est sale. Des milliers d'utilisateurs du sauna, assis sur les banquettes, ont depuis des années laissé couler là leur sueur. Ils ont craché entre les interstices du bois, jeté leur chique, perdu des cheveux et des peaux mortes.

Mais tu dois échapper à la chaleur du radiateur et tu finis malgré tout par te glisser là. Tu es un petit cochon tout nu qui se vautre dans la crasse sous les banquettes. Et il fait en effet plus frais là-dessous. C'est sale, mais tu respires.

Tu attends sur le sol en béton, tu rêves d'un ami. Un copain, un dur. Un homme qui commence à comprendre que quelque chose ne va pas. Vous deviez peut-être vous retrouver en ville pour dîner – et pourquoi ne viens-tu pas au rendez-vous ? Tu ne sais pas son nom et tu n'as pas de papier pour le dessiner, mais tu commences à évoquer l'image d'un personnage.

Il s'appelle le Farouche. Le Farouche choisit de ne pas se montrer, il se fond dans le décor. Si on regarde bien il est là, mais dans une foule on ne le voit pas.

Tu sais à présent que le Farouche en a assez d'attendre. Il se lève de table, paie son whisky et décide de partir à ta recherche. Alors il se transforme. Il devient le Vengeur, avec des yeux brûlants et des poings d'acier. Tu sais précisément de quoi il a l'air. Gare à toi, Torgny !

Tu t'assoupis, tu te réveilles.

Tu sues moins, à présent, mais tu as toujours aussi soif. Tu rampes pour aller boire encore un peu d'eau. Il reste peut-être dix ou onze gorgées au fond du seau. Tu en bois trois, puis retournes te coucher au frais sur le ciment.

Tu fermes les yeux, tu rêves dans le noir. Le temps passe. Parfois, tu relèves la tête et tu crois que le Farouche est vraiment en route, que d'une façon ou d'une autre il a retrouvé la Bande des Quatre et les a roués de coups pour leur faire dire où ils ont caché son meilleur ami – mais le plus souvent, tu sais très bien que personne ne va venir à ton secours.

Tu dors, et à présent tu ne peux plus contrôler tes rêves. Après, tu ne sais plus s'ils ont été de paisibles voyages hors de ton corps ou d'affreux cauchemars, mais ça ne peut pas être pire que de rester éveillé dans le noir.

Tôt ou tard, tu finis par te réveiller, complètement déshydraté. Tu ne sais pas si c'est le matin, mais tu petit-déjeunes de quelques gorgées d'eau du seau. Elle est terreuse au fond. Il y a des cheveux qui flottent, mais tu bois quand même. Jusqu'à la dernière goutte.

Un grondement ? Tu poses le seau et tends l'oreille. Non, ce n'est pas le Farouche en train d'ouvrir la porte. Peut-être une voiture qui passe derrière le gymnase.

Tu vas mourir ici, dans ce sauna. Maintenant tu le sais. C'est comme se trouver dans un désert plongé dans l'obscurité. Une nuit dans une chaleur tropicale. Tu vas mourir déshydraté.

Peut-on boire sa sueur ? Peu importe, car tu es si sec que ta sueur s'est tarie – il n'en reste qu'une couche visqueuse qui te couvre la peau.

Peut-on boire son urine ? Tu es nu, tu as besoin de te soulager, alors ce n'est pas difficile d'essayer, il te suffit d'en lâcher un peu dans le creux de ta main.

C'est amer, mais tu bois malgré tout. Une gorgée. C'est tout ce que tu parviens à avaler.

Tu rampes jusqu'à la porte. La fente en dessous ne fait que quelques millimètres, mais tu te couches la tête de côté pour regarder. Il fait toujours jour dehors. La salle des douches est comme d'habitude, néons au plafond et carrelage luisant au sol. Dehors, le monde entier fait comme si rien d'horrible n'avait eu lieu, comme si la Bande des Quatre n'existait pas.

À la fin, quand tu as presque perdu connaissance, tu grimpes lentement les gradins jusqu'à la boîte de bière, là-haut – remplie à moitié d'un liquide non identifié. Et alors tu bois ça aussi. C'est chaud, aigre, visqueux, mais tu bois, tu bois encore jusqu'à vider la boîte. Tu as trop soif pour t'inquiéter de ce que tu avales.

Une fois tout descendu, tu déglutis encore.

Ferme la bouche, il ne faut pas vomir. Il faut garder le liquide dans le ventre, sinon tu meurs.

Mais maintenant tu veux mourir. Alors à quoi bon lutter ainsi dans le noir, minute après minute ?

Tu te recouches par terre. Est-on samedi ou dimanche ? Tu as abandonné, tu es juste couché là.

« Je suis peut-être mort dans ce sauna, dit Jan. Le Paf est peut-être le ciel. »

Il avait fini par s'allonger, la tête posée sur les genoux de Rami. Il leva les yeux vers elle, mais elle secoua la tête.

« Tu n'es pas mort. »

Elle se pencha alors en ouvrant la bouche. Jan aperçut la pointe de sa langue et s'attendait au deuxième baiser de sa vie, mais Rami visa ses yeux.

Elle lui ferma les yeux du bout de la langue : d'abord le droit, puis le gauche.

Alors elle introduisit sa langue dans sa bouche. Ce baiser-là était plus agréable que le premier, comme un voyage d'une minute à travers la voûte céleste. Il sentit le haut de son corps contre lui. Il était doux, pas dur comme il l'aurait cru.

Rami finit par lâcher ses lèvres, soupira doucement et le regarda.

« Mais on t'a sauvé, n'est-ce pas ? »

Jan hocha la tête en silence. Il voulait rester couché là le reste de sa vie, il ne voulait pas penser au sauna.

Tu finis par entendre quelque chose à travers la porte en bois. Du bruit dans le vestiaire.

Tu ouvres les yeux. Le sauna est toujours aussi chaud, et pourtant tu as froid.

Encore du bruit. Des chaussures sur le carrelage.

« Il y a quelqu'un ? » crie une voix masculine.

Tu tentes de te relever, tu parviens à te mettre à genoux, pas plus. Tu tombes en avant droit vers la porte. Tes bras heurtent les planches, ton front aussi. Tu restes là, penché en avant, tu essaies de cogner.

C'est alors que la porte s'ouvre.

Si vite que tu perds l'équilibre. Tu tombes en avant, sur le carrelage.

L'air est glacial dans la salle des douches. Le choc est si violent que malgré toi tu perds connaissance. Cela dure seulement quelques secondes, car quand tu te réveilles l'homme est toujours là. Celui qui t'a libéré.

Un joueur de tennis. Il a les cheveux gris, une moustache grise touffue et un survêtement blanc. Il tient une longue brosse à récurer – lentement tu comprends que c'est avec son manche que la Bande des Quatre a bloqué la porte avant de partir.

L'homme te regarde bouche bée, comme si tu étais sorti du sauna par un tour de magie.

« Tu étais là-dedans ? » demande-t-il.

Tu tousses, tu respires avidement, sans répondre. Ta gorge est trop sèche. Tu te contentes de ramper sur le carrelage devant ton sauveur, devant ses chaussures blanches, puis lentement tu te redresses.

Tu es vivant.

Tu titubes jusqu'au lavabo dans l'entrée et d'une main tremblante tu ouvres le robinet d'eau froide. Alors tu bois, tu bois, et tu bois encore. Cinq grandes gorgées, six, et sept. À la fin ton ventre te fait mal, l'eau est trop froide.

« On t'a enfermé ? »

C'est le joueur de tennis, il ne lâche pas le morceau.

Il attend une réponse. Des explications. Mais tu secoues la tête et sors en titubant de la salle de douche.

Enfin dehors. Tu as tellement froid à présent que tu frissonnes, mais prendre une douche chaude ne te vient pas à l'idée. Tu veux juste sortir pour voir si tes vêtements sont toujours là.

Oui. Ton jean, ton T-shirt, ton pull sont toujours accrochés dans un casier – la bande ne les a pas emportés.

Tu enfiles ton T-shirt, le pull.

Puis tu attrapes ton jean. Tu vas le mettre et vite ressortir dans le froid de l'hiver, mais tu veux d'abord voir ta montre.

Le joueur de tennis entre au vestiaire.

« Comment t'appelles-tu ? »

Tu ne réponds pas non plus, mais tu le regardes et demandes d'une voix rauque :

« Quel jour on est aujourd'hui ?

— Dimanche, dit-il. On a un tournoi aujourd'hui. »

Tu regardes ta montre. Une heure trente-cinq.

Dimanche après-midi.

Ferme les yeux et compte. Tu es resté enfermé dans le sauna presque deux jours – quarante-six heures.

LE LYNX

Tout est bien qui finit bien ? C'était en tout cas l'avis de Jan. William Halevi était retrouvé, ses parents pouvaient respirer après deux jours de torture.

Le personnel de la crèche lui aussi se sentait mieux.

Tous sauf Sigrid, partie une semaine en arrêt-maladie après la disparition de William. Elle avait commencé une thérapie, entendit dire Jan.

Et lui fut à nouveau interrogé par la police.

Ils ne le dirent pas directement, mais ils avaient des soupçons. Le lendemain de la réapparition de William, deux policiers en civil vinrent inspecter son appartement. Jan les laissa faire. Il n'y avait rien. La veille au soir, il était monté en forêt et avait jeté ou brûlé tout ce qu'il avait caché sous le sapin.

Deux jours plus tard, il fut convoqué au commissariat.

Il fut interrogé par la même policière qu'auparavant. Elle n'avait pas l'air plus gaie ce jour-là.

« Vous êtes le dernier à avoir vu cet enfant dans la forêt, Jan. Et c'est aussi vous qui l'avez retrouvé.

— Non, ce n'est pas exact, dit patiemment Jan. C'est ce retraité… je ne me rappelle pas son nom.

— Sven Axel Olsson, dit la policière.

— C'est ça... En tout cas, c'est lui qui s'est occupé de William. Puis je les ai trouvés.

— Et avant ça ?

— Avant ?

— Où pensez-vous qu'était William avant que vous ne le retrouviez tous les deux ?

— Je ne sais pas... Je n'y ai pas réfléchi. Il a dû errer dans les bois ? »

L'inspectrice le regarda.

« William dit qu'il a été enfermé.

— Ah oui ? dit Jan. Dans quel genre de pièce ?

— Je n'ai pas dit que c'était dans une pièce.

— Non, mais je veux dire...

— Qui aurait pu l'enfermer ? En avez-vous la moindre idée ? »

Jan secoua la tête.

« Et vous le croyez ? » demanda-t-il.

La policière ne répondit rien.

Silence insoutenable dans la salle d'interrogatoire. Jan se força pour ne pas le rompre en développant des spéculations qui auraient été interprétées comme des aveux.

Mais ses pensées lui échappaient, et il fallait qu'il dise quelque chose.

« Comment va Torgny ?

— Qui ça ? dit la policière. Qui est Torgny ? »

Jan la regarda fixement. Il s'était trompé de prénom.

« William, je voulais dire William... Comment va-t-il ? Est-il avec ses parents ? »

L'inspectrice hocha la tête.

« Il va bien. Compte tenu des circonstances. »

L'inspectrice finit par le laisser partir, sans la moindre excuse. Juste un dernier regard appuyé.

Peu importait. William était de retour, indemne, et lui-même était libre.

Jan pouvait quitter le commissariat et aller où bon lui semblait, mais il sortit à l'air libre avec un sentiment de déception.

Tout était allé si vite. Il avait prévu que cela durerait plus longtemps – quarante-six heures.

44

Legén boit un vin jaune dans une tasse à café ébréchée. Il en verse aussi une grande tasse à Jan, assis devant le bric-à-brac de sa table de cuisine.

« Tenez.

— Merci. »

Jan a soif, mais pas de vin jaune. Il prend le breuvage en se demandant comment faire pour s'en débarrasser à l'insu de son hôte.

L'appartement de Legén est crasseux et encombré de bazar, mais Jan aime bien ces moments de calme. Il a sonné chez son voisin après le travail, pour avoir quelqu'un à qui parler. Mais à quel point lui faire confiance ? Va-t-il vraiment prendre le risque de lui raconter ?

« Je crois qu'il va bientôt neiger, dit-il.

— Oui, dit Legén en buvant son vin. C'est maintenant qu'il faut couper le bois, si on en a à couper. Quand j'étais petit, on avait une remise, où on stockait tout et n'importe quoi, alors il n'y avait jamais la place pour le bois. Mais on pouvait aller s'y cacher et rester un petit moment tranquille… »

Le vin rend son voisin bavard. Mais il finit par se taire, et Jan reprend :

« Je suis descendu jeter un œil dans les sous-sols de l'hôpital, dimanche… Il y avait des patients.

— Il y a toujours eu pas mal d'allées et venues, là-dessous », dit Legén. Il boit une grande gorgée de vin et continue : « Mais jamais je ne me suis inquiété. À la blanchisserie, on a fait tranquillement notre boulot, pendant trente ans. Le linge descendait, on le renvoyait propre… On trouvait de tout. Des portefeuilles, des boîtes de cachets, tout.

— Il y a une chapelle au sous-sol, dit Jan. Vous le saviez ?

— Oui, mais nous n'y allions jamais, dit Legén. C'est qu'ils font un peu tout ce qu'ils veulent, là-bas, quand les grands patrons sont rentrés chez eux. »

De retour chez lui, Jan essaie de dessiner un peu, pour terminer *Les Cent Mains de la princesse*. C'est le dernier livre pour enfants qui n'a pas encore de vraies illustrations, le quatrième livre de Rami.

Il termine quatre dessins et en colorie trois, puis abandonne. Il préfère prendre son vieux journal.

Il le feuillette lentement en parcourant ses pensées d'adolescent, en se souvenant presque comment c'était alors – et quand il ouvre le carnet en son milieu il trouve une vieille photo découpée dans un journal local.

Jan se souvient aussi de cette coupure de presse. Il était tombé dessus six ans après les événements du Lynx. C'est une image tirée des pages sportives : après un tournoi de foot junior, l'équipe gagnante était prise en photo. Une douzaine de garçons de onze ans rassemblés devant l'objectif. Au milieu, le gardien de but, un ballon sous le bras, qui souriait à Jan de sous sa frange.

C'était William Halevi. Son nom était dans la légende de la photo, mais Jan avait reconnu son visage avant même de la lire.

Il regarde l'image longuement. William semble gai, détendu, sans rien qui rappelle ses mauvais souvenirs en forêt. Il avait onze ans sur la photo, footballeur, apparemment plein d'amis. La vie lui souriait.

Apparemment. Jan n'en sait rien, mais il l'espère.

Il se lève.

Sur l'étagère de l'entrée, l'Angelot, l'émetteur – le récepteur, il l'a laissé à Sainte-Barge. Le voyant *veille* clignote bien – il a mis de nouvelles piles. Il a plusieurs fois songé à allumer l'émetteur, mais il sait qu'il est trop loin du récepteur. Il lui faudrait s'approcher beaucoup plus près.

Jan regarde le babyphone et réfléchit encore une minute. Puis il va chercher son sac à dos et s'habille pour sortir. En noir.

Ce soir, il ne prend ni son vélo ni le bus. Il va à pied. Il choisit le même itinéraire que dimanche – un long détour par la forêt, en traversant le torrent qui coule le long de la zone de l'hôpital, jusqu'à la pente qui descend à l'arrière du bâtiment, à deux cents mètres de la clôture.

Les nuages font la course au-dessus de l'enceinte.

Jan est tout près. C'est la nuit, la nuit de novembre, il n'a pas besoin de se cacher dans les sapins. Il monte au sommet de la pente, au-dessus du torrent. Il avance comme un lynx.

La clôture autour de Sainte-Barbe est éclairée par des projecteurs telle une scène de théâtre mais, plus loin dans le parc, il y a une vaste zone d'ombre. Quelques fenêtres de la façade sont éclairées d'une lumière blafarde, la plupart ont leurs stores baissés. Les patients se cachent.

Jan se sent observé – mais pas par des yeux. Par l'hôpital lui-même.

La façade immobile de Sainte-Barge le fixe froidement et il frissonne. Il voudrait retourner à couvert, mais continue d'avancer au bord de la pente, jusqu'à un gros rocher, une moraine glacière à la lisière de la forêt. Il y a là un sentier bien marqué – ce qui signifie que des gens passent devant l'hôpital depuis des années, peut-être curieux de voir quels animaux féroces sont enfermés là.

« Vous n'avez pas de bananes, pour les singes ? »

Jan se souvient que c'est ce que Rami avait crié, au Paf, un soir où un groupe de messieurs en costume était passé, sans doute en visite d'études. Peut-être des hommes politiques. Chaque costume l'avait regardée avec effroi avant de vite passer son chemin.

La portée du babyphone est de trois cents mètres. Jan est à présent plus près que cela, il l'espère, mais toujours hors de portée des projecteurs.

À gauche de l'hôpital se trouve la maternelle, cachée par la clôture et les arbres. Jan regarde sa montre : neuf heures et quart. L'heure de se mettre au travail. Il pose son sac à dos dans les buissons d'airelles et ouvre la fermeture Éclair. Il en tire l'Angelot qu'il passe de *veille* en position *émission*.

Jan s'adosse au rocher pour réfléchir. Il ne sait pas

quoi dire et ne sait pas si Rami l'écoute, là-bas. Et il ne peut pas l'appeler par son nom, au cas où l'Angelot ne serait pas tombé entre les bonnes mains.

Mais il finit par approcher le micro de la bouche :

« Allô ? dit-il à voix basse. Allô, Écureuil ? »

Aucune réponse. Rien ne se passe.

Il regarde la façade de l'hôpital et compte en silence parmi les rangées de fenêtres. Quatrième étage, septième fenêtre. C'est une de celles qui sont éclairées, s'il a bien compté. Une lumière blafarde au plafond. Une ampoule protégée par une grille, pour que personne ne la casse.

Il prend son élan et réessaye :

« Si tu m'entends, dit-il, je veux que tu le montres. »

Il regarde la septième fenêtre, s'attendant à voir une silhouette s'avancer dans la lumière derrière les barreaux. Mais non. Autre chose se passe – la lumière s'éteint brusquement dans la chambre. La fenêtre est plongée dans le noir quelques secondes, puis se rallume.

Jan sent un élancement glacé le long de sa colonne vertébrale.

« C'est toi qui as fait ça, Écureuil ? »

La lumière s'éteint à nouveau. Deux secondes, puis se rallume.

Jan approche l'Angelot de sa bouche.

« Très bien, dit-il. Une fois pour "oui", deux pour "non". »

La lumière clignote encore. Il a établi le contact.

« Sais-tu qui je suis ? »

La lumière s'éteint très vite.

« Jan Hauger… C'est moi qui t'ai écrit. Et qui ai séjourné en HP autrefois. Au Paf. »

La lumière ne s'éteint pas, mais ce n'est évidemment pas une question.

« Et toi, tu es Maria Blanker ? »

La lumière s'éteint.

« Est-ce que tu portais un autre nom, autrefois ? » demande Jan.

La lumière s'éteint. *Oui.*

« Alice Rami ? C'est comme ça que tu t'appelais ? »

La lumière s'éteint.

Enfin.

Jan baisse l'Angelot. Voilà, enfin, il parle avec Rami. Ils ont établi le contact.

Que dire, à présent. Il a tant de questions, mais aucune à laquelle on puisse répondre par oui ou par non.

Les secondes passent, ses tympans tambourinent. Jan se sent stressé par sa propre hésitation et il lâche une question :

« Rami, est-ce qu'on pourrait se revoir ? Juste toi et moi ? »

Devant une clôture de six mètres de haut, la question semble absurde. Mais au bout de quelques secondes seulement la lumière clignote.

« Bien… On se reparle bientôt. Merci. »

De quoi remercie-t-il Rami ? Il regarde vers l'hôpital, vers toutes les fenêtres éclairées, et se sent gelé, mais surtout exclu. En cet instant, il désirerait plus que tout être interné là-bas, avec Rami.

Il rebrousse chemin à travers bois. Il rentre chez lui,

où il va essayer de finir les illustrations des livres, pour pouvoir les lui montrer. Quand ils se verront.

Qui est Rami, aujourd'hui ? C'est la Faiseuse d'animaux. Elle a créé Jan pour qu'il trouve comment franchir la clôture et qu'il l'aide à fuir la Maison de pierre. Fuir l'île déserte de la Faiseuse d'animaux, sortir de la forêt où la sorcière malade se meurt.

LE PAF

Jan était assis près de Rami et elle lui tenait le bras au-dessus du pansement du poignet. Ils étaient serrés l'un contre l'autre. Il avait fini de lui raconter les jours passés dans le sauna et le saut dans l'étang. Il ne se sentait pas beaucoup mieux, mais c'était fait.

Et Rami avait écouté, comme si ce récit avait un sens. Puis elle avait demandé, à voix basse :

« Tu as parlé de ça à quelqu'un d'autre ? »

Il secoua la tête.

« Mais *eux*, ils pensent sûrement que oui, dit-il. Il y en a un… Torgny, il m'a téléphoné ici il y a trois jours. Il avait peur, je l'ai entendu. Ils pensent certainement que j'ai cafté, mais ce n'est pas le cas. » Jan baissa les yeux et continua : « Je sais qu'ils guettent mon retour à l'école… Ils ne me lâcheront pas. »

Il se tut. Effrayé rien qu'à l'idée de la Bande des Quatre. Il se blottissait derrière la clôture du Paf, pendant que la bande se promenait gaiement dans les rues, en liberté. Ils étaient ensemble et avaient plein de copains. Lui, il n'avait que Rami.

« Et ça m'irait, continua-t-il. Des fois, j'aimerais tant qu'il y ait un bouton qu'on puisse presser, et tout serait fini. Je n'ai pas tellement résisté quand ils m'ont jeté dans le sauna… Quelque part, je trouvais que je l'avais mérité.

— Non, dit Rami.

— Si », dit Jan.

Le silence se fit, jusqu'à ce que Rami dise soudain :

« Je m'occupe d'eux.

— Mais comment ?

— Je ne sais pas encore… Quand je serai sortie d'ici.

— Et ce sera quand ?

— Bientôt. »

Jan la regarda. Rami ne parlait pas du tout d'être relâchée – elle parlait de s'évader du Paf.

« Comment tu feras ?

— Je connais des gens. »

Rami se leva soudain et gagna une des tentures noires.

« J'ai trouvé ça dans la remise », dit-elle.

Elle souleva la tenture et Jan vit qu'il y avait par terre un vieux téléphone noir.

« Il fonctionne ? »

Elle hocha la tête.

« Tu veux appeler quelqu'un ? »

Jan secoua la tête. Il n'avait personne à appeler.

« Je m'en sers pour appeler ma sœur à Stockholm, continua Rami. Je peux appeler qui je veux. »

Jan la trouvait si sûre d'elle que c'en était contagieux.

« J'ai ici l'annuaire de l'école, dit-il. Tu peux avoir leurs photos, avec le nom et l'adresse.

— OK. »

Ils se turent. Jan la regarda. Il aurait voulu dire quelque chose de profond et sincère, mais Rami reprit :

« Toi, tu peux faire quelque chose pour moi.

— Quoi ? »

Elle se leva.

« Je vais te montrer… Viens. »

Elle l'entraîna dans le couloir, regarda autour d'elle et se dirigea vers la salle du personnel. Il était six heures et demie, l'équipe de jour était partie, la porte était fermée. À côté s'alignaient des noms accompagnés de photos en couleurs, avec la mention :

NOUS TRAVAILLONS TOUS À L'UNITÉ 16

Rami lui montra la photo d'une femme souriante avec une frange de travers et de grosses lunettes.

« C'est elle. »

Jan la reconnut. C'était cette femme que Rami avait surnommée la Psychoblablateuse, qu'elle avait agressée lors du concert dans la salle télé. Sous l'image, son nom : *Emma Halevi, psychologue*.

« Elle a interrompu notre concert, dit Jan. Et elle t'a enfermée au Trou.

— Oui, dit Rami. J'avais un carnet comme celui que je t'ai donné… J'avais écrit cinquante pages, elle me l'a pris. »

Jan regarda la photo. Il entendit la voix basse de Rami à son oreille :

« Je vais m'évader demain. Quand je ne serai plus là, tu pourras faire quelque chose contre la Psychoblablateuse… Aller pisser en cachette sur son bureau, faire des graffitis sur sa porte, ou n'importe quoi d'autre. Lui faire peur, quoi.

— D'accord, dit Jan.

— Tu veux bien ? »

Il hocha lentement la tête, comme s'il acceptait une mission secrète. Il allait faire vraiment peur à la Psychoblablateuse, pour Rami.

45

« Il faudrait que je plaigne les patients ? dit Lilian en riant au-dessus de sa bière. Ils le font très bien tout seuls, autant qu'ils sont. Derrière leur mur, ils se plaignent eux-mêmes… et prétendent être *innocents*.

— Vraiment ? demande Jan.

— Mais oui. Tous les pédophiles et les assassins sont tout à fait innocents, tu sais bien… Aucun prisonnier ne se reconnaît jamais aucun tort. »

Jan n'est pas d'accord, mais il ne dit rien.

Il est descendu au Bill's Bar, le lendemain de la dispute de Lilian avec leur chef à la maternelle.

Lilian est là, bien sûr, attablée tout au fond du local. Elle a bien sûr un grand verre de bière devant elle, et sa façon de balancer sa tête au-dessus comme un serpent montre qu'elle est là depuis un bon moment.

Elle n'a pas vu Jan entrer. Elle n'est pas seule – en face d'elle est assise Hanna, elle aussi devant un verre. Comme d'habitude, elles semblent échanger des secrets à voix basse, chuchotant la tête penchée.

Ce soir le barman s'appelle Allan. Ils ne sont pas amis – Jan n'a pas réussi à se faire un seul ami à Valla, mais il connaît au moins le nom du barman.

Jan lui commande une bière sans alcool. Allan le sert et il songe à se glisser en douce plus au fond du local – mais en chemin il sera probablement repéré par Hanna. Et pourquoi se cacher ?

Il se dirige droit vers la table de ses collègues.

« Salut !

— Jan ! »

Lilian lui sourit, elle semble contente de l'interruption.

Les yeux brillants d'Hanna n'expriment rien. Elle se contente d'un bref hochement de la tête, et Jan s'assoit.

« Qu'est-ce que tu bois ? demande Lilian.

— Une bière légère, dit-il. Je travaille demain, alors je ne peux pas…

— De la bière légère ? » Lilian soulève son verre avec un rire rauque. « Ça, ce n'est pas de la bière légère. »

Jan ne trinque pas. Hanna et lui regardent en silence Lilian vider la moitié de son verre, tête renversée en arrière.

Puis elle baisse la tête et Jan comprend qu'elle est d'humeur sombre ce soir. Le nez dans son verre, la voilà qui se lance dans une diatribe sur l'hôpital – « l'hôtel de luxe », comme elle l'appelle – que Jan l'a entendue entamer la première fois qu'ils se sont rencontrés au Bill's Bar.

« J'étais curieuse des internés, quand je suis arrivée ici, mais je ne les ai jamais plaints. Je veux dire, si quelqu'un prétend être innocent, n'avoir jamais tué ou agressé quiconque… comment peut-on espérer le soigner ? »

Personne ne répond. Elle boit à nouveau. Jan trouve que son regard commence à ressembler à celui des patients aux yeux embrumés de médicaments dans les sous-sols de Sainte-Barge.

Lilian pose son verre.

« Faut que j'aille aux toilettes. »

Elle a du mal à se lever – elle est comme collée au bord de la table – mais elle finit par s'éloigner en titubant.

Jan et Hanna la regardent partir.

« Elle en a bu combien ? demande Jan.

— Aucune idée. Elle était déjà en train quand je suis arrivée… depuis, trois pintes. »

Jan se contente de hocher la tête.

« Lilian est à plaindre, continue Hanna.

— Il y en a beaucoup qui sont à plaindre, dit Jan. Leo est à plaindre.

— Ça, tu l'as dit. » Hanna le regarde. « Tu penses beaucoup aux enfants, non ?

— Je me soucie d'eux. » Jan se souvient alors qu'il a raconté à Hanna la disparition de William et craint de paraître suspect. Aussi ajoute-t-il : « Tout le monde devrait se soucier des enfants, Hanna.

— C'est ce qu'on fait.

— Ah oui ? Tu te soucies plus d'Ivan Rössel, non ? »

Elle secoue la tête.

« Non. Ou plutôt si, je me soucie d'Ivan, mais… Tu ne comprends pas de quoi il s'agit, Jan.

— Non, dit-il. Il ne s'agit pas de moi, en tout cas. »

Sa bière est déjà finie, et il se lève. C'est peut-être aussi bien qu'il rentre tout de suite chez lui.

Mais Hanna semble avoir pris une décision. Elle se penche au-dessus de la table et baisse la voix :

« Il s'agit d'Ivan Rössel… et de Lilian.

— De Lilian ? »

Hanna le regarde, et semble prendre son élan pour lui faire une révélation :

« C'est pour Lilian que j'ai pris contact avec Ivan. »

Jan se rassoit.

« Pardon… Qu'est-ce que tu as dit ?

— Ivan *sait* des choses. J'essaie de lui faire raconter.

— Raconter quoi ?

— Fini ! lance une voix. Je vous ai manqué, les enfants ? »

C'est Lilian. Elle est de retour, une nouvelle pinte à la main. Elle titube, un grand sourire aux lèvres.

« Il y avait une fille en larmes aux toilettes, dit-elle en se rasseyant à côté de Jan. Putain, il y a toujours quelqu'un en train de chialer dans les toilettes des dames… Pas vrai, Hanna ? Mais pourquoi donc ? »

Hanna reste bouche cousue. Elle jette un bref regard à Jan.

« On va rentrer. »

Lilian semble étonnée.

« Déjà ? »

Hanna hoche la tête.

« On vient avec toi et on te dépose… J'appelle un taxi.

— Mais… et ma bière ?

— On va t'aider. » Hanna tend la main pour attraper le verre, en boit quelques gorgées et le tend à Jan. « Tiens. »

Il n'en a pas envie, mais avale lui aussi une gorgée aigre.

« Allez, on y va, Lilian. »

Un quart d'heure plus tard, ils aident leur collègue à monter dans un taxi devant le bar, et partent avec elle. Hanna guide le chauffeur jusqu'à un petit pavillon au nord du centre-ville, et Jan aperçoit un homme d'une quarantaine d'années qui regarde le taxi arriver par la fenêtre de la cuisine.

Jan le reconnaît : c'est l'homme qui, un soir, a déposé Lilian à la maternelle.

« Vous z'êtes trop gentils… des z'amours… »

Lilian remercie plusieurs fois pour le taxi, serre Jan dans ses bras, embrasse Hanna sur les deux joues et se dirige en titubant vers sa porte.

« Bon. » Hanna se tourne vers le chauffeur. « On retourne en centre-ville… Au Casino.

— Le Casino ? s'étonne Jan.

— En fait ce n'est pas un casino. Ça s'appelle juste comme ça. »

Le Casino est dans une ruelle. C'est un établissement moins fréquenté que le Bill's Bar, et c'est la soirée des messieurs. Jan suppose que c'est tous les soirs pareil. Quelques hommes d'une cinquantaine d'années, affaissés devant le grand écran du bar, regardent un match italien, renfrognés comme si leur équipe était en train de perdre. Dans le reste du local, la plupart des tables sont vides.

Hanna commande deux jus de fruits et s'assoit à l'écart du bar, tout au fond, dans un coin où il n'y a personne.

« Le Bill's Bar, ce n'est pas un endroit sûr, dit-elle à Jan. J'ai vu qu'il y avait des gens de Sainte-Barge.

— Ah oui ? dit Jan. Ils ont l'air de quoi ?

— Sur leurs gardes. »

Silence, puis Hanna reprend :

« Ivan Rössel a besoin d'être en contact avec quelqu'un… où est le mal ?

— Je ne sais pas », dit Jan. Il se souvient soudain de ce que le Dr Högsmed a dit à propos de ses patients et ajoute : « Si on part chercher quelqu'un qui s'est perdu dans la forêt, on peut très bien s'y perdre à son tour. »

Hanna serre les lèvres.

« Je ne suis pas perdue, dit-elle. Je sais ce que je fais.

— Et qu'est-ce que tu fais, alors ? demande Jan. Avec Ivan, je veux dire ? »

Hanna regarde de côté.

« J'essaie de lui faire… raconter des choses.

— Quoi ?

— Ce qu'il sait de John Daniel… »

Jan connaît ce nom. L'a-t-il lu dans le journal ?

« John Daniel a disparu voilà six ans, continue Hanna. Il s'est évaporé après une boum à Göteborg, sa dernière année au lycée. Personne ne l'a revu depuis, mais Ivan… il a suggéré qu'il savait des choses sur John Daniel. »

Jan hoche la tête, il se souvient. Il habitait alors Göteborg, à seulement cinq ou six rues du lycée où avait eu lieu la boum. Rössel était soupçonné de cette disparition, mais il n'avait jamais rien reconnu.

« Mais quel rapport entre John Daniel et toi ?

— Aucun, dit Hanna. Avec Lilian. Je te l'ai déjà dit. »

Jan la regarde.

« Lilian est complice ?

— John Daniel était son petit frère, continue Hanna. Elle a pris ce boulot à l'école pour essayer d'entrer en contact avec Ivan Rössel. Et elle a fini par y arriver, quand elle m'a demandé de l'aide... mais c'est en train de la briser. »

46

Jan lit des articles de faits divers sur Internet jusqu'à trois heures du matin cette nuit-là, pour en savoir plus. Il apprend que John Daniel avait dix-neuf ans quand il a disparu de la boum, dans la périphérie de Göteborg. Un camarade lui avait offert de l'alcool de contrebande, il avait trop bu et se sentait mal. John Daniel était sorti seul vers onze heures et demie du soir pour dessaouler un peu ou rentrer – personne ne savait exactement – et on ne l'avait plus revu. Sa famille avait cherché, la police et de nombreux volontaires avaient cherché, mais John Daniel avait disparu sans laisser de traces.

C'est resté un mystère non résolu. On a soupçonné Rössel, mais il a gardé le silence. Jusqu'à aujourd'hui où, selon Hanna, il commence à suggérer qu'il est la dernière personne à avoir vu le garçon en vie.

Jan lit, lit jusqu'à ce que ses yeux le brûlent et qu'il commence à voir le visage d'enfant de William Halevi se substituer à celui du disparu de dix-neuf ans. Il éteint l'ordinateur et va se coucher.

Le lendemain matin, il va travailler la tête lourde. Lilian est là elle aussi, ils se saluent d'un hochement de tête las.

« Tout va bien, Lilian ?

— Mmh », se contente-t-elle de marmonner.

Elle a la gueule de bois, mais Jan la regarde désormais d'un autre œil. Lilian est la sœur d'un garçon disparu. Elle est une victime.

Il voudrait aborder le sujet délicatement – mais on l'appelle alors de la cuisine :

« Jan ? Tu veux bien monter chercher Matilda ? »

C'est Marie-Louise.

« Oui, bien sûr », dit Jan.

Il connaît les routines. Tout le monde doit être occupé.

Il passe sa journée à conduire et à aller chercher des enfants à Sainte-Barbe, mais ces promenades en sous-sol font désormais partie du quotidien. Il accompagne les enfants jusqu'à la salle des visites comme si de rien n'était.

Mais avec Leo ce n'est pas la routine. Jan effleure l'épaule de Leo tandis qu'ils montent pour sa visite d'une heure chez son père.

« Qu'est-ce que vous allez faire ? demande Jan.

— Jouer aux cartes, dit Leo.

— Tu es sûr ? »

Leo hoche la tête.

« Papa veut toujours jouer aux cartes.

— Demande-lui de te raconter des histoires », dit Jan.

Leo hoche la tête, mais semble dubitatif.

Jan n'éprouve ni joie ni réconfort en revenant à la maternelle et ne trouve aucune occasion de parler à Lilian ce jour-là. Elle ne lui parle pas non plus, ne le regarde pas – elle est toujours avec un des enfants. Mais elle ne joue plus avec eux, désormais. Elle les regarde faire, les yeux las, leur passe une main sans force dans les cheveux.

Hanna semble elle aussi éviter Jan, elle reste la plupart du temps à la cuisine. Il n'y a que Marie-Louise qui veuille parler avec lui.

« C'est bien que ce soit terminé, n'est-ce pas, Jan ?

— Quoi ? demande-t-il.

— Que les gardes de nuit soient terminées. Que tous les enfants soient casés… Qu'on leur ait trouvé des foyers. Je suis tellement contente.

— Ils vont s'en tirer ? demande Jan

— Oh oui. Je le sais.

— Je suis juste un peu inquiet pour Leo… Il ne tient pas en place.

— Leo lui aussi s'en tirera », dit Marie-Louise.

Jan regarde sa chef. Tous les enfants s'en tirent-ils vraiment ? La plupart, oui, mais pas tous. Certains enfants ont des problèmes psychiques à l'âge adulte, d'autres deviennent pauvres, certains criminels. C'est les statistiques, il n'y a rien à faire.

Mais alors, tout leur travail à la Clairière est-il vain ?

À six heures moins le quart, Jan est dans la cuisine. Tous les enfants ont été récupérés, il a fait tourner un dernier lave-vaisselle. La journée est finie et en entendant Lilian refermer son casier au vestiaire, il se dépêche de finir à la cuisine. Il éteint la lumière et parvient à partir une minute après, alors que Lilian vient juste de sortir.

Jan verrouille la maternelle et se dépêche de la suivre.

C'est le froid de novembre, il y a du vent, il gèle. Il aperçoit dans la rue une silhouette sombre qui se dirige vers le centre-ville. Il hâte le pas et la rattrape.

« Lilian ? »

Elle se retourne sans s'arrêter et le regarde, les yeux las.

« Qu'est-ce qu'il y a ? »

Il est d'abord tenté de lui proposer de descendre au Bill's Bar, mais s'abstient. Il ne veut plus y aller.

« On peut parler un peu ?

— De quoi ? »

Jan regarde alentour. Là-bas, du côté du mur, deux silhouettes sortent de la porte métallique : il ne voit pas leurs visages, mais suppose que ce sont des surveillants de l'équipe de jour qui rentrent chez eux. Des yeux qui voient, des oreilles qui écoutent.

« Marchons un peu », dit-il.

Lilian n'a pas l'air réjouie, mais elle le suit. Ils dépassent les gens qui attendent à l'arrêt de bus, continuent à marcher, puis il dit :

« On pourrait parler de la maternelle… de ce qu'on peut faire pour les enfants. »

Lilian éclate d'un rire las.

« Non merci. Je veux juste rentrer chez moi.

— Et si on parlait d'Hanna, alors ? »

Comme Lilian continue d'avancer, Jan demande :

« Ou d'Ivan Rössel ? »

Elle s'arrête net sur le trottoir.

« Tu le connais ? »

Jan secoue la tête et baisse la voix :

« Hanna m'a un peu raconté. »

Lilian se tait en jetant un regard vers l'hôpital.

« Je ne peux pas en parler ici, finit-elle par dire. Pas maintenant.

— On peut se voir plus tard. »

Elle semble réfléchir.

« Tu es libre demain soir ? »

Jan hoche la tête.

« Alors viens chez moi, vers huit heures.

— On pourra parler ? dit Jan. De tout ? »

Lilian hoche la tête. Puis regarde sa montre.

« Il faut que je rentre, mon grand frère m'attend… Tu sais que mon mari est parti. » Elle commence à marcher, mais tourne la tête : « Tu veux savoir pourquoi nous nous sommes séparés ? »

Jan ne répond pas, mais elle continue :

« Il trouvait que j'étais trop obsédée par Ivan Rössel. »

47

Les premiers flocons de l'hiver tombent, gros et humides, sur la Clairière ce jeudi après-midi. Ils atterrissent lourdement autour de la maternelle et forment un duvet gris clair sur le bac à sable et les pneus des balançoires.

Jan regarde par la fenêtre sans ressentir d'excitation devant la neige comme quand il était petit. Ce temps hivernal signifie juste davantage de couches de vêtements pour les enfants. Chandails, chaussettes en laine, surpantalons imperméables, bonnets avec cache-oreilles – sortir dans la cour prend de plus en plus de temps. Les enfants se mettent à ressembler à des robots nains engoncés là-dedans qui s'ébranlent péniblement dans la cour.

Il les aide à s'habiller et sort. Andreas et Marie-Louise font toujours équipe, il les entend blaguer et rire derrière lui.

Hanna et Lilian sont déjà dehors en pause cigarette. Elles ne rient pas, elles chuchotent, penchées l'une vers l'autre.

Marie-Louise et Andreas. Hanna et Lilian.

Jan n'est accueilli ni d'un côté ni de l'autre, aussi va-t-il comme d'habitude se consacrer aux enfants.

« Regarde ! crient-ils. Regarde ! »

Ils veulent montrer tout ce qu'ils arrivent à faire : se balancer, sauter, construire de fragiles châteaux dans la bouillie de sable mêlée de neige. Jan les aide, mais lorgne parfois du côté de Lilian et Hanna, regrettant de ne pas entendre de quoi elles parlent.

Quand Marie-Louise monte sur le perron, leur conversation s'interrompt, les cigarettes sont écrasées et Hanna et Lilian aident à rassembler les enfants. Mais Jan les voit échanger des regards furtifs de conspiratrices en rentrant dans la maternelle.

Marie-Louise ne semble rien remarquer, elle reste sur les marches en compagnie de Jan et adresse des petits sourires au passage des enfants.

« Ils sont si sages », dit-elle.

Puis son regard se tourne vers l'enceinte de l'hôpital et elle cesse de sourire, avant de poursuivre :

« Est-ce qu'il t'arrivait d'avoir peur, quand tu étais petit, Jan ? »

Il secoue la tête. Pas quand il était petit. Il n'avait peur de rien, pas même de la bombe atomique, avant de rencontrer la Bande des Quatre.

« Et toi ? » demande-t-il.

Marie-Louise secoue la tête.

« J'habitais dans une petite ville, personne ne fermait jamais à clé, dit-elle. Il n'y avait pas de voleurs, pas de cambrioleurs… aucun criminel dangereux. Personne n'en parlait, en tout cas. Mais il y avait un asile, et les fous étaient parfois de sortie… Ils avaient des habits bizarres, on les reconnaissait. Ils avaient l'air gentils, j'aimais bien leur dire bonjour dans le bus, ils étaient si contents d'avoir quelqu'un à qui parler… Les autres gens restaient raides comme des piquets et regardaient droit devant eux quand un vieux fou montait à bord. » Elle se tourne vers Jan et ajoute : « Mais moi je les trouvais gentils, alors je les saluais et eux aussi, et ils étaient contents.

— Très bien », dit Jan.

Marie-Louise se tourne à nouveau vers l'enceinte de l'hôpital et semble parler pour elle-même :

« Mais tout est devenu si horrible aujourd'hui… Il y a tant de gens dangereux en circulation.

— Ou peut-être avons-nous juste plus peur », dit Jan à voix basse.

Mais sa chef ne semble pas entendre.

Le même soir, Jan fait une nouvelle tentative pour entrer en contact avec Rami. Il feint de rentrer chez lui à la nuit tombée, après la fermeture de la maternelle, mais se contente d'effectuer un tour dans la zone pavillonnaire en attendant que les choses se calment autour de l'hôpital. Puis il fait un détour jusqu'au gros rocher au-dessus du torrent. Il pose son sac à dos, sort l'Angelot et l'allume, les yeux rivés sur l'hôpital.

Quatrième étage, septième fenêtre. C'est allumé, mais on ne voit personne derrière les barreaux.

Jan tente malgré tout de prendre contact :

« Écureuil ? » dit-il tout bas.

Rien ne se passe. La lumière reste allumée.

Jan appelle plusieurs fois, sans obtenir de réponse. Si Rami n'est pas là, ou qu'elle dort, pourquoi est-ce éclairé ? Est-ce que ça reste toujours allumé ?

Il finit par éteindre son babyphone et quitter la forêt. Il se sent raté et rejeté par tout le monde, ce jeudi.

Peut-être pas par tous – les enfants continuent à l'aimer, mais il ne peut pas trop jouer avec eux sans avoir l'air bizarre.

Jan ne veut pas avoir l'air bizarre. Sinon Marie-Louise l'aura à l'œil, comme Lilian.

Il songe aux messes basses d'Hanna et Lilian à la maternelle toute cette semaine, interrompues dès qu'il se pointait dans la pièce.

De la forêt, il se dirige vers le centre-ville. Mais il ne rentre pas chez lui : il a rendez-vous avec Lilian ce soir, pour parler d'Ivan Rössel.

48

Jan sonne à la porte de Lilian et attend. Il tend l'oreille. Des bruits de voix, mais on dirait le murmure d'une télévision.

Ce n'est pas Lilian qui ouvre, mais son grand frère. Jan n'a jamais su son nom. Le frère se contente de le saluer d'un hochement de tête et appelle par-dessus son épaule :

« Minti ? »

Le son de la télévision baisse. La voix de Lilian répond quelque chose d'indistinct et son frère continue :

« Ton copain de la crèche est là. »

Il tourne les talons et rentre, sans regarder Jan.

« On t'appelle Minti ? demande Jan à Lilian.

— Parfois.

— Et pourquoi ? »

Elle hausse les épaules.

« Je suce des pastilles à la menthe. Pour avoir bonne haleine. »

La voix de Lilian est atone. Mais en tout cas elle n'est pas ivre. Elle conduit Jan à la cuisine et ouvre le réfrigérateur. Jan aperçoit des bouteilles vertes, mais Lilian sort juste un pack de lait.

« Tu veux un chocolat chaud ?

— Volontiers. »

Elle met une casserole de lait à chauffer et installe Jan à la table de la cuisine. La fêtarde du Bill's Bar a complètement disparu : Lilian semble plus fatiguée que jamais quand elle vient s'asseoir avec deux tasses de chocolat.

« Alors comme ça, Hanna t'a parlé d'Ivan Rössel.

— Oui, dit Jan.

— Elle t'a dit qu'il était interné à Sainte-Barge ? »

Jan hoche la tête.

« J'ai aussi lu pas mal de choses à son sujet.

— Évidemment, c'est une célébrité. » Lilian soupire. « Mais les victimes des criminels ne sont jamais célèbres, elles… Personne ne veut parler avec quelqu'un qui passe son temps à pleurer, ça doit être pour ça. Alors nous, on va dans notre coin avec notre chagrin, pendant que les meurtriers deviennent des idoles. »

Jan ne dit rien, mais elle continue :

« Tu as parlé de ça à Marie-Louise ?

— Non… Seulement avec Hanna.

— Très bien. » Lilian semble se détendre, et saisit sa tasse. « Tant mieux… Marie-Louise avertirait immédiatement la direction de l'hôpital si elle était au courant de ce qui se passe. »

Le silence emplit à nouveau la cuisine.

« Et il se passe quoi ? » demande Jan.

Lilian semble réfléchir à ce qu'elle va lui raconter.

« Une rencontre, finit-elle par dire. Nous allons rencontrer Ivan Rössel. Hanna a organisé ça avec un surveillant de l'hôpital.

— Une rencontre pour quoi faire ?

— Nous voulons une réponse, dit Lilian. Faire parler Rössel.

— Parler de quoi ?

— De John Daniel.

— Ton frère », dit tout bas Jan.

Lilian hoche tristement la tête.

« Il a disparu.

— Je sais... J'ai aussi lu des choses sur John Daniel. »

Elle soupire.

« On a besoin de savoir pourquoi c'est arrivé, dit-elle en baissant les yeux vers la table de la cuisine. Mais on n'a aucune réponse. Tout n'est que... ténèbres. Et on croit rêver, j'ai ressenti ça pendant plusieurs semaines il y six ans, quand John Daniel a disparu. Après, quand j'ai réalisé que j'étais éveillée et qu'il avait bel et bien disparu, je croyais que ça passerait, mais ça ne passe pas, ça me ronge, ça me ronge... Et le pire c'est pour Papa. Il croit que John Daniel est vivant. Il ne fait qu'attendre à côté du téléphone, toute la journée. »

Jan écoute en la laissant parler, il se sent dans le rôle du psychologue, comme Tony.

« Mais Rössel n'a rien avoué ? dit-il tout bas. N'est-ce pas ? »

Lilian secoue la tête.

« Rössel est un psychopathe. Il est incapable de ressentir de la culpabilité, donc il n'avoue rien. Il raconte des demi-vérités, puis se rétracte. Tout ce qu'il veut, c'est qu'on s'intéresse à lui... C'est comme un jeu.

— Tu le hais ? »

Elle lui adresse un regard tranchant, comme si la réponse allait de soi.

« John Daniel est mort ! Il n'aura vécu que dix-neuf ans. Mais Rössel n'a pas été condamné… Il est pris en charge, nourri et logé. C'est le grand luxe, à Sainte-Barge. »

Jan songe aux longs couloirs vides et demande :

« C'est si bien que ça ? »

Lilian hoche résolument la tête.

« Oh oui, et surtout pour une célébrité comme Rössel. On le soigne au calme. Médicaments, thérapie et tout le soutien imaginable. Forcément, les médecins veulent profiter de sa gloire. Mais John Daniel, lui… » Elle baisse les yeux. « Il a été assassiné, son corps est caché quelque part. Et moi, ma vie en sera raccourcie… C'est le chagrin et la haine… Ça vous dessèche. »

Jan a sur le bout de langue : *C'est pour ça que tu bois tant ?* Mais il se tait. Il devine ce que Lilian a traversé et ce qu'elle pense de Rössel – il a ressenti la même chose pour Torgny Fridman et la Bande des Quatre.

« Donc tu travailles à la maternelle à cause de John Daniel ? »

Lilian hoche la tête.

« Je pensais arriver tout seule à entrer en contact avec Rössel… mais ça n'a pas marché. J'ai fini par demander à Hanna, et avec elle ça s'est mieux passé.

— Mais tu n'es pas inquiète pour elle ?

— Parce qu'elle monte à l'hôpital ? Elle ne voit pas directement Rössel, ils s'écrivent. C'est sans risque. »

Jan se tait. Elle finit par continuer :

« Hanna est la seule à savoir qui je suis… que je suis de la famille de John Daniel. On n'a pas parlé de moi dans les journaux quand c'est arrivé. Seuls mes parents étaient en première ligne. Ils ont pleuré devant les objectifs en brandissant des photos de classe. Ils ont supplié quiconque savait quelque chose de contacter la police. Mais personne ne s'est jamais manifesté. Et voilà, nous sommes oubliés. »

Elle soupire.

Jan songe à tout ce qu'Hanna lui a raconté, et demande :

« Mais que veut Rössel ? Il veut être libéré ? »

Lilian serre les lèvres. Elle a retrouvé son énergie.

« Jamais, Rössel ne sera jamais libéré. Il le croit peut-être, mais ça n'arrivera pas. Il va juste parler avec nous.

— Et quand ? demande Jan.

— Vendredi prochain. Le soir, au moment de l'exercice d'incendie à Sainte-Barbe. »

Jan hoche la tête.

« Ils vont faire un exercice d'évacuation, continue-t-elle. Tous les patients devront quitter leur chambre. Il y aura la cohue dans les couloirs. »

Jan se souvient des vieux patients du sous-sol. De leurs regards vides.

« Et Rössel, alors ? demande-t-il.

— Le surveillant avec lequel Hanna est en contact… Carl… il laissera Rössel sortir de son département pour venir dans la salle des visites.

— Où vous serez à l'attendre ?

— Nous allons le rencontrer là et lui parler. Et lui va nous dire où est enterré John Daniel.

— Tu crois ?

— Je le sais, dit Lilian. Il l'a promis à Hanna. »

Jan veut dire quelque chose, mais il hésite.

« Ça peut mal tourner, dit-il tout bas.

— Oui, mais nous ne prenons aucun risque avec Rössel, dit Lilian. Nous serons quatre, moi, mon frère et deux amis. Nous avons tout planifié. J'ai introduit mon frère deux fois à la Clairière, pour reconnaître les lieux.

— Le soir ? »

Lilian hoche la tête.

« Alors c'est ton frère que les enfants ont vu, dit Jan.

— Ah oui ?

— Une nuit, Mira a vu un homme debout près de son lit… Vous n'êtes pas aussi prudents que vous le croyez.

— On est bien assez prudents. » Lilian le regarde. « Enfin voilà, comme ça tu es au courant… Est-ce que tu en es ?

— Moi ? dit Jan. En être pour faire quoi ?

— On a besoin d'aide. Quelqu'un qui monte la garde.

— Peut-être, finit-il par dire. Il faut que je réfléchisse. »

En rentrant chez lui, il songe à ce que Lilian a dit de l'exercice d'incendie.

Patients évacués. Cohue dans les couloirs. Et on laissera Rami quitter sa chambre, comme tous les autres.

Le lendemain matin, Jan a son créneau à la buanderie. Il descend à la cave lancer une lessive de linge de couleur et une de blanc.

En remontant, il s'arrête dans l'escalier devant la plaque LEGÉN. Il devrait arrêter d'aller voir son voisin à tout bout de champ, mais Jan s'est rendu compte qu'il appréciait sa compagnie. Legén reste égal à lui-même.

Il sonne, et au bout d'une minute la porte s'ouvre. Jan fait un signe de la main.

« Bonjour, c'est juste votre voisin… Comment ça va ?

— Ma foi… »

Legén reste là, sans l'inviter à entrer ni refermer sa porte.

« Vous voulez un café ? »

C'est Jan qui propose. Il sent qu'il est temps d'inviter à son tour son voisin. Mais Legén se gratte la nuque, préoccupé.

« Il est bien torréfié ?

— Euh… oui, je crois, dit Jan.

— Alors d'accord. »

Il attrape par terre un sac plastique et sort directement dans l'escalier, comme s'il attendait depuis longtemps qu'on l'invite. Jan le précède jusqu'à chez lui.

« Ça, c'est ce qui s'appelle être à l'étroit », dit Legén en regardant les meubles avec curiosité.

Jan soupire.

« Ils ne sont pas à moi. »

Il va à la cuisine et, dix minutes plus tard, la cafetière est en route. Legén s'est assis à table et Jan a sorti quelques biscottes.

« Et le vin, comment ça va ?

— Fort… Il sera fort. »

Legén a l'air content. Jan boit une gorgée de café, en se demandant quel âge peut bien avoir Legén. Soixante-dix ans, peut-être. Retraité de Sainte-Barge depuis quatre ou cinq ans, ça devrait coller.

Ils boivent leur café en silence, quand Jan regarde sa montre. Dix heures cinq – il a oublié sa lessive.

« Ne bougez pas », dit-il à Legén.

Jan sort dans l'escalier et tombe nez à nez avec une voisine. Âgée, petite et maigre, portant à bout de bras une corbeille de linge débordante. Elle a visiblement le créneau horaire suivant à la buanderie, et semble très fâchée.

« Je suis désolé… j'ai laissé passer l'heure. »

La vieille dame se contente de hocher la tête. Jan n'a pas eu le temps de fermer sa porte qu'elle dit :

« Alors comme ça, vous êtes amis, vous et lui ?

— Lui ?

— Verner Legén.

— Amis ? dit Jan tout bas, pour que Legén n'entende pas. Je ne sais pas, on discute un peu.

— Vous êtes entré chez lui ? demande la vieille femme.

— Oui… je lui ai emprunté du sucre », dit Jan.

Il sourit, mais sa voisine reste de marbre. Elle se contente de le dévisager.

« Est-ce qu'il a une arme ?

— Une arme ?

— Un couteau, un fusil…, dit la vieille. C'est ça qui nous inquiète, nous ses voisins. »

Jan ne comprend pas, mais il secoue la tête.

« Bon, il s'est un peu calmé, maintenant, marmonne la vieille. C'est l'âge. »

Le silence se fait dans la cage d'escalier. La voisine se dirige vers la buanderie, mais Jan ne bouge pas. À la fin, il faut qu'il demande, à voix basse :

« Legén a eu des armes, autrefois ? »

Elle s'arrête.

« Pas ici, en tout cas il n'en a montré à personne.

— Mais ailleurs ? »

La vieille le regarde.

« On ne vous a pas raconté ce qu'il a fait à Göteborg, Legén ?

— Quoi ?

— Mais il a assassiné plein de gens. Il a perdu la boule. Il est sorti les massacrer tous, en pleine rue, l'un après l'autre. »

Jan écoute, bien obligé. Il est figé.

« Legén ? lâche-t-il. Il a tué des gens ? »

La vieille dame hoche la tête.

« Tout le monde sait ça, dans l'immeuble. » Elle soupire et ajoute : « Personne ne veut de lui, ici. Ils auraient dû le garder, à Sainte-Barge… C'est là qu'on l'avait interné. »

Jan la dévisage.

« Mais pourtant il travaillait là-bas, non ? À la blanchisserie. »

La vieille femme hoche à nouveau la tête.

« Ces dernières années, oui. Mais ils emploient d'anciens patients, si j'ai bien compris… Là-bas, les fous et les docteurs se mélangent allègrement. »

La voisine soupire encore et continue à descendre l'escalier avec sa corbeille.

Jan la suit et se dépêche de ramasser son linge propre. Puis il remonte l'escalier de la cave et remarque que la porte de son appartement est restée entrebâillée. Il a oublié de la fermer.

Legén a-t-il entendu sa conversation avec la voisine ?

Il reste sur le seuil, indécis. Mais il finit par entrer.

Legén est toujours à la table de la cuisine, il s'est resservi du café. Il regarde Jan.

« Ah, vous voilà », dit-il.

Il a allumé sa pipe, mais semble contrarié.

« J'ai entendu la bonne femme, dit-il à Jan. Tout l'immeuble en a profité. »

Jan s'approche en silence de la table. Il ne sait pas quoi dire et n'arrive pas à quitter des yeux les mains de Legén autour de la tasse. Celles qui jadis ont tenu le couteau quand il est sorti dans la rue.

Jan ouvre la bouche pour dire quelque chose.

« Vous vous plaisiez, à l'hôpital ? »

Legén continue de sucer sa pipe, alors Jan continue :

« Je veux dire… C'était il y a très longtemps.

— Toute ma vie », dit Legén. Il tire une bouffée de sa pipe et ajoute : « Mais je n'ai assassiné personne. *No, nein, niet…* C'est à cause de ma mère que j'étais là. »

Jan le regarde.

« Maman était une femme de mauvaise vie, comme ils disaient… elle a eu des enfants de plusieurs pères dans les années trente et faisait un peu trop la fête dans la rue. Et n'en avait pas honte. Alors ils l'ont internée. À l'époque, Sainte-Barbe était un asile pour fous et asociaux. J'étais enfant, j'ai suivi. Et je suis resté.

— Donc, vous… vous n'avez poignardé personne ?

— Tout ça, c'est racontars et compagnie, dit Legén. Ça cause, ça cause toujours… ça n'arrête jamais. »

Jan se tait. *Fais confiance aux gens*, pense-t-il.

Il se rassoit à table.

« J'ai une question, dit-il. Si l'alarme incendie se déclenche à l'hôpital dans les étages… que se passe-t-il à la blanchisserie ?

— On s'y est entraîné, dit Legén, comme s'il y travaillait encore. Nous avons des instructions… Si la fumée ne nous a pas tués, nous devons éteindre les machines et remonter vers l'entrée.

— Donc vous ne prenez pas l'ascenseur ?

— Personne ne prend l'ascenseur, dit Legén. Jamais en cas d'incendie. »

Le silence se fait. Legén sort sa pipe de sa bouche et se penche vers son sac plastique. Il en sort une bouteille de vin jaune clair qu'il pose devant Jan.

« Tiens, prends un kil. C'est pas mon meilleur, mais il se laisse boire… De toute façon ça finit en pisse.

— Merci. »

Silence.

« Tu vas faire sortir quelqu'un ? demande Legén.

— Mais pas du tout. » Jan nie par réflexe. « Non, je veux seulement…

— En tout cas, l'interrompt Legén, choisis quelqu'un qui le mérite… il y en a là-bas qui devraient pouvoir échanger leur place avec certains fous qui traînent par ici. »

LE PAF

L'évasion de Rami échoua – Jan le comprit en entendant des cris dans le couloir.

Il écouta, sans rien faire, resta juste dans sa chambre à continuer sa BD sur le Farouche. Les cris furent suivis par un fracas de verre cassé au bout du couloir, puis des pas précipités.

Jan alla à sa porte. Il entendit une porte se refermer en claquant, puis d'autres vociférations. Tout un chœur.

Puis le silence revint.

Il attendit un peu et glissa un œil dans le couloir. Tout était calme et vide, il alla frapper à la porte de Rami, mais pas de réponse.

Cette fois, il savait où ils l'avaient emmenée. Il descendit au sous-sol. Devant la porte close du Trou.

« Rami ? » appela-t-il.

Sa voix étouffée à travers la porte :

« Oui.

— Qu'est-ce qui s'est passé ?

— Une zombie m'a vue et a cafté. Alors je l'ai cognée. »

Jan supposa qu'elle parlait d'une des filles blêmes de l'unité.

« Et les surveillants ont attrapé l'écureuil, dit Jan.

— Ils m'ont prise tout de suite, dit-elle. Je ne suis même pas arrivée jusqu'au jardin… Je les ai mordus, mais ils étaient quatre. Comme ta bande. »

Jan ne savait pas quoi dire. *On ne peut pas gagner contre qui que ce soit, Rami.* C'était ce qu'il croyait, en tout cas avant leur rencontre.

Il ouvrit la bouche et demanda :

« Combien de temps dois-tu rester ici ?

— Ils ne me l'ont pas dit. Peut-être des années… Mais ça ne fait rien, je sais de toute façon ce que je ferai quand ils me relâcheront. »

Jan ne demanda rien d'autre, car il savait que Rami ne renoncerait jamais. Il resta assis devant la porte à attendre, pour la soutenir. Il finit par reprendre la parole :

« Si tu recommences… j'en suis.

— Vraiment ?

— Oui. »

Et c'était vrai – il ne voulait pas quitter la sécurité du Paf, mais il pourrait suivre Rami n'importe où.

« Tu sais où j'irai ?

— Où ?

— À Stockholm. Il faut que j'y aille… ma grande sœur vit là-bas.

— OK, dit Jan.

— On fera un groupe dit Rami. On donnera des concerts sur la place Sergeltorg et on enregistrera des chansons avec l'argent qu'on aura gagné… et on ne reviendra jamais ici.

— Et notre pacte, alors ? » dit Jan.

Rami sembla réfléchir.

« Tu t'en occuperas plus tard… De mon côté, j'en fais mon affaire, si tu me donnes l'adresse.

— D'accord, dit Jan, en ajoutant : Je dois y aller, Rami… j'ai mon entretien.

— Avec ton Psychoblablateur ?

— Oui… Mais ça va, il m'écoute.

— Moi aussi, je t'écoute, dit Rami.

— Je sais.

— Tu viendras me voir ce soir ? S'ils me sortent du Trou ? »

Il rougit, bien content qu'elle ne puisse pas le voir.

« Oui… », dit-il.

Incapable d'aller plus loin. Il se contenta de penser très fort, en silence : *Je t'aime, Rami.*

« Pourquoi nous enfermez-vous ? demanda Jan.

— Vous enfermer ? dit Tony.

— À la cave. Dans cette cellule.

— C'est uniquement si quelqu'un est violent…, dit Tony. Pour son bien… pour qu'il ne se fasse pas de mal. C'est provisoire, jusqu'à ce que tout soit rentré dans l'ordre… Tout le monde, ici, est là provisoirement. »

Le silence se fit et le psychologue se pencha en avant :

« Comment vas-tu, à présent, Jan ?

— Bien.

— Tu t'es fait des copains, ici ?

— Peut-être bien.

— Très bien. Et tes pensées autodestructrices ? Elles ont disparu ?

— Je crois.

— Alors il va peut-être falloir envisager de rentrer à la maison, non ? »

Ils voulaient se débarrasser de lui, comprit Jan. *Tout est provisoire.* Ils devaient avoir besoin de sa chambre pour quelqu'un d'autre.

« Je ne sais pas, dit-il.

— Tu ne sais pas. Mais tu ne peux quand même pas rester ici éternellement ? »

Jan ne répondit pas.

Si le plan d'évasion de Rami ne fonctionnait pas, l'idée était tentante ; passer le reste de sa vie derrière la clôture, sans jamais plus devoir sortir. Jamais plus devoir rencontrer la Bande des Quatre.

« Ce sera bien de rentrer chez toi, dit le psychologue. Tu vas retourner à la maison et recommencer l'école… te faire des amis et commencer à vivre. Et songer à ce que tu veux faire plus tard.

— Ce que je veux faire ?

— Oui… quel métier ? »

Jan réfléchit. Il n'y avait jamais pensé, mais répondit :

« Peut-être enseignant.

— Et pourquoi ?

— Pour… je veux m'occuper d'enfants. Les protéger. »

Après son entretien, Jan traîna dans les couloirs. Il allait être midi, il entendit des voix dans la salle-télé. Il poussa jusqu'au sous-sol mais vit la porte du Trou ouverte. Rami avait été relâchée.

Un quart d'heure plus tard, elle entra au réfectoire, en dernier, alors que Jan était déjà assis à une table près d'une fenêtre. Rami alla s'asseoir toute seule, dans un coin. Il en allait ainsi ces derniers jours : à mesure qu'ils s'étaient mis à se fréquenter, ils mangeaient moins souvent ensemble. Comme si leur histoire devait rester secrète aux yeux de tous les autres au Paf.

Mais elle le regardait parfois, d'une table à l'autre. Ils savaient tous deux ce qu'ils voulaient.

Jan regagna sa chambre après le déjeuner et regarda fixement le mur blanc.

Tu vas bientôt rentrer à la maison.

Il ne voulait pas rentrer. Il n'y avait aucun ami pour l'attendre, rien que la Bande des Quatre.

Un quart d'heure plus tard, il entendit la porte voisine s'ouvrir et se refermer.

Il attendit.

À neuf heures, la lumière du couloir baissa et, au bout d'un moment, il sortit de sa chambre et se faufila jusqu'à la porte de Rami.

Il entendit un murmure sourd dans la chambre. Rami parlait dans le téléphone volé. Jan attendit que le silence se fasse, puis frappa à la porte.

Elle entrouvrit, vit qui c'était et le fit entrer.

« Avec qui tu parlais ?

— Ma grande sœur. Elle dit qu'elle m'attend. Elle a besoin de moi.

— Alors tu vas te tirer à Stockholm ?

— Tu le sais bien.

— Et quand ?

— Tôt demain matin… Tu viendras ? »

Jan hocha la tête et sortit une feuille de papier.

« Voici mon adresse, dit-il. Ils disent que je dois rentrer chez moi, alors… Ils ne veulent pas me garder au Paf. »

Rami fourra le papier dans la poche de son jean.

« Tu *veux* rester ici ? dit-elle.

— Parfois… C'est si calme. Et puis il y a toi.

— Viens. »

Elle lui ouvrit les bras et il vint à sa rencontre.

« On va s'occuper de la Pychoblablateuse, et de la Bande des Quatre, chuchota-t-elle à son oreille. Je te le promets. »

49

Coup de folie près d'un lac forestier.

Chez lui, Jan lit le titre d'une vieille coupure de presse – il le lit et le relit.

Coup de folie. Il réfléchit à l'expression. L'acte d'un fou. Quelqu'un d'autre. Pas moi qui écris ces mots, ni toi qui les lis.

Quelqu'un d'autre. Mais qui ?

C'est vendredi soir, il est rentré de la maternelle. Plus qu'une semaine tout juste avant l'exercice d'incendie et le plan de Lilian de se confronter à Ivan Rössel dans la salle des visites tient toujours. Hanna et elle chuchotent désormais aussi à l'oreille de Jan, plus seulement entre elles. Maintenant qu'il sait ce qu'elles mijotent, elles veulent visiblement s'assurer de sa participation.

Jan a promis de ne pas vendre la mèche, rien d'autre.

En rentrant à vélo, il a vu le médecin-chef marcher à grands pas le long du mur de béton. Högsmed l'a reconnu et lui a fait un signe de la main. Jan l'a salué à son tour en souriant et l'a regardé disparaître par la porte métallique. Peut-être allait-il dans son bureau soumettre quelqu'un au test du chapeau.

Högsmed est sans doute un bon psychiatre, songe Jan, mais il n'a aucune idée de ce qui se passe la nuit à l'hôpital. Il n'est pas au courant du passage souterrain vers la maternelle, des lettres clandestines ni des rencontres dans la salle des visites. Högsmed croit que tout se passe à Sainte-Barbe comme la direction et lui l'ont planifié.

Mais c'est dans la nature humaine d'aller contre les routines, pense Jan – enfants comme adultes veulent toujours enfreindre les règles.

Plus qu'une semaine. Impossible d'arrêter le temps.

Le tic-tac de l'horloge le stresse, comme au Lynx.

Il va à nouveau sortir de ses cartons son vieux journal intime – le carnet que Rami lui a donné dans la remise, au Paf.

Il regarde la photo sur la première page : le polaroïd que Rami avait pris la première fois qu'ils s'étaient vus. Il est étonné d'avoir l'air si jeune et en forme un jour seulement après avoir frôlé la mort. D'abord presque desséché dans un sauna, puis drogué aux somnifères, les veines tranchées au rasoir et sur le point de se noyer dans un étang. Et pourtant il regarde droit vers l'objectif, tête haute.

Le carnet ne contient pas seulement des souvenirs et des pensées personnels. Il y a aussi des coupures de presse pliées, et c'est peut-être pour elles qu'il a gardé le carnet. Ce sont elles qu'il sort parfois pour les lire, tard le soir.

La première coupure est une page entière, avec la grande photo noir et blanc d'un promontoire rocheux surplombant de quelques mètres une surface d'eau lisse, avec le gros titre :

COUP DE FOLIE PRÈS D'UN LAC FORESTIER, suivi du sous-titre :

Deux jeunes campeurs tués.

Jan a lu et relu cet article pendant plus de quinze ans au point d'en connaître le texte presque par cœur :

Deux garçons, de quinze et seize ans, ont été agressés et tués hier soir par un inconnu. Les jeunes gens campaient sur un rocher au-dessus d'un lac forestier à douze kilomètres de Nordbro quand ils ont été attaqués.

D'après la police, le meurtrier semble avoir frappé les deux garçons de plusieurs coups de couteau à travers la toile de tente, avant de les rouler dedans et de les précipiter dans l'eau du haut du rocher. Les jeunes gens, grièvement blessés, n'ont pu se dégager de la tente et se sont noyés.

L'article continuait encore sur deux colonnes, avec les déclarations d'un commissaire de police et diverses spéculations.

Il y avait une autre vieille coupure pliée dans le carnet, datée du lendemain :

TROISIÈME VICTIME RETROUVÉE

Le garçon gisait au bord de la route gravement blessé à la tête

Un chauffard conduisant une voiture de tourisme a probablement renversé le garçon de seize ans retrouvé tôt mercredi matin dans un fossé aux environs de Nordbro. Le jeune homme, inconscient, pré-

sentait des blessures à la tête, des plaies ouvertes et plusieurs fractures. Il a été transporté aux urgences de l'hôpital ouest sans avoir repris connaissance.
La police n'exclut pas un lien entre ce tragique accident et le double meurtre de deux garçons au bord d'un lac forestier à environ un kilomètre de là.
Apparemment, les trois jeunes gens bivouaquaient près du lac quand quelqu'un les a attaqués au couteau pendant la nuit, déclare le commissaire Hans Torstensson, de la police régionale.
Quant à savoir si c'est la même personne qui a tué les deux garçons puis renversé au bord de la route le troisième qui tentait peut-être de fuir, le commissaire se refuse à tout commentaire.
L'enquête continue jusqu'à ce que toutes ces questions soient éclaircies.

Quelqu'un d'autre que lui se souvient-il encore de ces événements, quinze ans après ? Jan se le demande. Les familles des garçons s'en souviennent, évidemment, mais elles ont tourné la page. Les parents, les frères et sœurs auront accusé le coup puis lentement fait leur deuil – à moins qu'ils soient comme Lilian. En tout cas, les enquêteurs ont sûrement classé l'affaire, malgré la promesse du commissaire. Ils ont rangé les derniers documents sur ces meurtres non résolus dans quelque classeur avant de l'enterrer aux archives.

Il n'y a peut-être plus que Jan à ruminer cette affaire.

Deux tués, un blessé grave.

Mais par qui ?

Les questions sur l'auteur de ces meurtres ont habité Jan toutes ces années, le soulagement initial est passé depuis longtemps.

Jan n'a rien écrit dans son journal depuis une semaine, aussi ouvre-t-il une page blanche pour se dresser à lui-même un état des lieux : la Clairière, ses collègues, ses expéditions secrètes dans l'hôpital. Pour finir, il écrit :

Je suis venu ici à Valla pour retrouver Rami – mais pas seulement. Je devais aussi travailler avec des enfants traumatisés et les aider à aller mieux.

Je suis aussi venu ici pour construire une vraie vie, me faire des amis. Mais je n'y arrive pas. C'est peut-être la faute de Rami. Je me suis peut-être servi d'elle pour me protéger du reste du monde…

Ces aveux, il ne les ferait jamais directement à Rami. Mais il veut lui parler dès que possible.

Il regarde l'heure. Neuf heures et quart. Pas trop tard pour un tour à vélo.

Lilian fait ses préparatifs avant l'exercice d'incendie – Jan aussi.

50

Des nuages noirs se sont assemblés dans le ciel nocturne au-dessus de l'hôpital et lâchent une bruine légère sur la forêt. Jan essuie des gouttes de pluie glacées sur son front, entre à quatre pattes dans les broussailles pour essayer de se mettre à l'abri sous un bouleau.

Il s'accroupit, l'Angelot à la main. L'hôpital se dresse devant lui et Jan a une amie à l'intérieur. Peu importent alors la pluie et le froid.

« Tu es là, Écureuil ? » chuchote-t-il dans le micro, le regard tourné vers la façade impassible. Vers une fenêtre du quatrième étage.

La lumière s'y éteint – Rami est revenue dans sa chambre.

Jan souffle lentement, et demande :

« Est-ce que tu veux toujours sortir ? »

La lumière clignote.

Oui.

« Sortir dès que possible ? »

Oui.

Les deux signaux arrivent vite, sans hésitation. Ce n'est pas une femme droguée ou confuse qui répond. Jan reprend l'Angelot :

« Moi aussi je voudrais te revoir, savoir ce qui s'est passé après le Paf. J'ai attendu ta réponse, mais elle n'est jamais arrivée… Je sais juste que tu as rempli ta part du pacte. Tu as arrêté la Bande des Quatre. » Jan se tait, se ressaisit avant de continuer : « Mais *comment* as-tu fait ? Tu m'avais dit que tu connaissais des gens qui pouvaient s'en occuper, alors je me suis demandé, toutes ces années… Qui c'était ? »

Le Farouche, pense-t-il. Mais qui est le Farouche ?

Pas de réponse. La fenêtre reste allumée.

« En tout cas, j'étais incapable de plaindre Niklas, Peter et Christer. Impossible… Et maintenant, il ne reste plus qu'un membre de la Bande des Quatre. C'est Torgny, Torgny Fridman. Je t'en ai parlé il y a quinze ans… Il possède une quincaillerie à Nordbro, là où j'ai grandi. Et il a une femme, des enfants, une vie réussie… Mais j'ai du mal à oublier ce qu'il m'a fait. »

La lampe de la chambre ne s'éteint pas, mais il sent que Rami l'écoute. Il continue :

« Il faut que je te raconte autre chose… J'ai suivi une formation de puériculteur, je fais ça depuis dix ans. Et lors de mon premier remplacement, j'ai eu à m'occuper d'un petit garçon, William… Et quand j'ai vu sa maman, je l'ai reconnue. C'était la Psychoblablateuse du Paf, ta psy. Tu te souviens d'elle, n'est-ce pas ? Tu m'avais demandé de lui faire quelque chose. De la punir, comme tu disais. »

Silence. Jan est arrivé au cœur de sa confession. Il pensait triompher – mais sa voix est à présent sans force, comme s'il demandait pardon :

« Alors… alors un jour qu'on était en forêt, j'ai éloigné William du reste du groupe et je l'ai enfermé dans un vieux bunker. Il était bien, là-dedans, en sécurité. Le pire, c'était pour ses parents… pour la Psychoblablateuse. Je l'ai laissée se ronger les sangs plusieurs jours. »

La confession est terminée, mais Jan a une dernière chose à dire :

« Le chemin pour sortir, Rami. Je vais t'expliquer. »

Il regarde en direction de la fenêtre et continue :

« Vendredi prochain, le soir, au moment de l'exercice incendie… tous les patients vont être relâchés. Toutes les chambres ouvertes. Tu es au courant ? »

La lumière clignote.

« Il faut fausser compagnie aux autres, continue-t-il. Il y a une réserve à pharmacie dans ton secteur. La porte ne devrait pas être fermée… j'ai coincé le pêne avec du papier. Et à l'intérieur, derrière une armoire, il y a le monte-charge de la blanchisserie, qui n'est plus utilisé. Il descend directement au sous-sol.

« Je t'attendrai en bas, dit Jan. Et on sortira de là ensemble. »

Peut-il vraiment promettre une chose pareille ? Il ne veut pas penser à tout ce qui peut mal tourner, il attend juste une réponse.

Et elle arrive : la lumière clignote une dernière fois.

« Bien… À bientôt, Rami. »

Jan éteint l'Angelot.

Il est content de quitter la forêt : on s'y sent seul. Mais bientôt il ne sera plus seul.

Vingt minutes plus tard, il sonne chez Lilian. Elle vient lui ouvrir. Son frère n'est pas en vue. Elle le fait entrer, mais pas plus loin que le vestibule. Elle est tendue, pas d'humeur à bavarder.

« Tu t'es décidé ? »

Jan hoche la tête, habité par l'image de la lumière clignotante à la fenêtre de Rami.

« Je le fais.

— Tu en es ? »

Jan hoche à nouveau la tête.

« Je peux faire le guet à la maternelle, dit-il. Pendant que vous monterez voir Rössel dans la salle des visites, je vous attendrai en bas.

— On a aussi besoin d'un chauffeur, dit Lilian. Tu as bien une voiture ?

— Oui.

— Alors, on en aurait besoin, dit Lilian, comme ça, on ira là-haut tous ensemble et pareil pour le retour. »

Elle est concentrée, elle n'a pas bu. Jan entend des pas à l'étage, il y a quelqu'un.

« Et vous allez parler de ton frère avec Rössel ? dit-il. Rien d'autre ?

— Rien d'autre. »

Lilian le regarde dans les yeux. Jan la regarde aussi et se souvient soudain de ce qu'a dit le Dr Högsmed, combien il est difficile de soigner les psychopathes.

« Pourquoi Rössel a-t-il accepté de vous parler, à ton avis ? demande-t-il. Est-ce qu'il veut avouer pour se sentir mieux ? Parce qu'il est devenu quelqu'un de bien ? »

Lilian baisse la tête.

« Ce que Rössel est devenu, je m'en fiche. Pourvu qu'il dise la vérité. »

À la maternelle, lors de la séance de motivation, Marie-Louise rappelle l'exercice d'incendie du vendredi.

« Il s'agira d'une alarme importante, avec intervention des secours et de la police, dit-elle. Mais ce sera le soir, donc nous ne sommes pas concernés. La maternelle restera fermée, comme d'habitude. »

Pas complètement fermée, pense Jan.

De l'autre côté de la table, Lilian lui jette un coup d'œil. Elle a l'air renfrognée et fatiguée ce lundi, et sent la pastille à la menthe.

La semaine commence, un jour s'écoule après l'autre, et soudain, c'est vendredi.

Le dernier enfant que Jan va chercher dans la salle des visites est Leo.

Jan entrevoit son père en sortant de l'ascenseur – un petit homme trapu en T-shirt d'hôpital blanc qui jette un coup d'œil en direction de l'ascenseur avant de franchir la porte. Juste avant, il fait un signe de la main à son fils et Leo le salue à son tour.

Leo est calme et silencieux en rentrant à la maternelle.

« Tu aimes bien voir ton papa ? » demande Jan quand ils sortent de l'ascenseur.

Leo hoche la tête. Jan pose la main sur son épaule et espère que sainte Barbe veillera sur lui quand il grandira. La sainte, pas l'hôpital.

Marie-Louise sourit à Jan quand il a confié Leo à sa famille d'accueil.

« Tout se passe tellement bien entre toi et les enfants, Jan, dit-elle. Tu ne perds jamais ton calme, comme les filles.

— Quelles filles ?

— Hanna et Lilian… elles sont tendues quand elles montent à l'hôpital, et au fond ça n'a rien d'étonnant. » Elle lui sourit. « On n'a pas l'habitude de ces gens-là.

— Ces gens-là… Tu veux dire les patients ?

— C'est ça, dit Marie-Louise. Les internés. »

Jan la regarde sourire, mais n'a pas le courage de sourire lui aussi.

« Moi, j'ai l'habitude, dit-il. Je les connais bien.

— Comment ça ?

— Moi aussi, j'ai été interné, quand j'étais adolescent. »

Marie-Louise arrête de sourire. Devant son air interloqué, Jan continue :

« J'étais en pédopsychiatrie. On appelait ça le *Paf*, Pôle psychiatrique adolescents-familles. C'était une clinique fermée, exactement comme Sainte-Barbe… Les dangereux et ceux qui avaient peur y étaient enfermés ensemble. »

Marie-Louise referme la bouche, elle semble ne pas savoir quoi dire.

« Et pourquoi ? finit-elle par lâcher. Pourquoi étais-tu interné ?

— Moi, j'avais peur, dit Jan. J'avais peur du monde extérieur. »

Le silence se fait dans la cuisine.

« Je ne savais pas ça, finit par dire Marie-Louise. Tu n'en as jamais parlé, Jan.

— L'occasion ne s'est jamais présentée… mais je n'en ai pas honte. »

Marie-Louise hoche la tête d'un air compréhensif, mais elle semble l'observer avec un regard absolument neuf. À plusieurs reprises, il la surprend qui le lorgne à la dérobée, sur ses gardes. Jan a visiblement brisé sa confiance – il a déçu sa chef en lui dévoilant ses fêlures.

Tant pis, ça n'a plus aucune importance. Les fêlures laissent entrer la lumière.

Avant de s'en aller, il sort les livres illustrés de Rami et son journal intime de son sac et va les enfermer dans son casier, qui est encombré de blousons, parapluies et livres, mais il finit par les fourrer dedans.

En sortant de Sainte-Barge avec Rami, ce soir, il lui montrera tous les livres. Et les nouvelles illustrations.

Car Jan va l'aider à sortir de l'hôpital. Et ça va marcher, *cette fois,* jusqu'au bout.

LE PAF

Il n'existait qu'une seule issue non verrouillée pour sortir du Paf, Jan le savait : la fenêtre au-dessus de la cuisinière. Le personnel voulait pouvoir aérer. La cuisine était située à l'arrière du bâtiment et sa porte ne fermait pas à clé – mais il y avait presque toujours quelqu'un pendant la journée : pour s'enfuir par là, il fallait se lever tôt.

Jan avait réglé son réveil à six heures. Quand il bourdonna, il ouvrit les yeux et sentit un corps élancé blotti contre lui.

C'était Rami, les yeux ouverts.

Jan glissa vite une main sous les draps, mais ils étaient secs.

Rami leva la tête et l'embrassa sur le front.

« Stockholm », dit-elle.

Jan voulait rester couché là, pas s'évader. Mais il hocha la tête, et ils se mirent en route.

Sans allumer, ils s'habillèrent et se faufilèrent dans le couloir, deux ombres grises. Jan emportait son journal dans un petit sac et sa couverture sous le bras. Rami le suivait avec, elle aussi, un sac et un gros objet noir à la main. Il vit que c'était un étui.

« Tu emportes *ça* ? » chuchota-t-il.

Elle hocha la tête.

« Mais je t'ai dit… On va chanter dans les rues de Stockholm, comme ça on gagnera de l'argent. »

Jan ne savait pas chanter, mais ne dit rien. Il se contenta de la suivre.

Toutes les portes étaient fermées. Au bout du couloir, la salle de repos du personnel, elle aussi fermée. Jan regarda longuement sa porte en se faufilant devant.

Celle de la cuisine était ouverte. Personne, pas de lumière.

« J'ouvre », dit Rami.

Elle posa son étui de guitare sur le plan de travail et ouvrit grand la fenêtre. L'air glacé du matin entra. Elle respira à pleins poumons.

« Stockholm ! » dit-elle encore, comme si c'était un endroit magique.

Elle grimpa d'un bond sur la cuisinière et sauta par la fenêtre. Elle atterrit sur une véranda dallée avec une table et quelques chaises.

Jan regarda Rami prendre une des chaises et la porter sur la pelouse vers la clôture. À mi-chemin, elle regarda par-dessus son épaule et il lui fit un signe de tête – toujours à la fenêtre.

Et merde ! pensa-t-il.

Il tourna alors les talons et, sans réfléchir, revint sur ses pas dans le couloir.

Jan courut vers la droite, vers les chambres, mais stoppa devant la porte close de la salle du personnel. Il y frappa fort, trois fois, avant de retourner à la cuisine.

Rami l'attendait dehors.

« Qu'est-ce que tu faisais ?

— Allé aux toilettes », mentit-il.

Il enjamba le cadre de la fenêtre et la rejoignit.

« La table », dit-il.

Jan et Rami avaient bien planifié leur évasion : chacun tenant une extrémité de la table de la véranda, ils la portèrent jusqu'à la clôture. Rami posa alors la chaise sur la table et Jan monta dessus et lança leurs couvertures vers le sommet de la clôture. Il rata deux fois mais, à la troisième, le tissu s'accrocha aux barbelés.

Il gelait, pourtant Jan était en sueur. Il jeta un coup d'œil vers le Paf et vit que toutes les fenêtres étaient encore éteintes sauf une, celle de la salle du personnel, qui venait de s'allumer.

On y apercevait deux silhouettes. Une jeune assistante, dont il ne connaissait pas le nom, et Jörgen, en train d'enfiler une chemise. Ils devaient avoir passé la nuit ensemble comme lui et Rami.

Jan la regarda à nouveau.

« Toi d'abord. »

Elle était plus légère que lui et s'élança depuis la chaise. Rami s'était transformée en écureuil, elle s'agrippa aux mailles de la clôture à travers la couverture. Elle enjamba les barbelés, fit basculer le reste de son corps par-dessus et redescendit de l'autre côté.

Ils se regardèrent à travers la clôture. Jan leva la guitare à bout de bras et parvint à la faire passer à Rami. Elle hocha la tête.

« À toi. »

Jan s'élança. Il n'avait rien de l'écureuil, mais réussit tant bien que mal à s'accrocher. Les barbelés qui commençaient à transpercer la couverture lui éraflaient les paumes, mais il parvint pourtant au sommet et bascula de l'autre côté.

Au même moment, on tambourina à la fenêtre derrière lui – ils étaient découverts.

Une porte s'ouvrit, quelqu'un les appela.

Jan déglutit nerveusement mais, sans regarder, rejoignit Rami.

De l'autre côté de la clôture, ils ramassèrent leurs affaires. Puis s'élancèrent sur le chemin, côte à côte. Il était à présent sept heures moins dix, personne en vue, mais le soleil allait se lever.

Pas d'autre plan que de se sauver. Jan avait juste cinquante couronnes en poche.

« Nous sommes libres, maintenant, dit Rami, avant de s'écrier : Stockholm ! »

Là, hors de l'enceinte clôturée, Jan voyait pour la première fois Rami exaltée, presque joyeuse. Elle le regarda, le rouge aux joues, et il lui sourit, découvrant soudain ce que c'était que d'être heureux en compagnie d'un être cher.

Il avait quatorze ans et il était désespérément amoureux.

Le personnel du Paf les rattrapa en dix minutes à peine. Les allées autour de l'établissement étaient désertes. Leurs poursuivants n'eurent aucune difficulté à les trouver.

Un bruit de moteur brisa le silence du matin.

Une voiture approchait : une petite Volkswagen

blanche déboucha de l'arrière du Paf, tourna vers eux et accéléra. Rami cessa de sourire.

« C'est *eux* ! »

Le gros étui de guitare la ralentissait un peu, Jan le lui prit. Et ils détalèrent. L'allée tournait à gauche et longeait un torrent. Le goudron et l'eau serpentaient côte à côte encore sur une centaine de mètres, puis apparut un petit pont de bois.

« Par là ! » cria Rami.

Il y avait un bosquet de l'autre côté, derrière lequel on apercevait le centre-ville.

Jan n'eut rien besoin de dire – Rami et lui s'élancèrent vers le pont, qu'ils franchirent.

Elle courait plus vite que lui et était à mi-chemin des arbres quand la Volkswagen freina de l'autre côté du torrent. Jan était plus lent, il était le plus chargé. Il tourna la tête et vit Jörgen sauter du siège conducteur et, de l'autre côté, la jeune assistante, qui semblait plus hésitante.

Le Farouche aurait fait sauter le pont, mais Jan n'avait pas de dynamite.

Jörgen avait déjà à moitié traversé le torrent, et ses enjambées faisaient bien le double de celles de Jan.

C'était fichu, ça ne marcherait pas. Jan le savait depuis le début.

« Rami ! »

Elle ne s'arrêta pas, mais ralentit en le regardant. Une mince silhouette dans le soleil du matin, le grand amour de sa vie.

Jan avait mal aux poumons. Il était presque à bout de forces, mais la rejoignit pourtant en une dizaine d'enjambées.

« Tiens », haleta-t-il en lui passant l'étui de guitare. Il plongea la main dans son jean et en tira aussi le billet de cinquante. « Et ça aussi… Cours ! »

Le temps manquait, mais Rami se pencha pourtant vers lui, serra sa joue contre la sienne et chuchota :

« N'oublie pas notre pacte. »

Puis elle vola au-dessus de la pelouse et disparut dans la forêt, pleine d'une énergie nouvelle. L'étui de guitare semblait ne rien peser entre ses mains.

Jan la suivit quelques pas – mais il n'avait plus de volonté et, quelques secondes plus tard, deux mains l'attrapèrent par les épaules.

« Allez, laisse tomber. »

C'était Jörgen. Lui aussi était à bout de souffle, Jan l'entendait contre son oreille. Mais sa poigne était ferme, et il le suivit. Retraversa le torrent, direction le Paf.

« Vous allez me mettre au Trou ?

— Le Trou ?

— Cette cellule au sous-sol… où vous enfermez les gens.

— Non, tu y couperas, dit Jörgen. C'est seulement ceux qui griffent et qui mordent qui finissent là… Et toi, tu n'es pas bagarreur, Jan, n'est-ce pas ? »

Jan secoua la tête.

« Est-ce que c'est toi qui as frappé à la porte, à l'instant ? » demanda Jörgen.

Jan hocha la tête.

« Pourquoi ?

— Je sais pas. »

Jörgen le regarda.

« Mais pourquoi ? Tu voulais te faire prendre, Jan ? »

Il ne répondit pas.

Ils gagnèrent la voiture, mais Jan ne cessait de regarder derrière lui. La collègue de Jörgen avait disparu dans la forêt.

Jörgen l'installa sur la banquette arrière de la Volkswagen, puis retraversa le pont pour appeler sa collègue.

Dans la voiture, Jan n'entendait que le bruit de sa respiration.

Tu voulais te faire prendre ? songea-t-il. *Tu veux que Rami se fasse prendre ?*

Une minute plus tard, il vit l'assistante ressortir du bois en secouant la tête à l'adresse de Jörgen. Ils restèrent quelques minutes à parler sur le pont, puis Jan vit Jörgen sortir son téléphone et appeler quelqu'un. Ils revinrent à la voiture.

« Allez, on rentre », dit Jörgen.

Ce qu'ils firent. Ils regagnèrent le Paf. La sécurité, de l'autre côté de la clôture.

Jan était prisonnier, et heureux de l'être.

Il savait Rami heureuse d'être libre.

51

L'attente dans le noir, quinze ans après l'évasion du Paf.

Jan est seul, mais plus pour longtemps. Il est descendu au sous-sol de l'hôpital, il attend Rami. Il est allé jusqu'à la blanchisserie, dans la remise du vieux monte-charge.

Il est dix heures moins vingt, vendredi soir : Jan devrait être resté là-haut, à la maternelle. Lilian compte sur lui, mais il a abandonné son poste de guet pour gagner le sous-sol de l'autre côté de l'abri. Il se repère désormais dans le dédale des couloirs. La blanchisserie était déserte, comme Legén l'avait dit. Seule chose inhabituelle, des lampes jaunes qui clignotaient au mur, peut-être un signal annonçant l'exercice d'incendie imminent.

Jan tend l'oreille, guette des pas traînants derrière lui, des voix chantant à la chapelle. Mais tout est silencieux dans le souterrain.

Il n'y a que lui – et bientôt il y aura Rami. Il l'espère en tout cas. S'il ferme les yeux, il l'entend chanter : *Jan et moi, moi et Jan, jour et nuit, nuit et jour…*

Il cligne des yeux et s'ébroue devant l'ascenseur pour rester éveillé.

Les tempes battantes, Jan a conduit Lilian et trois hommes à la Clairière une demi-heure plus tôt.

Un des hommes était le grand frère taciturne de Lilian. Les deux autres ne se sont pas présentés, mais semblaient avoir quelques années de moins qu'elle. Jan a supposé qu'il s'agissait d'amis de son frère disparu, John Daniel.

Hanna n'est pas là ce soir et Lilian semblait encore plus tendue sans elle. Elle s'est maquillée, rouge à lèvres et mascara. Cela paraît absurde – pour qui s'est-elle ainsi faite belle ? Pour Carl, le surveillant, ou pour Ivan Rössel ?

Jan s'est garé dans l'ombre d'un grand chêne, à quelque distance de la maternelle. Hors de portée de toutes les caméras de surveillance de l'hôpital.

Personne n'a parlé en descendant de voiture.

Lilian s'est dépêchée de fumer une dernière cigarette dans la rue avant d'entrer dans la maternelle. Jan l'a suivie avec les trois autres.

Ils sont restés dans le noir, sans allumer. Lilian s'est tournée vers lui.

« Alors tu restes ici, Jan. Ça ira ? »

Il a hoché la tête.

« Appelle tout de suite… si quelqu'un arrive. »

Jan a encore hoché la tête et Lilian lui a adressé un sourire crispé. Puis elle est allée à la cuisine chercher une carte magnétique, a ouvert la porte et s'est engouffrée dans l'escalier.

Les trois hommes l'ont suivie en silence et Jan a refermé derrière eux.

Quatre personnes vont donc rejoindre Ivan Rössel dans la salle des visites. Il va se retrouver en position de faiblesse, quand Carl l'y conduira en cachette, après l'avoir extrait du secteur fermé. Jan espère que Lilian et les siens parviendront à entrer en contact avec Rössel, à le faire parler – mais il ne peut rien y faire.

Il lui faut penser à son propre rendez-vous.

Une fois Lilian et les hommes descendus, Jan attend un quart d'heure dans le vestiaire, juste devant la porte du sous-sol. Rien, absolument rien ne se passe. Il s'approche de la fenêtre et lève les yeux vers l'hôpital. C'est allumé, là-haut, mais on ne voit personne.

Il finit par aller à la cuisine chercher la carte de réserve. Puis il va ouvrir la porte. C'est encore allumé au sous-sol.

Le moment est venu.

Immobile dans la blanchisserie, Jan réfléchit à ce qu'il va dire à Rami quand la porte du monte-charge s'ouvrira.

Salut Alice. Bienvenue hors du Trou.

Et puis ? Qu'il a pensé à elle toutes ces années ? Va-t-il lui raconter à quel point il est tombé amoureux d'elle dès les premiers jours au Paf ? Tellement amoureux de Rami, mais craignant tellement le monde extérieur qu'il a tout fait pour qu'on les reprenne, le matin de leur évasion.

Jan avait été rattrapé, mais Rami s'était échappée. Elle devait avoir réussi à rejoindre sa sœur à Stockholm en train, car durant la semaine que Jan passa encore au Paf, elle ne revint pas.

Personne à la clinique ne parlait plus d'elle – ce n'était plus leur problème.

Et une semaine après la tentative d'évasion, Jan fut relâché. Il n'avait pas reparlé à son psychologue depuis mais abracadabra – Tony devait l'avoir déclaré guéri.

« Tu rentres chez toi », voilà tout ce que Jörgen lui glissa en ouvrant sa porte.

Il n'eut plus qu'à faire ses bagages. Prendre ses vêtements, le carnet que Rami lui avait donné et l'ébauche de bande dessinée des aventures du Farouche.

Il dut bien sûr laisser la batterie à la remise, mais emporta les baguettes.

Jan sortit du Paf avec sa petite valise. Son père était venu le chercher. Il ne sourit pas.

« Ils ont fini de te disséquer ? » fut tout ce qu'il dit.

Jan ne répondit pas et ils rentrèrent en silence.

Le lundi suivant, Jan retourna à l'école. Il dormit à peine la nuit précédente, il resta éveillé à songer aux couloirs de l'école et à la Bande des Quatre, il se voyait courir le long des murs comme une petite souris.

Il se rendit seul à l'école, comme autrefois. Il n'avait toujours pas d'ami. Aucune importance.

Ses camarades de classe le dévisagèrent, mais personne ne lui demanda comment il allait, ni où il avait été ces dernières semaines.

Peut-être tout le monde était-il au courant ? Cela non plus n'avait aucune importance.

Tôt où tard, Jan croiserait la Bande des Quatre dans le couloir, il le savait. Mais d'une certaine façon sa peur avait disparu. C'était le printemps, la fin avril, il ne restait plus que quelques semaines avant les vacances. Jan vivait au jour le jour. Le soir, il s'entraînait à la batterie en silence en frappant les baguettes sur un annuaire téléphonique, ou continuait sa bande dessinée.

Rami ne donnait aucun signe de vie – ni coup de fil ni carte postale de Stockholm.

La dernière semaine de mai était traditionnellement consacrée à des sorties scolaires. Les élèves de troisième partirent pour des voyages et des excursions.

Un jeudi matin, en arrivant à l'école, Jan vit des groupes d'élèves rassemblés dans les couloirs. Il écouta leurs chuchotements : quelque chose d'horrible avait eu lieu, un *coup de folie*.

« C'est vrai ? demandait-on. Vraiment *vrai* ? »

Personne ne lui parlait directement, mais Jan comprit qu'il s'était passé quelque chose en forêt, dans les environs de la ville. Quelqu'un était mort. Avait été *tué*.

Un professeur informa alors la classe du meurtre de deux élèves de troisième, puis les rumeurs et les articles sur le *coup de folie* reprirent de plus belle. Ce bourdonnement dura jusqu'aux grandes vacances.

Jan accueillit tous ces événements avec une sorte de stupéfaction sombre. Stupéfaction de voir la Bande des Quatre presque anéantie – ne restait plus que Torgny Fridman.

C'était le *pacte*. Rami s'était arrangée pour s'en acquitter.

Mais de son côté, Jan n'entendit plus parler d'elle, et il s'écoula cinq ans avant qu'il ne trouve le nom

RAMI dans la vitrine de l'unique disquaire de Nordbro. Son premier album venait de sortir. En l'achetant, il vit qu'une des chansons avait pour titre *Jan et moi*.

C'était un signe d'elle – forcément.

Il avait commencé à travailler à la crèche du Lynx et, à l'automne, en voyant la psychologue Emma Halevi arriver avec son fils William, il pensa aussitôt au Paf et à la Psychoblablateuse.

Et au pacte.

Ces souvenirs d'adolescence conduisent Jan à réaliser, au sous-sol de l'hôpital, qu'il ne s'est pas demandé une seule fois de tout l'automne *pourquoi* Rami est internée à Sainte-Barge.

Qu'a-t-elle fait pour atterrir ici, dans une section fermée ?

Il ne sait pas et ne veut pas y réfléchir pour le moment. Il va se contenter de l'attendre là, au sous-sol.

Un bruit brise le silence – un hurlement. Des sirènes qui s'approchent de l'hôpital. Elles viennent de la route, de plus en plus fortes malgré les murs épais.

Des voitures de pompiers ?

Jan voit qu'une nouvelle lumière s'est allumée sur le mur : un point rouge qui clignote dans le noir sous le voyant jaune. Une alarme ?

Il regarde l'heure. Dix heures moins le quart. L'exercice semble avoir commencé plus tôt que prévu.

Soudain, son téléphone sonne dans sa poche. Jan sursaute mais se dépêche de décrocher.

« Allô ? » fait-il tout bas, s'attendant à entendre Lilian à l'autre bout du fil. Que lui dire ?

Mais c'est une autre voix de femme, qui semble inquiète :

« Jan… C'est Marie-Louise.

— Bonsoir, Marie-Louise, dit Jan à sa chef, en serrant plus fort le téléphone. Tout va bien ?

— Pas vraiment… Il s'est passé quelque chose. Je téléphone à tout le monde, mais presque personne ne répond… je me demandais, tu as vu Leo ? Leo Lundberg, de notre maternelle ?

— Non… Comment ça ?

— Leo a fugué de sa famille d'accueil, dit Marie-Louise. Il jouait dehors, avant la tombée de la nuit… Mais quand ils sont sortis dans la cour, il avait disparu. »

Jan écoute, il ne sait pas quoi dire. En ce moment, il a du mal à penser aux enfants de la maternelle, mais il faut bien qu'il dise quelque chose :

« Leo est mon préféré. »

Marie-Louise se tait, comme si elle ne comprenait pas.

« L'important, c'est de le retrouver, finit-elle par dire. Où es-tu, Jan ? Chez toi ? »

Il se sent démasqué et baisse encore plus la voix :

« Oui, je suis chez moi.

— Très bien. Bon, maintenant, tu es au courant. La police cherche de son côté. Appelle… si tu vois quelque chose.

— Bien sûr. Je t'appelle. »

Jan raccroche. Ouf. Il songe à Leo, toujours inquiet, qui ne tient pas en place. Sa fugue est une mauvaise nouvelle, mais la police est sur le coup et Jan ne peut rien faire. Tout ce qu'il peut faire, c'est rester ici, pour Rami.

À peine quelques minutes plus tard, il entend un nouveau bruit : un grincement souterrain, sourd, de plus en plus fort.

Ça vient de la cage d'ascenseur.

Le pouls de Jan s'accélère, il fait deux pas vers la large trappe dans le mur. Elle ne bouge pas, mais le bruit augmente. Le monte-charge est en train de descendre.

Et il s'arrête derrière la trappe. Un choc étouffé retentit dans la remise, le silence se fait – puis la trappe s'ouvre doucement. Il y a quelqu'un dans le monte-charge, quelqu'un qui veut sortir.

Le cœur de Jan bat à se rompre, il avance d'un pas.

« Tu es arrivée, dit Jan. Bienvenue… »

Il voit un bras sortir de la trappe, puis une jambe en jean. Mais immobiles. Le bras et la jambe pendent vers le sol, sans vie.

« Rami ? »

Jan fait un dernier pas jusqu'à la trappe et tend la main – mais soudain tout se met à aller trop vite pour lui. La trappe s'ouvre d'un coup, à la volée. Jan n'a pas le temps de l'éviter. Il la reçoit en pleine poitrine, un éclair de douleur et il s'effondre.

Quelque chose siffle, l'air s'emplit d'une buée blanche. Et soudain Jan n'arrive plus à respirer.

Il ferme les yeux, tousse, recule, ses jambes se dérobent et son dos heurte le sol.

Du gaz lacrymogène, il a reçu du gaz lacrymogène en plein visage.

Un corps est poussé hors du monte-charge de la blanchisserie, lourd et sans vie, et atterrit à côté de lui comme un sac de terre.

Jan cligne des yeux, larmoyant, il essaie de voir. Un corps couché près de lui, un visage qui le fixe.

Un homme. Un surveillant. Son cou béant : on l'a égorgé.

Jan le touche, du sang chaud lui couvre les mains.

Il reconnaît alors le surveillant : c'est Carl, le batteur des Bohemos, qui devait accompagner Ivan Rössel – mais il est mourant.

« Carl ? »

Ou déjà mort. Carl ne bouge pas, il saigne beaucoup. Son sang semble noir, il a imbibé son T-shirt.

Jan cligne des yeux pour tenter d'y voir clair malgré le gaz lacrymogène. Dans la trappe, derrière le cadavre, il devine un mouvement. Une ombre.

Il comprend qu'il y a quelqu'un d'autre dans le monte-charge : quelqu'un qui s'est serré pour descendre au sous-sol avec le surveillant agonisant.

L'ombre s'extrait et se déplie dans la remise – une longue silhouette en vêtements d'hôpital : veste de survêtement grise, pantalon en coton, tennis blanches.

Un patient.

Mais Jan voit que ce n'est pas Alice Rami. Le corps est grand et large, les cheveux sont sombres.

C'est un homme.

Il se penche sur Jan, toujours à terre. Il dégage une odeur de fumée, de lacrymogène et d'autre chose – alcool à brûler ou essence.

Soudain, il fait un mouvement rapide vers Jan, lui retourne les mains et tire dessus.

« Relax », dit l'homme à voix basse.

Jan ne peut pas bouger les bras. Ses poignets sont

entravés par une bande de plastique, comme des menottes.

L'homme range sa bombe lacrymogène dans sa poche et relève Jan du sol en ciment. Son visage reste dans l'ombre, mais Jan voit qu'il a une autre arme que la bombe lacrymogène. Il tient un couteau court dans la main droite.

Non, ce n'est pas un couteau. C'est un rasoir, au fil taché de sang.

« Je sais qui tu es, dit l'homme. Je t'ai entendu me parler. »

Sa voix est rauque, mais calme et distincte. Il n'y a que ses mains qui ont des mouvements brusques en saisissant Jan.

« Tu vas m'aider à sortir. »

Jan cligne des yeux.

« Qui êtes-vous ? »

D'un geste vif, l'homme porte sa main gauche sous son menton. Clic.

« Regarde donc. »

Une lumière blanche s'allume dans le noir et éclaire son visage – et Jan le reconnaît.

C'est Ivan Rössel, l'Angelot à la main. Il a plusieurs années de plus que sur les photos des journaux, des rides profondes marquent son visage émacié. Ses cheveux bouclés, à présent gris, lui tombent sur les épaules.

Jan tousse et cligne des yeux.

« Rami, chuchote-t-il en regardant l'Angelot. J'avais donné ça à Alice Rami.

— C'est à moi que tu l'as donné, dit Rössel.

— Rami devait descendre me rejoindre et…

— Il n'y aura personne d'autre ce soir, le coupe Rössel. Juste toi et moi. »

Il bouscule Jan en levant le rasoir vers sa gorge.

« Allez, viens, camarade, dit-il. Il faut qu'on parte d'ici… et on va cacher ça dans le monte-charge. »

Rössel montre le corps de Carl.

« Prends ses bras. »

Jan est à nouveau bousculé et se met en mouvement comme un somnambule. Il étend ses deux mains attachées et attrape le surveillant mort par le buste. Il le soulève pour le remettre dans le monte-charge.

« Allez, pousse-le dedans ! »

Jan se penche à l'intérieur de la cabine et lutte avec le corps lourd. Des bras sans vie, des jambes pendantes. Il faut tout faire rentrer.

Il voit la ceinture de Carl. L'étui de sa bombe lacrymogène est vide, mais des bandes de plastique blanc sont accrochées à côté. D'autres menottes, prêtes à être passées à des poignets.

Jan tend les mains pour pousser le corps dans le monte-charge – et en profite pour arracher de sa ceinture les deux entraves plastique.

Il les glisse vite sous son T-shirt, sans se faire voir. Puis il recule d'un pas et Rössel referme la trappe.

« Allez, viens », dit-il.

Jan ne peut rien faire. Il est poussé en avant. Hors de la blanchisserie, des salles désaffectées. Impossible de s'arrêter : aussitôt Rössel le bouscule et il sent la lame du rasoir sur sa gorge.

Jan est forcé de traverser le sous-sol, toujours comme un somnambule. Ses yeux piquent, ses mains sont couvertes de sang.

Que s'est-il passé ? Mais que s'est-il donc passé ?

Ivan Rössel était serré dans le monte-charge avec le surveillant Carl. Et Carl était mort, égorgé par Rössel.

Et Rami ? C'était elle qui devait descendre, mais…

« Ne te perds pas, dit Rössel en poussant Jan vers une porte. Suis les bouts de papier, si tu ne retrouves pas le chemin. »

Mais Jan n'est pas perdu. Ils parcourent les couloirs du sous-sol sans rencontrer personne. Puis traversent l'abri et s'engagent dans le couloir de la maternelle, où les néons sont allumés.

Jan s'arrête devant la porte de l'ascenseur. Il tourne la tête.

« Ils vous attendent, là-haut, dit-il. Vous devez être au courant ? Une famille… Ils veulent vous parler au sujet de leur frère disparu. John Daniel… »

Rössel secoue la tête.

« Ils ne veulent pas *parler*, dit-il. Ils pensaient me tuer là-haut, c'était ça le plan. Carl m'a vendu.

— Non, ils veulent juste savoir où…

— Ils veulent m'assassiner, je le sais. » Rössel le bouscule, l'éloigne de l'ascenseur, vers l'escalier qui remonte à la Clairière. « Maintenant je n'ai plus confiance qu'en toi, camarade. Et on va partir d'ici. »

Rössel continue à parler à voix basse et distincte. Une voix de professeur, habituée à commander et expliquer.

Il pousse Jan devant lui dans l'escalier, vers la porte de la Clairière.

« Ouvre. »

Jan hésite, mais sort sa carte magnétique et la glisse dans le lecteur.

Rössel ouvre la porte et ils traversent la maternelle – ils passent devant le casier où sont cachés les livres illustrés de Rami. Avec le journal de Jan. Il pensait les lui montrer ce soir, il attendait ce moment.

À un portemanteau, des vêtements oubliés par Andreas, un imperméable et une casquette. Rössel les enfile.

Puis il ouvre à la volée la porte d'entrée et conduit Jan dans la cour. La nuit est froide, plus froide que Jan ne s'en souvenait. Mais du coup ses yeux le brûlent moins.

Il chasse quelques larmes en clignant des yeux et regarde alentour. Du côté de l'hôpital clignotent des gyrophares rouges et bleus. Des voitures de police, de pompiers, des ambulances. L'exercice d'incendie est en cours – pour autant qu'il s'agisse d'un exercice : Rössel sent la fumée.

Rössel ne s'arrête pas, il ne regarde même pas vers les véhicules de secours.

« Tu as une voiture ? » se contente-t-il de demander.

Jan hoche la tête. Elle est garée en vue de la maternelle, il ne l'a pas fermée.

« Alors on y va. »

Arrivé à la Volvo, Rössel tâte le jean de Jan et saisit son téléphone portable. Il disparaît dans l'imperméable.

Puis il fait un geste rapide, un coup de rasoir – et soudain Jan peut à nouveau bouger les mains.

« Allez, en voiture, camarade ! »

Rössel ouvre la portière du conducteur, force Jan à s'installer au volant et jette l'Angelot sur le siège passager, avant de refermer. Puis la portière arrière s'ouvre et Rössel s'assied sur la banquette, derrière Jan.

L'odeur de Rössel – il pue la fumée, l'essence et le gaz lacrymogène – le prend à la gorge dans la voiture.

« Démarre ! »

Rami ? songe Jan en regardant ses mains posées sur le volant. Il ouvre la bouche.

« Je ne peux pas conduire. Je n'y vois rien.

— Tu vois bien la route, dit Rössel. Éloigne-toi de l'hôpital. Continue tout droit, jusqu'à ce que je te dise. »

Jan fait une dernière tentative pour comprendre ce qui s'est passé :

« Où est Rami ?

— Oublie-la, dit Rössel. Il n'y a pas de Rami à l'hôpital… C'est avec moi que tu as parlé. Depuis le début.

— Mais Rami doit avoir… »

Rössel presse la lame de rasoir contre sa trachée. La lame tremble.

« Démarre *maintenant*. Sinon ce sera comme avec Carl… D'une oreille à l'autre. »

Jan ne dit plus rien. Il met le contact et appuie sur l'accélérateur.

Rössel garde le rasoir sous son menton, et c'est sous cette menace que Jan se résout à s'éloigner de Sainte-Barbe, du mur d'enceinte et de la maternelle. De la possibilité de revoir Alice Rami.

Il quitte les lumières de la ville et s'engouffre dans la nuit.

52

Jan conduit un assassin dans la nuit. Un assassin qui tient un rasoir contre son cou. Mais qui en même temps se soucie de lui, constate-t-il. De sa main libre, Rössel a monté le chauffage :

« Trop chaud ?

— Non. »

Les ventilateurs de la voiture font un ronron hypnotique. Dehors, dans les rues, règne un froid hivernal, mais dans l'habitacle on se croirait en été. Rössel ne lâche pas son rasoir.

« Tourne là », dit-il à un croisement.

Jan prend à droite. Ses yeux le brûlent toujours, mais il commence à mieux y voir.

Il y a peu de voitures dans les rues. Ils ne croisent que quelques taxis.

« Continue tout droit », dit Rössel, et Jan obéit.

Ils sortent du centre-ville, traversent une zone industrielle. Jan conduit sans réfléchir et ils finissent par se retrouver sur l'autoroute vers Göteborg. Déserte elle aussi.

« Accélère », dit Rössel.

Un camion quittant la ville les dépasse avec fracas

et, des deux côtés de l'autoroute, on devine entre les arbres les lumières de fermes isolées – pas d'autres traces humaines ce soir : c'est vendredi, les gens sont chez eux. L'autoroute n'est pas surveillée.

« Nous voilà sortis de la ville, dit Rössel. Dans la cambrousse. »

Jan ne répond pas. Il maintient son allure mais, au bout de dix minutes, Rössel se penche en avant avec un nouvel ordre :

« Sors là-bas. »

C'est la bretelle d'une aire de repos, éclairée à l'entrée et à la sortie par deux lampadaires, mais déserte.

Jan s'y engage et s'arrête aussitôt – il veut laisser la voiture près des éclairages, et Rössel ne proteste pas.

« Éteins le moteur », se contente-t-il de dire.

Jan obéit et le silence se fait sur le parking. Silence complet.

Il entend Rössel pousser un profond soupir, avant de dire :

« L'odeur a disparu… L'odeur d'hôpital. »

Mais Jan sent toujours les effluves aigres de lacrymogène et d'alcool à brûler qui imprègnent ses vêtements, et demande à voix basse :

« Qu'est-ce qui s'est passé à l'hôpital ? »

Rössel inspire.

« C'était un vrai incendie, dit-il. J'avais sorti en cachette du solvant et un briquet de l'atelier de peinture. J'ai tout versé dans le couloir, et j'ai allumé. »

La lame du rasoir recule de quelques centimètres pendant qu'il répond, aussi Jan pose-t-il une autre question :

« Et puis ?

— Ç'a été le chaos, bien sûr. Ce n'était plus un exercice. C'est toujours le chaos quand les plans ne marchent pas. Mais je suis resté calme et je me suis dirigé vers la remise. C'était ouvert, il n'y avait qu'à entrer… Pourtant il a fallu que je change un peu mon plan au dernier moment. » Il soupire. « Quelqu'un a essayé de m'arrêter.

— Il s'appelle Carl, dit Jan.

— Je sais, dit Rössel. Mais maintenant il n'a plus besoin de nom. »

Jan se tait. Il se rend compte que Rössel n'a pas prononcé le sien non plus. Pas une seule fois.

Rössel soupire à nouveau en bougeant sur sa banquette.

« Fini cette odeur. C'est la solitude qui pue à l'hôpital… De longs couloirs pleins de solitude, comme dans un cloître. » Il se penche en avant. « Et toi, camarade ? Tu es seul, toi aussi ? »

Jan regarde par la portière le parking désert. Il réfrène le réflexe de secouer la tête – la lame du rasoir de Rössel est bien trop près de son cou.

« Parfois.

— Seulement parfois ? »

Jan peut répondre n'importe quoi, mais il dit la vérité :

« Non… Souvent. »

Rössel semble content de cette réponse.

« C'est bien ce que je pensais… Tu sens la solitude. »

Jan tourne prudemment la tête. Pas de mouvements brusques.

« J'attendais quelqu'un d'autre ce soir, dit-il. Elle s'appelle Rami… Alice Rami.

— Il n'y a pas de Rami à la clinique.

— Là-bas, elle se fait appeler Blanker… Maria Blanker, au quatrième étage. »

Irrité, Rössel se tortille sur la banquette arrière.

« Tu ne sais rien, dit-il. Maria Blanker n'est *pas* Rami. C'est sa sœur. Et Blanker est au troisième étage.

— La sœur de Rami ?

— Je sais *tout* », dit Rössel. Il semble très sûr de lui, dans le dos de Jan. « J'écoute, je lis les lettres, je construis des petits puzzles… Je sais tout sur tout le monde.

— Mais j'ai écrit des lettres à Maria Blanker, dit Jan. Et elle a répondu.

— Qui sait où atterrissent les lettres ? dit Rössel. Tu as écrit des lettres, mais c'était à moi que tu écrivais. Je donnais un peu d'argent à Carl et il me laissait lire les lettres, et je lisais, je lisais… La tienne était un peu différente, ça a éveillé ma curiosité. Alors j'ai répondu en t'indiquant ma fenêtre au quatrième étage. Tu as laissé ce petit récepteur dans ma boîte aux lettres et tu as appelé l'Écureuil. Et moi j'ai répondu avec mon plafonnier… clic, clic. Tu te souviens ? »

Jan se souvient. Les paroles de Rössel commencent à s'imprimer en lui.

Pas de Rami. Que Rössel, depuis le début.

Qu'a-t-il écrit ? Qu'a-t-il raconté dans l'Angelot ?

Tout. Jan pensait parler à Rami, et il lui a parlé de tout. Il avait tant à lui dire.

« Alors c'est fini », dit-il.

Il se sent las et vide. Mais il ne bouge pas – il a toujours la lame de Rössel sous son oreille droite.

« Ce n'est pas du tout fini, dit Rössel. Ça continue. »

Soudain, il baisse sa main gauche. La lame de rasoir disparaît du champ de vision de Jan. Il entend Rössel soupirer et dire à voix basse, comme pour lui-même :

« Cette sensation, là, une grande route dans le noir… Le sentiment de liberté. Je suis resté enfermé entre quatre murs pendant cinq ans. Et aujourd'hui, j'ai quitté tout ça. »

Jan tourne la tête de quelques centimètres :

« Et tous ceux qui vous ont écrit… vous les avez quittés aussi ?

— Évidemment.

— Hanna Aronsson aussi ?

— Ah, Hanna, dit Rössel d'un ton satisfait. Elle n'est pas là, non ? Ce soir, elle est ailleurs. »

Jan comprend. Rössel a trompé tout le monde.

C'est un psychopathe, incapable de ressentir de la culpabilité, a dit Lilian. *Tout ce qu'il veut, c'est qu'on s'intéresse à lui.*

Jan essaie d'imaginer Rössel en professeur. Avec sa voix douce, il devait inspirer confiance en classe. Et pas seulement là – il devait faire bonne impression à beaucoup de gens qu'il rencontrait dans la rue, sur les routes, en camping. Un air absolument inoffensif.

Bonjour, moi c'est Ivan, je suis prof, en vacances… Dis donc, tu pourrais me donner un coup de main pour rentrer cette table dans la caravane ? Celle-là, qui est toute seule dans son coin. Oui, c'est ça, cette table basse, ce serait super si on arrivait à la faire entrer... Je sais qu'il est tard, camarade, mais tu voudras peut-être un petit café quand on aura fini ? Ou quelque chose de plus fort ? J'ai de la bière et du vin... Oui, très bien, entre en premier. Attention, il fait noir là-dedans, on y voit à peine. Voilà, continue tout droit maintenant...

Jan frissonne, malgré la chaleur.

Sur la banquette, derrière lui, il entend Rössel. Sa voix, tout près de son oreille :

« On va bientôt y aller, maintenant qu'on est sur la grand-route… On va faire un petit voyage ensemble. »

Jan n'a qu'une idée en tête, et il finit par la dire :

« On devrait rentrer à l'hôpital.

— Et pourquoi ça ?

— Parce que… les gens là-bas vont s'inquiéter de vous savoir dehors. »

Rössel tousse, ou ricane.

« Pour le moment, ils ont d'autres chats à fouetter. » Il se tait, puis reprend : « Mais c'est ça dont je parle, la liberté de choisir sa route. Je veux faire des choses, dehors. Écrire des livres, me confesser… J'ai promis de montrer où est caché un garçon disparu, tu es au courant, non ? Ce serait bien ?

— Oui, dit Jan. Ce serait bien.

— Ou bien…, continue Rössel, ou bien on pourrait faire d'autres choses. Des choses dont personne ne veut parler. Des choses auxquelles tu penses sans arrêt. »

Jan a la bouche sèche, il écoute la voix douce et sent les paroles de Rössel s'insinuer en lui. Mais il finit par se retourner vers la banquette arrière :

« Vous ne me connaissez pas.

— Oh si. Je te connais. Tu m'as tout raconté. Et c'est bien comme ça… C'est bon d'être débarrassé de ses secrets.

— Je n'ai pas… »

Mais Rössel l'interrompt :

« Alors maintenant, tu dois choisir.

— Choisir quoi ?

— Eh bien, tu veux faire des choses, non ?

— Quelles choses ?

— Des fantasmes que tu voudrais réaliser », dit Rössel. Il désigne l'Angelot posé sur le siège passager et continue : « J'ai entendu tes rêves là-dedans… Quelqu'un t'a profondément blessé quand tu étais petit et, depuis, tu rêves de vengeance. »

Jan regarde la route déserte et entend Rössel à son oreille :

« Si tu pouvais choisir entre le bien et le mal… entre sauver une famille ou te venger de cette blessure, que choisirais-tu ? »

Jan ne dit rien. La voiture semble très froide à présent, la nuit se presse aux vitres.

« C'est l'occasion qui fait le larron, continue Rössel. Mais avant l'occasion, il faut des fantasmes… des fantasmes comme les tiens.

— Non.

— Si. Tu rêves d'enfermer quelqu'un. D'enfermer un petit garçon. »

Jan se dépêche de secouer la tête. Mais il ne dit rien.

Et l'obscurité est totale, et la route et la nuit l'attirent.

« Pas un petit garçon, dit-il.

— Si, dit Rössel. Ce fantasme tourne comme un film dans ta tête, hein ? On a tous nos fantasmes préférés. »

Jan hoche la tête, il sait.

« Les fantasmes sont comme une drogue, continue Rössel à voix basse. Les fantasmes *sont* une drogue. Plus on fantasme, plus ils sont puissants. On a envie de faire du mal à quelqu'un. Exécuter un rituel maléfique. On n'échappe jamais à ces pensées-là, pas avant de faire quelque chose pour. »

Rössel se penche à nouveau en avant.

« Qu'est-ce que tu choisirais ? demande-t-il. Faire le bien ou le mal ? »

Choisir ?

Jan baisse les yeux.

« Je ne peux pas choisir.

— Mais tu dois, dit Rössel. Vas-tu te réconcilier ou te venger ? Regarde la route, elle bifurque bientôt… Tu dois choisir, maintenant. »

Jan cligne des yeux.

Il regarde la route obscure. Il ferme les yeux.

Choisis maintenant.

53

Jan n'a presque pas besoin d'appuyer sur l'accélérateur ni de tenir le volant, la Volvo avance docilement. Elle glisse sur la crête d'une vague noire. Loin de Sainte-Barge. Vers l'est, sur la grand-route.

Lui et le Farouche voient défiler des localités suédoises dont les noms sonnent un peu comme une comptine : Vara, Skara, Hova, Kumla, Arboga. La forêt de sapins s'épaissit le long de la route.

En chemin, Jan raconte au Farouche la vengeance contre la Bande des Quatre. Il croit à présent savoir comment les choses se sont passées :

C'était le début de l'été, il y a quinze ans... tu avais sorti ta caravane et tu sillonnais les forêts vers l'intérieur des terres. Tu cherchais un bon endroit pour l'installer... Un endroit caché, comme d'habitude. Et soudain, tu as trouvé un lac tout au fond des bois. Le seul signe de vie était une petite tente de l'autre côté.

Tu as installé ta caravane et tu as fait un petit tour pour repérer les environs. Puis tu es rentré, peut-être que tu as bu un coup, au crépuscule. Bu, et bu encore... et puis tu as fini par être curieux de savoir qui était dans cette tente. Et tu y es allé.

C'était trois garçons qui fêtaient la fin de l'année scolaire. Tu t'es présenté comme un prof, tu as essayé d'entrer en contact. Ils t'ont ri au nez, t'ont traité de « pédo ». Alors tu es rentré la queue entre les jambes à ta caravane et tu as bu encore. Couché sur ton lit, tu pensais aux garçons, tandis que la nuit tombait. Et à minuit passé, tu es retourné à la tente, mais cette fois avec un couteau...

Le Farouche se tait. Il se contente d'écouter Jan raconter son attaque contre deux des garçons, tandis que le troisième tente de fuir le long du chemin forestier – mais le Farouche va chercher sa voiture et finit par le rattraper.

« Je ne m'en souviens pas, dit le Farouche, mais ça s'est peut-être passé comme ça.

— Oui. » Jan hoche tout seul la tête. « Mais il en reste un.

— Il en reste un, dit le Farouche en levant son rasoir… pour le moment. »

Jan conduit, conduit sans s'arrêter jusqu'aux environs de Nordbro. Là, il se gare sur une aire de repos, coupe le moteur, et ils dorment quelques heures. Personne ne vient les déranger.

Le jour se lève lentement à l'horizon. C'est l'aube, puis le matin.

Jan se réveille derrière le volant, secoue le Farouche et démarre.

Il est dix heures quand ils entrent dans la ville natale de Jan. Les rues sont givrées et désertes. C'est samedi matin.

La voiture se dirige vers le centre, jusqu'à ce que

Jan freine en voyant un panneau indicateur NORD. Il sait où il va, tourne à gauche, et la voiture roule comme sur des rails à travers la ville. Personne ne peut plus les arrêter.

Et ils arrivent. ATTENTION À NOS ENFANTS ! sur le panneau. C'est une banale zone pavillonnaire, c'est là que l'ennemi de Jan habite avec sa femme et son petit garçon.

La maison de brique numéro 7. Une boîte brune comme toutes les autres.

Jan manœuvre et se gare de l'autre côté de la rue. De là, on peut voir par la fenêtre de la cuisine. Il y a de la lumière, mais on n'y voit qu'une femme en peignoir. Elle est assise, la tête penchée devant la table du petit-déjeuner.

La femme de Torgny Fridman ignore tout des fantasmes et des crises. Elle continue de manger, seule.

« On l'a raté », dit le Farouche.

Jan redémarre et, cette fois, suit les panneaux qui indiquent le centre-ville. Dans sa tête ses tympans tambourinent.

Ils se garent dans une rue perpendiculaire à la quincaillerie Fridman. Jan fait tout comme il faut : il nourrit le parcmètre, ajuste son blouson et ses cheveux pour avoir l'air soigné.

Le Farouche enfonce sa casquette et tend la main.

« Donne-moi les clés de la voiture… En cas de départ précipité. »

Jan les lui laisse. Ensemble ils longent la rue commerçante, tournent au coin et entrent dans la quincaillerie. Une clochette tinte, mais personne ne se tourne vers eux. Il est tôt, il n'y a dans la boutique qu'un vieil habitué.

Et le quincaillier. Derrière son comptoir, Torgny Fridman présente à son client différents modèles de râteaux pour ramasser les feuilles mortes. Il fait des petits mouvements ridicules pour montrer comment les utiliser.

Jan oblique en silence vers la droite, vers le rayon des gros outils d'acier. Des armes, tous sont des armes. Du coin de l'œil, il voit le Farouche se diriger au fond du magasin vers le rayon des couteaux de chasse.

Il reste six exemplaires de la plus grosse hache, avec son manche en bois de presque un mètre de long. Jan en saisit une et la soupèse.

Il s'est rejoué tant de fois la scène du combat final contre la Bande des Quatre, mais c'était toujours le Farouche qui avait le rôle principal. Jusqu'à maintenant.

Jan va au comptoir avec la hache et attend patiemment que le vieux client paie son râteau et s'en aille. Cela prend une minute – puis il se retrouve enfin face à Torgny Fridman, la hache à la main. Torgny lui adresse un petit sourire, comme à n'importe quel client.

Jan ne sourit pas. Les courbettes devant Torgny, il a déjà donné.

« J'ai choisi ça », se contente-t-il de dire en posant la hache sur le comptoir.

Torgny hoche la tête.

« Bon choix, dit-il. Du bois à couper pour l'hiver ? »

Il n'a pas le temps d'en dire davantage, Jan entend soudain des chaussures cavaler dans son dos. Des petites chaussures d'enfant.

« Papa ! J'ai fini les chats, Papa ! »

Jan tourne la tête et voit un petit garçon, le fils de Torgny, qui arrive en courant, un cahier de coloriage à la main.

« Très bien, Filip, dit Torgny. Papa arrive tout de suite ! »

Il hoche à nouveau la tête vers Jan, avec un impersonnel :

« Ce sera tout ?

— Non. » Jan pose la main sur la hache. « Tu ne te souviens pas de moi ? »

Torgny semble interloqué.

« Non, je…, commence-t-il, mais Jan l'interrompt :

— Jan Hauger. »

Torgny secoue la tête.

« Ça fera trois cent quatre-vingt-dix-neuf couronnes. »

Il a sorti un sac plastique pour la hache, mais Jan la retient sur le comptoir.

« Je préférerais mourir plutôt que d'avoir de nouveau affaire à vous. »

Comme Jan parle, un masque tombe du visage de Torgny. Le masque du commerçant disparaît. Derrière, c'est la confusion. Jan veut faire ressurgir le Torgny de quinze ans, celui qui faisait subir aux autres des brimades, il doit bien en rester quelque chose, derrière.

Il garde la main sur la hache et continue de parler, comme à un enfant :

« Toi et ta bande, vous m'avez brûlé avec des cigarettes. »

Torgny écoute, sans rien dire.

« Puis vous m'avez enfermé dans le sauna de l'école, la température à fond. »

Le boutiquier finit par ouvrir la bouche.

« J'ai fait ça, *moi* ?

— Toi et les trois autres.

— Et pourquoi ? » demande Torgny.

Jan ne répond pas. Ses tympans tambourinent.

« Je sais que tu te souviens de moi, se contente-t-il de dire. Il y avait toi, Peter Malm, Niklas Svensson et Christer Vilhelmsson. »

Il voit Torgny hocher la tête, et continue :

« Tes amis… ceux qui sont morts en forêt.

— Je me souviens, dit Torgny. Je sais ce qui s'est passé. »

Jan lorgne de côté. Il devine que le Farouche est quelque part dans son dos.

« C'est Christer qui a poignardé Niklas et Peter, continue Torgny à voix basse. Dans leur tente. »

Jan le regarde. Torgny hausse un peu la voix, et parle plus vite :

« Ils étaient partis camper la dernière semaine d'école. Je n'étais pas avec eux, alors je ne sais pas tout… mais il y a eu une dispute. C'était Peter, il fallait toujours qu'il teste les gens, qu'il essaie de les pousser à bout. Christer n'a pas supporté… Il a fini par craquer, et il avait un couteau. Niklas et Peter ont été poignardés pendant leur sommeil, et Christer s'est enfui dans la forêt, où une voiture l'a renversé. »

Jan secoue la tête.

« Ce n'était pas Christer Vilhelmsson. C'était…

— *C'était* Christer, dit Torgny. Il était toujours avec nous, mais c'était le souffre-douleur, qui prenait tout dans la figure. Il était tout en bas dans la hiérarchie.

— C'était *moi*, tout en bas, dit Jan.

— Non. » Torgny secoue la tête. « Tu n'étais rien pour nous… Tu t'es juste trouvé dans nos pattes. »

Jan ouvre à nouveau la bouche – mais se retourne soudain. Le Farouche a disparu.

Torgny regarde lui aussi dans la boutique.

« Filip ? demande-t-il. Où est Filip ? »

Jan lâche la hache et s'éloigne du comptoir à reculons. Son dos heurte quelqu'un, un autre client, mais il ne s'arrête pas. Il s'enfuit.

Sort dans le froid de l'automne. Il y a davantage de monde dans la rue, à présent, des visages inconnus.

Jan aperçoit sa Volvo, elle sort du parking. Il voit le Farouche derrière le volant, et sur le siège à côté de lui dépasse une petite tête. Un garçon de cinq ans.

« Rössel ! »

Le garçon sur le siège avant semble entendre le cri de Jan, il tourne la tête et regarde en arrière, mais la voiture ne s'arrête pas.

Jan comprend où va le Farouche : au bunker près du lac de la réserve ornithologique. Il va enfermer le garçon derrière les murs de béton armé. Pas deux jours, cette fois, beaucoup plus longtemps. Des semaines, des mois, peut-être pour toujours. C'est bien là-dessus que Jan a tant fantasmé, non ? La vengeance ultime contre la Bande des Quatre – enlever un de leurs enfants.

« Rössel ! crie-t-il. Arrête ! »

Les gens se retournent vers lui, mais il n'y fait pas attention. Il s'élance à toutes jambes sur le trottoir. Il voit le Farouche ralentir et s'arrêter, mais c'est seulement à un feu rouge. La Volvo clignote à présent vers la droite, elle va bientôt tourner et disparaître pour toujours avec le fils de Torgny. Sans laisser de trace.

Jan ne peut rien faire, et à présent il regrette tout. Il regrette tout ce qu'il a fantasmé. Il ferme les yeux, une seule pensée en tête :

Mauvais choix.

54

Jan conduit en regardant l'autoroute à travers le pare-brise. Il a rêvé un chemin dans la nuit, mais en a choisi un autre. Il n'est pas retourné à Nordbro avec Rössel, n'a pas retrouvé Torgny, n'a pas enlevé son fils.

C'était un fantasme auquel il a fini par lâcher la bride, mais tout désir de vengeance a disparu à présent. Il sait que tous les fantasmes violents finissent de la même façon quand ils se réalisent : dans la terreur, les remords et la solitude.

Il roule avec Rössel sur l'autoroute depuis presque une heure, ils ont atteint les faubourgs de Göteborg. C'est Rössel qui l'a guidé jusqu'ici. Quand Jan a choisi sa route, la lame de rasoir a disparu de son cou.

« Je savais que tu choisirais ça », dit Rössel.

Il trône toujours sur la banquette arrière et se penche en avant.

« Nous sommes sur la bonne voie. On va sortir en forêt ensemble… retrouver une tombe. C'est ce que j'ai promis.

— D'accord, dit Jan. Mais après ? Vous retournerez à l'hôpital ?

— Bien sûr.

— Il y a des psychologues à Sainte-Barbe, dit Jan. Ils peuvent vous aider. »

Rössel éclate de rire.

« *Les psychologues*, dit-il, comme s'il s'agissait d'animaux nuisibles. Les psychologues veulent des réponses qu'ils n'obtiennent pas. Ils m'interrogent sur mon enfance, demandent s'il y a des maladies mentales dans ma famille… Ils veulent trouver une bonne raison pour expliquer pourquoi je me suis baladé tous ces étés avec ma caravane pour ramasser des jeunes, mais il n'y en a pas, de raison. Le monde n'est pas compréhensible… Alors, est-ce que tu sais pourquoi j'ai fait ça ?

— Non, dit Jan. Et je ne veux pas…

— Je les ai enlevés parce que j'étais mauvais, continue Rössel. Parce que je suis le fils de Satan, et que je veux régner sur la vie et la mort… Ou juste parce que ceux que je choisissais étaient ivres et minables, alors que j'étais fort et sobre. » Il se penche en avant. « Ou alors peut-être que je suis innocent, qui sait ? Qui vivra verra. »

Jan veut mettre fin aux sarcasmes de Rössel et il regarde dans le rétroviseur.

« Est-ce que vous êtes déjà allé dans la forêt aux alentours de Nordbro ? demande-t-il. Pour camper ?

— Nordbro ? Non… jamais aussi au nord. »

Jan se demande si Rössel ment. Probablement pas. Peut-être la réponse simple sortie de l'inconscient de Jan est-elle exacte : un des membres de la Bande des Quatre en a tué deux autres.

Le monde n'est pas compréhensible, juste obscur.

Alors Jan continue de conduire, en serrant fort le volant. Mais la jauge d'essence est dans le rouge – il n'a pas fait le plein avant ce voyage. Il voit une station-service sur le bord de l'autoroute et la montre d'un geste :

« Il nous faut de l'essence. »

Pas de réponse. Dans le rétroviseur, il voit Rössel penché en arrière, les yeux fermés. Le rasoir est posé à côté de lui, il a la main sur la bombe lacrymogène.

Jan s'engage dans la station-service, roule au pas entre deux poids lourds et s'arrête devant une pompe, dans la lumière froide des néons.

Il prend sa carte bancaire et sort dans le froid.

En descendant de la voiture, il sent des bandes de plastique contre son ventre. Les menottes prises à Carl et cachées sous son T-shirt – elles sont toujours là. Les utiliserait-il contre Rössel, s'il en avait l'occasion ?

Si une patrouille de police entrait maintenant dans la station-service, Jan donnerait-il l'alarme ? Rössel pourrait alors être arrêté et Jan serait libre.

Mais on ne retrouverait jamais le frère de Lilian.

Et c'est pour ça qu'ils sont ici.

Jan décroche la pompe et commence à faire le plein, en lançant de rapides coups d'œil vers l'intérieur de la voiture. La tête et le visage de Rössel sont cachés par le toit du véhicule, mais il voit son corps affalé sur la banquette, son pantalon gris. Immobile. Rössel s'est-il vraiment endormi ?

Il continue à faire le plein et regarde alentour. Des rangs de pompes luisantes au garde-à-vous sous les néons et, un peu plus loin, un poids lourd qui s'éloigne avec un bruit sourd.

Un cliquettement. Le réservoir est plein, Jan raccroche la pompe.

Il jette alors un nouveau coup d'œil dans la voiture – et sursaute. La banquette arrière est vide.

Rössel a disparu, avec son rasoir et sa bombe lacrymogène.

Jan regarde autour de lui. Personne sur le parking. Personne, mais plein de poids lourds. Ils sont alignés à dix ou douze mètres de là, garés si serrés qu'ils forment un labyrinthe sur l'asphalte.

Rössel s'est-il faufilé entre eux ?

Jan laisse la voiture et se dirige doucement vers les camions.

Il s'accroupit pour essayer de regarder dessous, mais ne voit pas de pantalon gris se déplacer de l'autre côté.

Son ventre se serre de découragement et il retourne lentement vers la voiture.

« Je suis là », fait la voix de Rössel dans son dos.

Jan s'arrête net et se retourne.

« Tu croyais que j'avais disparu ? »

Jan secoue la tête. Rössel et lui se comprennent. Ils doivent maintenant se rendre sur la tombe, et aucun des deux ne fera faux bond à l'autre. Pour la suite, on verra.

« Où étiez-vous passé ? »

Rössel tient sous le bras deux pelles à la lame pointue et quelque chose qui brille dans sa main libre. Une bouteille.

« J'ai fait des courses, dit-il. Je suis passé à la boutique acheter deux pelles, et après je suis allé voir les routiers. Ils viennent de toute l'Europe… les chauffeurs ont parfois de l'alcool. Alors j'ai acheté une bouteille. »

Il la brandit, c'est de la vodka.

« Avec quel argent ?

— Le tien. » Rössel tend quelque chose à Jan – son portefeuille. « Tu l'avais oublié dans la voiture. »

Jan le reprend en silence.

« Je n'ai pas besoin d'alcool. »

Rössel débouche la bouteille et boit une gorgée. Il ne sourit pas.

« Oh, si. Ce soir, nous avons tous les deux besoin de pelles et d'alcool. »

Ils continuent leur route dans la nuit. Rössel est plus éteint, mais continue à guider depuis la banquette arrière. Il indique de la main :

« Tourne à gauche, ici. »

Un rond-point, puis une route moins large. Göteborg est grand, Jan ne connaît pas cette zone, mais il aperçoit au loin des montagnes découpées et pense être quelque part au nord-est du centre, vers Utby.

« Maintenant à droite, dit Rössel, avant de prendre une gorgée de vodka. Puis encore à droite. »

Jan obéit. Il s'engage sur une route rectiligne le long de laquelle les maisons se font de plus en plus rares, et voit briller dans les phares un panneau indicateur CRÄSTVÄGEN.

Ce nom de rue est le dernier signe de la proximité de la ville : après, plus une maison, il ne reste que la route. Elle se transforme en chemin forestier qui monte le long de pentes abruptes couvertes de buissons et d'arbres sombres.

« Là, dit Rössel à voix basse. On ne peut pas aller plus loin… Gare-toi là. »

Jan arrête la voiture. Il éteint le moteur et allume le plafonnier.

Dans le rétroviseur, il voit Rössel ouvrir la bouteille d'alcool et boire à grandes goulées. Il ferme les yeux en avalant.

« Médicament », dit-il en tendant la bouteille à Jan.

Jan boit une petite gorgée, pas davantage. Il baisse les yeux vers le vide-poche de la portière et y aperçoit des stylos et quelques feuilles de papier. Il a une idée. Il y plonge la main et tend un papier et un crayon à Rössel.

« Faites une carte, dit-il.

— Une carte ? »

Jan hoche la tête.

« Si on devait se perdre en forêt… il resterait ça. » Il se souvient comment lui-même avait mémorisé le paysage aux alentours du bunker près du lac de la réserve ornithologique, neuf ans plus tôt. Il dit : « Vous vous souvenez sûrement du chemin jusqu'à la tombe, n'est-ce pas ? »

C'est la première fois qu'il demande quelque chose à Rössel. Il attend en silence.

Mais Rössel secoue la tête.

« Je ne peux pas… Je ne sais pas dessiner.

— Moi, oui », dit Jan. Il prend le papier et trace deux traits parallèles où il écrit *Trastvägen*. « Voilà où nous sommes… et où allons-nous ? »

Rössel hésite.

« Dessine un sentier, finit-il par dire. Qui monte sur la gauche. »

Jan se met à dessiner. Le trait serpente vers le haut, et Rössel lui indique où marquer les lignes de niveau, les torrents et les rochers. Jan avait vu juste – Rössel a gardé en tête tout le paysage. Il a beaucoup pensé à cet endroit.

« Là, fais une croix sur ce promontoire. » Rössel semble s'échauffer, il montre du doigt sur la carte. « Et écris que… que j'ai trouvé le garçon par hasard dans un parc sur un banc, que je l'ai emmené en forêt et que j'ai enterré le corps là-haut, parmi les rochers. »

Des aveux, pense Jan. Des aveux écrits pour Lilian et sa famille, enfin.

Jan finit d'écrire et montre la carte à Rössel.

Il regarde le papier et hoche la tête.

« Bien, dit Jan à voix basse en posant la carte sur le siège passager.

— Allons-y », dit Rössel.

Il descend de voiture, Jan l'imite. Ils ne vont pas chômer cette nuit.

Jan fait le tour de la voiture et ouvre le coffre, où les pelles les attendent sur une vieille couverture.

Il prend le tout, ainsi que le petit Angelot – ce sera leur unique source de lumière dans le noir.

Rössel se redresse, l'air plus décidé. Il prend la tête, traverse un fossé, s'éloigne du chemin en montant dans les broussailles entre les rochers et les sapins agrippés à la pente.

Ils laissent derrière eux les dernières lueurs de la ville. Les terres sauvages commencent.

Après peut-être trois cents mètres entre les sapins, ils débouchent sur un chaos d'ombres anguleuses. Jan lève l'Angelot et voit luire des blocs de granit charriés par un glacier voilà des milliers d'années et entassés pêle-mêle en moraine au pied d'une falaise verticale. Quelque part dans la nuit, il entend le bruit d'un torrent.

« On va grimper là ?

— Impossible. » Rössel secoue la tête. « Il faut faire le tour… c'est moins raide. »

Ils trouvent un petit sentier qui contourne la moraine et s'élève en diagonale. Rössel montre le chemin : il semble suivre une carte mentale et sans hésiter se penche en avant pour gravir la pente.

Jan suit à quelques mètres. Il garde en mémoire l'image de Carl égorgé et préfère savoir Rössel devant lui, au cas où il aurait toujours son rasoir.

Au bout d'une vingtaine de mètres, Rössel s'arrête pour reprendre son souffle.

« J'ai porté le corps ici, dit-il. C'était dur.

— John Daniel était-il encore vivant ? demande Jan. Vous l'avez tué là-haut ?

— Je ne l'ai pas tué. » Rössel se tourne vers lui, l'air las. « Il est mort dans ma voiture, à cause de tout l'alcool qu'il avait ingurgité ce soir-là. Il s'est étouffé dans son vomi pendant qu'il était dans le coffre. Ce n'était pas ma faute. »

Jan le regarde.

« Il aurait vécu si vous l'aviez laissé tranquille. Comme les autres. »

Rössel hausse les épaules.

« Il n'avait qu'à pas boire. »

Il ne dit rien de plus mais, tandis qu'ils continuent leur ascension, Rössel tourne la tête de tous côtés dans le noir, comme s'il guettait des ennemis.

Un promontoire rocheux s'élève au-dessus d'eux, Rössel disparaît derrière. Jan grimpe les derniers mètres pour le rejoindre.

Le sol s'aplanit. Ils sont parvenus sur un large plateau qui domine la forêt – une partie d'un massif montagneux plus vaste.

Rössel l'attend, la pelle à la main. Il avance de quelques pas et se tourne vers un pin solitaire qui pousse sur le plateau.

« C'est ici que je suis arrivé, cette nuit-là, dit-il. J'avais pas mal randonné dans le coin… je connaissais la zone. La dernière fois, après une violente tempête d'hiver, j'avais remarqué un pin renversé en haut du rocher. Ses racines avaient été arrachées, laissant un gros trou. Un *chablis*. »

Jan lève l'Angelot et voit que le promontoire a quinze ou vingt mètres de large. Il se termine à pic – la falaise au pied de laquelle s'entassent les blocs de granit.

Poussent dessus des broussailles, des buissons et ce pin. Ses racines ont réussi à trouver une fissure pleine de terre et à s'agripper au milieu du rocher. Mais Jan ne voit pas de chablis. Le pin pousse droit, même si au sommet ses aiguilles ne semblent pas en très bonne santé.

« Où est-il ? demande Jan.

— Là. » Rössel s'approche du pin, sa voix est à présent mécanique : « J'ai porté le corps jusqu'ici et je l'ai jeté dans le trou sous les racines… Après quoi j'ai attrapé le tronc et redressé le pin. Voilà, le corps avait disparu. »

Jan dirige l'Angelot vers le sommet de l'arbre.

« Il est en train de mourir.

— Maintenant, oui. »

Jan ne dit rien de plus, il regarde Rössel reculer d'un pas et étendre la couverture devant le pin.

« Creuse par là… Tout près du tronc. »

Jan regarde le sol inégal. Il songe au réseau souterrain des racines, aux secrets, aux différents choix qui s'offrent à un homme.

Il lève alors sa pelle, la plante dans la terre et commence à creuser. Il se sent plein d'énergie, à présent : il lui en faut, le sol est si dur. Peu de cailloux, mais la terre est compacte, pleine de racines qu'il faut trancher.

Rössel a prit l'autre pelle, mais reste surtout à le regarder faire, de l'autre côté du pin.

Jan progresse. Un tas de terre se forme près du tronc de l'arbre tandis que devant lui s'ouvre un large trou.

De temps en temps il éclaire avec l'Angelot, mais ne voit rien.

« Continue », dit Rössel, et Jan se remet à creuser.

Certaines racines sont trop grosses pour qu'il puisse les trancher : il se contente de dégager la terre tout autour avant de creuser plus profond.

Quand il finit par faire une pause, il regarde sa montre : une heure moins le quart. Ses bras lui font mal, mais il lève sa pelle et continue à creuser.

Encore une fine racine qui pointe au fond du trou – croit-il, quand il réalise que c'est autre chose.

Un os jauni.

Jan arrête sa pelle et écarquille les yeux. Il brandit à nouveau l'Angelot et découvre dans son faisceau d'autres os. Des os et des lambeaux de tissu effilochés.

Rössel voit aussi sa trouvaille et hoche la tête.

« Très bien… Continue à creuser. »

Jan hésite.

« Je… Il risque de s'abîmer.

— *Ça* risque de s'abîmer, corrige Rössel. Ce n'est qu'un corps. »

Jan se tait, il plie l'échine et continue. Aussi soigneusement qu'il peut, il gratte la terre autour des os et de plus en plus d'autres fragments blêmes apparaissent. Lentement, ils commencent à former un squelette étendu, mais les racines du pin ont poussé au cours de toutes ces années, et beaucoup d'os ont été brisés ou ont disparu.

Au bout de peut-être une demi-heure, une grosse pierre se détache de la paroi de terre humide et roule au fond du trou.

Non, ce n'est pas une pierre, voit Jan – c'est un crâne. Il ne veut pas regarder de plus près, mais voit qu'il reste des lambeaux de peau collés à l'os, comme du vieux parchemin.

Rössel ne dit rien : il descend au fond du trou et entreprend de rassembler les ossements. Il les passe un par un à Jan qui les pose soigneusement sur la couverture. La boule du crâne finit aussi là.

Puis Rössel ne trouve plus d'autres bouts d'os.

« C'est tout ? demande Jan.

— On va dire que oui, répond Rössel en buvant une dernière gorgée à la bouteille. Il ne reste plus qu'à en finir. »

Il grimpe hors de la fosse, s'appuie sur sa pelle et sourit à Jan.

« En finir ? »

La question de Jan reste sans réponse, mais des branches craquent soudain dans les broussailles derrière lui.

Un bruit de bottes.

Rössel regarde dans cette direction.

« Bienvenue, dit-il.

— Salut Ivan », répond tout bas une voix dans la nuit.

Une voix de femme. Elle semble fatiguée et essoufflée.

Jan tourne la tête, lève sa lampe et voit quelqu'un qu'il reconnaît finir de monter la pente.

« Salut, Jan. »

C'est Hanna Aronsson, qui se déplace tout doucement. Jan voit qu'elle porte quelque chose – un petit corps abandonné dans ses bras. Les yeux bandés.

Un enfant qui dort, ou qu'on a endormi.

Un petit garçon.

55

Quinze secondes plus tard, Jan est couché à terre, recroquevillé sur le rocher.

C'est Rössel qui le renverse, et ça va vite, un seul moulinet de pelle dans le noir, alors que Jan est encore en train de regarder fixement Hanna Aronsson en se demandant ce qu'elle fait là. Et qui est le petit garçon ?

Rössel s'est avancé en visant la jambe droite de Jan. La lame d'acier de la pelle l'atteint sous le genou et Jan tombe comme une masse dans les broussailles. Écrasé de douleur et de nausée.

Il perd connaissance.

Des secondes s'écoulent, peut-être des minutes.

« Tout s'est bien passé là-haut ? » entend-il Rössel demander.

Et la voix d'Hanna répond :

« Oui. Mais j'ai dû attendre qu'il soit seul dehors.

— Bien », dit Rössel.

Les voix et le froid font lentement reprendre connaissance à Jan dans les broussailles et, en levant la tête, il voit une faible lumière.

L'Angelot est allumé devant lui. Dans son faisceau,

il voit Rössel et Hanna à quelques mètres, semblables à des ombres.

« Et il ne t'a pas vue ? demande Rössel.

— Non… Personne ne m'a vue. »

Rössel a baissé sa pelle, il semble se détendre. Il avance de trois pas vers Hanna et l'embrasse sur la joue, touche ses cheveux clairs.

« Tu m'as manqué », dit-il.

Mais ses gestes semblent raides. Ses mains n'ont pas l'habitude de l'intimité.

Le garçon qu'Hanna tient dans les bras, Jan le reconnaît à présent – c'est Leo Lundberg, de la maternelle. Cinq ans, disparu et recherché – Jan se souvient du coup de téléphone de Marie-Louise l'informant que le garçon avait disparu de chez lui.

Le bandeau qui couvre sa tête est large et noir. Il respire, mais n'a pas l'air réveillé, il pend tout mou dans les bras d'Hanna.

Jan voit Rössel prendre Leo des bras d'Hanna et le poser près de la fosse, sous l'arbre.

« C'est là qu'on va le mettre, dit Rössel. Au fond. »

C'est comme regarder un théâtre d'ombres. Jan se sent anesthésié et loin de tout, mais sa douleur au tibia s'estompe. Il se redresse.

Rössel s'en aperçoit, il tourne la tête.

« Ne bouge pas ! »

Jan fait lentement signe que non et se redresse malgré tout. Il tente d'amener Hanna à croiser son regard.

« Qu'est-ce que vous faites ? Pourquoi avez-vous amené Leo ici ?

— Nous ? On n'a rien fait, dit Rössel. C'est toi qui l'as amené ici. »

Jan le regarde.

« Moi ?

— Voici le lieu du crime, tout finit ici, dit Rössel. Tu as même dessiné une carte qui conduit jusqu'ici… Une carte avec tes aveux. Elle est dans la voiture, elle attend la police. »

Jan écoute, mais ne regarde pas Rössel. Il tourne à nouveau les yeux vers Hanna pour essayer d'entrer en contact avec elle.

« Qu'est-ce que tu fais ici, Hanna ? »

Mais elle ne lui lance qu'un rapide coup d'œil avant de détourner les yeux et, dans la lumière de l'Angelot, son regard est inexpressif et vide.

« Désolée, dit-elle en baissant les yeux. Tu avais le profil idéal… Tu peux sauver Ivan en endossant la culpabilité des crimes dont on le soupçonne.

— Je n'endosse rien du tout.

— Oh si… Ce n'est pas la première fois que tu enlèves un petit garçon. »

Jan comprend. Hanna l'a choisi – il est un assassin que la police va retrouver mort à côté de deux victimes, une ancienne et une nouvelle, tandis que Rössel et elle disparaîtront dans la nuit. Rössel peut être rentré à l'hôpital en une heure, et avec un peu de chance personne n'aura remarqué son absence.

Folie à deux. Amour par-delà les murs. Jan se souvient de la mise en garde du Dr H. de ne pas s'approcher trop près d'un psychopathe, et se tourne vers Hanna :

« Tu t'es égarée dans la forêt. »

Elle secoue la tête.

« Je sais ce que je fais, dit-elle. Je fais ça pour qu'on

libère Ivan… Et tu ferais la même chose pour ta Rami. »

Jan ne répond pas.

Leo, pense-t-il juste. Comment sauver Leo ?

« Fais-le maintenant, Hanna, dit Rössel en lui tendant le manche de sa pelle. Montre comme tu es forte. »

Hanna regarde longtemps la pelle, puis ferme les yeux. Immobile.

« Je ne peux pas, dit-elle à voix basse.

— Ce n'est qu'un corps, dit Rössel en continuant à lui tendre la pelle. Il ne sentira rien.

— Je ne peux pas faire ça. »

Jan est le seul à regarder Leo. Il est toujours étendu au bord de la fosse mais, dans la lueur de l'Angelot, Jan le voit soudain bouger. Son bandeau l'aveugle toujours – mais quel que soit le produit utilisé par Hanna pour l'endormir, chloroforme ou autre, il commence à présent à se réveiller.

Mais pas assez vite. Il faut que Jan continue à parler :

« Rössel ne pourra pas être libéré, Hanna, dit-il. Il a tué un surveillant ce soir en s'évadant… Il a égorgé Carl. »

Elle lance un regard à Rössel.

« C'est vrai ?

— J'ai fait ce que je devais faire, dit Rössel. Et maintenant, c'est à ton tour. »

Hanna ne bouge pas mais regarde la pelle.

« Impossible.

— Mais si », dit Rössel en haussant la voix.

Jan voit Leo qui bouge à présent dans l'ombre – il

n'est pas tout à fait réveillé, mais est en train de se relever.

À un mètre de la jambe de Jan se trouve l'Angelot, unique lumière dans la nuit. Et encore plus près, juste à côté de lui, il voit sa pelle.

Rössel soupire, il a ramassé sa bouteille. Il boit une gorgée au goulot et hoche la tête.

« Je m'en occupe. »

Jan écarte cinq doigts et referme la main autour du manche de sa pelle, tandis qu'Hanna regarde Rössel.

« Ivan, on n'est pas forcés de… »

Il la coupe, brutalement :

« Bon, je le fais maintenant. »

Mais le moment est venu pour Jan, et il se décide à agir. D'un bond, il se met à genoux et brandit la pelle à deux mains, comme une longue matraque

« Leo ! crie-t-il au petit garçon. Va-t'en ! Cours ! »

Hanna voit ce qui se passe et Rössel tourne la tête – mais Jan a déjà levé sa pelle.

Et Leo est debout. Il va se sauver.

Jan frappe.

La lame de sa pelle heurte violemment le rocher et fracasse la lampe de l'Angelot. Il s'éteint.

La nuit d'automne recouvre le rocher, l'obscurité est presque complète. La seule lumière visible vient de maisons, loin en contrebas. Jan a déjà lâché sa pelle et crie à nouveau :

« Cours vers les lumières, Leo ! »

Ses tympans tambourinent, plusieurs coups par seconde. Le temps presse à présent.

Il voit un petit corps s'éloigner du rocher, dans le noir. Leo a enlevé son bandeau

« Cours ! »

Jan se redresse en s'appuyant sur le manche de sa pelle.

« Ne bouge pas ! » crie Rössel.

Il se dresse, ombre noire devant Jan, sa pelle brandie au-dessus de son épaule. Et il frappe à la volée, comme un joueur de tennis. Plusieurs coups violents qui ébranlent le manche de Jan. Au troisième coup, il n'en peut plus et lâche la pelle qui rebondit bruyamment sur les rochers.

Mais la pelle de Rössel est elle aussi inutilisable – son manche s'est fendu et brisé au milieu. Il le lâche et sort autre chose de sa poche, un objet qu'il brandit devant lui.

Ce n'est pas le gaz lacrymogène – c'est le rasoir.

« Saute ! » dit Rössel.

Jan recule en levant les mains, mais sa jambe lui fait toujours mal et ne lui obéit pas bien. Il trébuche sur une pierre ou une racine, dangereusement proche du précipice. Il voudrait l'ignorer, mais le vertige s'empare de lui.

Rössel s'avance, le rasoir levé. Il l'abat alors, en un éclair, et la main de Jan brûle et se met à saigner. Le dos de sa main est coupé, plusieurs veines tailladées.

Rössel lève le rasoir encore plus haut.

« Saute, dit-il encore. Tu t'en sortiras peut-être. »

Mais Jan ne recule pas davantage. Il regarde la main tendue de Rössel, la main qui tient le rasoir, et fouille sous son T-shirt. Il n'a pas d'arme sur lui, bien sûr, mais a gardé les bandes plastiques prises à Carl. Des boucles fines mais solides qui peuvent se serrer comme des menottes.

Il sort une bande et bondit vers le rasoir.

Rössel n'est pas assez rapide. Jan attrape sa main avec la sienne et parvient à passer la bande autour de leurs deux mains. Il n'y a plus qu'à insérer la bande et son poignet est attaché à celui de Rössel. Jan peut désormais contrôler le rasoir et l'éloigner de lui.

Rössel respire bruyamment dans le noir, il tire et se débat. Il essaie d'attraper le rasoir de la main gauche pour se libérer, mais Jan parvient à attraper aussi cette main.

Ils se tiennent comme un couple de danseurs au bord de la falaise, impossible de fuir – Jan est retenu par Rössel, Rössel par Jan.

Rössel lutte, mais Jan ne cède pas.

Il ferme les yeux. Il espère que Leo s'est échappé. Qu'il a entendu son injonction et a dévalé la pente vers la lumière des maisons.

« Laisse tomber, dit Rössel. Avant de mourir. »

Il est essoufflé et sa voix n'a plus la moindre douceur. La bête sauvage se montre – celle qui était cachée derrière le calme professeur.

Impossible de retrouver l'équilibre, et Rössel ne peut pas le lâcher.

Jan ouvre les yeux.

Ils s'approchent lentement du précipice. Rössel et lui étroitement enlacés. Ils halètent violemment, au même rythme.

« Allez, vas-y, camarade ! » crie Rössel.

Jan est en train de perdre le combat, d'être poussé dans le vide. Et rien à quoi il puisse se rattacher. À part Ivan Rössel.

Il se retourne pour chercher de l'aide sur le rocher.

Leo a disparu, il ne reste qu'une silhouette près de l'arbre. C'est Hanna – plantée dans les broussailles, elle les regarde sans bouger. Figée. Elle ne fait rien.

Mais Leo s'est sauvé. Il a échappé à la bête sauvage, il a pu quitter la forêt. Il est fort. Il s'en sortira.

Jan est content de cette victoire.

Il sent le rocher finir sous ses pieds, mais n'hésite pas. Plus qu'un petit pas dans le noir.

Il recule, et entraîne Rössel avec lui dans le vide.

56

« Tout le monde va bien ? » demande tout bas Marie-Louise.

Aucune réponse.

Hanna est immobile sur son siège, aussi silencieuse que tous les autres dans la salle du personnel de la maternelle ce matin-là. Elle n'a pas de mots. Elle est revenue au travail et s'efforce de paraître calme, bien qu'elle parvienne à peine à respirer. Tant de choses ont mal tourné. C'est comme être au cœur de la tempête sans savoir quand le ciel se dégagera.

C'est mercredi. La Clairière est restée fermée après l'exercice d'incendie qui a tourné au chaos et depuis, les rumeurs sur Sainte-Barbe vont bon train. Les journaux ont parlé des événements, la radio a relayé l'information et la télévision a montré aux informations des images des portes fermées de l'hôpital.

Marie-Louise ne pose pas d'autres questions. Elle tourne la tête.

« Le Dr Högsmed est ici aujourd'hui, dit-elle, pour nous informer et compléter quelques cases. Je crois que nous avons tous besoin d'une sorte de… » Elle se tait, ne trouve pas ses mots et se contente de dire : « Je vous en prie, docteur.

— Merci, Marie-Louise. »

Högsmed était jusqu'à présent assis, tête pendante, comme s'il avait à peine dormi ces derniers jours. Mais il se redresse et prend la parole :

« Bien… Nous avons eu un début de week-end dramatique. Dramatique et tragique. Comme vous le savez, nous avions un grand exercice d'incendie vendredi soir, mais il a été bien plus compliqué que prévu. Et ce en raison d'une vraie alarme incendie déclenchée au quatrième étage quelques instants avant l'heure prévue pour le début de l'exercice. »

Le docteur marque une pause. On entendrait une mouche voler. Hanna regarde par la fenêtre vers le mur de béton de Sainte-Barge.

« Suite à cet incendie, continue Högsmed, une certaine confusion s'est installée entre la réalité et ce qui relevait de l'exercice. Pour cette raison, nous n'avons pas pu garder le contrôle sur tous les secteurs, et les patients ont été livrés à eux-mêmes. Nous avons subi, peut-être suite à ce chaos, une attaque mortelle contre un surveillant au quatrième étage, puis l'évasion de ce même individu qui a déclenché l'incendie. Un de nos plus dangereux patients. »

Ivan, pense Hanna. Était-il dangereux ? Oui, il l'était. Mais aussi affectueux et attentionné. Elle est assise, immobile, à la table de réunion avec Andreas. Les deux seuls employés venus à la maternelle aujourd'hui.

Les chaises de part et d'autre d'Hanna sont vides.

Lilian en occupe une d'habitude, mais elle est en arrêt maladie.

L'autre est celle de Jan Hauger.

Hanna a vu Jan tomber de la falaise surplombant la forêt, avec Ivan – deux silhouettes sombres étroitement enlacées. Aucun d'eux n'a lâché prise.

Elle est restée figée et a fermé les yeux en attendant le choc sourd des corps sur les rochers en contrebas.

Tout s'est tu dans la forêt. Puis Hanna a entendu du bruit dans le noir. Des gémissements montant du bas de la falaise.

« Ivan ? » a-t-elle crié au-dessus du précipice.

Les gémissements ont continué, mais la voix semblait être celle de Jan. Puis elle s'est tue.

Hanna a tourné les talons et pris la fuite. Le petit Leo avait disparu : il était déjà parti dans la nuit, et elle l'a laissé. Le kidnapper et essayer de faire porter le chapeau à Jan était l'idée d'Ivan, pas la sienne. Elle est contente que Leo en ait réchappé.

Elle est redescendue en trébuchant à travers bois, a regagné sa voiture de location et repris l'autoroute vers Valla.

À trois heures, elle était chez elle. Elle a verrouillé sa porte, jeté dans les toilettes les gants, la seringue et l'ampoule de Valium, puis tiré la chasse – tout ce qui pouvait la relier à l'enlèvement de Leo devait disparaître.

Puis elle s'est étendue sur son lit et a rabâché une litanie :

Rien. Elle ne savait rien. Rien sur l'incendie, rien sur Ivan Rössel, rien sur Jan Hauger et son désir de revoir Alice Rami.

Mais maintenant, qu'allait-il se passer ? L'incertitude était sur le point de la briser.

Elle a appelé Lilian samedi matin.

Lilian lui a répondu d'une voix éteinte. Hanna lui a demandé le plus naturellement qu'elle pouvait ce qui s'était passé vendredi soir.

« Rien, a dit Lilian. Rien du tout. Rössel n'est jamais venu dans la salle des visites. Personne de l'hôpital n'est venu… alors nous sommes rentrés.

— Zut alors », a fait Hanna.

Elle ne savait pas quoi ajouter. Au fond, elle aurait préféré ne pas du tout parler à Lilian, mais il y avait une chose qu'elle devait lui demander :

« La police t'a appelée ?

— Non. Et pourquoi l'aurait-elle fait ? Ils se doutent de quelque chose ?

— Je ne crois pas », a répondu vivement Hanna.

Mais elle le croyait, bien sûr. La tombe du frère de Lilian était ouverte à présent. En trouvant les corps d'Ivan et Jan en bas de la falaise, la police trouverait aussi John Daniel, et sa famille serait contactée. Et ils sauraient, enfin. Pour Hanna, ce qui comptait, c'était juste de ne pas être impliquée.

Rien, elle ne savait rien.

Lilian s'est tue, avant de continuer :

« Mais Marie-Louise m'a appelée vendredi. Toi aussi ?

— Oui, a dit Hanna. Elle m'a appelée.

— Alors tu sais que Leo Lundberg a disparu ?

— Oui. »

Lilian a marqué un silence.

« Et toi ? Qu'est-ce que tu as à dire, Hanna ?

— Rien. »

Hanna s'est dépêchée de raccrocher et a soufflé.

Rien.

Elle est restée seule dans son lit à songer à Ivan. Plusieurs mois durant, elle l'a désiré, a rêvé de l'aider, de le faire sortir à tout prix de la clinique. Mais ils n'ont eu que quelques courtes conversations dans la salle des visites, sous la surveillance de Carl, le gardien corrompu. Ils n'ont fait l'amour qu'une seule fois, sur le matelas, au sous-sol, dans l'abri.

À présent Ivan a disparu. Il lui manque.

Mais elle se rend compte que Jan Hauger lui manque aussi.

Högsmed a marqué une pause dans son exposé, il reprend son souffle en silence et continue :

« Nous avons donc connu plusieurs incidents le même soir. Mais nous avons fini par reprendre la situation en main et tous les patients sont à présent recensés… Tous, sauf le fugitif, qui a été retrouvé mort en compagnie de… » Le docteur regarde de côté, vers Marie-Louise « … en compagnie de la personne que nous soupçonnons de l'avoir aidé à s'évader. Je parle de votre collègue Jan Hauger… Il est toujours à l'hôpital. Gravement blessé, mais en vie. »

Nouveau silence. Tout le monde semble retenir son souffle – Hanna aussi.

Jan vit.

Elle entend le docteur pousser un profond soupir avant d'ajouter :

« Je suis responsable de tous les recrutements, et j'assume bien entendu personnellement l'entière responsabilité du recrutement de Jan Hauger. »

Marie-Louise baisse les yeux et glisse un commentaire : « C'était difficile à repérer, dit-elle. Jan semblait quelqu'un de confiance, de bien des façons, mais il y a eu quelques… signaux d'alerte. Il m'a récemment raconté avoir eu des problèmes psychiques. Apparemment, il a été soigné en hôpital psychiatrique à l'adolescence. »

Le Dr Högsmed reprend son exposé : la disparition, sans laisser de traces, de Leo Lundberg du jardin de sa famille d'accueil vendredi soir, les recherches de la police – et finalement sa réapparition tard dans la nuit près d'une ferme des environs de Göteborg. Il ne s'était donc pas sauvé. Il avait été enlevé en voiture.

Pour finir, Högsmed raconte comment Jan Hauger a été retrouvé sans connaissance par la police au pied d'une falaise, dans la même forêt où Leo est réapparu. Le patient que Jan avait aidé à s'évader était sous lui, mort. Ils avaient laissé leur voiture sur la route en contrebas, avec des aveux écrits.

« Nous supposons qu'il s'agit d'une sorte de lettre de suicide, dit le docteur. Hauger et le patient ont creusé une tombe dans la forêt, mais ils ont laissé partir le petit garçon… avant de se précipiter ensemble du haut de la falaise. »

Nouveau silence. Tous sont sans doute déjà au courant, pourtant ils semblent choqués. Andreas a l'air catastrophé, et Hanna espère que son regard aussi est triste.

« Comment va le petit Leo ? demande Marie-Louise.

— Il est indemne. Il ne se rappelle pas grand-chose, et c'est peut-être aussi bien, dit Högsmed. Il se souvient seulement que quelqu'un est arrivé dans la cour derrière lui, alors qu'il était sur une balançoire, et lui a pris le bras. Le médecin a en effet trouvé une piqûre d'aiguille au creux de son bras, il a sans doute été drogué… Mais encore une fois il va bien, vu les circonstances. »

Hanna serre les poings sous la table. Qu'est-ce que Leo a raconté à la police ? Quels souvenirs garde-t-il de ce qui s'est passé la nuit dans les rochers ? Il était drogué, avait les yeux bandés – il ne peut quand même pas se souvenir *d'elle* ? Et si Jan se réveille, sera-t-il capable de parler ? Le croira-t-on ?

Il faut qu'elle dise quelque chose, elle se penche en avant :

« Je me rappelle quelque chose. »

Tous les regards se tournent vers elle, elle poursuit :

« C'est juste quelque chose que Jan Hauger m'a raconté une fois, je ne sais pas si c'est important… mais il m'a dit qu'un jour en excursion, il avait laissé un petit garçon en forêt.

— Ah oui ? se dépêche de dire Högsmed. Quand ?

— C'était dans une des crèches où il avait travaillé, à ce qu'il disait… Apparemment, c'était il y a longtemps. »

Marie-Louise la regarde avec insistance.

« Tu aurais dû m'en parler plus tôt, Hanna.

— Je sais. Mais je croyais que… que c'était une blague bizarre, ou quelque chose comme ça. Jan *semblait* fiable, non ? Les enfants l'appréciaient. N'est-ce pas ? »

Högsmed la regarde en se raclant la gorge.

« Ceci est confidentiel, dit-il, mais la police s'est rendue chez Hauger ce week-end. En perquisitionnant son appartement, ils ont fait quelques trouvailles étranges. Entre autres, une longue bande dessinée pleine de scènes ultraviolentes et de fantasmes de vengeance… Par ailleurs, un de ses voisins, qui travaillait autrefois à l'hôpital, a été interrogé par Jan. Il voulait savoir s'il existait des passages pour s'évader. »

Nouveau silence. Hanna baisse la tête.

« Pauvre Jan », dit-elle tout bas.

Les autres se tournent vers elle. Elle soutient leurs regards.

« Je veux dire… Il avait besoin d'aide. Nous aurions dû être plus attentifs.

— Les troubles antisociaux sont très difficiles à détecter, dit Högsmed. Même nous autres professionnels n'arrivons pas toujours à établir ce diagnostic. »

Dernier long silence. Il plonge dans ses papiers.

« Eh bien… Je pense que c'est tout.

— Merci beaucoup, docteur », dit Marie-Louise. Elle joint alors les mains et sourit à son personnel, à Hanna et Andreas. « D'autres questions subsistent, mais nous y reviendrons plus tard. Il faut aller de l'avant… Les enfants vont bientôt arriver. »

Hanna se dépêche de se lever. Elle fait comme si c'était une journée de travail ordinaire.

Et en effet, *c'est* une journée de travail ordinaire, une journée au début d'un long hiver. À part que Jan et Ivan ne sont plus là et que Lilian est en arrêt maladie.

Hanna sort de la pièce, et entend la porte d'entrée s'ouvrir.

Les enfants, pense-t-elle en se préparant à continuer de jouer son rôle de gentille maîtresse.

C'est la petite Josefine qui vient d'entrer à la Clairière, couverte d'une épaisse combinaison vert sombre, un de ses parents adoptifs dans son sillage. Josefine adresse un grand sourire à Hanna, elle a encore perdu une dent de devant.

« Il neige ! s'écrie-t-elle.

— Vraiment ? » dit Hanna.

Elle regarde par la fenêtre. C'est vrai. De gros flocons blancs flottent dans l'air. La neige va peut-être tenir toute la journée cette fois.

« Très bien, dit-elle en souriant à Josefine. Comme ça, on pourra sortir jouer dans la neige, quand les autres enfants seront là… On pourra faire des traces d'anges dans la neige. Mais en attendant, tu veux aller dans la salle de jeux ? »

Josefine se déshabille et disparaît à l'intérieur de l'école.

Hanna commence à se détendre.

« Excusez-moi…, fait une voix derrière elle. Est-ce que vous auriez vu quelques livres faits à la main ? »

Elle se retourne.

« Pardon ? »

Hanna voit que c'est la mère adoptive de Josefine qui a posé cette question. Ou sa tutrice, elle ne sait pas. Une femme d'une trentaine d'années restée à l'entrée, avec un bonnet de laine grise enfoncé sur le front et de petites lunettes noires.

Hanna la regarde avec curiosité. Elle n'a vu cette femme qu'une ou deux fois auparavant, car le plus souvent c'est un homme d'un certain âge qui amène ou vient chercher Josefine.

« J'ai laissé quelques livres ici l'été dernier, dit-elle. Quatre livres très minces… Je les avais écrits pour ma grande sœur, mais elle n'a pas été autorisée à les recevoir. »

Hanna sait de quoi elle parle – les livres illustrés de Jan. Mais elle secoue la tête.

« Désolée. Je ne pense pas les avoir vus… Vous pouvez chercher si vous voulez.

— Je peux ?

— Bien sûr. Entrez. »

La femme ôte ses chaussures et déboutonne son blouson.

Hanna la regarde et demande :

« Vous vous appelez Alice Rami ? »

La femme hoche la tête et se redresse, mais semble sur ses gardes. Son regard ne fléchit pas.

« Comment le savez-vous ?

— C'est que… j'ai entendu parler de vous.

— Ah oui ? »

La femme ne sourit pas, pourtant Hanna poursuit :

« Oui… Vous avez fait de la musique ? »

Alice Rami hoche la tête.

« Pendant une courte période, il y a des années.

— Que s'est-il passé ? »

Rami soupire.

« Il s'est passé tellement de choses… Ma sœur est devenue de plus en plus malade, et je n'allais pas très bien moi non plus. Alors j'ai arrêté de jouer. »

Elle parle de sa grande sœur, comprend Hanna. Maria Blanker.

« Mais on la soigne, à présent ? » demande Hanna.

Alice Rami hoche la tête, et Hanna voudrait savoir pourquoi sa sœur est internée. Mais ce serait trop indiscret. Elle préfère demander :

« Pensez-vous qu'elle va bientôt sortir ?

— Oui, dit Rami à voix basse, nous l'espérons. Pour Josefine aussi.

— Bien », dit Hanna. Elle hoche la tête d'un air compréhensif. « Je sais ce que c'est d'attendre quelqu'un.

— Vous attendez aussi ? demande Rami.

— Autrefois, oui, dit Hanna. J'attendais un homme… Un homme très spécial. »

Le silence se fait. Soudain, des voix retentissent derrière Hanna, qui se retourne. C'est Marie-Louise et le Dr Högsmed qui sortent de la cuisine. Le docteur dit quelque chose, une question avec le mot « casier », et Marie-Louise répond :

« Oui, il en avait un… Nous avons un double des clés… »

Hanna regarde à nouveau Rami. C'est donc elle – la femme que Jan Hauger a attendue tout l'automne. Mais pas au bon endroit. Quelle ironie.

Jan n'est jamais entré en contact avec Alice Rami. Il n'a jamais pu avoir de réponses à ses questions, mais Hanna pourrait essayer. Si Lilian et elle ne sont plus amies, Rami et elle pourraient peut-être le devenir ? Elle se sent seule à présent. Abandonnée.

« Entrez, dit-elle à la femme. Nous pouvons chercher les livres ensemble si vous voulez. »

Hanna entend un bruit sourd derrière elle.

Elle se retourne. C'est le casier de Jan qu'on a fini par ouvrir.

Marie-Louise l'a déverrouillé. Il est plein à craquer, plusieurs objets sont tombés par terre : un imperméable, une petite pompe à vélo et quelques livres.

Hanna ne veut pas regarder les affaires de Jan. Elle se tourne à nouveau vers Alice Rami et poursuit :

« Nous pouvons regarder dans les caisses de livres de la salle de jeux… Vous voulez ? »

Mais Rami semble ne plus l'écouter. Son regard s'est fixé sur un point à droite d'Hanna.

« Mais ce sont eux ! » dit-elle.

Hanna cherche. Ce sont les livres illustrés qu'elle regarde – ils sont devant le casier de Jan. En regardant de plus près, elle les reconnaît, bien entendu : *La Faiseuse d'animaux, La Maladie de la sorcière*, *Viveca dans la maison de pierre* et *Les Cent Mains de la princesse.*

Quatre contes sur la solitude.

Hanna reste sur le seuil, mais avant qu'elle ait le temps de l'arrêter, Rami est entrée dans la salle du personnel. Elle se penche entre Högsmed et Marie-Louise et ramasse les livres illustrés, un à un elle les feuillette.

« Quelqu'un a dessiné là, dit-elle à voix basse. Vous savez qui ? »

Rami lève les yeux, mais Hanna ne peut rien dire. Elle ne peut que secouer la tête, bien qu'elle imagine clairement le visage de Jan Hauger.

Il y a un cinquième livre par terre. Il est sous les autres, et Hanna ne l'avait jamais vu.

Un vieux carnet noir, avec une photo sur la couverture : un polaroïd pâli scotché en première page. L'image montre un garçon blond qui regarde fixement le photographe depuis un lit d'hôpital.

Rami le ramasse aussi.

Elle se relève et le regarde, longtemps.

« Ça aussi, je le reconnais, finit-elle par dire. C'est moi qui ai pris cette photo… il y a très longtemps. »

Elle ouvre le carnet, et lit le nom.

« Jan Hauger. » Elle lève les yeux. « Il travaille ici ? »

Marie-Louise semble embarrassée.

« Non, dit-elle à voix basse. Malheureusement, il n'est plus ici… Vous le connaissiez ? »

Rami hoche la tête en silence.

Hanna sent la panique se réveiller au creux de son ventre. Elle veut dire quelque chose – mais Rami, interloquée, continue à feuilleter le journal de Jan, où alternent dessins et écriture serrée.

Elle ne lâche pas le carnet, et sourit en silence.

« Oui, je le connaissais. Nous étions amis, Jan et moi. »

REMERCIEMENTS

Merci à Kajsa Asklöf, Roger Barett, Katarina Ehnmark Lundquist, Ann Heberlein, Rikard Hedlund, Kari Jacobsen, Cherstin Juhlin, Anders Parsmo, Ann Rule, Åsa Selling et Bengt Witte qui, directement ou indirectement, m'ont apporté leur aide pour ce roman.

Johan Theorin dans Le Livre de Poche

L'Écho des morts n° 32502

Les Westin ont décidé de s'installer sur l'île d'Öland. Quelques jours après leur arrivée, Katrine est retrouvée noyée. La jeune policière chargée de l'enquête est vite convaincue que cette mort n'est pas accidentelle... Un suspense où passé et présent s'entrecroisent dans un climat troublant, aux limites du fantastique.

L'Heure trouble n° 32118

À l'heure trouble, entre chien et loup, un enfant disparaît dans les brouillards d'Öland. Vingt ans plus tard, une de ses chaussures est mystérieusement adressée à son grand-père. Qui a intérêt à relancer l'affaire ? Et pourquoi toutes les pistes conduisent-elles à un criminel mort depuis longtemps ?

Le Sang des pierres n° 32854

À la fonte des neiges, les gens du continent regagnent l'île d'Öland : parmi eux, Peter Mörner, Vendela Larsson et Gerloff, le vieux loup de mer... Mais la mort rôde en cette nuit de Walpurgis qui sonne la fin de l'hiver, et les drames du passé resurgissent...

Les polars scandinaves dans Le Livre de Poche

Inger FRIMANSSON

Bonne nuit, mon amour n° 32330

Justine Dalvik, la quarantaine, vit retirée dans la maison de son enfance, au bord du lac Mälar en Suède ; c'est là qu'elle puise la force indispensable pour survivre aux drames de son passé : la mort précoce de sa mère, la haine de sa belle-mère, la perversité de ses camarades de classe. Et voici qu'une malédiction semble s'abattre sur les membres de son entourage, qui disparaissent dans des circonstances aussi mystérieuses que tragiques : un homme atteint par une fléchette empoisonnée, une femme retrouvée dans une mare de sang... Pourquoi le sort s'acharne-t-il ainsi sur Justine ? Connaîtra-t-elle un jour la paix intérieure, l'amour véritable ? Mais qui est vraiment Justine ?

L'Ombre dans l'eau n° 32462

Justine Dalvik croyait avoir réglé ses comptes avec le passé, pouvoir vivre en paix dans sa maison au bord du lac. Avec Hans Peter, le seul homme qui ait su apaiser ses démons. Mais pour combien de temps ? Tortures, trahisons, meurtres, les drames qui hantent Justine menacent de remonter à la surface. Comme le corps de son ancienne camarade de classe. Berit, qu'elle voit émerger des profondeurs dans ses cauchemars. Et quand les proches de disparus viennent rôder près de chez elle, Justine sent que l'étau se resserre. Jusqu'à quand pourra-t-elle faire taire les fantômes du passé qui crient vengeance ? Comment sauver l'amour et la sérénité qu'elle a mis toute une vie à trouver ? Une véritable plongée en eaux troubles. Une atmosphère aussi envoûtante qu'angoissante, par la reine du suspense psychologique suédois.

Anna JANSSON

L'Inconnu du nord n° 31848

L'île de Gotland passe pour l'un des plus beaux sites sauvages de Suède, Visby, son chef-lieu, est une cité calme où chacun se connaît et se respecte. Forêts, plages et collines y sont autant de refuges pour les hommes et les oiseaux. L'inspecteur Maria Wern y mène l'existence d'une femme d'aujourd'hui, entre deux enfants qu'elle adore et un ex-mari souvent absent. Jusqu'au jour où l'île bascule dans la terreur. En lisière de forêt, un campeur a été retrouvé égorgé tandis qu'à quelques kilomètres au sud se déclenche une épidémie de fièvre foudroyante. Les malades meurent les uns après les autres, au même rythme que les assassinats, qui se multiplient. Mais tout cela est-il vraiment une coïncidence ? Aidée du seul médecin qui lutte encore, Maria Wern veut tenir bon et aller au bout de son enquête. À ses risques et périls…

Le Pacte boréal n° 32547

Alors que le froid et la neige de décembre submergent la côte, la petite ville suédoise de Kronköping est soudain plongée dans la terreur. Des inconnus sont pendus ou mutilés selon des méthodes qui rappellent les pires châtiments de la mythologie scandinave. Est-ce l'œuvre d'une secte ? Et pourquoi avoir choisi ces hommes et ces femmes sans histoires ? Ou bien s'agirait-il d'un tueur solitaire adepte des traditions nordiques les plus sanglantes ? La belle Maria Wern fait partie de l'équipe de policiers chargée de mener l'enquête. Sacrifiant ses vacances de Noël, elle doit au plus vite déchiffrer les signes étranges que les tueurs laissent sur les scènes de crime…

Mari JUNGSTEDT

Celui qu'on ne voit pas n° 31678

Après s'être disputée avec son compagnon lors d'une fête dans leur maison de campagne, Helena Hillerström sort promener son chien le long de la plage. Bientôt, cernée par un épais brouillard, elle sent qu'on la suit. Quelques heures plus tard, elle est retrouvée morte, tuée à coups de hache. Frida Lindh, une jeune mère de trois enfants, quitte le bar où ses amies et elle se rencontrent régulièrement. Malgré la nuit et les quelques verres de vin qu'elle a bus, elle prend son vélo pour rentrer à la maison. Les rues sont désertes. Elle est seule. Non. Pas seule. Une ombre la suit. Celui qu'on ne voit pas. Le commissaire Anders Knutas et son équipe mènent une longue et difficile enquête sous la pression des médias. Quel est le lien entre ces deux jeunes femmes ? Knutas doit au plus vite découvrir le mobile du meurtrier avant que celui-ci ne frappe de nouveau.

Le Cercle intérieur n° 32468

Île de Gotland en Suède. Une vingtaine d'étudiants s'activent sur un site archéologique lorsque l'une d'entre eux, Martina Flochten, est retrouvée morte. Meurtre rituel ? L'inspecteur Anders Knutas enquête. Mais il est vite confronté à des questions insolubles. Pourquoi ces marques sur le corps de Martina ? Pourquoi l'a-t-on pendue à un arbre ? D'autant que les actes horribles se succèdent : non loin de là, un poney est décapité. Rien ne semble logique dans cette affaire. Knutas navigue entre les fausses pistes tandis que d'autres cadavres mutilés sont découverts…

Le Dandy mourant n° 33128

Un matin d'hiver, Egon Wallin, un galeriste suédois, est retrouvé pendu à l'une des portes de Visby, la capitale de l'île de Gotland. La veille de sa mort, il organisait un vernissage pour présenter Mattis Kalvalis, un jeune peintre lituanien. Le commissaire Anders Knutas, chargé de l'enquête, découvre rapidement que Egon était sur le point de tout plaquer : sa femme, sa maison, sa galerie et Gotland. Peu de temps après, *Le Dandy mourant*, une œuvre du peintre Nils Dardel, disparaît du musée de Stockholm. À sa place une statue de pierre, volée dans la galerie de Wallin. Existe-t-il un lien entre les deux affaires ? Bien des aspects de la vie du galeriste demeurent obscurs : était-il homosexuel ? trempait-il dans une affaire de tableaux volés ? Knutas et son équipe devront démêler toute cette intrigue au plus vite mais pourront-ils empêcher d'autres meurtres ?

Les Ombres silencieuses n° 32114

Un matin brumeux sur l'île de Gotland. Le corps massacré d'un photographe marginal a été retrouvé dans sa cave. Le commissaire Knutas, encore marqué par la série de crimes de l'année précédente, croit d'abord à une querelle d'ivrognes qui aurait mal tourné. Il ignore qu'il vient de lever le voile d'une ténébreuse affaire. Non loin de là, la jeune Fanny, livrée à elle-même, est la proie d'un homme mûr et respecté de tous. Dans le huis clos de l'île, Knutas se fraie un chemin entre les ombres silencieuses. Ses soupçons vont le conduire là où il n'aurait jamais cru trouver l'horreur : juste à côté de lui.

A.J. KAZINSKI

Le Dernier Homme bon n° 32610

Un tueur sévit à travers le monde, avec des cibles pour le moins singulières : médecins, militants des droits de l'homme, avocats, qui, tous, œuvrent pour le bien. Sur le dos de ces « hommes bons », d'étranges brûlures… Deux policiers, l'un danois, l'autre italien, enquêtent sur ces meurtres, épaulés par une astrophysicienne, Hannah. Niels Bentzon et Tommaso di Barbara vont tout tenter pour trouver les prochaines victimes et les protéger. Venise ou Copenhague, où aura lieu le prochain drame ? Personne ne prend au sérieux ces personnages un brin fêlés, dont la quête semble perdue d'avance… Une intrigue éblouissante qui mêle religion, action et science, et un dénouement à couper le souffle !

Le Sommeil et la mort n° 33564

Une nuit, à Copenhague. Une femme se jette d'un pont. Niels Bentzon, négociateur au sein de la police, n'a pas réussi à la dissuader de sauter. Qui est cette femme ? Que fuyait-elle ? Et que signifie l'énigmatique message écrit sur sa main ? Niels ne tarde pas à découvrir que la victime n'était pas une simple déséquilibrée mais une danseuse étoile du Ballet royal, disparue depuis deux jours. Selon les apparences, elle se serait donc suicidée. Mais lorsque l'autopsie révèle d'étranges anomalies, les certitudes sont ébranlées… Niels Bentzon et sa femme, l'astrophysicienne Hannah Lund, se retrouvent confrontés à une affaire qui les mènera loin dans les mystères de la mort.

Björn Larsson

Les poètes morts n'écrivent pas de romans policiers n° 33678

L'éditeur Karl Petersén a persuadé le poète Jan Y. Nilsson d'écrire un roman policier, convaincu qu'il saura en faire un best-seller. Mais Nilsson se résignera-t-il à sacrifier sa réputation et à se plier aux lois du marché ? Acceptera-t-il de signer le contrat que Petersén lui apporte ce soir-là ? Lorsque l'éditeur le découvre au bout d'une corde dans son bateau de pêche, la réponse semble évidente. Le commissaire Barck, lui-même poète à ses heures, n'a aucun doute : les poètes ne se font pas assassiner, ils se suicident. Pourtant, les mobiles ne manquent pas… Dans cette pétillante satire du monde éditorial continuellement à la recherche du prochain succès, seul un policier-poète a l'expérience et la sensibilité pour saisir les vérités cachées derrière les apparences.

Olle Lönnaeus

Ce qu'il faut expier n° 22888

Omelilla, une petite ville de Scarie, au sud de la Suède. Les parents adoptifs de Konrad Jonsson ont été froidement assassinés et les douze millions gagnés au Loto qui dorment sur leur compte en banque le désignent parmi les suspects et l'obligent à revenir sur les lieux de son enfance. Après trente ans d'absence, le passé de celui qu'on appelait « ce bâtard de Polack » refait surface avec des questions lancinantes. Pourquoi ce couple, plutôt effacé et très pieux, a-t-il adopté Konrad ? Comment et pourquoi sa mère a-t-elle disparu quand il avait sept ans ? Un polar à l'atmosphère suffocante, qui explore la face cachée de la province suédoise rongée par la crise et la xénophobie.

La Revanche de Mike Larsson n° 33283

Pas un mauvais bougre, Mike Larsson. Juste un type né sous une mauvaise étoile qui réfléchit plus souvent avec ses poings qu'avec sa tête. De casses minables en bagarres de comptoir, il a passé le tiers de son existence en prison et autant dans les brumes de l'alcool. Cette fois pourtant, il est décidé à reprendre sa vie en main. Trouver un boulot honnête, pêcher dans la Baltique et, par-dessus tout, reconquérir Robin, son fils de 14 ans placé dans une famille d'accueil à Tomelilla. Mais dans cette bourgade suédoise où Mike a grandi, les temps ont changé et la jeunesse semble avoir de nouveaux hobbies : vandaliser les vitrines des commerçants immigrés en invoquant la suprématie de la race blanche, par exemple. Et lorsque Robin se trouve pris dans les jeux mortels de ces néonazillons, les rêves de Mike s'effondrent.

Viveca STEN

La Reine de la Baltique n° 33487

Un corps retrouvé sur une plage de l'île de Sandhamn, au large de Stockholm... Suicide ou noyade ? L'inspecteur Thomas Andreasson, un habitué de ce petit bout de terre jusqu'alors paradisiaque, est chargé de l'enquête. Nora Linde, une amie d'enfance devenue avocate, lui propose son aide. Mais l'été vire au cauchemar quand une femme est assassinée dans sa chambre d'hôtel. Et si, désormais, plus personne n'était à l'abri ? Avec les enquêtes d'Andreasson et Linde qui ont fait d'elle une véritable star en Suède, Viveca Sten s'impose comme une des nouvelles grandes voix du polar nordique.

Du même auteur
aux Éditions Albin Michel :

L'HEURE TROUBLE, 2009.

L'ÉCHO DES MORTS, 2010.

LE SANG DES PIERRES, 2011.

PAPIER À BASE DE FIBRES CERTIFIÉES

Le Livre de Poche s'engage pour l'environnement en réduisant l'empreinte carbone de ses livres. Celle de cet exemplaire est de :
550 g éq. CO_2
Rendez-vous sur www.livredepoche-durable.fr

Composition réalisée par NORD COMPO

Achevé d'imprimer en mars 2015 en France par
CPI BRODARD ET TAUPIN
La Flèche (Sarthe)
N° d'impression : 3010098
Dépôt légal 1re publication : avril 2015
LIBRAIRIE GÉNÉRALE FRANÇAISE
31, rue de Fleurus – 75278 Paris Cedex 06

77/4458/7